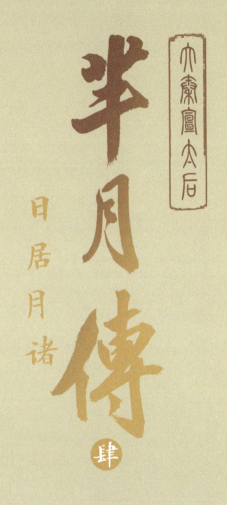

大秦宣太后

芈月传

日居月诸

肆

蒋胜男 著

作家出版社

蒋胜男

知名作家、编剧，温州大学网络文创研究院院长，第十三届全国人大代表，中国作协第九、十届全委会委员，浙江省网络作协副主席，温州市文联副主席。代表作《芈月传》《燕云台》《天圣令》《历史的模样》等。

肆 ◆ 日居月诸

日居月诸，照临下土。乃如之人兮，逝不古处。胡能有定？宁不我顾。

——《诗经·国风·邶风·日月》

◆ 前 言 ◆

新华网西安6月13日电：2009年6月13日，秦兵马俑一号坑第三次考古发掘如期进行。这是其沉寂20多年后迎来的考古发掘。秦兵马俑一号坑是一个东西向的长方形坑，长230米、宽62米，坑东西两端有长廊，南北两侧各有一边廊，中间为九条东西向过洞，过洞之间以夯土墙间隔，估计一号坑内埋有约6000个真人真马大小的陶俑。

此前，陕西省考古研究所秦俑考古队在1978年到1984年间，对兵马俑一号坑进行了正式发掘，出土陶俑1087件。其后，考古队1985年对一号坑展开了第二次考古发掘，但是限于当时技术设备不完善等原因，发掘工作只进行了一年。

据资料显示，1974年兵马俑出土不久，因其军阵庞大，考古专家推断"秦俑坑当为秦始皇陵建筑的一部分"。此后，各家就以此为定论。

但是不久之后，学界就有人提出异议，认为这种先入为主的印象并不准确，而秦俑真正的主人，更有可能是秦始皇的高祖母，史称宣太后的芈氏，芈氏是秦惠文王的姬妾，当时封号为"八子"，所以又称为"芈八子"。

后来，在出土的秦俑中发现了一个奇异的字，刚开始学界认为是个粗体的"脾"字，后来的研究证明，另外半边实为"芈"字古写，所以这个字实则为两个字，即"芈月"。据学界猜测，这很可能是芈八子的名字。

目 录

1

第一章

情与妒

日月如梭，一转眼，嬴稷已经整整六岁了。

这数年中，列国发生了许多事情。

先是公孙衍离秦入魏后，联合了齐国共攻赵国，赵国大败。公孙衍的合纵之计首尝胜果，也令得列国开始重视公孙衍的杀伤力。此后在公孙衍与魏相惠施的合力下，魏惠王与齐威王互相推尊为王，又派魏太子出使齐国为人质，与齐国结成盟友。公孙衍更奔走楚国，欲形成魏齐楚三国合纵之势。

而张仪接替公孙衍为秦相后，自然也一直在关注着自己的这位老对手。一看到公孙衍在列国推行合纵之计，他亦凭一张三寸不烂之舌，破坏了齐楚两国与魏国的合约。

公孙衍自然不甘失败。于是联合韩、赵、燕、中山四国，与魏国共同发起"五国相王"之事。

像中山国这样"披发左衽"的狄夷之人所建的二流国家也来凑数称王，顿时引动齐楚之怒。先是齐王表示："我万乘之国也，中山千乘之国也，何侔名于我？"此后楚国更直接，当即宣布在魏楚联盟时被送到楚国的魏公子高为太子，将现在魏国的太子嗣视若无物，然后令昭阳领兵攻魏，在襄陵大败魏军后占领了魏国八个城邑。

秦人趁机出动，张仪先是与樗里疾联手率兵夺了魏国的曲沃、平周，再以中间调停人的身份，约齐、楚、魏三国执政重臣在啮桑相会。"五国相王"的联盟计划以失败告终，魏国罢免了提倡合纵的宰相惠施，公孙衍也被迫出走韩国。

张仪又出一计，让秦王驷罢去自己的相位，然后出奔到魏国。张仪之前在秦国的所作所为虽对魏国伤害很大，但也确实让魏国看到了他的能量。见到张仪来投，魏王实是喜出望外，当即任命张仪为相。

张仪在魏为相不过几年，便将公孙衍在魏国的合纵力量破坏得七七八八，更是一味向秦臣服，魏国有识之士自然瞧出不对来，尤其太子嗣更多番进谏。魏王罃年轻时也曾几番谋取霸业，但他活得太久了，已经快八十了，之前数番失败让他只想颐养天年，因此宁可妥协退让。

然而秦王驷终究按捺不下野心，这边已经折服三晋，笼络了楚国，便想借此机会将齐国的势力也一并打压下来。于是在公元前320年，嬴驷向魏国、韩国借道进攻齐国，齐王地紧急起用匡章为将，结果秦军因劳师远征而大败。这次战败迫使秦为了与齐国议和，又将另一位秦国公主嫁到了齐国。这位被称为"慭嬴"的公主，不管在秦在齐，生平皆如一滴水珠落入大海，不曾溅起一丝浪花。

这件事导致了后面一连串的变故。同年，在位五十年的魏王罃去世，谥号为惠，即魏惠王。原来主张合纵之议的太子嗣继位。他一继位，就立刻罢免了张仪之相位，重新请回惠施为相，公孙衍主政。

齐国因为与秦国这一场战争，也加入了合纵大军。在燕国，燕易王去世，燕太子哙即位为王，委政宰相子之，政治意向暂处于不明之间。

同年，在位四十八年的周天子扁也去世了，谥号为显，史称周显圣王。这位名义上的天下共主平生实在无足称道，但着实活得长久。在他的"统治期"内，他眼看着诸侯国一个个称王，不但齐楚秦这样的大国称王，甚至连中山、宋这些二流国家也跟着称王。他能活这么久而不是早被气死，也算得忍耐力非同寻常。

如此诸事变动，天下的政局，又将面临重新洗牌。

秦国保持了数年的优势，却又面临新的危机。

这一年的夏天格外闷热，蝉声鸣唱，声声聒噪，在白天根本不能出门，唯有到了傍晚的时候，芈月才能够扶着侍女，到荷花池边走走。

荷花池中，红莲青荷，鸳鸯成双。

芈月只着了一袭雨过天青色的薄衫，不着饰物，手中轻摇纨扇，看着池中鸳鸯，闻着荷花的香气。在宫里久了，有时候要学着自己去欣赏美的东西，保持快乐的心情才是。

日子一天天地过去，她在这四方天地里，生活如同死水一潭。什么列国争霸、什么合纵连横，这样的消息，根本不是后宫妃嫔们能够听到的。

她所能听到的，无非是王后宫中赏衣饰，这个媵女和那个媵女为了争衣饰掐起来了；公子华为魏夫人献寿，让王后生气了；虢美人和孟昭氏狭路相逢互不相让，各自到秦王跟前哭诉；椒房殿和披香殿的侍女打架，背后到底是谁主使之类的事情。

如果她的生活中真的只剩下这些东西，那她能活下去的唯一理由，当真只剩下看着公子稷一天天长大而已。

幸而，她还是偶尔能听到一些外界的消息的。刚开始张仪会传一些消息给她，等到张仪去了魏国，她也断了消息的来源。然后，她开始让缪辛去帮她打听，甚至唐夫人也会把所知的一些消息告诉她。

偶尔，她会去西郊庸夫人处走走。庸夫人是个很睿智的女人，芈月能够从她那里，知道许多秦国往事，听到许多真知灼见。

自那次以嬴稷生病为契机，而与秦王驷重修旧好、再获宠爱以后，她恢复了往日"宠妃"的待遇，但她和秦王驷之间的关系，反而有了一种若有若无的疏淡。而这种疏淡，不知道是从谁开始的，或者是她自己吧。她知道秦王驷的心结仍在，而她自己的心结也仍在。一开始，她仅仅视他为君王，从来不曾想过留下。然而当她拒绝黄歇之后，她本以为身心已有归宿，却不得不面对他不仅仅是一个男人、一个夫君，更是一个后妃成群的帝王的狼狈处境。嬴稷生病，让为人父母的他们，因着孩子的缘故而表面上放下这种看似"无谓"的心结。但是，当她求和的时候，她意识到了自己和秦王驷之间的不平等，她为自己的主动求和感到羞辱，也因此而生出对秦王驷的怨念。这种羞辱和怨念，让她再度面对秦王驷时就无法安然，自然而然生了隔阂，心也冷了下来。

芈月的这种变化，秦王驷作为一个绝顶聪明的人，又怎么会没有察觉到？然而纵然察觉到了，但他有身为君王的高傲，在芈月已经为他生下孩子、拒绝黄歇，甚至主动求和之后，他再执着于"她心中爱他几分"，也觉得十分丢脸。况且，他对她甚至还有心动和期待。所以，他只能选择隐忍。表面上看来一团和气，然而私底下两人之间的相处，却渐渐地疏淡下来。只是又没有淡到如唐夫人这般情弛爱淡，真正疏远，毕竟他们之间，仍然有着一些牵挂和不舍，甚至在某些地方仍然有许多投契和欢乐。他自然也是经常来看她，对公子稷也是十分疼爱，但这种感觉，渐渐像对所有已经生了公子的后妃一样，失去了最初最动心一刻的热烈和契合，而成了一种习惯。

有时他们还能够说一说读到的书，也有出去骑马射箭行猎的时候，但是共同去四方馆听辩论、见了面就有说不完的话的岁月，却已经一去不复返了。在一起的时候，除了说说孩子之外，便是偶尔提一提宫中诸事，也就如此罢了。

可是这样的日子，她真的甘心就这么过下去吗？

她正想得出神，不想秦王驷走到她身后，轻轻抽走她手中的扇子道："你在看什么？"

芈月吓了一跳，嗔怪道："大王干吗不声不响的，吓我一跳！"

秦王驷只着了一袭薄葛衣，也不着冠，看上去倒是轻闲，见她嗔怪，反笑道:"是你太入神了,寡人走过来的脚步声也没听到。你在看什么,这么入神?"

芈月也不好说出自己刚才所想,只从湖边大石上站了起来,道:"妾身在看鸳鸯。"

秦王驷刚才站在她身后也已经看了一会儿了,此时听得她的话,不由得又看了一下,还是摇头道:"鸳鸯有什么好看的?"

芈月轻叹:"看,它们总是成双成对的。"

秦王驷觉得有些听不懂她的话了,又看了看,不确定地道:"朕觉得……禽鸟都是成双成对的吧。"

芈月微微一笑,也不解释,又转了话题道:"妾身昨日看书,看到齐庄公四年,大夫杞梁战死,其妻姜氏迎丧于野,哭声至哀,城为之塌圮。"

秦王驷听了这话,触动心事,沉默了片刻,方道:"怎么忽然想到看这个?"

芈月轻叹:"列国征战已经数百年,至今未息。思想当日至今,不知有多少女子送别夫君,征人不归,肝肠寸断。不知道这战争什么时候才能停啊!"

秦王驷也轻叹:"不知道,谁也不知道。生于这大争之世,生命就是永不停息的战斗。前有狼,后有虎,每一战都只有拼尽全力厮杀,才能保证自己活下去。而明天,又是一场新的战争。"说到这里,他又顿了顿,"寡人小时候看君父出征,也曾经问过母亲,战争什么时候结束。母亲告诉我说,她小时候也这么问过,她的母亲小时候也这么问过,她母亲的母亲,小时候都曾这么问过……数百年以来,人人都这么问过,人人都不知道如何解答。"他已经很久没有和芈月议过朝政了,此时不知为何,忽然触动了心事,多说了两句。

芈月轻叹:"如果当此世,能够有一个像周武王那样的圣人出世,让诸侯听命,讨伐首恶,结束战争,那该多好。"

秦王驷只觉得她这想法实是天真,失笑道:"便是周武王重生又能如何？周武王的时代，人少而地广，诸侯分得土地后仍有余裕，所以忙着耕种即可。可这千百年来，人丁繁衍，不胜荷负，所以农夫也只得放下锄头拿起刀剑，争夺自己和子嗣的口粮。"

芈月抬起头来，认真地道："《商君书》上说，若能够有君王以绝大威权，依人口和贡献重新划分土地，则可减少争端。只可惜，不要说在列国没有这样的人，就算在秦国，以先君和大王之威，也只能勉强推行。这其中到底少了什么呢？"

秦王驷见她皱眉的样子，不禁伸手去抚了抚她的眉头，失笑道："你一个小女子，想得太多了。这是历代明君圣主都解决不了的事，何况是你。"

芈月也失笑，将之前的话语一句带过，道："可见杞人忧天，并不是杞人自己多事，而是人心皆是如此。"

秦王驷摇了摇头，道："你的心中，总有一些奇怪的想法和事情。一般女子看到杞梁妻这一段故事，难道不应该是感叹真情难得，感天动地吗？"

芈月心中轻叹。她跟了他七年了，这七年来，后宫的新宠也是三三两两地冒出来，她冷眼旁观着，总是有一段时间，秦王驷对她们会特别有耐心，呵护备至，怜香惜玉。然则，渐渐他就失去了新鲜感，也懒得继续以前的话题。如今的秦王驷，已经失去了哄小女孩的耐心，两人的对话就显得乏味起来。当她讲到他不愿意继续的话题时，他总是有办法迅速地把话题结束掉。然而他的转移方向，又是她不愿意接应的。见他如此，她亦笑了笑，显得有些敷衍地道："妾身若非感动，岂有此思？那么大王也会感动于这个故事吗？"

秦王驷顺口道："世间真情难得，如何能不感动？"

芈月不语，低头。

秦王驷见她如此，倒起了兴趣，托起她的脸道："鸳鸯同心，你对寡人有几分真心？"

芈月无奈，只得问道："大王要几分真心？"

秦王驷戏谑地道："十分，你有吗？"

芈月看着秦王驷，眼中火花一闪，也微笑道："从来真心换真心，妾身有十分真心，大王用几分真心来换？"

秦王驷怔了一下，哈哈大笑道："没想到你竟反将寡人一军了。"

芈月微笑着不说话，随着秦王驷转身向宫道走去。走了一会儿，似有意似无意地问了一句："大王的真心有多少份？给了妾身的是真心，给了王后、魏夫人的，还有后宫其他女人的，又有多少真心？"

秦王驷站住，笑着指指芈月道："你这算是嫉妒了吗？"

芈月手执纨扇，笑吟吟地道："嫉妒如何，不嫉妒又如何？"

秦王驷收了笑，看着芈月，认真地说了一句："小妒怡情，大妒伤人，更伤己。"

见秦王驷大步而去，芈月的笑容收起。这是他的真心话吧。后宫妃嫔无数，而他只有一个。这就注定，哪怕有感情有真心，也是不对等的。她心底暗自嘲笑自己又一次碰了壁，向身后道："薛荔，我们走吧。"

薛荔道："季芈，今日是月圆之夜，您要不要去椒房殿？"

芈月一怔，想了想，摇头道："罢了。我懒得理会她们，自去一处清静的地方赏月吧。"

这几年下来，楚国陪嫁来的诸媵女也陆续承宠，各生子嗣。不晓得为何，最初承宠的孟昭氏一直无子，季昭氏也只生了一个女儿，倒是屈氏生了公子池、景氏生了公子雍。

前不久，王后芈姝又生了第二个嫡子，名壮。这椒房殿中，便更热闹了。

芈月不想参与，她好不容易避到了常宁殿，这几年在常宁殿中甚是逍遥，又何必再去理会她们呢。

她知道芈姝这些年越发喜欢这种众星捧月的场面，更喜欢在妃嫔们面前把架子端得高高的。她知道椒房殿必会派人来唤她，于是索性带了薜荔，去了园中。

她知道园中有一处云台，极为清静，四下无遮无挡，想来正是赏月的最佳处。只是宫中之人，每逢月圆必要开宴相聚，谁又会正经去赏月华的凄清之美呢？

她前日路过云台时，已经打定主意来此赏月，当下回宫匆匆用过晚膳，将公子稷交与唐夫人，便去了云台。

一路走来，但见一轮圆月挂在天上，从云台下一步步走上去，更觉得月随人行，步步上升。走到尽头，她却是一怔，这云台之上，居然已经有人在了。

但见魏夫人独坐在云台之上，对着月亮自酌自饮，已至半醺。侍女采薇亦是远远地站着，不曾近前来。

芈月捧着一壶酒上来，不想在此遇上魏夫人。正犹豫间，但见魏夫人转过头来，看到她，站了起来，笑着举杯向她致意道："不想季芈妹妹你也来了。"

芈月捧着酒走到魏夫人面前，放下酒壶，席坐在魏夫人身边道："没想到魏夫人也会到这儿来饮酒。"

魏夫人轻笑道："伤心寂寞人，不到这儿来，还能够到哪儿去？我只是没想到，正应该是烈火烹油般得意的季芈，也会到这儿来。"

芈月道："妾婢无专夜之宠，月圆之夜，大王自然要去王后的宫中。"

魏夫人吃吃地笑着，指着芈月道："你也太老实了，这又不是大规矩，争一争又何妨？我当初得意的时候，可没有管过什么初一十五，就是抢了，又能怎么样？"

芈月道："那是先王后厚道。"

魏夫人已经有些醉意，哼了一声道："厚道？啐！她厚道，通天下就没有不厚道的人了。她在大王面前装贤惠、装隐忍、装慈善，把我推出来当恶人，害得我在大王面前坏了名声，在宫中坏了人缘，她还想抢走我的子华……哼哼，那是我的儿子，我十月怀胎，历经千辛万苦生下的儿子！我怎么可能忍？我争我抢我闹，最终，我赢了，保住了我的儿子；而她输了，输掉了性命！可我也输了，输掉了王后之位；她也赢了，她临死前在大王面前装贤惠，让我的子华，当不成太子。"

芈月轻叹一声，公允地评价道："她已经算厚道了。"

魏夫人道："当然，跟你的那个王后比起来，真算厚道了。我看你素日也算得厉害的，怎么在她面前，竟厉害不起来了？可笑，真可笑。如果谁在我生产的时候，想要我的性命，要我孩儿的性命，我就算豁出性命去，也要咬下她一口肉来！你居然就这么算了？奈何不了她，居然连她身边的一个老奴婢也奈何不了？你我在国中让她们这些人几分倒也罢了，那是上头还有父王母后，无可奈何。可到了秦国，位分又算得了什么？她和你我有什么区别？不过都是大王的女人罢了。大王喜欢谁，谁就得势，谁得势，谁就可以踩下别人去……你真傻，真傻！"

芈月扶着魏夫人道："魏夫人，你喝醉了。"

魏夫人道："我没醉，我比你要清醒得多。大争之世，男人争，女人更要争。当争不争，就活该被欺负被铲除，就算身后也要被人取笑无能、愚蠢！"

芈月道："魏夫人，你真的醉了，我叫你的侍女进来吧！"

芈月扶着魏夫人站起来。

魏夫人醉醺醺道："芈八子，我原是过来人，我劝你一句：朝花易落，月圆则亏，红颜易老，覆水难收。女人能够挟制男人的时光，就只有这最好的几年，错过了，就永远没机会……"

芈月扶着魏夫人道："来人！"

薜荔和采薇忙上来，扶着魏夫人下去。见她咯咯地笑着，似醉非醉地离开，芈月坐了下来，不觉拿起酒壶，自己倒了一盏，喝了下去。抬头看着月光，喃喃地道："朝花易落，月圆则亏？"

薜荔已经回来，听了这话，不禁心中一惊，忙上前劝道："季芈，魏夫人从来就不是好人，她分明是在挑拨离间，您可别上当。"

芈月淡淡一笑："是啊，我知道她是在挑拨离间，可是，每句话，都打在人的心上啊。"想到此处，不禁又倒了一杯酒喝下。魏夫人的确是工于心计，她的话看似自己发牢骚，可是，每一句都打在了她的心上。与芈姝的相争，与秦王驷的疏远，何尝不是她心头一块沉甸甸的大石头呢。

这一夜，月光如水，她忽然想到了在很久很久以前，在很远很远的地方，有个人曾经唤她"皎皎"，因为她皎洁似月光。可是如今，还会有人把她这样记在心上，视她如月光吗？

一夜无话。只说次日，芈姝在清凉殿临水台边乘凉，听着声声蝉鸣，在这炎夏更觉心浮气躁。芈姝只觉得心头闷气不消，嫌侍女们拿着大羽扇扇风的动作太轻，索性自己拿了把小扇轻摇，烦躁无比地道："这天气，真烦。都说我们楚国在南方，气候炎热，可也从无这般闷热！"

玳瑁知她心意，道："王后是心头烦热吧！"

芈姝放下扇子，不悦地道："胡说！"

玳瑁知道她是为昨日月圆之夜，诸人皆来奉承，却不见芈月到来，因此心头气闷，劝道："奴婢曾劝王后拉拢季芈……"

芈姝没好气地放下扇子，道："我是堂堂王后，用得着拉拢她吗？"

玳瑁慢条斯理道："王后说得是。但后宫之中，女子争宠乃是自然。季芈若不能为王后所用，也不可任由她坐大。纵然季芈不懂得感恩，王后也应该去驯服她。"

芈姝停下扇子，有些心动道："如何驯服？"

玳瑁神秘一笑道："王后忘记了，咱们手中可捏着她的命脉呢……"说着便附在芈姝耳边，低声述说，芈姝听得心动，不禁点头。

过了数日，芈姝便派人来请芈月，又说要让她带公子稷来。芈月却不敢带着孩子过去，只自己一人去了，见了芈姝便赔礼道："我原该带着子稷来向王后请安才是，只是子稷前儿个不巧有些伤风，我怕他来这儿过了病气，反而不好。所以不敢让他来，还请王后见谅。"

芈姝本就是随口带一句罢了，见状笑道："既如此，那就罢了。"说到这里，又习惯性地开口教训道："你也实是不仔细，子稷总是这么体弱多病的。我看就是他一个人在常宁殿，没有玩伴的缘故。要不然，你们都搬回来，椒房殿中，男孩子这么多，一起玩玩，自然就好了。似你这般老是把他养在常宁殿不出来，岂不是将男子汉养成女孩儿了？"

时间久了，芈月早对她这种有事找碴、没事教训的烦人脾气习以为常了，知道只要左耳进右耳出，给她一个貌似恭敬的态度便可，等她叨唠够了，便能逃过一劫。不过是每月例行一次的"搬回来"之套词而已。

她便只敷衍道："多谢姐姐关心，唐夫人亦很关照我，我住得很好。"

芈姝亦知她是敷衍，心头懊恼，却也拿她无可奈何，只是每次假借"关心"的名义训斥一顿泄泄自己的火罢了。如今再看看她，一晃数年过去了，大家都入了秦宫生了儿子，她却比自己显得年轻许多。芈姝因为心火焦躁，时常睡不安枕，又好于妃嫔中争艳，常厚粉敷面，生次子时保养不善，近年来卸了妆，更觉得自己老得厉害，肤色也黄暗起来，再厚的粉都怕盖不住新生的细纹了。

此时细看芈月，却见她脸上薄施脂粉，依旧姣美如昔。岁月如此厚待于她，随着时间的推移，非但没有削减她的美色，反而让她更增成熟和美艳。若说她初入秦宫时还只是花骨朵，如今却是盛放的鲜花了。芈姝这样想着，不禁带了几分嫉妒之意道："妹妹的脸色可好多了，想是深得大王宠爱的缘故吧。"

这话一出，便连旁边的玳瑁也觉得过了，不禁咳嗽一声。不想芈姝反而横了一眼玳瑁，道："傅姆何必如此？我与妹妹之间无分彼此，这般小心翼翼，反而生分了。妹妹，你说是不是？"

芈月苦笑道："阿姊说得甚是，只是我蒲柳之姿，如何比得阿姊雍容华贵。阿姊真是太夸奖我了。"

芈姝听了她这话，方才满意，笑容也真挚了几分，忽然想到了自己叫她来的目的，收起笑容道："妹妹不要以为得了宠爱，就得意忘形。须知你是我楚国之人，若是在宫里太过得意，也会得罪其他妃嫔，做人要处处谨慎留心，不可轻易落人把柄……"她滔滔不绝地说着，初时还有些气虚，但见芈月低眉顺眼的样子，便越说越是得意，俨然自己便是楷模，在苦心教导不懂事的妃嫔要如何周全妥帖行事一般。

芈月低垂眼帘，掩饰心中的不耐烦，转身端了一杯茶递给芈姝道："王后训诫得是。"

芈姝喝了一口茶道："你看我，身为王后，大王如此宠爱我，我仍是处处留心，没惹起过后宫的闲话……"

芈月一皱眉，听得她话里有话，便问道："是谁向姐姐说我闲话了吗？"

芈姝卡住道："没……呃，我也是劝你要防微杜渐嘛。"

芈月道："多谢姐姐提醒。"

芈姝被打断话头，忽然脾气上来，喝道："我看你的样子，就晓得你从来是不驯服的。须知我是王后，你是八子。我的子荡必是将来的太子；你的子稷，将来能不能有个封爵还未可知。你怎可不知敬我？"

芈月忙道："姐姐多心了，我断无此意。"

芈姝道："无此意就好！"她心中得意，暗想自己有意借故生事，先呵斥对方一顿，教她摸不着头脑，自然就会为了讨好自己而出力效劳。当下才说出自己的目的来："你如今正得宠，怎么不晓得借此机会为子荡出把力，让大王早日立子荡为太子？"

芈月只得道："我只是个小小八子，立一国储君这样的大事，如何轮得到我说话？我若真有这样的能力，王后才真要防范我。"

芈姝轻"哼"一声，想想也是，待要退让又不甘心，挖空心思便想找一个打压对方的由头来，当下沉了脸道："说得也是，谅你也没这个本事。就算你有这个本事又如何，你还能翻得出我的手掌心？别说你是我的媵侍，你，还有你儿子，都在我掌握之中，更别忘记你还有个在楚国的弟弟，还有你的舅父。"

芈月脸色大变，一手在袖中攥紧，强自镇定下来道："阿姊如何忽然说起楚国的事情来？王兄是个公正的人，弟弟在楚国，我素来是放心得很。"

芈姝轻蔑地"哼"了一声："你放心，我还不放心呢。"

芈月笑道："阿姊说哪里话来？我们姐妹从小一起长大，我如何不知道阿姊是嘴硬心软之人？若无阿姊一直以来的庇护和相救，我早就死在楚宫了。阿姊对我的恩情，我自然不会忘记的。"

芈姝听芈月说得真挚，脸色也渐渐缓和，得意地一扬头道："你知道就好。"说着，这边又吩咐玳瑁："妹妹的首饰如何这般寒酸？再送些给妹妹挑选。"

芈月淡笑道："多谢阿姊。"

芈姝总是这样，先是用言语羞辱了你，然后以为用一点衣饰便可以安抚你，打发了你，还要教你感恩戴德。若是你敢不接受，她必会以为你不感恩，还要怀恨在心，就会闹出无穷无尽的事端来，非要将你弄得合乎了她的想象，这才算完。

芈月亦是太过了解她了，也懒得同她解释。她有这个权力折腾别人，那别人也只能在她面前糊弄过去罢了。一套流程走完，芈月将首饰丢给薛荔收好，走了出来。

薛荔每每看到她这样，不禁心疼，叹道："季芈，您太委屈了。"

芈月疲惫地摇了摇头，低声道："有一种人，永远不会让你痛痛快快地喜欢和憎恨，只会不断带给你屈辱和厌恶。"

薛荔低声嘟哝道："她还老提什么恩情，季芈您还应着她。她对您有过什么恩情？就算是她把您带出楚国，可害您的也是她的亲娘。就算这是救命之恩，可是您在上庸城救过她一命，在义渠人突袭之时还做了她的替身，也还过两次了。再加上您为了她入宫，若是没有您，她早让魏夫人给算计了……"

芈月摇了摇头，没有说话，却是喝止了薛荔，道："你当真多嘴，这还在椒房殿呢，小心隔墙有耳。"

薛荔吓得掩口，左右一看，发现无人，这才放心。

芈月虽然没有理会薛荔的话，心中却在冷笑。从小到大，她已经习惯了，每得芈姝一分的好处，都要忍下加倍的委屈。不是她自甘伏低做小，只因这恩情不是芈姝的要挟，而是自己的免死符。只要芈姝认为还对她有恩情，自己还没回报她这份恩情，她就不舍得让玳瑁动手。她所看重的，无非是王后之位，无非是君王的宠爱，无非是儿子的太子之位。她为什么老得快？因为她时时刻刻都盯着别人，生恐这些东西被人抢了去。

芈月轻叹一声，对薛荔道："惠子为相魏国，庄子去见他，别人同惠子说，庄子此来，是要代你为相。于是惠子恐惧，在国内搜了三天三夜。庄子听说后去见惠子，对他讲了一个故事：南方有鸟，其名为鹓鶵，鹓鶵这种鸟，发于南海，而飞于北海；非梧桐不止，非练实不食，非醴泉不饮。谁晓得路上遇上一只鸱鸮刚得了腐鼠，见鹓鶵从它面前飞过，以为对方要夺它之食，吓得护住食物去呵斥鹓鶵，你说，岂非可笑？"

薛荔听得半懂不懂，只是傻傻地点头。然而见芈月不以为意，她心头的气愤不禁也减了些，笑问道："季芈，您说的是什么？奴婢竟听不懂呢！"

芈月笑了笑，道："你不必懂。这世间，不懂的人，也是太多。"

两人说着，已经出了正殿侧门，走到穿巷上，忽然传来几声尖厉的呵斥之声。两人扭头去看，却见旁边侧院的门开着，季昭氏立于廊下，正横眉立目地斥责着宫女："你们都指着我好脾气呢，敢拿这种东西来给我，就不晓得给我扔回去？"

此时玳瑁服侍完芈姝刚出来，闻声便走过来，见又是季昭氏闹事，不禁皱了皱眉头，阴阳怪气地道："媵人这又是怎么了，整天这么打鸡骂狗的！公子荡才歇下，谁这么尊贵要这要那的？"

季昭氏看到玳瑁，欲发作的脾气只得收敛了些，忍了忍气道："这事可不能怪我，今天送来的膳食做得实在难以下咽……"

玳瑁尖声道："这大热天的，大王还为今年干旱操心得吃不下饭，有的吃就不错了。媵人，我们做奴婢的也是为难，您就体谅一二，如何？"

季昭氏气恨恨地一顿足，扭头就进屋里去了，那侍女小杏只得连忙跟上。

玳瑁轻"哼"一声，扬长而去。

芈月主仆，倒是从头到尾，看了这出活剧。薛荔欲上前说些什么，芈月却阻止了她，见双方皆已散去，便自己回了常宁殿。

且说那季昭氏，自以为受了委屈，便一头跑去找孟昭氏诉说委屈："阿姊，那老虔婆一向仗着王后的势，在这宫中横行霸道，无所不为，简直当自己是另一个王后，实在是气人啊。"

孟昭氏轻摇竹扇："她是王后的心腹，王后一向对她言听计从，我们怎么能与她比？"

季昭氏白了孟昭氏一眼："都是阿姊给王后献计，让王后救了她出来！这老虔婆素日欺压你我，该早早除了她才好。"

孟昭氏道："你以为我不出主意，王后就不会保住她吗？无非是手段拙劣些，更易触怒大王罢了。你我不得大王宠爱，若无王后庇护，在这宫里如何生存？"

季昭氏哼了一声："那又如何？你我如今皆未生子，若不厉害些，还能在这宫里立足吗？"

孟昭氏眼神闪烁，叹道："是啊，你我实是无用，为何到今日，他人都能得子，偏你我……唉，你总算还有一个公主，好过我如今膝下犹虚……"说到此处，不免伤感，季昭氏只得又劝了一回。

孟昭氏眼望云天，心中却想着，这样的日子不能再继续下去了，她得想个破局的办法才是。

她自负是媵女之中最有心术的，可惜入秦以来却无用武之地。早期，芈姝只倚重芈月一人，将她压得没有施展之力。好不容易两人交恶，偏生芈姝又更信那老奴玳瑁。她本以为自己最早侍奉秦王驷，怀孕生育的机会比其他媵女多，没想到他人都有了子女，偏生她却一直没有动静。

这是她的命运吗？她不服，也不甘。

这时候的她，表面上平静无波，但心中的焦灼、怨恨、对外界事物的在意，却远比季昭氏更加强烈。

所有的风波，其实一开始，都只是一点小小的涟漪而已。

而怨念，日积月累，终会摧毁理智的大堤。

第二章　和璧现

如此忽忽数月过去，时近中秋。

中秋一过，军情忽报，公孙衍联合魏、赵、韩、燕、楚五国合纵攻秦，五国联军已经到了函谷关外。

嬴驷召集群臣，日夜商议军情，樗里疾、张仪、甘茂、乐池等大臣议论不休。

这样重大的军情，便是只晓得风花雪月的后宫，也不免听到了风声。

且不说芈姝等诸后妃惴惴不安，便是缪辛也忍不住，打听了消息，欲与芈月分说。

芈月正在为公子稷缝制衣服，她把与傅姆嬉笑玩耍的儿子抓了过来，往他身上比一比衣服的大小宽窄。嬴稷凑过脑袋来看，耸了耸鼻子道："母亲，上回绣的就是菱纹，这回绣的还是菱纹呢。"

芈月笑道："我心思不在女红上头，学了这几年终无长进，也就横平竖直，绣个菱形纹罢了。"说着轻拍他一下："嫌弃我手艺不好，就别穿了。"

嬴稷忙搂住这件衣裳，撒娇道："母亲缝的，我最爱穿了。"芈月怜爱地摸摸他的小脸，想到他的衣裳多半由侍女所做，连唐夫人为他做的衣服也比自己多，不免有些惭愧。这回公子稷生日将到，她才起心动念，要亲自为儿子缝制一件衣服。

缪辛此时前来，芈月随手将针插在针垫上，拍了一下嬴稷道："去玩吧。"嬴稷笑着往院中树下跑去了。芈月敛容听了回报，皱眉道："五国攻秦？哪五国？"

缪辛报道："有魏、赵、韩、燕、楚五国。"

芈月暗暗想了一下，再问："没有齐国？"

缪辛摇头道："没有齐国。"

芈月轻舒了一口气道："没有齐国，应该是有惊无险，大王能撑得过去。"

缪辛惊讶地睁大了眼睛："季芈，您居然敢说这样的话？"

芈月也诧异："怎么？"

缪辛道："这可是五国联兵，公孙衍真能把他们联合起来，而且已经攻到函谷关外来。自大王继位以来，我大秦从来没遇上过这样危急的时候，满朝文武都惊恐万分，您居然……"

芈月不在意地微笑："要不要我跟你打个赌？这次大秦不会有太大损失，损失的反而是五国之兵。"

缪辛连忙摇头。

看芈月若无其事地缝衣服，缪辛忍了忍，终于没忍住，道："季芈难道能掐会算不成？"

芈月放下衣服看了看缪辛，笑道："我哪是能掐会算？就在我入秦之前，楚国曾为合纵长，也想联合列国攻秦，结果却无疾而终。五国联军，看起来可怕，却没有领头羊，最终还会变成一盘散沙。"

缪辛揣着一肚子的疑惑，只得下去了。

不想近日来，因为函谷关外五国联军攻战甚急，咸阳街头也开始弥漫着一股惶惶不安的气氛。

因战乱导致的难民拥入引发物价飞涨，甚至还有一些权贵人家在暗暗策划着退路，寻找与五国交好的门路。

此时秦国也流传着一个消息。据说，当年楚国的国宝和氏璧就在咸阳，有人在暗中寻机出售，只要出价够高便可得到，甚至还传说，有人在咸阳某家商肆中亲眼见过和氏璧原物。

这样的风声，自然也悄悄地传入了秦宫之中。

缪辛在芈月跟前侍候，因为他是秦宫老人，所以一些打听消息、结交人脉的事，芈月便交给他去做。他听到这个消息后，自然也告诉了芈月。

听到这消息，芈月霍地站起来："你说什么？和氏璧在咸阳？是谁告诉你的？"

缪辛被她的反应吓了一跳，退后一步，才回答道："奴才也是听得宫中之人口耳相传，不知真假。若是季芈要详细情况，奴才这就去打听去。"

芈月站起来，走动几步，心头却泛起了一些疑问。若论宫中之人放假消息害人，她已经遇上两次了。一次是芈茵趁她要寻找魏美人的下落，欲害她性命；另一次便是椒房殿以黄歇的消息相诱，在秦王驷面前陷害她。

和氏璧乃是她幼年所有，这件事，玳瑁必是知道的，若是以此相诱，未必不是一种手段。她思索片刻，忽然想到一人，对缪辛道："你想办法，去见国相张仪，将此消息告诉他，问问他可知此事内情。"

张仪因和氏璧之事差点丧生，他不可能对此事不关心。而以张仪之智，这些后宫妃嫔玩的小把戏，断然不能在他面前得逞。

缪辛奉了芈月之命，忙寻了机会去见张仪。

张仪却也知道此事，当下沉吟一番道："此事我亦知之，但不知道芈八子对此事有何态度，不如请芈八子与我当面一说。"

缪辛便将张仪之言转告芈月，芈月思索后，便道："那就请国相去马场，我也去马场与他见面。"

自上次黄歇之事以后，芈月已经很久没有再去四方馆了，甚至也不常出宫，唯一没有变的只是日常的骑射练习而已。

次日，张仪下朝，便不回家，而是直接转到秦宫西边，去了马场。

他站在马场上，但见一匹青骢马自远处飞驰而来，马上一人，红衣劲装，正是芈月。

那马跑到张仪跟前，芈月勒马停下，笑道："张子，好久不见了。"

张仪退开一步，眯着眼睛像是要避开强烈的阳光，看了芈月好一会儿才回答道："好久不见，季芈越发明艳照人了。"

芈月跳下马，将缰绳和马鞭交给随侍的缪辛，才道："咸阳城中出现和氏璧，可是实情？"

张仪脸色沉重地点点头道："不错。"

芈月敛袖为谢道："多谢张子。"

张仪却摆手道："不敢。张仪也有私心，想借这和氏璧，查出当日是何人盗走和氏璧，害我险些一命呜呼。张仪不曾见过和氏璧，故而想让季芈帮我看一下，这到底是不是真的。"

芈月露出了微笑。她早知道，当年之事，张仪是一定不会甘心放过的。而有了张仪，她得到和氏璧的可能性就大多了，当下点头道："自然，我可以帮张子鉴别是否是真璧，但事后，和氏璧归我所有。"

张仪倒有些诧异："季芈也对和氏璧感兴趣？"

芈月点头，带着志在必得的神情："张子，你当知道，和氏璧是当年我父王送给我的，你我也因为和氏璧而结识。若这宝璧下落不明，那也罢了；既然它出现在咸阳，那么这就是天意。是天意要让和氏璧重回我的手中，我一定要得到这和氏璧！张子，请你务必帮我。"说着，她向张仪深深一揖。

张仪忙侧身避过，不敢受她之礼，道："不敢，不敢。季芈，此乃互利之事，若能解我心头之恨，张仪当呈上和氏璧以谢季芈。"

芈月点头道："好，不过张子只需打探消息是否准确，以及背后是否有人操纵便可。你不要出头，免得为人所猜忌。"

张仪也点头道："张仪正有此意，世人皆知此为楚国国宝，季芈是楚人，出面赎此宝物，名正言顺。"

芈月道："而且这钱，由我来出。"

张仪忙道："张仪也算薄有资财，倒是季芈在宫中……"

芈月却摇了摇头，有些伤感地道："张子不必与我相争。这是父王留给我的念想，我定要用自己的钱来赎它。而且我倾尽财物来赎它，便与张子无关了。有些事，还需张子做个局外人，才好处置。"

张仪点点头，施礼道："多谢季芈。"

和氏璧出现的消息，不只传到了芈月的耳中，也同时传入了王后芈姝与夫人魏琰的耳中，自然也引起了不一样的反响。

芈姝正带着侍女们在玩投壶，听了这个消息，立刻收了手，叫了玳瑁进来，让她去查探。玳瑁去打探了回来，说是咸阳城中有一名商贾姓范，手中正有这和氏璧，只是要价甚高，要五百金。

芈姝听了哂笑："那些人也忒眼浅，五百金算得了什么？"转而吩咐玳瑁："傅姆，你便带了五百金去买。这和氏璧原是我楚国国宝，若是能够赎回，也好让母后开心。"

玳瑁忙奉承道："王后真是有孝心，不枉威后最宠爱您。"

芈姝摇了摇头，心中却想起小时候看到楚威王将芈月抱在怀中，芈月脖子上便戴着那和氏璧，她不知有多羡慕。想了想，回过神来，失笑道："这都什么时候了，还想着小时候的事呢！"

她如今身为王后，这些年来，她所得到的一切，早已经远远胜过芈月了。想到这里，不免同玳瑁抱怨道："和氏璧在母后手中，本是极好的。偏生郑袖贪婪，王嫂又保不住和氏璧，昭阳居然会把它丢掉……"

玳瑁见她不悦，忙奉承道："如今王后将它赎回，自然爱看多久就看多久了。"

　　芈姝点头微笑，忽然道："你说，得了和氏璧，要不要叫芈八子过来看一看呢？"

　　玳瑁也笑了："是啊，她也怪可怜的……"

　　两人不由得笑了起来。

　　而此时魏夫人却不以为然："区区一块玉璧而已，有什么值得大惊小怪的。"

　　井离却是消息灵通，忙回报道："可是，王后和芈八子，都对这块玉璧志在必得呢！"

　　魏夫人忽然睁开眼道："你的意思是？"忽然明白过来，拊掌大笑："不错，不错。这倒是个好机会。"自芈月生下儿子以后，她真是日夜盼着椒房殿与芈月的不和可以揭开。芈月那个性子，死里逃生，岂肯放过芈姝？不想此事不知怎么差三错四，不但引出了黄歇之事，还弄得两边皆安静了下来。

　　宫中若是安静，她还有什么机会？她心中冷笑，那自然是要让它无风也起浪，有事就会生出嫌隙来，有了嫌隙，那便是她的机会来了。既然她已经无法再在秦王驷跟前得宠，那么，她便要其他的宠妃，把那王后好好地咬下几口肉来！若是王后和芈八子都对这和氏璧志在必得，那么，她便好好地助她们把事闹得更大吧。她越想越得意，当下低头，细细地思忖了一番，想了数个主意，再一一推演过，当下便对井离秘密地嘱咐一番。

　　井离奉了魏夫人之命，去打听那传说中拥有和氏璧的商贾范贾。那范贾已把消息放出数日，见有宫中寺人来到自己的商肆之中，心下大喜，忙搓着手上前道："小人正是范贾，不知中贵人有何事吩咐？"

　　井离问道："是你要卖和氏璧？"

　　范贾道："是，正是小人要卖和氏璧。"

　　井离便道："把和氏璧拿出来给我看看。"

范贾犹豫了片刻。井离便打开随身带来的匣子，露出满匣金灿光芒来。范贾看得眼睛都直了，连忙点头哈腰，转身自密室中取了和氏璧的锦盒打开，送到井离面前。井离定睛看去，但见那和氏璧晶莹剔透，宝光隐隐。秦国蓝田亦出好玉，他在宫中多年，眼光不可谓不高，似这等美玉，竟从未见过！他怔了一下，拿起来对着光线处看了看，手也不禁有些颤抖，惊叹道："这样的宝璧，果然只能是和氏璧！"

范贾赔笑道："小人只要五百金即可。"

井离冷笑一声，当下小心翼翼地将和氏璧收到锦盒中放好，将自己带来的木匣推到范贾跟前，道："这里是五百金。"此时所谓的金，便是后世的铜，似楚国"郢爰"这种真正的金子，反而因为开采过少，流通不广。

范贾忙清点过，又称过重量，方把那木匣收了，赔笑道："多谢客官。货价两讫，请！"说着便把那装有和氏璧的锦盒呈到井离面前。

井离却摇了摇头，问道："你可愿发财？"

范贾一怔，忙赔笑道："身为商贾，自然是愿意发财的。只不知，这财发得有没有风险？"

井离笑道："简单得很，我这五百金，白送与你，这和氏璧还是留下来给你，我家主人还要再送你一千金。"

范贾听得张口结舌："这……客官这是何意？"

井离左右一看，见室中再无他人，当下附到那范贾耳边，低声道："足下可知，宫中有贵人想买阁下的和氏璧？"

范贾道："莫非贵主上就是宫中贵人？"

井离摇头笑道："非也，我家主人只是想帮足下多发一笔财。"

范贾神情犹豫，半晌，似乎还是爱钱的心思占了上风，对井离拱手道："愿闻其详。"

井离便低低对范贾吩咐一番，范贾听得连连点头："此计大妙，贵主上堪比管仲再世啊！"又现迷茫神情道："只是，小人愚鲁，听着似乎是很好，就怕到时候办事时出了差错，岂不误事？"

井离道："那足下的意思呢？"

范贾搓着手赔笑道："若贵主上能够差遣一个能干的管事来帮小人主持其事，小人就不怕说错话做错事了。否则，小人收了这五百金，岂不也是战战兢兢？"

井离不承想他还能够想到此点，大为满意道："不错，足下能有这份谨慎，不愧是个成功的商贾啊。"心下暗忖，果然还是自己疏忽了，当下决定把这个思路当成自己的功劳上报给魏夫人。

见井离离开，那范贾收起了脸上油浮的笑容，沉下脸来，匆匆换了行装，出门去了。

若有人有心跟踪，便会看到他进了四方馆旁边的游士馆舍，不久之后又在一个中年游士的陪同下，走了出来。

咸阳城中的风风雨雨，却与庸芮无关。

这时，他正坐在酒肆中独饮。

那一年，他在四方馆中，看到了芈月与黄歇对望的眼神，也听到了芈月的决定。他想，是应该放下了。他回到了上庸城，继续着自己的事务。没过几年，他的父亲去世了，他也继承了庸氏族长一职，守完孝后，又回到了咸阳。

这一次，秦王驷便不愿意放他回去，想把他留在咸阳。他有些犹豫，又有些不舍。

这个酒肆离四方馆很近，许多游士的馆舍，亦在此处。他坐的位置，正对着一个游士馆舍的侧门。

此时，他坐在这里，看到一个青衣游士从馆舍内送一个中年商贾出门，那商贾恭敬中带着愁苦，走到门边，却又哀求半晌，就是不肯离去。青衣人沉下脸来，斥责不已，那商贾方无奈离开。

庸芮见酒保正过来上酒，便问道："老酽，这个人你认识吗？"

酒保老酽只看到范贾背影，便道："公子，认不出来。"

庸芮道："那这送客出来的人呢？你可看到？"

老酽正看到那青衣人转身入内，当下点头道："哦，刚才看到了，那是住在对面游士馆舍的东周游士，似乎人家称他为中行先生。"

庸芮若有所思，但他并不把这件事放在心中，便也不再过问了。当下，喝完了酒，就慢慢地走了。

秋高气爽，常宁殿庭院的银杏叶子落了一地。

芈月踩着银杏叶子慢慢走着，缪辛跟在身后。芈月问他："你说，那人忽然又提高了价码，本来是要五百金的，如今竟索要千金，你可知是为什么？"

缪辛苦着脸道："奴才听说，是有人私底下也在出价，商人重利，自然是奇货可居，待价而沽。"

芈月思索着："五百金买块玉璧，已经算少有的高价了。玉璧不过是个饰物而已，除非是爱玉成痴的人，或者是……"她忽然回头道："知道和氏璧乃是国宝的楚国人。"

缪辛赔笑道："季芈明鉴。"

芈月看着缪辛的神情，心里已经有些明白了："看样子，你知道是谁要跟我相争了？"

缪辛没有说话。

芈月道："你不敢说，是不是？"

缪辛退后一步，恭敬行礼。

芈月道："你不敢说的人，想必……就是王后了？"

缪辛苦着脸劝道："季芈，王后既然相争，不如……就算了。否则与王后失和，总是不妙。"

芈月苦笑一声，摇头道："我与王后早已失和，也不见得我单方面讨好退让，就能求和。"

缪辛只得劝她道:"奴才以为,季芈与王后纵不能握手谈和,也不宜再加深嫌隙。"

芈月摇头:"你不明白,人的一生,总要有些执念。有些东西是可以让的,有些东西,是我的底线,万不能让。"

缪辛不敢再说,只得诺诺应声。

芈月叹道:"这是我和王后的事,你管不了,也不必管。你只管替我将事情办妥就行。"说着,沉声道:"缪辛,你听着,不管用什么方法,不管有多少人阻拦,你一定要把这和氏璧给我弄到手。"

缪辛只得应了声"是"。芈月见他一脸苦色,也知他为难,道:"若是钱不够,你便将我的首饰都拿去变卖了吧。再不济,国相张仪还欠着我的钱呢,叫他代我垫上亦可。"

缪辛吓了一跳,急道:"芈八子,这不可。您才多少首饰,若是都变卖了,宫中聚会,您如何见人呢?"

芈月却道:"这是我的执念,若无此璧,我便留着这些首饰又有何用?"当下便令薛荔去将她的首饰盒都拿了出来,交与缪辛。

缪辛推辞不得,捧着这个首饰盒,如同烫手的山芋,实在是不敢收,却又不敢不收。他苦着脸,还是将首饰盒还给薛荔,道:"容奴才先去打听一下,这些东西放在奴才这里不安全。若当真是钱不够,或有人要买这些首饰,奴才再来禀过芈八子。"

芈月也只是点了点头。当下令薛荔将首饰单子抄了一份,交与缪辛。

缪辛左右为难,想了想,还是转身去了缪监处。缪监正在服侍秦王驷,一时不得回来。缪辛只得在那里一直等着,晚上缪监回房,便上前奉承不已。

缪监心中有数,看着给自己捶背捏肩的缪辛,舒服地放松了身子,享受着服侍,好半日才道:"你这小猢狲,这般殷勤为了何事,我猜也能猜到。说吧,有什么事要求到阿耶头上来了?"

缪辛奉承道:"阿耶您真是厉害,弟子再修炼几辈子也赶不上您老人家。"

缪监也略听过宫中风声，当下道："芈八子有什么难为的事要你去办了？"

缪辛道："芈八子真是个善心的主子，从来也不曾打骂我们这些奴才，只是弟子看她如今为难，于心不忍，所以想找阿耶讨个主意。"

缪监轻轻地踢了缪辛一脚，笑骂道："啰唆，我在主子面前回话的时候若也像你这样车轱辘话说个没完，早不在人世了。"

缪辛道："是是是。是这样的，张相传来消息，咸阳商肆有人卖和氏璧，要价五百金。芈八子命弟子务必买到，可等弟子过去的时候，涨价成千金了。弟子打听到原来是王后也派人要买此璧，弟子怕她二人若是较起劲来，那可是鹬蚌相争，渔翁得利。"

缪监眼中精光一闪道："那么，你看谁是渔翁？"

缪辛却不敢说，只是苦笑道："弟子哪里知道？只不过是这么一比方罢了。"

缪监沉吟道："这得看这渔翁是事前有谋，还是事后捡便宜，还要看这其中，到底有多少渔翁。"说到这里，摇了摇头，"唉，如今乃多事之秋，五国兵临函谷关，大王的后宫最好是风平浪静。若是真出点什么事，只怕不管谁想争胜，最终大家都是一个输字。"

缪辛机灵地道："阿耶放心，五国兵临函谷关，看起来凶险，其实不过是有惊无险。"

缪监猛地冷扫缪辛一眼，缪辛吓了一跳，战战兢兢地道："阿耶，我是不是说错话了？"

缪监摆手，诧异道："没有，我只是奇怪，你怎么会晓得说这样的话？"

缪辛赔笑："嘿，还不是芈八子说的？她说最厉害的齐国没有参战，魏王和楚王又争当盟主，列国各怀私心，都指望别人出力自己捞便宜，所以随便挑拨一下，只要有一国撤退，其他国家就会成一盘散沙，溃不成军。"

缪监听了这话，表情顿时严肃起来："这话，是芈八子在见过张相之前说的，还是见过张相之后说的？"

缪辛吓了一跳，忙道："是见张相之前。对了，就是战报刚到的那日，大王带着群臣商议了一整夜，然后弟子和芈八子闲聊，芈八子随口说的。"

缪监陷入了沉思："随口说的……"

缪辛心中着急，又不敢打断，只好眼巴巴地看着缪监。

缪监回过神来，看到缪辛，诧异地道："咦，你怎么还在这儿啊？"

缪辛眼巴巴地道："阿耶，弟子等您拿主意啊。"

缪监看着缪辛，有些感慨道："你小子命好，跟了一个好主子啊。你听着，从今往后，芈八子叫你做什么就做什么，你要忠心耿耿、言听计从，甚至是卖了这条性命，都不要有二话。"

缪辛惊奇地看着缪监，好一会儿才回过神来道："是是是……可是阿耶，眼前就有个大难题，芈八子钱不够，要我私下把她的首饰全给卖了去赎那和氏璧，您说怎么办？"

缪监沉思片刻，微笑道："我自有主意，你先等一等。"

他虽只是个寺人，却跟随于秦王驷身边，见识既广，心计亦深。那日朝会，他随侍在秦王驷身边，眼见众臣也在为此争议不下，素日那些执掌国政之人，在这个消息面前，竟然失了信心、惊惶失措，甚至丧失斗志。还是张仪站在那儿激战群雄，用那三寸不烂之舌，终于压倒群臣。

表面上是张仪占了上风，但不管是张仪还是秦王驷，对函谷关都有些信心不足。然而，张仪和秦王驷恐怕都没有想到，这样的军国大事，满朝文武加起来的信心和眼光，竟还不如一个后宫妇人。

缪监知道秦王驷是宠爱过芈八子的，也知道芈八子的见识能力比一般的妃子要强，但是这等军国大事，她却能够说得与朝上重臣一样，却是实在令他有些心惊。他便留了心，次日寻了个空隙，悄悄将此事告诉了秦王驷，又将芈八子欲买和氏璧，要变卖首饰凑钱之事，也与秦王驷说了。

秦王驷当晚便去了常宁殿中。芈月只道他一时兴起，便服侍了他睡下。待到云雨之后，嬴驷懒洋洋地说道："你的性子怎么这么倔啊，区区千金，为何不跟寡人说，倒要私底下变卖首饰？"

芈月抬头一惊："大王也知此事了？"

嬴驷点了点头。

芈月犹豫片刻，还是道："世间事不患寡，而患不均。妾身得到大王的宠爱，已经招人嫉妒，若是大王再赐千金，岂非令他人心中不平？妾身不想大王为难。"

嬴驷却是嗤笑一声，道："这点小事，寡人还替你担待得起。"

芈月抬头看着嬴驷，心中百感交集。这些年来，她与秦王驷若即若离，若近若远。这其中的距离，让她从煎熬到平静，再从平静到不甘，如此反复。到她渐渐平息下心情时，他却又会在某个时候，用一种难以预料的方式，击中她的心。

午夜时分，或者是人心最脆弱的时候吧。芈月万没想到，此刻他能够如此及时地向她伸出援手。难道自己当真错怪了他？难道他并非只是视自己为后宫的一部分，兴来则至，兴尽则走，而是一直在关注着自己，体察着自己吗？

秦王驷有些不解地推了推她，道："你怎么了？"

芈月伏在他的怀中，哽咽道："妾身，妾身不知如何感激大王才是。妾身不敢惊动大王，可大王却知道了妾身的事，特来雪中送炭，可见大王是把妾身挂在心上的。妾身惭愧，以前还胡思乱想，自寻烦恼。妾身，妾身不知道应该如何说是好……"

嬴驷宠爱地轻抚着她的头发，笑道："你现在知道是自寻烦恼了。你啊，你怕赏赐千金会招惹是非，可私下变卖首饰，难道不是更会落人口实吗？"

芈月有些哽咽道："妾身知道这事做得糊涂，可这和氏璧，也算得妾身平生执念，不免难用理智来判断了。"

嬴驷道："哦，平生执念？"

芈月看着嬴驷的眼睛，情意流转，缓缓地道："妾身这一生，得到过的爱并不多。得到过最多的宠爱，一是来自大王，二是来自我的父王……这和氏璧，曾是我父王送给我的……"

殿内静谧无声，只有兽炉中御香袅袅，铜壶暗中滴漏。

芈月倚在嬴驷的怀中，声音如香烟一般缥缈："我出生的那天，威后派人把我扔进荷花池里。我差点送命，因风邪入体，父王怕我性命不保，将国宝和氏璧放在我怀中为我辟邪护佑。佩着和氏璧，享受着父母的宠爱，无忧无虑、无病无灾到了六岁，父王却突然驾崩了。威后派人从我怀中夺去和氏璧，我的额头撞在几案上，血流到了和氏璧上……自那以后，我失去了父王，失去了和氏璧，也失去了一切……和氏璧，对我来说，有着非凡的意义，是我对美好人生的执念……"

嬴驷静静地听着，这样的剖白，他只在初幸她的那一夜听过。那次她为了救魏冉，将她生母的事情说了出来。可她与生父的事，他却从未听闻。从她的述说中，听得出她对楚威王的感情。她伏在他怀中述说的时候，他心底也泛起了一种隐秘的欢喜——"她终于从对那个男人的怀念中走了出来，我让她的内心有了新的倚仗"。

男女之间的感情，有时候非常微妙。他们已经在一起多年，甚至对彼此的情感有些习以为常的倦怠，可忽然间又拨动了新的心弦。他轻抚着她的长发，叹息："寡人明白，所以，此事便交给寡人吧。"

芈月似卸下了千斤重担，不由得沉沉睡去。她已经好多天没有这么放心地酣睡了。秦王驷看着她的睡颜，见她眉间一直存在的一丝若有若无的愁意，居然散了开来，心中不由得也涌起一种满足和快乐。

他是君王，后妃侍以颜色，有时候满足和快乐来得太容易，反而索然无味。他其实更喜欢她们在他面前，能够有那种发自内心的释放和快乐。可惜，这样的情形，却是太少太少。太容易对他释放内心的人，他感觉不到满足。似芈月这样心事太重的人，能够对他一点点释放内心，更令他有一种成就和快乐。

想到这里，他不禁俯下身去，对着芈月的额头，轻轻一吻，看着她美丽的睡颜，露出了真心的微笑。

第三章

无名毒

第二日，缪辛便得了秦王驷所赐之千金，从范贾手中购得了和氏璧，兴冲冲地上车回宫。谁知他在宫门处验过信符走入宫中时，却见前面挡着一群人，当先一人，就是玳瑁。

缪辛见状心中暗惊，脸上却不露声色，反而笑嘻嘻地行了一礼，道："见过傅姆，傅姆可是要出宫吗？"说着作势相让，"您请，请！"

玳瑁早看穿这小滑头的心思，冷笑一声道："我不出宫，我在这里，却是等着抓一个擅自出宫的人。"

缪辛不由得抱紧了手中装和氏璧的锦盒，左右一看，嘻嘻笑道："傅姆要抓谁？"

玳瑁一指缪辛道："抓的就是你！"

几个孔武有力的内侍便依令上前抓住缪辛的手，不顾他的挣扎，夺过锦盒，递给玳瑁。

缪辛大急，心知不妙，急叫道："傅姆，你这是何意？奴才是奉芈八子之命出宫，这是芈八子要买的东西，您椒房殿的傅姆可管不到我们常宁殿去。"

玳瑁却不理他，打开了锦盒。阳光斜照，映入和氏璧，宝光流溢，令她不禁眯了一下眼睛。昔年在楚宫，她亦是见过和氏璧的，此番一见之下，果然与她当年所见之物十分相似。因在宫门口，她也不及细观，便合上锦盒道："正是此物，走，咱们去见王后复命吧。"

缪辛见她居然就这样把和氏璧拿走，急了，挣脱内侍挡到前面叫道："傅姆，这是芈八子的东西，您不能拿走！您拿走了，奴才这条贱命可赔不起啊！"

玳瑁见他居然如此不识趣，冷笑一声："是了，我不欲与你小子为难，不想你居然还这等不识趣。你擅自出宫，目无王后，来人，将他带走，禀于王后处置！"

她身后的内侍见状，忙上前按住了缪辛。缪辛不想玳瑁如此嚣张，当下拼命挣扎，又蹦又跳，叫道："我是大王赐下来的人，你不能随便抓我！"说着又用眼睛示意宫门处的内侍守卫，"我是芈八子的人，你不能随便抓我！"想了想又跳脚叫道："哎呀，阿耶，我被人欺负了哎，您快来救我啊！"

他报出了缪监之名，便见不远处几名内侍果然神情游移，当下心中大定。

玳瑁亦知不好，却不能现在就放这油滑的内侍走，否则他一走，芈月便要赶来闹事。虽然这些年芈月看似性情温驯，但她却听说过昔年寺人析去取和氏璧时是闹得何等不可开交的。当下便狠狠地用眼神威慑了站在宫门处那几名神情不安的内侍："我奉王后之命处置宫务，谁若敢胡说八道，小心宫规处分！"

几个内侍立刻驯服地低头行礼，似是已经被她威吓住了，她这才令人带着缪辛离开。

她却不知，待她转身离开后，那几名旁观着的内侍立刻互相使了个眼色，其中两个内侍分别朝不同的方向疾奔。

一会儿，宫中该得到消息的人，便都得了消息。

芈月一早便等着缪辛的消息,闻讯便站了起来,不及思索,便要赶过去。

女萝一见之下,忙上前挡住她,劝道:"季芈,小心,那是王后,切勿冲动。"

芈月却一把推开了她,道:"别的事情可以让,但和氏璧,万万不能。"说着径直出门。女萝无奈,只得吩咐薛荔跟上,自己去告诉唐夫人。唐夫人一听,忙令人去禀报秦王驷。

却说芈月匆匆赶到了椒房殿,便被侍女挡住道:"芈八子,未奉王后宣召,您不能进来。"

芈月用力推开侍女,昂然直入。却见椒房殿内,楚国媵女们围着芈姝,看着锦盒中的和氏璧七嘴八舌地说着。见芈月大步迈入,室里本来很热闹的气氛顿时停滞。

芈姝嘴角亦是带着满意的笑,正将锦盒捧在手中细细观赏,不想芈月直闯进来,顿时收了笑容,不悦道:"芈八子,你进我宫中,居然不等通传,贸然直入,你的礼仪哪里去了?"

芈月的眼睛落在了和氏璧上。懒得与芈姝多说,只敛袖轻施一礼:"王后恕罪,只因事情紧急,所以不告而入。"

芈姝沉着脸道:"何事?"

芈月直接走到芈姝面前,指着她手中的和氏璧道:"王后,我派我的奴才去买了一块玉璧,听说在宫门连人带玉被傅姆带走了。不知是为了什么,特来相问。"

芈姝看也不看芈月,只扭头道:"傅姆,取千金来,赐芈八子。"

玳瑁笑着拍拍手,便有两个捧着匣子的内侍走上前。她令两人将匣子捧到芈月面前打开,里面金光满眼,诸媵女都不由得发出轻呼。玳瑁笑道:"芈八子,王后赐您千金,就当是赏您用心为王后寻回和氏璧。"

芈月看也不看那两个内侍,直接对芈姝再行一礼,道:"和氏璧我是为自己寻的，请王后还给我。"

芈姝这时才转过头，斜视着芈月，冷笑道："和氏璧是你的吗？"

芈月道："是。"

芈姝转头，直视芈月："你配吗？"

两人四目相交，彼此都毫不退让。芈月亦直视芈姝："王后，我自小就佩戴着它。"

芈姝一时语塞，更勾起心中旧事，又羞又恼："和氏璧是楚国之宝，只属于楚国。我要它，是为了把它送回楚国去，你休要无理取闹。"

芈月半步不退："和氏璧，从我出生起就是我的，是你们夺走了它，却又丢失了它。是我找回了它，是我赎回了它！"

芈姝看着芈月，颇为惊诧，忽然间觉得好似不认识对方了。从小到大，芈月在她面前，虽未竭力奉承，也少见故意讨好，但至少在所有的事情上都没有拂过她的意愿，每每遇事，总是以芈月的退让而告终。在她明知道自己是理亏的时候，甚至是无理取闹的时候，芈月最多也只是用一种冷淡和疏远的态度对待她。她让芈月为自己引开义渠追兵，让她去服侍秦王，迁怒她、责怪她，还令她险些难产，甚至到秦王驷面前用她和黄歇之事陷害她，芈月每次顶多冷淡地看着她，或是轻蔑地看着她，以沉默和忍耐面对她的故意生事、找碴责骂。可是她从来没有想到，有一天芈月会用这样强横的、毫不退让的态度，要从她的手中夺走东西。

这样的芈月让她觉得很陌生，很恐惧。她有一种不可忍受的感觉，要把芈月这种嚣张的气焰打下去。她要芈月如从前一样，纵然有再多不满，再多怨恨，也只能沉默、忍耐，不能反抗、不能指责，更不可以抢夺。

芈姝失态地站起来，指着芈月，忽然大笑起来。"和氏璧是你的？哈哈哈……"她睥睨着芈月，"我告诉你，你们……"她手一指，将整个宫中所有的人都扫了进来，傲然道："我是王后，你们是我的媵从、奴仆。连你，都是我的。我随时，都能处置了你！"她要让芈月知道，让所有的人都知道，没有人可以和她抢夺任何东西。于潜意识里，她对魏夫人最大的恨意，亦不过是竟敢与她"抢夺"。到了魏夫人一败涂地的时候，她便已经不把魏夫人放在眼中了。

芈月看着芈姝，她太了解对方为何如此，也太了解今日之事不能善罢了。这世间，有些事能让，有些事则不能让。她呵呵笑道："王后，你忘了一件事。"

芈姝不禁问："我忘记什么了？"

芈月淡淡地答："你忘记你我如今身在秦国，不是楚宫，我没必要再处处仰你鼻息。如今再不是你在母亲怀中撒个娇，就能要什么有什么的时候了。"

芈姝怔住了，脸涨得通红，一时竟说不出话来。急怒之下，她一挥手便向芈月脸上打去。芈月轻轻向后一躲，避过了这一巴掌。

芈姝反而愣住了："你，你敢躲开？"

玳瑁一见之下也急了，高叫："芈八子，你竟敢对王后无礼！"就要上前掌掴芈月。芈月轻盈地退后一步，借力轻推一下，玳瑁收不住力，踉跄几步，差点摔倒。

芈姝大怒："反了反了，将她给我拿下！"

一群侍女蜂拥而上。芈月虽然略通武艺，但毕竟只身而来。虽然薛荔也随后赶来相护，但终究芈姝身边，亦有知武的侍婢，且人多势众，顿时按住了芈月。

只是这一番闹，也是椒房殿从未有过的。芈姝惊魂甫定，怒火便起，见芈月已经被制服，心中怒气难消，忍不住走上前去，狠狠地打了芈月一个耳光："我看我是一向对你太过宽容了，竟然纵容得你如此不知尊卑！"

芈月瞪着芈姝，一字字地道："要么，杀了我；要么，把和氏璧还给我。"

芈姝从未见过芈月如此疯狂的神情，不禁退后一步，也有些胆寒。她定了定神，恶狠狠地道："来人，把她押下去，关起来让她冷静冷静。"

玳瑁急忙上前禀道："王后，芈八子犯上，应施杖责。"

芈姝一怔，她只是觉得芈月的反应有些吓到她了，却不曾想到过这个。她本想张口驳斥玳瑁，话到嘴边，却心念一动，不禁有些犹豫。见她眼光闪烁，玳瑁急忙加上一句："王后，执掌宫务，切不可心软。"

芈姝狠了狠心，点了点头。

玳瑁便高声道："来人，将芈八子……"正说到一半，忽然室外传来一声冷笑，道："将芈八子如何？"

玳瑁听到这个声音，直吓得魂飞魄散，连忙跪下。芈姝的脸也吓得煞白。却见帘子掀起，秦王驷大步进入，冷笑道："寡人宫中，何时可以由奴婢指手画脚给妃嫔行刑？"

众女皆一起跪下，只有芈姝强作镇定地上前迎道："妾身见过大王。"

秦王驷扫视一眼周围，道："王后的宫中，今日很是热闹啊！"

此时因秦王驷进来，按住芈月的人便已经松手。芈月扑到秦王驷身前跪下道："求大王为妾身做主。"

秦王驷却故意问："这是怎么了？"托起芈月的脸，看到她脸上的掌痕，顿时大怒起来："谁敢打你？"

芈姝连忙上前解释："禀大王，咸阳商肆有人叫卖和氏璧，此乃楚国之宝，妾身正打算派人去赎回此物，不想芈八子已经买回来了。所以妾身把千金还给芈八子，还要重赏她能够为楚国寻回此宝。不想芈八子忽发狂性，闯入妾身宫中，强要此物，真是无礼。"

秦王驷微微冷笑："那王后打算如何处置此物？"

芈姝不假思索地道："和氏璧乃我楚国之宝，妾身自然要送回楚国。"

秦王驷忽然笑了。他看着芈姝，慢慢说道："寡人耳朵不好，王后能再说一遍吗？王后打算如何处置这和氏璧？"

芈姝这才感觉气氛不对，却不知哪里不对，犹豫着回答道："臣妾，想把它送回楚国……"

秦王驷便问她："和氏璧是何人买下的？"

芈姝迟疑着回答:"是……芈八子……"

秦王驷目光炯炯:"既然是芈八子买下来的,那你打算如此处理的时候,问过芈八子的意见了吗?"

芈姝一惊,自知话已经说错,犹不甘心地挣扎着道:"可,这是楚国的……"

秦王驷截口问道:"你如今是哪国人?"

芈姝脱口而出:"我,我是楚国……"

玳瑁已经听出来了,急地叫了一声,阻止她继续说下去:"王后……"

芈姝不知所措地看向玳瑁。玳瑁压低了声音急切地示意道:"秦国,秦国!"

芈姝虽听懂了玳瑁的意思,可这一句话竟哽在喉间无法出口,好不容易才艰难地道:"我,我如今是秦国人……"说完,已经抑制不住心中的委屈,泪水夺眶而出。

秦王驷笑着问她:"既然是秦国人,和氏璧落在哪儿,重要吗?"

芈姝备感羞辱,两行眼泪流下,倔强地咬着牙不肯说话。

玳瑁见她如此,心中着急,忙劝道:"王后……"此时此刻,王后怕是又要闹起意气来了。

不想她这边替芈姝着急,却已经惹得秦王驷大怒。他与后妃说话,何时要这老奴在旁不停指点?当下便不耐烦地斥道:"聒噪!"

缪监会意,使个眼色,两个内侍便上前按住玳瑁,塞住她的嘴,将她拖了出去。

芈姝大惊,欲上前阻止,叫道:"傅姆……"

玳瑁见她冒失,着急地连连摇头,阻止她继续行动。芈姝只得站住,看着玳瑁被拖出去,痛苦地无声流泪。

玳瑁被拖到门边时,急忙丢了一个眼色给珍珠。珍珠会意点头,明白玳瑁是要她趁机去抢和氏璧。

玳瑁被拖到椒房殿庭院。缪辛一挥手,几个内侍按倒玳瑁,打起板子来。室外杖击声传来，夹杂着玳瑁的痛呼，声声传入芈姝耳中。

芈姝紧紧掐住自己的手，再也忍不住，上前一步问道："大王，您，您忽然闯入妾身的宫室，责打妾身的傅姆，那接下来，您还打算要怎么做？"

秦王驷微闭了一下双眼，道："该怎么做就怎么做。"

芈姝问道："什么意思？"

秦王驷看着芈姝，心中已经不耐。可这是他的王后，他愿意再给她解释一次："谁买的东西，归谁，如何处置，谁说了算。这是规则，也是公平。大秦治下万民，就算寡人以君王之尊，也没有看上谁的东西，就强买强卖的。"

芈姝怒极反笑："那么大王的意思，是要将这和氏璧强判给芈八子了？"

秦王驷心中更是不悦，反问："是寡人强判，还是你强夺？"

芈姝心中委屈之至，眼泪不禁夺眶而出，掩袖哽咽道："和氏璧乃楚国国宝，就算流落秦国，身为君子也应该成人之美，归还旧主。奈何大王竟偏心至此，无视我为人子女的孝心。"

秦王驷听了她这糊涂话，冷笑一声，将手一指宫外："此处，数百年前，乃周天子之都城，周天子之宫殿，如今周天子安在？数百年前，天下十分，七分属姬姓，而今，姬姓之国还有几分？万物无主，唯有能者居之。这大争之世，若是无能者，上至周天下，下至庶民，大则难保国域疆土，小则难保妻儿性命。这天下，没有谁的东西生生世世都是他的，谁失去了，是他自己无福保全，又如何能规定别人一定要送还于他？"

芈姝听了这话，顿时亦得了理由，当下冷笑着驳道："大王说话好生颠倒，既然说规则和公平，不可强买强卖，那为何又说无福保全者是活该？"

秦王驷看着芈姝，摇头轻叹："有能力的，改变规则；无能力的，遵守规则。你既无能力改变规则，又岂能不遵守规则？大秦疆域之内的，守着规则，寡人能庇护他。大秦疆域之外其他人的得与失，又与寡人何干？"说到这里，不禁加重了语气。他娶这个王后时，便知道她并不是特别机灵聪明之人。但想着养移体居移气，若让她做了王后，多年历练下来，也应该有所进步。哪晓得她自生了嫡子以后，以为万事皆如意了，便做出了一桩桩一件件愚蠢之事，糊涂至今。"王后，寡人一直在等你自己想清楚：你自己到底是谁，应该做些什么？你想做大秦国母，就应该有身为大秦人的意识，以有为争有位。你不想当大秦王后，就守着规则，自有寡人庇护于你。不为大秦付出，又想恣意享受大秦王后的权力，天下哪有这样便宜之事呢？"

芈姝只觉得这简直是无端飞来的责难，当着这一室宫婢媵女的面，她气得掩面失声痛哭："我不明白，我做错了什么，我哪里不能承担王后之职了？我拜过宗庙，我对你一心一意，我为你生下儿子，为你打理后宫，我如何不称职？你偏心，你偏心！"

秦王驷本欲借此让芈姝明白作为后宫之主应有的思量，见她如此不顾一切地大哭，不觉也皱起了眉头。他按了按额头，无言以对，只得轻叹一声，对芈月点头道："走吧！"

芈月大喜，行了一礼道："是。"便上前欲取和氏璧。

芈姝不想自己一番哭泣，秦王驷竟毫无触动，反而完全无视她的存在，依旧偏向芈月。一时之间惊惧交加，忽然尖叫起来："你休想！休想！我的东西，谁也休想夺走！我宁可砸了也不给你！我宁可毁了它，也不会让你踩在我的头上！"她激动之下，竟亲自冲过去要夺和氏璧，芈月连忙一只手挡住她，一只手去拿和氏璧。不料原本站在一边的珍珠却忽然冲上前撞倒了芈月，自己也伸手去夺和氏璧。

混乱中，芈姝摔倒在地，珍珠和芈月的手同时拿起盒中的和氏璧，两人却同时尖叫一声，如被针刺。

芈月看到手指上一点血痕，猛然一惊，想起昔年在楚宫听过的一些旧事来，当下更不犹豫，将手指含在口中吮吸，一口口地将污血吸出，吐了出来。

珍珠却以为自己和她是不慎被锦盒划到，不以为意。芈姝尖叫道：

"把和氏璧拿来给我!"珍珠忙去拿和氏璧,待触到那玉璧,却又被玉璧下面不知何物扎了几下。

此时芈月连吸了几口血吐出来,见状刚说了一句:"别动……"珍珠却已经拿起和氏璧,跑到芈姝身边,讨好地将和氏璧递给芈姝道:"王后,给……"

不想芈姝没有伸手去接那和氏璧,却惊骇之至地往后缩,指着珍珠的脸颤声道:"你,你的脸……"

众人皆闻声望去,只见珍珠的脸已经变成青黑之色。珍珠刚一抬头,想说什么,却喷出一口黑血来。血溅上了芈姝的手背,吓得芈姝连忙缩回手来,在衣服上拼命擦着。再一抬头,却见珍珠已经软软地倒在地上。

薛荔尖叫一声:"芈八子,您怎么了……"

众人连忙转头看向芈月,却见芈月脸上已经呈现青气。缪监脸色一变,手中出现几根银针,扎在芈月手臂上,拿起几案上的水递给芈月,急道:"快漱口!"

芈月勉强支撑着,漱了口,将水吐出。薛荔已经跪下,拿起芈月的手指,为她吸吮伤口的血。

众人骤见变故,顿时呆住了。

秦王驷喝道:"谁也不许动那和氏璧与匣子,快传太医。"转头见芈月的脸色已经苍白发青,强撑着对他笑了笑,眼睛却还看着那和氏璧,明白她的心意,对她点了点头,道:"你放心。"

芈月松了口气,眼前一黑,便昏了过去。

椒房殿中,顿时乱作一团。

此时唐夫人也已赶到,急忙率人将芈月带回常宁殿西殿,又忙唤了太医来。太医李醢诊完脉,转身向秦王驷行了一礼道:"大王,臣惭愧。"

秦王驷急问:"芈八子怎么样了?"

李醢苦着脸道:"芈八子是中了毒,幸亏及时将伤口上的毒液吸了出来，否则的话……"

秦王驷道："否则如何？"

缪监上前一步，轻声道："大王，奴才得报，王后的那个侍女，已经中毒身亡了。"

秦王驷倒吸一口凉气："芈八子现在如何？李醯，你还不快快救治！"

李醯无奈，跪在地上重重磕了个头，道："大王，微臣只能初步诊断芈八子中的是蛇虫之毒，可是却无法辨出是何种蛇虫之毒，到底是一种，还是多种。蛇虫之毒的治法差之毫厘，谬以千里，若不能明确毒素，对症下药，只怕适得其反。"

秦王驷皱眉道："那现在怎么办，就这么干看着？你身为太医令，居然没有办法吗？"

李醯道："臣现在只能先以连翘等药拔毒，再以犀角牛黄祛毒，但也只能起到缓解作用，拖延时日，并不能真正解毒。若不能在三日内找到解药，只怕……"

秦王驷道："只怕什么？"

李醯道："只怕芈八子性命难保。"

秦王驷大惊，对缪监喝道："三日之内，不计任何代价，必须找出解药来！"

不说秦王驷下令寻找解药，此刻椒房殿中，已是鸡飞狗跳。

玳瑁受了十杖，便被侍女们扶着慢慢爬起来。正要让侍女们扶她回房去上药，却听得殿内尖叫连声，诧异地问："出了何事？"

话犹未了，便见秦王驷带着芈月匆匆离去，殿内乱成一团。玳瑁见秦王驷走了，方敢进殿。一进去便见众女缩成一团尖叫，地上倒着珍珠的尸体。

玳瑁大惊，又听侍女们说了事情的来龙去脉，不由大惊，踉跄上前扶住了芈姝，问道："王后，您可碰到那东西了？"

芈姝先是摇摇头，又有一丝犹豫，似要点头，又似要摇头，有些不知所措。玳瑁急了："到底有没有？"

芈姝此时已经连气带吓，整个人都晕了。她方才一直捧着那锦盒，后来芈月去抢那锦盒，珍珠亦过来抢，她当真不记得自己有没有碰到和氏璧。她深吸口气，总算想起珍珠把黑血喷到了她的手背上，忙伸手给玳瑁看，带着哭腔道："珍珠的血，溅到我手上了。"

玳瑁大惊，忙唤了人来给芈姝洗手。此时殿中乱成一团，她拖着受伤的身体实是不能控制。不想孟昭氏却挺身而出，先是安抚了诸媵女，接下来又指挥椒房殿诸人先扶芈姝进了内屋，再将珍珠尸体抬出，又打水清洗芈姝的手。

孟昭氏照顾得井井有条，还劝玳瑁："傅姆受了伤，还是赶紧去更衣敷药吧，这里有我便是。"

玳瑁虽然万般不放心芈姝这边，却有另一桩更要紧的事要做，当下便托了孟昭氏照顾，扶着侍女们的手出了殿。她不急着回房治伤，却拖着受伤的身体直奔库房。扶着她的侍女见她后背已经渗出血来，忍痛忍得一头是汗，时不时还痛呼一声，心中不忍，劝道："傅姆如今伤重，何不回房治伤？有什么事，只管吩咐我们就是。"

玳瑁阴沉着脸，摇头道："你们不懂的，此事只能是我亲自去找。"

说着，她便指挥着人，将原来芈姝嫁妆中的数个箱子打开，各种小匣子小盒子小瓶子俱摆了一地。却又不让她们寻找，而是亲自翻箱倒柜。偏她刚受了伤，不时地因为举手抬足碰到伤处而停下来，忍痛呻吟，却又咬着牙继续寻找。

却说芈姝安顿好之后，唤了侍女琉璃去看玳瑁。琉璃一直找到库房，才找到玳瑁，诧异道："傅姆，王后说您受伤了，要您躺着休息，让太医给您治伤。您不养伤，跑到这里来做什么？"

玳瑁正吃力地扶住一个侍女的身体做支撑，见状道："你来得正好，帮我把这些箱子打开，把里头的东西拿出来给我看，小心千万莫要摔了什么。"

琉璃一边顺从地依着玳瑁的指点搬取匣盒等物，一边好奇地问："傅姆在找什么？"

玳瑁没有说话，只吩咐道："你们小心些，不要粗手笨脚的。给我找一个镶了螺钿的黑漆匣子，里头有三只陶瓶。"

琉璃满腹疑惑，却没有说什么，当下也帮她一起找。楚国多贝，这种镶了螺钿的漆匣极多。但芈姝的嫁妆，琉璃亦是经手过的，还算熟悉。找了一会儿，便从数个螺匣中找着了玳瑁所说之物，但见那匣子上镶着螺钿珠贝，雕花上漆，十分精巧。里头放着三只色彩各异的陶瓶，一为纯黑，一为偏绿，一为偏红。她便将匣子打开，递与玳瑁："傅姆，可是这个？"

玳瑁见了，顿时激动道："快拿来给我看。"又指挥琉璃把正中一只黑色陶瓶打开，闻了闻其中气味，点头道："就是这个，快扶我去见王后。"

芈姝刚安顿下来一会儿，便见侍女们扶着玳瑁进来。玳瑁一身血淋淋的伤衣未换，伤药未上，一瘸一拐走上前来，将一只黑瓶塞给她，急切道："王后，你快把这药吃下去。"芈姝不解地问："傅姆，你如何还不去治伤？这又是何物？"

玳瑁却不回答，只道："王后，时间紧急，您还是先服了药，再容奴婢慢慢告诉您吧。王后放心，奴婢是不会害王后的。"

芈姝虽然不解，但见玳瑁拖着伤痛为自己拿了这药来，神情又如此急切，到底还是信她，便倒出一粒药来，接过琉璃奉上的水冲服下去，才又问道："这到底是什么东西？"

玳瑁见她吃下药，这才松了口气。正要开口，却欲言又止，看了看左右。芈姝会意，便叫旁人退了出去。只留下孟昭氏、琉璃等几名她素日视为心腹之人。

玳瑁这才道："那芈八子包藏祸心，竟然在和氏璧上下毒暗害王后，幸而王后吉人天相，只折了珍珠。老奴恐王后也拿过这盒子，不知是否会沾上残毒，所以赶紧去找了此药，王后服之，有备无患。"

芈姝有些诧异："你这又是什么药？"

玳瑁便把螺钿漆匣打开，指点着道："您出嫁的时候，威后曾经让太医院精制了许多药物让您带着上路，其中就有几种解毒秘药，所以奴婢这才赶着去翻找出来。王后您看，这三瓶解毒药，左边偏绿色的专解草木之毒，右边偏红色的专解矿石之毒，您方才服的这瓶黑色的是专解蛇虫之毒的龙回丹。"

芈姝听得不住点头，不料孟昭氏细声细气地道："傅姆，您为何只让王后服那黑瓶之药，若那不是蛇虫之毒呢？"

玳瑁怔了一怔，迅速看向孟昭氏。孟昭氏却神情腼腆，见玳瑁眼神凌厉，反而脸儿微红，一副怯懦之态："可是我说错了吗？"

玳瑁转头看向芈姝，见芈姝神情亦有不解，当下解释道："王后，奴婢当日听太医说过，草木矿石之毒需要吞服或吸入，只有蛇虫之毒，是伤及皮肤血脉的……因珍珠触了和氏璧即死，所以奴婢猜这必是蛇虫之毒！"

芈姝一想到珍珠死状，心有余悸，再想到玳瑁不顾伤势为自己找药，心中亦是感动，抓住她的手道："傅姆，你为我受刑，我却不敢为你说情。如今你受了刑杖，还未及看太医上药，就赶着为我找药。这些媵女奴婢，若能有你一半忠心，我何至于这么烦心？"芈姝说着，便已哽咽。

孟昭氏见状，亦以帕拭泪，且又不动声色地上前一步，劝道："王后如今已经服了药了，傅姆亦当安心，还是快让傅姆下去疗伤吧。"

芈姝回过神来，连忙点头："说得对。琉璃下去，快宣太医。"

孟昭氏却又柔声劝道："以妾身看来，王后虽然服了解毒药，却也要看是否对症。您凤体要紧，是不是再宣太医来为您诊脉，也好让我们安心？"

玳瑁正被琉璃扶着要出去，闻言也回头紧张地道："对对对，王后，您要先让太医为您确诊一下，老奴才能安心。"

芈姝连忙点头："好好，让太医先给我诊脉，再去给玳瑁治伤。"

见玳瑁退下，孟昭氏道："王后，刚才可把妾身吓坏了，若不是珍珠护主，那可就不堪设想了……"一句话又唤起芈姝的惊恐，她神经质地一把抓住孟昭氏的手："你休提了，方才吓死我了。"孟昭氏不动声色继续道："王后受了这么大的惊吓，大王也不在您身边安慰，倒去了芈八子宫中。她如今昏迷不醒，就算在她那儿又有什么用？大王又不是太医。您这儿才正需要人安慰。"

芈姝愤恨地道："你别说了，他如今一心在那狐媚子身上，眼中哪里还有我啊！"

孟昭氏又道："听说，芈八子那边还诊不出伤情来，到处在找解毒药呢。您这里的药，要不要送去给她……"

芈姝却听也不听，摆手恨声道："休想，天晓得她是不是存心害我。如今她怕阴谋败露，在装昏迷不醒呢。"

孟昭氏嘴角露出一丝微笑，却依旧顺从地道："您说得是。"她劝了芈姝几句，把芈姝身边的事情都安排妥了，又亲自去看了玳瑁，见玳瑁果然已经上了药，又令侍女回报芈姝，这才慢慢地走了出去。

此时天色已晚，各处灯火慢慢地上了。侍女捧着灯在走动，见了她连忙屈膝避让。她笑着摆手，态度十分和气。

她走在前面，仍然可以听到侍女们在说着悄悄话："孟昭可真是个和善人……"

她听在耳里，却没有停下来，只是嘴角现出一丝微笑。

如今她在椒房殿中，已经可以代芈姝处理许多事务了。那些有了孩子的媵人，自然会把重心移到孩子身上，对芈姝来说已经算是"不够忠心"的了。因此，在与芈月明显失和之后，芈姝更加地倚重于她，十件事中倒有四五件事要听听她的意见。

如今，在和氏璧这件事上，芈姝和芈月会分裂得更厉害，而玳瑁挨的这一顿打，也会教她老老实实地躺在房间内，一两个月内休想再指手画脚了。

甚至，还可以让她躺得更久一些。

孟昭氏走回自己的院落，便让侍女们出去。等到房间内只剩下她一个人的时候，摸摸袖内暗袋中的半瓶丹药，露出一丝冷笑。万万没有想到啊，珍珠的死竟让玳瑁神志大乱。芈姝若要中毒，岂不早就中毒了？既然她没有毒发，又何须再多服那一粒龙回丹？

她从袖中拿出丹药，拈起一粒来，凝神看着——这一粒龙回丹，便让玳瑁陷入了死地。

第四章

龙回丹

这日清晨，卫良人正走到花园边，忽然听得隔墙有两个女子在说话。她本不以为意，最近宫中多事，各种流言便飞快流传。不料风中隐约传来"芈八子……""解药……"之类的话语。她自然听说过芈八子昏迷不醒、秦王驷在遍寻解药之事，当下大惊，连忙驻足细听。

却听得一个女子道："王后手中明明有解毒的龙回丹，可是却不许我们声张，这是为何?"

另一女子道："听说芈八子再没有对症的解毒药，可能就活不过三天了。"

头一个女子便道："唉，别说了，小心祸从口出……"

卫良人正欲再上前一步细听，忽听得那两人"啊"了一声，似发现了什么，便噔噔噔地跑了。

卫良人急忙追了出去，却见两个宫女的身影远远地一晃便不见了。卫良人惊疑不定，却不晓得这话到底是真是假，忙急急去寻魏夫人商议。

魏夫人也对发生在王后殿中之事十分不解。她本是想借此挑动芈姝芈月姐妹相争，但最终发展到一人毒发身亡、一人生死不明的状况，却教她也十分疑惑。此时见卫良人来找她，便做出一副恹恹的样子，笑了一笑："如今我这里，早就无人走动了，倒是妹妹还难得肯来。"

卫良人深知她不甘寂寞的性子，也不客气，坐下来道："我正是有事想向阿姊请教呢。"

魏夫人眉毛一挑，问道："怎么说？"卫良人左右一看，见无人在旁，便将方才听到的话，附在她的耳边，悄悄地说了。魏夫人听了这话，心头已是惊涛骇浪，面上却仍不动声色，依旧摆出一副心灰意冷的样子冷笑道："你告诉我这个做什么？"

卫良人见她如此，也不禁有些疑惑。若换了往常，魏夫人听到这样的事情，必是不会放过的。当下她心里也有些捉摸不定起来，问道："魏姊姊，您说要不要让大王知道这件事呢？"

魏夫人却依旧懒洋洋地笑道："妹妹尽量告诉去，大王知道了，一定嘉奖你的忠心。"

卫良人更是疑惑，当下试探道："我这不是想向阿姊讨个主意吗？"

魏夫人冷淡地回答她："有什么主意好拿？我不过是个坐着等死的废人，任凭是谁得宠，谁不得宠，谁算计，谁等死，与我何干。"

卫良人狐疑地道："阿姊素日可不是这样的……"却被魏夫人凌厉地看了一眼。卫良人心中一惊，忙改口笑道："那我就听阿姊的，我先走了。"

见卫良人匆匆去了，采薇进来不解地问："夫人，卫良人说了什么，您为何……"却见魏夫人脸色阴沉，吓得不敢再说。

魏夫人一扫方才懒洋洋的样子，腾地站起，握紧了拳头，道："事情做出祸来了。从今天起紧闭门户，千万不要做任何事，说任何话。"

采薇大惊，连忙应"是"。

卫良人离了披香殿，回到花园蹙眉细思，却百思不得其解。魏夫人今日的举动，实是令她疑惑万分。她当即叫人去观察披香殿的举动。若是魏夫人口头上说不感兴趣，实则要借此对付王后，她便可以旁观事情的发展。但若是魏夫人因此吓得收敛手脚，那么……卫良人心底一沉，那事情便比她想象的更为可怕。也就是说，和氏璧一案，很可能就是魏夫人做的手脚。那么，她就要考虑，在事情发生之后，如何让自己不受连累。

此外，她还有一件更疑惑的事，那就是到底是谁在她的必经之路上说出那样的话来，诱导她怀疑王后，甚至诱导她把这种怀疑传给魏夫人？

卫良人回到自己房间里，叫来侍女采绿道："你且去打听一下，近日大监在做什么。"

采绿一怔："良人，您打算……"

卫良人冷笑："如今这宫中，也只有他算得一个聪明人。"缪监虽然算计过她，但归根究底，在那件事上，真正被算计到的是魏夫人、王后以及芈月。若要在这宫中找到一个能够完全明白她的意思，又不至于连累她的人，也只有缪监了。

采绿去打听回来，说是缪监奉了秦王驷之命，正在全城紧急搜捕嫌疑人，寻找解药。

此时咸阳城已经戒严，秦王驷下令，全城搜索。尤其是在城门口，更是查验得厉害。出城的人正一个个排队交验竹符，宫中派来的侍卫亲自监督，拿着那载了"卖和氏璧的范贾"形貌特征的文书，见着中年、肥胖、不是咸阳口音的男子，便不管士庶，不管贫富，统统拿下。一时间，拿了十几名身材肥胖的中年人，便要押送到廷尉那里，由那些见过范贾的人，一一辨认。

此时魏冉正在司马错帐下为将，一听说芈月中毒之事，便自请效力，率人冲入那范贾所居的商肆之内，不想却已是人去楼空。他只得自己再带了人，在咸阳街市一家家搜查过来。

正在此时，有军卒跑过来找魏冉，说是已经在城门口抓到范贾了，魏冉大喜，便要去城门口押解那范贾。

原来各处城门，今日已经抓了几十名符合范贾相貌特征之人。大部分人畏于秦法，只能自认倒霉，老实被拿，只希望廷尉府能够审辨明白，得以脱身。不想中间却有数人拒捕，当下就被抓获，其中一人被认出正是范贾。

消息报到宫中，缪监忙去禀报秦王驷。

此时秦王驷正在常宁殿中。因芈月仍然昏迷不醒，且今日已是第二日了，离李醯所说的时限越来越近，秦王驷心中不安，下了朝便去守着芈月。

虽然暂时没有找到解毒之药，但女医挚依旧每日施针，李醯亦开出缓解毒性之药。只是芈月病势越发沉重，这日连药也喝不进了。嬴稷不肯吃饭，也不肯好生睡觉，只是担忧地牵着母亲的手，吧嗒吧嗒地掉着眼泪。他只知道母亲病了，可能快要死了，却还不明白发生了什么。他恐惧着失去母亲后未知的一切，却恨不得一夕间长大，拥有移山倒海、号令天下的力量，能永远永远地保护母亲。

秦王驷走进来的时候，嬴稷正趴在芈月榻边睡着。见秦王驷进来，侍女连忙上前，轻手轻脚托起他的小身子，把他抱去休息。秦王驷近前，只见芈月的嘴紧紧闭着，女萝和薜荔两人一齐动手，一人扶着她，一人喂药，虽勉强将药灌入她的口中，但药液很快涌出，沿着芈月的嘴角流到枕头和被子上。

秦王驷看不下去了，上前沉声道："让寡人来。"女萝等连忙让开。秦王驷将芈月抱起来，让她斜躺着倚靠在他怀中，舀了一汤匙的药汤喂入她口中，在芈月耳边低声道："季芈，寡人命令你，把药喝下去。你不是一向都努力活着吗？这次，你也一定要努力活下去！"

芈月似乎听到了他的话，这一次，口中的药没有涌出来。秦王驷满意地笑了一笑，又继续喂了两口，不料芈月忽然一咳，将方才喂入的药全部咳了出来。

女萝大惊，连忙拿着手帕擦拭道："大王恕罪，大王——"

秦王驷摆摆手，自己擦了一下胸口的药汁，看着昏迷不醒的芈月，心中甚是怜惜。他轻抚着芈月的脸，道："季芈，你不是说过无论在什么情况下，都要活下去吗？为什么你现在躺在这里，一动不动？你的活力哪儿去了，你的聪明哪儿去了？"他说到这里，顿住了，没有再说下去，心中默默道：季芈，你如今躺在这里，什么都不知道，更不晓得寡人的担忧、寡人的心痛。到底要怎么样才能够救醒你？到底是谁在利用你对亲情的执念害你？你不顾一切地想得到和氏璧，是因为你曾经得到的爱是独一无二的，是毫无保留的吗？寡人要如何才能得到你的全心全意的对待，有朝一日能让你为了保留一份你我之间的纪念而不顾生死？

他沉默着，众人也不敢上前，只屏气侍立一边。

过了好一会儿，便见缪监匆匆进来："大王——"

秦王驷将芈月交给女萝，自己站起来道："发现什么了？"

缪监行了一礼："那个卖和氏璧的商人已经抓回来了。"

秦王驷看到他的神情就明白了三分："没有找到解药？"见缪监有些犹豫，秦王驷看了看昏迷着的芈月，摆手道："出去说。"

说着，便率先走了出去，缪监连忙跟上。

秦王驷步入庭院。时值秋天，院中一株老银杏树叶落满地。他踩着遍地的银杏叶子，慢慢踱着，道："问出什么来了？"

缪监恭敬道："此事果然背后有人作祟，那范贾招供，和氏璧早就被人买下，却叫他继续叫卖甚至抬高价格，直至千金。"

秦王驷道："可查出是什么人在背后操纵？"

缪监犹豫了一下："是——魏夫人。"

秦王驷停住脚步，声音陡然变冷："谁？"

缪监垂着眼，面无表情地回道："老奴又询问过，魏夫人派井离买下和氏璧，又派其弟井深在范贾身边操纵。魏夫人又派人让王后知道和氏璧的消息，甚至买通王后宫中的宫女，挑拨王后争夺和氏璧……"

他话未说完，便听得秦王驷咬牙切齿地骂了一声："贱人！"一甩袖子，疾步而出。缪监还有一个消息未及禀报，却不防秦王驷怒气勃发，一路疾走，他只得将此事咽下，急趋跟上秦王驷。

秦王驷一路直奔披香殿，魏夫人闻讯，慌张地整着衣服迎出来，跪下相迎。却见秦王驷阴沉着脸，不理不睬走进去。魏夫人心知不妙，连忙站起来跟进去。

魏夫人身后跟着的侍女也想跟进去服侍，缪监却挡住她们，并拉上了门，自己站在门外。采薇和井离对望一眼，见彼此都吓得脸色苍白。

秦王驷走进室内，坐下。魏夫人跟着进来，忽然听到背后门响，回头看门已经被关上，脸色大变。

此时室内只有他二人在，魏夫人心知不妙，连忙跪下颤声叫道："大王！"此时，她已经知道秦王驷为何而来了。她派井深去杀范贾灭口，好将事情做得天衣无缝，谁晓得井深这个蠢货，居然让范贾逃了出来。得知这个消息的时候，她就知道不妙了。本以为这件事没这么快败露，可是没有想到，事情来得这么快。她跪伏在地，饶是素日胆大包天，也不禁浑身颤抖。

秦王驷按着太阳穴，神情疲惫，语气却变得极为平和："寡人给你最后一次说话的机会，不要再自作聪明。"

魏夫人听到秦王驷这样的话语，只觉得眼前一黑。她非常了解秦王驷，他若是怒气冲冲，她或许还有机会，但他这般语气平和，却显然已经不打算听她任何辩解了。她顿时感到前所未有的恐惧，扑在地上，双膝向前爬了几步，急声泣告："大王，大王，您一定要相信妾身最后一次，妾身没有下毒，妾身真的没有下毒。"

秦王驷看了她一眼，不再说话，站起来就欲向外走去。

魏夫人吓得魂飞魄散，不顾一切地扑上前，抱住秦王驷的腿大叫："大王明鉴，妾身再糊涂也不敢做出这种事。和氏璧送进宫要经过多少人的手，没人能算计到一定会害到谁，这毒可能伤害到任何一个人，甚至是大王或者子华。妾身再糊涂也没有这个胆子，更不会愚蠢到用这种手

53

段来杀人。能做出这种事的，除非……"她咬了咬牙，还是抛出了杀手锏来："除非是早有解药，早就安排下替死鬼的人。"

秦王驷本对她失望已极，还肯耐心来见她，无非是想知道解药的下落。此时听她说话，只觉得怒从心头起，脸色变得铁青，咬牙抓起魏夫人怒斥："到这个时候你还不忘记拉别人下水，拿别人当替死鬼吗？"说着，便将魏夫人狠狠踢翻在地，走到门边伸手欲开门，却听得魏夫人不顾一切地高叫："是王后，这和氏璧从头到尾都只有她的人拿着，她手中就有解毒之药。"

秦王驷的手顿时停住，僵立不动。

候在门外的缪监听了此言，也不禁僵住了。他得了卫良人的私下情报，两下一结合，顿时就信了。心下暗自后悔方才一时犹豫，不曾在秦王驷入披香殿之前将此事说明，如今倒陷入被动了。

此刻的魏夫人已经披头散发形如厉鬼，见了秦王驷如此，顿时如抓住最后一根救命稻草，伏地高叫道："大王可以去搜王后的宫中，她有解药——芈八子再不服下解药就会死了！大王，救人要紧，救人要紧啊！"

秦王驷转身，看着魏夫人，厉声道："你怎么知道的？"

魏夫人此时已经被恐怖所驱使，恨不得拿所有知道的消息来换取秦王驷的信任，听了这话急忙应道："是卫良人——是她听到王后宫中有人说话，说季芈中毒以后，王后就赶紧开箱服药，生怕染上余毒。这毒不是王后所下，她何来的解药？"

秦王驷深深看着魏夫人，似要看到她的骨髓中去。魏夫人整个人都缩成一团，却知道这是自己最后一次机会，一定要抓住，噙着泪，却不敢回避秦王驷的目光，只死死地看着秦王驷，希望他能够明慧如昔。

秦王驷忽然道："寡人这就去王后宫中。"魏夫人一喜，待要说话，却见秦王驷指着她厉声喝道："可是——别以为你就能免罪！"

说罢，此时早候在门边的缪监已经开门，秦王驷大步走出去。

魏夫人望着他的背影绝望地叫道："妾身只是想恶作剧，妾身绝对没有下毒，更无害人之心。大王明鉴啊!"

秦王驷顿了一顿，却没有回头，径直向外而行。

缪监用眼神示意了一下身边之人，连忙跟着出去。

便见两个内侍迅速上前，将魏夫人的房门关上，锁住，并站在门口把守着。缪乙便指挥着其他内侍将庭院中的内侍和宫女们统统带了出去。

一时间，披香殿人仰马翻。

魏夫人伏在地上，听着外面的响动，心中顿时一片冰冷。如果说上一次是无妄之灾，她还能翻身的话，这一次她知道，自己真的彻底失去秦王驷的信任与怜惜了。

她想不起自己为什么要这么做了，或许只是出于一种深深的不甘心。她在这宫中，亲眼看到庸夫人的败退，她阿姊魏王后的失宠和不甘，以及唐夫人如同影子一样活着的人生。她从小聪明好胜，入秦之后，秦王驷更是给了她前所未有的宠爱和权力，这一切都养成了她的自信和妄念。她不甘心眼看着新人得宠，不甘心居于人下，不甘心让出权力，不甘心失去在秦王驷心中的位置，更不甘心只做一个君王手中"爱则加诸膝，恶则坠诸渊"的玩物。让她像唐夫人那样寂寂无声地活着，还不如让她去死。

因着这一股妄念，她为了当上王后，为了阻止芈姝入宫，甚至不惜与魏国势力勾结。她何尝不知这样的事被秦王驷知道，她便是死路一条。可是，就算她什么也不做，她又能获得什么？不也是失宠失势吗？她太了解秦王驷了。她是姬妾，但公子华是秦王驷的亲生儿子，就算她获罪，子华依旧还是公子，只不过是宠爱多些少些，封地大些小些罢了。但是她若成功了，子华便是太子。这其中的得失，她算得太清楚了。

若换了旁人，如卫良人之流，只会计算着点滴的君恩，想让自己在宫中的岁月过得好一点，给子嗣谋算多一点——她们算计着这些残羹剩饭的多与少，小心地去维护、去争夺，而不敢冒得罪秦王驷的危险。可是，她岂是这种蝇营狗苟之辈？她曾经得到过最多的、最好的，再教她

55

为了这些次一点的东西去忍让，她不屑。

但这一注，她败了，败得一败涂地，败得要将自己的心割出一片来，献与秦王驷，才换得一方容身之地。她本以为，自己是不在乎失败的，但直到命运临头，她才知道，她舍不得死，舍不得就此认输。只要她活着，就有再坐到棋盘前的机会。

王后芈姝、八子芈月，这些人从来就不是她的对手。她所有的一切，都只是为了让秦王驷注意到她，看到她的不甘，看到她的怨愤。

她像个天生不甘寂寞的斗士，宁可死于战场，也不会安于平庸终老。所以，她在战败以后，在烂泥地里又慢慢爬起来，养精蓄锐，重新积累起力量，在有出击的机会时，她依旧忍不住会出手。她想让秦王驷看到，他所喜欢的妃子，他所倚重的王后，有多么不堪一击，有多么容易被操纵。

她只想躲在暗处冷笑。

她是失去了所有的机会，可是那些看着她倒下的人，也不能站在她面前得意！她宁可让她们也一起倒下，然后……大家做个伴儿。至于秦王驷再找新人来，那又是另一轮的博弈了。她甚至想，她未必不能在其中寻找机会继续插手。

她知道自己的想法很疯狂，甚至有些自取灭亡，可是她如同一个赌徒一样，站在赌桌旁，看到有新的机会就会忍不住出手，哪怕输得精光，仍然舍不得离开，甚至不惜赊账，拿自己所有的一切去抵押，以换取再下一注的机会。

魏夫人翻了个身，在地板上仰面躺平，脑子里一团混乱。她甚至不再想接下来会发生什么事，却只是想着，这一次，她能够拖下多少人来陪她？

秦王驷一路不停走出披香殿，缪监急忙跟上，低声请罪，将自己所知情报说了一遍。秦王驷更是信了几分，当下一气直走到椒房殿中。见芈姝匆忙迎出，秦王驷根本不看她一眼，径直走进去。

芈姝不知所措地看看玳瑁，在玳瑁示意下，也跟进去。

秦王驷坐下，冷眼看着芈姝。芈姝在这种眼神下感觉心虚，迟疑地左右看看，扶着玳瑁一步步挨近坐下，赔笑道："大王，今日朝政不忙吗，怎么到妾身这儿来了？"

秦王驷劈头就问："芈八子中毒已经快三天了，王后就不关心她的死活吗？"

芈姝猝不及防，失声道："她，她还……"她险些就说出"她还活着吗"，话到嘴边，猛然醒悟，改口道："没事吧？"只是这话转得硬了，听来颇有些不太自然。

秦王驷何等聪明，如何听不出其中的勉强来？当下冷冷地看了芈姝一眼，问："王后是希望她死，还是希望她活？"

芈姝被他看得不安起来，支吾道："妾身……妾身自然是希望她活着。"

秦王驷不再理她，却缓缓地扫视了殿中诸人一眼。所有人见着他的神情，都不禁胆寒，纷纷低下了头。

秦王驷将众人神情皆看到眼中，才缓缓道："朕听说楚国有一种解毒之药，那日事情发生以后，王后就吃了一颗解毒药，不知道此药是否对症？"

芈姝听了这话，惊得站起来："我……我……"玳瑁见芈姝心神大乱，忙拉了拉芈姝，芈姝一紧张，立刻否认："没有……没有这种事情。"

玳瑁见芈姝连连说错话，连忙替她描补："王后出嫁时，嫁妆中就有各种药物。老奴怕王后也接触过那个匣子有可能会染上余毒，所以找了一颗解毒的药让王后吃下去——其实只是吃个安心罢了。"

芈姝见状，连连点头："是啊，是啊！"

秦王驷收起慑人的眼神，轻笑道："原来是求个安心啊！"忽然问道："那药还有吗？"

芈姝被秦王驷笑得心惊肉跳，听了这话不及细思，连忙应声道："有，还有……"说着伸手取过还放在几案上的药匣，端到秦王驷面前，抖抖索索地解释："红的解矿石之毒，绿的解草木之毒，黑的解蛇虫之毒。"

秦王驷接过药匣，打开看了看，转向芈姝微笑道："王后吃的是哪一种药呢？"

芈姝本已经吓得有些晕头转向，忽然见秦王驷换了和颜悦色，一心只想讨好于他，哪里还顾得这许多，忙笑道："黑色的。"

秦王驷接过药匣道："其他两种没有吃吗？"

芈姝脱口道："不需要。"玳瑁听得脸色大变，直欲去捂住她的嘴，却在秦王驷的眼光下不敢有所举动。

秦王驷点头道："好，好！"

芈姝还待他再说些什么，不料秦王驷却忽然站起，转身疾步离去。

众侍人忙跪地相送："送大王。"

玳瑁战战兢兢地抬头，见秦王驷已经远去，芈姝却还呆立着没有反应过来，急得站起来拉住芈姝道："王后，您怎么就这么轻易把解药给了大王，还什么都说了！"

芈姝还未回过神来，反问道："怎么了？"

玳瑁顿足："季芈中了毒，整个秦国都没有解药，偏我们有解药，岂不令大王生疑？"

芈姝便问："生什么疑？"她这话一说，忽然想起情由来，吓得脸色都变了，此时又闻玳瑁解释："大王岂不是要怀疑这毒是我们下的，否则哪会这么巧！"

莫说秦王驷怀疑，芈姝自己一细想，也要大吃一惊，吓得白了脸色。她一挥手令诸人退下，自己抓住玳瑁的手，惊疑不定地问道："傅姆，这毒是你下的吗？"

玳瑁急了："王后，您如何连老奴也信不过了？若老奴当真要下手，何必这般麻烦！"

芈姝越想越怕，白着一张脸，连手都抖了起来："那……那我们怎会有解药?"

玳瑁百口莫辩，只得硬着头皮解释道："奴婢找这药只是以防万一，求个安心。但愿这药不对症才好。"

芈姝也不由得点头。也不知是向玳瑁解释，还是向自己解释，她喃喃地道："嗯，不会这么巧吧，这药必是不对症的。对，必是不对症的。"

不提两人提心吊胆地等着消息，且说秦王驷带着药匣，回了常宁殿，便召来太医李醯，将那药匣给了李醯验看。李醯打开黑色药瓶，倒出仅剩的三颗药丸来，又倒回两颗，拿起剩下的一颗，闻了闻，用小刀刮下一点药粉尝了尝，闭上眼睛仔细分辨其中的药性成分。

秦王驷坐在芈月身边，只是看着芈月，并不说话。

李醯将药丸递给身边的女医挚："医挚，你来看看。"

女医挚也似李醯一样，试过了药性，才抬头道："的确是解蛇虫之毒的药，可是……"

李醯会意，道："是不是能完全解芈八子之毒，却不能确定，是吗?"

女医挚点点头，又说了一句："此乃楚宫秘药龙回丹，能解荆山蛇、云梦环蛇、双头蛇这三种楚国至毒之蛇的毒，但若芈八子中的不是这三种毒蛇之毒，就难说了。"

李醯便向秦王驷一拱手，禀道："大王，蛇虫之毒变化多端，其解药或取其经常出没之地的药草，或取其血提炼成药，必须对症下药。请恕臣无礼，能否再取芈八子身上的蛇毒做个试验，看看能否有效?"

秦王驷点头："准。"

李醯看了女医挚一眼，女医挚便走到芈月身边，拿起银刀，正欲在芈月受过伤的手指尖上再割一刀，只是刀子贴近芈月手指，她却有些犹豫，不敢下手。

秦王驷见状，抱起芈月，让她倚在自己怀中，拿过女医挚手中的银刀，亲自动手在指尖割下，但见红中带着紫黑的血，一滴滴落在女医挚手上拿着的药碗中。

李醯取了血，便小心翼翼端了出去，到庭院中叫内侍寻来几只小兔，将那血沾了银刀，划破兔子的皮毛，弄出伤口来，见那兔子开始抽搐，再将那黑色药丸给那兔子服下。如此几番试验之后，才回来禀道："恭喜大王，此药完全对症，芈八子服药以后，三天之内当能醒来。"

秦王驷点头，又问："怎么要这么久？"

李醯道："大王，病来如山倒，病去如抽丝。芈八子被蛇毒伤了经脉，要祛出余毒，恢复身体，还需要更久。"

秦王驷点了点头，让李醯退下，叫人将那药丸与芈月服下之后，沉默不语。过了片刻，他忽然发出一声冷笑："王后手中，居然有对症的解药……"

他忽然笑了起来，笑声令人不寒而栗。

众人吓得不敢说话。

秦王驷看了一眼缪监，缪监会意，忙上前恭敬听命，就听得秦王驷道："将椒房殿与披香殿封殿，在事情查清楚以前，不许任何人进出。"

椒房殿内，芈姝拿着诏书，晕了过去。

披香殿内，魏夫人青衣散发，端坐在那儿，神情如死灰，一动不动。

宫中变故，亦是飞快地传遍咸阳城中各卿大夫的府第。

此刻，张仪书房中，庸芮与张仪对坐。

庸芮问道："张子之智，非常人能及，这后宫之事，您如何看？"

张仪反问："以庸公子之见，当是谁人所为？"

庸芮明白自己的思维只在常理之内，而张仪的思维，却常在常理之外。若要得张仪之智，自己亦当先说出猜想来，当下微一沉吟："都有可能，都有破绽。若是魏氏所为，便是欲借此挑拨起王后和芈八子之争，甚至除去对手。王后一死，公子荡难保，而魏夫人就有可能推公子华上位。"

张仪抚须，微笑不语。

庸芮见状，又微一沉吟，说道："若是王后所为，便是故意引魏氏入圈套，一举除去芈八子和魏夫人，一箭双雕。"

张仪微笑，却问："那这毒呢?"

庸芮一时语塞，想了想："若从毒来论，只有王后有此毒，其他人也无此条件。这样算来，便是王后所为了?"再看张仪神情，却颇有一些不以为然，转口又道："还有一种可能，就是魏夫人知道王后有此种毒物，盗取此毒，借此陷害。但……魏夫人如何能够得知此事，又如何能得到此毒? 依在下看，可能性不大。"说到最后，又摇摇头，自己也有些不能确定了。

张仪又问："还有呢?"

庸芮一怔，将自己方才的话细想了想，看还有什么遗漏之处，但觉得再说，亦脱不出这几种可能，最终还是摇了摇头。

张仪笑着喝了一口茶。这苦茶的味道，他原来并不喜爱，可是自那日在楚国与秦王共饮之后，他亦是渐渐喜欢上了这种初喝时又苦又涩，品得久了却有一丝回甘的饮品。他喝了几口，才放下茶盏，轻敲几案，缓缓地道："如果有第三个人呢?"

庸芮一怔："第三个人?"

张仪慢条斯理地又品了一口茶，才道："我总疑心，王后没有这样缜密的心计，而魏氏的势力在公孙衍的时候被连根拔起，哪里又能布得下这么大的局?"

庸芮听了张仪之言，也陷入了沉思。他坐在那儿，沉默半晌，忽然猛地一击案："我想起来了。"

张仪正一口茶饮入，被他一吓，茶水自鼻孔喷出，呛了半日，才问道："你想起什么来了?"

庸芮连忙一边道歉，一边道："那个范贾……我来之前，于街市上见着那范贾被人押送而过，当时只觉眼熟。你方才说，是否有第三个人，我想着与此事相干之人，却忽然想起……上个月，我曾经在游士馆舍见到过一人，长得颇似那个范贾。他当时正与人私下见面，态度还甚是恭敬，不晓得此人有无嫌疑?"

张仪眼睛一亮，拉住了他叫道："你如何现在才说?"

庸芮苦笑摇头："我那些日子心不在焉，所以根本未曾将此事放在心上，只是……"他将信将疑，"那人当真可疑?"

张仪道："总是一条线索，值得一探。"

庸芮跳了起来："我这便去。"

张仪忙叫住他："且慢，你怎可自己这样便去?待我拨一队人马与你同去!"

且不说庸芮领兵而去，却说那游士馆舍，本就是列国游士所居，人来人往，鱼龙混杂。庸芮到了那里，寻遍所有地方，却找不到那日所见之人。他不肯死心，当下便召来管理馆舍的中丞，对着人一个个点去。

那中丞见他如此细究，便搬了名册出来。秦法素来严密，那些游士入馆便要登记，中丞便据此名册发放供养之米粮，若要离开，也要去中丞处登记，换取过关的符节。

他们查看了这一月之内离开馆舍的名单，发现一名魏国士人中行期甚是可疑，当下便由张仪禀了秦王驷，满城围捕。

如此几番搜捕，直将咸阳城弄得人心惶惶。原来因为五国联军围城而躲入咸阳城的一些巨族大户，也吓得要迁出去。

樗里疾见此情景，忙进宫去劝秦王驷。正劝着，便得到禀报，说是庸芮已经抓到了中行期。秦王驷大喜，当即派甘茂去审问，不料这回却审出一个了不得的结果来。

秦王驷得了通报，惊诧不已，立刻召来樗里疾，将供词给他看。樗里疾见了以后，也甚是惊骇。两人面面相觑。良久，樗里疾才道："既有此供词，大王少不得也要召他面询了。"

秦王驷沉默片刻，还是点头道："召张仪入宫。"

次日，张仪奉召入宫。

张仪只道是自己指点相助庸芮有功，因而不以为意。他一进宣室殿，便见秦王驷和樗里疾坐在上首，神情严肃。他心中疑惑，莫不是函谷关前军情有变？

行礼之后，君臣对坐，便听得秦王驷开口道："张子可知后宫和氏璧一案？"

张仪点头："知道。"

秦王驷问："张子怎么看？"

张仪便将自己的分析说出："臣以为，此事非一人所为。王后、魏夫人，甚至还有第三人、第四人，此事夹杂了他们每个人的私心和手段，才会如此复杂多变，而非一人起初所愿。"

秦王驷听了此言，并不说话，只是看了樗里疾一眼。

樗里疾接话道："张子说得对。张子可知，昨日我们抓到一人，乃是范贾身后指使之人？"

张仪点头："吾亦知之矣。庸芮公子曾与我说过，当日他见着范贾曾在游士馆舍，与另一人见面。怎么，此人抓到了？"

樗里疾不由得与秦王驷交换了一个眼色，疑虑更甚，嘴上却说："正是，昨日庸芮抓获此人，送至廷尉府，与那范贾对质，终于得知此人背后的操纵者……张子可要听听此人的供词？"

张仪隐隐感觉不妙，神情却是不变，笑着拱手道："臣恭聆。"

樗里疾向缪监示意道："宣甘茂大夫。"

过不多时，缪监便引着甘茂手捧竹简走进来，行礼如仪。

樗里疾问道："甘茂大夫，那犯人的口供，可是有了？"

甘茂本是傲气之人，但这些年来在秦国的位置始终不上不下，不免将原来的傲气消磨了些，此时眉宇间的不驯之色已经减了许多，添了几分沉稳。他听了樗里疾之言，便应道："是。"当下呈上竹简，跪坐在下首陈述案情："此人姓中行，名期。乃先晋中行氏之后，居于魏国，与张子乃是同乡……"

张仪霍地直起身子，他感觉到一丝阴谋的味道，瞪大了眼睛看着甘茂。

甘茂又继续道："他说，和氏璧乃是一月之前，张相交给他的……"

张仪勃然大怒，长身而立："胡说，我何来和氏璧？"

甘茂表情严肃依旧，板板正正地道："当日张相弃楚入秦，原因天下皆知，乃是因为楚国令尹昭阳丢失和氏璧，而张子是唯一的嫌疑人。"

张仪提起旧事，便有些咬牙切齿："昭阳老匹夫轻慢士子、草菅人命，他冤枉我，毒打刑求，可是我张仪清清白白，没有拿就是没有拿。"他转向秦王驷，急道："大王，臣当日与大王一起入秦，两袖空空。臣有没有和氏璧，大王当一清二楚。"

秦王驷微微点头，他其实在昨日已经听过回禀，此时再转向甘茂问："你可问清，这和氏璧是如何到了咸阳的？"

甘茂此人，素来都是一副不苟言笑的板正面孔，昔年迎楚公主入秦，不曾有过半分好颜色，今日对着张仪陈述案情，更是一张铁面。当下只向张仪拱了拱手："张子，在下初审此案，比张子更为惊骇，所以问得很细。此人招供，当日张子得到和氏璧以后，因为昭阳追查甚严，怕带不出关卡，所以将和氏璧藏匿起来。后来借着楚国公主和秦国联姻，将和氏璧混在嫁妆里带到秦国，此后由张子自己收藏。"

张仪此人，游说列国面不改色，镬鼎当前毫不畏惧，玩弄诸侯巧舌如簧。他只道世间，再无什么可以撼动他心神之事了。谁想到今日遇上了此事，他竟抑不住内心怒火如狂，一时间无法平静下来，只觉得眼前的人都变得极为可笑。他眼睛都红了，击案怒喝道："这是诬陷，诬陷！此人必是五国奸细，施离间分化之计！"

樗里疾见张仪如此，不敢刺激他，转头再问甘茂："且不管这和氏璧是谁所有，你可问出此案究竟来？"

甘茂垂着眼，语气平板冷漠，毫无抑扬顿挫："此人言，公孙衍联合五国兵临函谷关，秦国必败。张子想逃离秦国，这才变卖和氏璧筹钱……"

张仪怒极反笑："哈哈哈，一派胡言！五国兵临函谷关，只消分化离间，便可令其溃散。我张仪身居相邦之位，深得大王倚重，重权在握，我为何要逃离咸阳？我又没疯！张仪有三寸不烂之舌，千金聚合，不过瞬息之事，何须变卖和氏璧筹钱？如此胡言乱语，大王怎么可能相信？"他一路说来，自以为理直气壮，却看到秦王驷和樗里疾看完甘茂手中的竹简，神情便有些不对了，不由得惊诧道："大王，难道你们真的相信这种无稽之谈吗？"

秦王驷看了樗里疾一眼，樗里疾便将手中的竹简递给张仪："张子，你细看这里头的供词，关于和氏璧如何从楚国到秦国的细节，非经历过的人，是写不出来的。"

张仪拿着竹简迅速一看，却见里面细说他如何得了和氏璧，如何收买奴隶，将和氏璧藏在楚公主入秦的嫁妆箱子里；中途义渠人劫走嫁妆，他如何假借赎芈月之名，亲入义渠取回嫁妆，趁乱收回玉璧，藏于心腹家中；逢五国之乱，他又如何召来旧友中行期，托他变卖和氏璧筹钱逃亡。这桩桩件件周详之至、一气呵成，若非他是张仪本人，险些也要相信这竹简上的内容了。

张仪将竹简往下一掷，怒道："一派胡言，一派胡言！"

他抬头看向秦王驷，只道秦王驷必会好言安抚表示信任，不想却见秦王驷脸色苦涩，长叹一声："张子，寡人不相信你会背叛寡人，更不相信你会因为五国之乱而胆小逃离。可是，这供状在案，你教寡人如何向群臣解释，如何向天下解释，这和氏璧与你无关？那中行期乃你同乡，他的供词，你如何反驳？"

张仪愤怒地道："臣愿与他对质！"

秦王驷却沉默了下来，沉默得令人心惊。

众人也一起静了下来。殿上只闻得铜壶滴漏之声，一滴滴、一声声，似打在人的心头。沉默的时间越久，众人的心越是不安。

好一会儿，才听得秦王驷长叹道："寡人本欲差你出使函谷关外，游说列国。可你既然已经身处嫌疑之中，在未弄清事情真相之前，只怕不能再处理国政。你先回府闭门谢客，待事情查清之后，再做打算吧。"他不相信这件事，可是，纵然他不相信，又能如何？如今这件事似乎铁证如山，他身为君王，又岂能完全不顾证据，不顾其他臣子的反应？更不能当真为了自己的意气，将江山社稷的命运轻托。

张仪难以置信地看着秦王驷，手指颤抖："大王这是……要软禁臣吗？"

甘茂板着脸道："张子，若是其他人遇上这种事，是要下廷尉之狱的。大王如此待你，已经是格外宽容了。"

张仪愤怒地仰天大笑："哈哈哈，不错，不错。比起昭阳将我杖责，大王待我，的确是格外宽容了。张仪谢过大王。"说完，张仪站起来朝着秦王驷一揖，便转身大步离开。

秦王驷伸手，想叫住张仪，但张了张口没有出声。眼看着张仪出殿，他的手无力地垂下，叹息一声。

樗里疾见状，忙对甘茂道："甘茂大夫，你也可以退下了。"

甘茂行礼："臣告退。"

见甘茂退出，秦王驷看了樗里疾一眼，道："樗里子，你有何见解？"

樗里疾长叹一声："大王，依臣愚见，此案应是经三人之手。先是张仪想要变卖和氏璧……"

秦王驷却截断他的话道："疾弟，你也相信张仪会是偷盗和氏璧之人吗？"他不叫他樗里子，而称为疾弟，便是抛却君臣之分，说起推心置腹的兄弟之言了。他不愿意相信张仪会做出此等事情来，可张仪之事在台面上毫无破绽。他身为一国之君，无法忽视廷尉府的奏报。若此事一开始不曾交与廷尉府，而由他的私人谍报上传这样的信息，他倒好叫来张仪，君臣交心，掩下这桩事来。如今，便只有争取樗里疾的支持，帮助他将此事按下。

樗里疾却不愿意接下秦王驷的话头，只道："大丈夫不拘小节。臣以为，张仪有没有盗取和氏璧，是否私藏，甚至变卖和氏璧，那都与我们无关。和氏璧是楚国国宝，又不是我秦国国宝，楚失其宝，乃是他们自己失德，何人得宝，以何种手段得宝，在这大争之世，都无关紧要。重要的是，若是张仪真的身居国相之位，却对秦国没信心，甚至打着逃走的主意，这才是最不可原谅的。"

秦王驷一怔，问道："难道你也相信张仪想逃跑吗？"

樗里疾犹豫了一下，看到秦王驷的神情，很想如往日一般赞同他的判断，但最终还是忍下了，只道："张相为人性格，与臣不合，臣不敢为他作保。但依臣愚见，张仪未必就是不忠。身为国相，何等荣耀，未到最后关头岂会轻易弃之？且他曾经分析过，五国联盟并不可怕，并可亲自前去分化……"

秦王驷听得入耳，不禁微微点头。

樗里疾却话锋一转："然人在危难之时，想为自己多筹钱找条退路，也未必没有一时半刻的失措之举。在未能发现和氏璧案有新的进展前，张仪仍然是最大嫌疑，这是再多理由也无法解释的。若以当前证词分析，当是张仪欲变卖和氏璧，此有中行期和范贾证词，亦有张子被昭阳刑求

67

的旧事为证。接下来,此事为魏夫人所知,故意传扬后宫,挑拨王后和芈八子相争,以为公子华图谋。此有范贾、井离以及井深的证词。王后得知芈八子先行买下和氏璧后,乃派人守在宫门,夺去和氏璧,因嫉妒芈八子得宠,所以在盒中暗藏毒针。此有芈八子生产险些送命之前例,又有芈八子所中之毒,唯有王后才有解药龙回丹这个疑点为证。且当日王后和芈八子争夺和氏璧,一片混乱中芈八子中毒,王后却毫发无损,只死了一个贴身侍女,实在是令人起疑。"

秦王驷听得樗里疾一步步推断,竟是处处严丝合缝,无懈可击,且将人人的私心图谋皆说了出来,不由得脸色铁青,截然道:"好了!"

樗里疾亦知自己的分析大胆,已触及宫中阴私。此事,众臣皆有议论,却也只有他胆敢将魏夫人、王后之私欲图谋一一说出。他看着秦王驷的脸色,见他已经到了发作边缘,便不敢再说下去。

半晌后,秦王驷的神情才渐渐平息下来,叹了一声:"寡人实不敢相信,王后会有杀人之心。"

樗里疾却沉吟道:"王后或许最初并无杀人之心,可她身边却有楚国的旧宫人。楚威后、郑袖等人在楚国,暗害后宫妃嫔多人,行事心狠手辣,不择手段,不计后果……这,原是楚国旧风啊!若是这些人为王后图谋,擅自下手,而此后王后默认此事,亦未可知!"

秦王驷听着樗里疾之言,心头一股寒意升起。王后芈姝的为人行事,以及她身边宫人的手段,确如樗里疾所说的那样。他相信王后并不会生出杀人之心,无他,因为王后从小到大的生活环境太过一帆风顺。但是王后身边的楚宫旧宫人,却实实在在有这样的狠毒心肠与手段,而王后自己服用龙回丹后,不思将此药拿去救芈月,也是默认了这场图谋。

其实,这种事后默认的行为,与事前图谋,轻重虽然略有区别,性质却是一般无二的。

秦王驷无力地挥了挥手,令樗里疾退出。他不想让人看到自己的软弱,但此刻,他全身无力,再也无法支持,伏在几案上撑着头,只觉得头痛欲裂。

他想，难道去楚国求娶王后，竟是一个错误的决定吗？他本以为，一个有数百年历史的大国的公主，心性单纯不甚强势，娶了她可以令后宫宁静。不想，她居然连同胞姊妹也容不下。她第一个对付的是芈月，等到将来羽翼渐丰、胆子渐大，谁又会再度成为她的目标呢？他冷笑，他竟看错她了。是，她没有害人的胆气，但她却带着害人的爪牙，而她并没有能力也无意约束这些爪牙。

他要剪除这些爪牙容易，可是，王后若真是这样的人，宫中那些微贱的充满野心的奴仆，会趋炎附势地愿意成为她的爪牙。

修身齐家，治国平天下，后宫若是不靖，他又如何于诸侯间图谋称霸？秦王驷喃喃道："难道，寡人竟要废后吗？"

夜色降临。这一夜，秦王驷没有去别的地方，仍然留在了芈月身边。

他虽有满宫妃嫔，却觉得无处可去。王后、魏氏，这一个个女人，似乎都变成了藏在他枕席间的蛇蝎。他无人可倾诉，只有在这夜深人静的时候，对着这个昏迷不醒的女人，他才能够将内心所有的痛楚和压力倾泻出来。

秦王驷长叹一声，轻抚怀中人的脸庞："你为何还不醒来？你可知道，寡人今天真是心力交瘁。这世上没有一个男人能够接受自己身边睡着的妻妾，都是一条条毒蛇；自己倚重的国相，却有可能暗藏叛意。"他将芈月抱在怀中，喃喃自语，将自己这些日子来的压力，将今天所面临的张仪之事，将自己对魏夫人和王后的失望，一句句对着芈月倾诉。

他喃喃地说着，却未发现他说的时候，芈月的手指似乎动了一下。

他又絮絮道："寡人不愿意去相信，可一桩桩证据摆在眼前，却由不得寡人不信。满宫只剩下你一个干净又聪明的人了，如果你也不醒，寡人还能够跟谁说话呢！季芈，你快些醒来，好不好，好不好！"

正在这时，秦王驷忽然觉得身上的人一动。他一怔，连忙低头，却见怀中的人紧紧皱着眉头，似在挣扎。

秦王驷又惊又喜，忙叫人道："快来人，季芈好像醒了！"

侍女们忙一拥而入。这几日女医挚白天守着，晚上亦在旁边耳房随时候命，这时候也闻讯匆忙赶来诊脉。诊完，她面露喜色对秦王驷道："恭喜大王，芈八子已经醒了。"

当下由侍女们扶起芈月，用热巾子为她净面之后，但见芈月的眼皮眨了两下，又眨了几下，便缓缓睁开眼睛。

秦王驷又喜又惊道："季芈，你醒了？"芈月迷茫地看着秦王驷，眼神似乎还有些呆滞。秦王驷有些着急，放缓了声音又道："你还认不认得寡人？"

芈月盯了他半天，眼神才渐渐聚焦："大王！"

秦王驷大喜："你醒了，当真太好了！"

只是芈月毕竟刚刚醒来，只清醒得片刻，又有些支撑不住，沉沉睡去。次日李醯亦来请脉，开了调理之方，如此数日，这才恢复过来。

芈月恢复了精神，便叫缪辛去打听宫中之事。

此时前廷后宫，乃是一片混乱。五国围困函谷关不去，打了一仗又一仗，双方俱有伤损。五国势大，但秦人却仗着地势之险，双方僵持不下。此时，公孙衍却联合了已在数年前向秦称臣的义渠，在秦人背后发起攻击，占据了西部不少城池，使得秦国东西不能相顾。

朝中，张仪身涉嫌疑，案子一直悬而未决，再加上樗里疾要面对函谷关之战，秦王驷顿时觉得政务乏人相助，便下诏令原来四方馆的几名游士入朝辅助，如管浅、冯章、寒泉子等俱为大夫。

张仪因"闭门思过"，便上了辞呈，将国相的印玺也一并送回。秦王驷欲送回相印，但樗里疾却认为，此时张仪嫌疑未脱，若如此迁就，反而令众人不服。于是建议干脆收了张仪的相印。

乐池原在中山国为相，此时亦来到秦国。樗里疾对秦王驷建议，可倚重他在列国中的游说之能，任他为相。秦王驷同意了，但为了缓和与张仪的关系，又将张仪推荐的大夫魏章升为左庶长，令他去函谷关镇守，减轻樗里疾的压力。

而后宫之中，因王后与魏夫人俱涉和氏璧一案，所以都被软禁起来，宫中事务交给唐夫人和卫良人、孟昭氏三人管理。

芈月一边养着身体，一边听着前廷后宫的变化。过了几日，病势稍好，她便记挂着和氏璧之事，向秦王驷要求看和氏璧。

秦王驷见芈月苦求，犹豫了一会儿，便让缪监去拿，过了片刻，便见缪监托了个匣子进来。这个匣子自然不是当日的锦盒。那日案发后，秦王驷便让缪监将那装和氏璧的盒子拆了个彻底，方查出原因来。此时这和氏璧已经彻底清洗检查过数回，方被端了进来。

芈月激动之下，差点就要站起来亲自去接，但最终还是忍了下来，转而看着秦王驷，眼神殷切："大王——"

秦王驷连忙按住她道："休要着急，等缪监送过来。"

缪监将匣子呈放到几案上，打开匣子。匣内玉璧莹然，果然是天下难得的美玉。

秦王驷也不禁赞叹了一声："荆山之玉，果然名不虚传。"回头见到芈月急切而渴望的眼神，笑道："不急，不急，这和氏璧已经是你的了，不必着急。"

芈月嗔道："妾身为它差点送了命，自然急着想看看它是否完好，才能安心。"

秦王驷也笑了，当下便将那匣子推到芈月面前。芈月小心翼翼地伸出手来，却欲拿而不敢拿，惴惴不安地转头看向秦王驷："大王，臣妾，可以拿起它吗？"

秦王驷点头："寡人已经让太医检查过了。原来那个匣子里有个机关藏着毒针，但和氏璧上并没有毒，如今都已经清理了。"

芈月听了这话，终于还是克制了心理上的不安，拿起了那和氏璧，热泪盈眶地将它捧在心口，爱怜地抚摸着。秦王驷看她如此，心中也略觉安慰。不想芈月摩挲半日，手忽然停住，不敢置信地睁大眼，拿起枕边的绢帕用力擦了擦眼睛，再仔细看着手中的玉璧，表情变得愤怒和不知所措。

秦王驷见状，问："怎么了？"

芈月的手都颤抖了，拿着那玉璧愤恨道："假的，假的，它是假的！"

她已经气得发抖，愤愤地将玉璧往地上一摔，那玉璧摔在地上，飞了出去，撞在铜鼎上，摔碎了一个角。但见玉片飞溅，饶是缪监身手极快，也是不及救下，只连忙将破损的玉璧拾起。

秦王驷脸一沉，道："假的？"他伸出手来，缪监连忙奉上玉璧。秦王驷接过玉璧，仔仔细细看了看，才叹道："这的确是难得一见的美玉，雕工也十分精巧，在我秦国也难找出同样的玉质来。"想着倒有些犹豫，问芈月："你……你真能确定是假的？"

芈月却不再看那玉璧，愤愤道："妾身自能确定。那和氏璧自我出生时就戴在我身上，整整戴了六年，我咬过啃过，还抱着它一起睡，上面甚至还有我流过的血，怎么可能认错？这是假的，再好也是假的！"

秦王驷轻叹一声道："就算是假的，也不必摔破啊！"

芈月道："宁为玉碎，不为瓦全。和氏璧是独一无二的珍宝，岂容假货混淆？"她说到激动处，又眩晕起来，摇摇欲倒。秦王驷连忙扶住她。芈月看着秦王驷，握着他的手，只叫了一声："大王——"便哽咽起来。秦王驷知她心情，轻抚着她的手安慰她道："你不必说了，寡人都能明白，你还是好生休息吧。"说着便要扶她去休息。

芈月却抓住秦王驷，固执地说："不，妾身以前也以为，许多话不用说出来，许多事有的是机会说。可是这次差点从鬼门关回不来，才深深体会到，有些话若不说，很可能就没机会说了。"

秦王驷知道她此时精神脆弱不安，安抚道："好，寡人就在这里听你说话。"

缪监见状，忙收拾起那假和氏璧，悄悄与众人退了出去。

"这一次，我差点死去，此中心境更易，实是天翻地覆。"好半日，芈月才幽幽说道，"我从小被父王当成男孩子一般教养，后来又遭遇人生之大变，万事藏于心中，在楚国战战兢兢，如履薄冰。对人对事，不敢轻付信任，更不敢轻付感情。我也从不曾像姐妹们那样幻想着夫婿情爱，更不屑于说出感情。这世上，我不怕别人伤害我，因为我从小已经习惯被伤害。可是我怕别人对我好，我会不知所措，甚至逃避和恐惧。别人伤害我，我可以冷漠以待；但别人对我好，我却不知能还报别人什么。我受不起，也付不起，更伤不起。大王对我的好、对我的情，我点点滴滴都记在心上。可对大王的心动，我却不敢承认，羞于出口，甚至逃避。我知道大王会很失望，因为对我再好，我都没有像别人那样，还报大王以深情厚爱。我的心、我的情，连自己都害怕，都不敢面对，又如何能让大王看到……"

说到这里，芈月两行眼泪缓缓流下。两人自相识以来，这是她第一次对秦王驷打开心扉，说出素日万万不会说的话来。

秦王驷默然片刻。他是君王，平生最擅长的，便是洞察人心、掌控人生。他有过许多妻妾，对他来说，女人反而是最容易掌握的。她们的生活无非是从闺阁到宫门，有一点点虚荣心，喜欢华服美食，喜欢受人重视和宠爱，最大的危机不过是失宠、无子。只有芈月，她足够聪明，却又足够封闭。他曾经试图打开她的心，可是她的心门闭得太紧，只肯打开她自己认为安全的幅度，但这对他来说，还是远远不够的。

没想到一块和氏璧，竟令她心防大破。但他能够理解她这种心态，因为他也是同样的人。他的心防，也是深不可测的。

他知道她此时心情激荡，却不愿让她在这种心情下将心事一泄而尽，之后又将心门关起，当即安慰道："你别说了。你的心，你的情，你的逃避，你的害怕，我都能够明白。"

芈月却摇了摇头，沉默片刻，幽幽道："我小时候，养过一只小狗，很可爱。它很喜欢露出肚皮来给我挠。可有一天，它在露出肚皮给我的时候，被人踢了一脚……"

秦王驷诧异于她为何忽然转了话头，但还是顺着她的话语问道："是谁？是楚威后吗？"

芈月摇头："是谁并不重要。重要的是，那只小狗后来再也没向任何人露过肚皮。它见了人就逃，就躲。就算是我，也只能远远地给它喂东西。大王，我就是那只小狗啊……"

秦王驷已经明白芈月的意思，心头一紧，却没有说话。

芈月的话语越来越轻："我就像那只小狗一样。如果我露出心底最脆弱的地方，却让人重重伤害了的话，那我这一生，都不可能再露出自己的肚皮了……"

秦王驷紧紧地抱住芈月。她的身体柔弱微凉，他的身体却带着强势和热量。渐渐地，她的身体也被温暖了，开始回应他的力量。

他把嘴唇附在她的耳边轻轻说道："寡人知道。"

烛影摇红，一室静谧。

第六章

连 — 环 — 计

公子嬴华自函谷关下来，连夜直奔咸阳。一入城便骑马疾驰至宫门，要入见，却被门口守卫挡住。

嬴华坐在马上，挥鞭怒道："走开，谁敢挡我？"

此时太阳已经西斜，宫门刚刚关上，那守卫便道："公子恕罪，宫门已闭，无大王旨令，任何人不得入宫。"

嬴华眉头一挑，道："那好，替我通传，我要求见大王！"

那守卫道："天色已晚，请公子明日递本奏请。"

嬴华大怒，就要发作，这时候他的部下蒙骜忙上前拦住："公子，臣知道您心系魏夫人安危，可是此时再在这里喧闹，只怕会惹起大王反感。反正今日天色已晚，宫门已闭，不如另寻他途，再做打算。"

嬴华喃喃地道："另寻他途？"忽然间眼睛一亮，他拨马转向道："去樗里府！"

蒙骜一怔，抬头望天，道："天色已晚，此时再去樗里子府上，只怕……"只怕樗里疾已经睡下了吧。

嬴华却不理会，直奔到樗里疾府外。樗里疾果然已经睡下，嬴华却不管不顾，捶着门大哭大叫："王叔，王叔，侄儿求您救命了！"

樗里疾惊起："怎么回事？"

书童白芨连忙服侍樗里疾穿衣道："是公子华叩门。"

樗里疾道："走，去看看。"当下由书童扶着，走到前厅，叫人请了嬴华进来，问道："子华，出了什么事？"

嬴华已经扑到樗里疾面前跪下，大哭道："王叔，求您救我母亲一命，这次的事绝对不是她一手操纵的，也不是她下的毒。她只是糊涂了，中了别人的计。"

樗里疾一怔："此乃大王后宫之事，你怎可来求我？"

嬴华只在樗里疾面前不断磕头："王叔，侄儿求您了，如今只有您才能救人，侄儿求您了！"

樗里疾扶住嬴华道："唉，你不必如此，此事牵连甚大，只怕……"只怕说不得，他也要管上一管了。当下便留下嬴华，自己先在书房思虑了一番，次日便入宫请见。

秦王驷于宣室殿内，见了樗里疾。

樗里疾先贺秦王驷道："臣听说芈八子已经醒了，恭喜大王。"

秦王驷脸色仍然郁郁，叹道："虽然已经醒了，但身体过于衰弱，还是要静养。"他亦知樗里疾为何事而来，叹息一声道："子华昨日去找你了？"

樗里疾点头："大王，公子华心念魏夫人，也是孝心一片，请大王恕其无状。"

秦王驷道："他在外面？"

樗里疾忙点头："正是。"

秦王驷便对缪监道："宣。"

过得不久，嬴华走进来，向秦王驷跪下，哀求道："父王。"

秦王驷长叹一声，抚着他的头道："痴儿，后宫之事，与诸公子无关，你原不该来的。"

嬴华悲泣道："父王，儿臣知道母亲糊涂，然身为人子，却不能不顾。"

秦王驷道："寡人曾经说过，给她最后一次机会，可惜，她没有珍惜。"

嬴华道："儿臣愿以军功折罪，求父王留母亲一命。儿臣会以命相劝，让母亲不再做错事。"

秦王驷长叹一声："寡人若恕了她，那又拿什么理由处置王后的过错呢？"

嬴华面现绝望，退后一步，重重磕头。一下下磕头之声，沉重痛楚，不一会儿头上便磕出血来，一缕血流下面颊。

樗里疾忍不住了，上前一步拱手道："大王……"

正在此时，却见缪乙悄然进来，在缪监耳边说了句话。

缪监上前道："大王，芈八子派人来说有急事要求见大王。"

殿中诸人皆是一怔，嬴华脸色已变，深恐再生不测。樗里疾却暗中思量，缪监此人最是识趣，此时他三人议事，居然敢将此事报来。若不是事关重大，便是那芈八子如今在秦王驷心目中已经非常重要了。

秦王驷亦知缪监谨慎，当下皱眉道："何事？"

缪监道："是关于和氏璧案。"

樗里疾看向缪监，深觉意外。

秦王驷亦诧异："和氏璧案？"

嬴华也僵住，三人的眼睛都盯住缪监。

缪监道："芈八子说事情很紧急，请大王允准相见。"

秦王驷急于知道事情真相，加之也不忍看嬴华继续哀求，摆手道："好了，子华，你且起来。寡人旨意未下，一切未有定论，你休要多言。"说着站起，转身离开。

樗里疾见秦王驷已去，连忙伸手扶起嬴华道："子华，起来吧。来人，为公子华上药。"

嬴华却不顾自己的伤势，紧张地抓住樗里疾道："王叔，会不会有事？"

樗里疾安慰嬴华道："放心。"

嬴华道："为何？"

樗里疾道："难道对你母子来说，还有什么情况会比现在更坏吗？"

嬴华怔了一怔，不由得苦笑起来。

秦王驷匆匆进了常宁殿，却见芈月正由女萝扶着，在庭院中慢慢走着。

缪监待要出声，秦王驷却抬手阻止了他，只是负手静静地看着她。

芈月刚才想到一事，便立刻派人去请秦王驷，倒不知秦王驷来得如此之快。她本要走到外头迎接，可一到院子里，因许久不出房间，抬头看着天空，不免有些感慨："病了这一场，银杏叶子都快落光了。"

女萝恐其伤感，劝道："季芈，银杏叶子年年都落，今年落了，明年还会再长。"

芈月道："说得也是。人也是，今年走了旧的，明年又有新人。"

女萝心中生怜，劝道："季芈，您病了一场，何必如此多思多想？外头自有廷尉办案，谁冤谁不冤，也不干您的事，毕竟您才是受害人，不是吗？"

芈月摇头道："我的事，是小事；背后的阴谋，才是大事。这几天我一个人躺着，什么事也做不了，只能翻来覆去地想这件事。我既想到了，便不能不说。"说到这里，似有所感，缓缓转身，却见秦王驷站在庑廊阴影里，正含笑看着她。

芈月看着秦王驷微笑，两人四目交流，有着前所未有的信任和情意。

秦王驷走入庭院，扶住了芈月，道："你想到了什么？"

芈月倚在秦王驷的怀中，声音柔柔地开了口，语气却非常坚定："那个案子，有疑点。"

秦王驷扶住芈月慢慢走着，来到院中的大银杏树下。侍女已经端来了坐榻，两人在庭院中坐下。秦王驷道："你身子还没好，别为这件事费心。"

芈月握着秦王驷的手，看着他的眼睛："不，这件事，必须由我来说。"

秦王驷柔声道："你在深宫之中，又不知道案情，能说什么？"

芈月摇摇头："我这几天横竖躺着无事，就问了缪辛这个案子的情况，才知道不仅牵涉王后，还牵涉到魏夫人，甚至牵涉到国相张仪。"

秦王驷冷冷地看了缪辛一眼，缪辛连忙跪下道："奴才该死。"

芈月笑道："大王别怪他，是我逼他说的。此事差点害我一命，我岂敢让自己蒙昧无知？大王，那个中行期很可疑，臣妾以为，应该重新审他一次。"

秦王驷眼睛一亮道："你看出什么来了？"

芈月道："大王明鉴，既然和氏璧是假的，那么中行期说的关于张仪如何盗取和氏璧，如何变卖和氏璧之事，自然是假的。"

说到这里，芈月有些气喘。秦王驷忙轻抚芈月后背安慰道："好了，你且歇息片刻，不要太过吃力。"

女萝捧上一杯蜜水来，芈月喝了几口，慢慢缓了过来，又继续道："既然此事针对张仪，那匣中的毒针，很可能也是针对张仪的。对方必是知道张仪的过去，也知道他会对和氏璧耿耿于怀，所以将毒针藏在匣中暗算，也未可知。"

秦王驷一皱眉头道："你可知你中毒以后，太医说三日之内找不到对症的药，就会毒发身亡。可王后在你中毒以后，就赶紧吃了解毒药，却忍心扣着解毒药，眼睁睁地看着你死……"

芈月淡淡一笑道："大王，一事且归一事，我就事论事。她有杀我之心，那是她的事。我不能落井下石，指黑说黄，明知其冤，却因为私人恩怨而窃喜，那不是我做人的原则。荆山蛇、云梦环蛇、双头蛇乃是楚国最毒的三种蛇，楚宫中便藏有这三种蛇的蛇毒，而宫中秘制的解毒药龙回丹，也是针对这三种蛇毒提炼的。我当日一中毒，便去吮吸手指中的毒血，拖延毒发，正是因为当日在楚宫听说过毒针害人的旧事。楚宫既有此旧事，威后为她备下此等防范之药也是理所应当。所以王后手中虽有能解此毒的药，却未必就是下毒之人。"

秦王驷听了不禁骇然："此事骇人听闻，不想楚宫竟有此旧事！"说到这里，他顿时又想到："王后有解药，那必然就有毒药，此番就算不是她下手，可她居然留着这种害人之物，又是什么心肠？哼，这次之事，哪怕与她无关，寡人也必要将她身边这种阴私鬼祟的东西统统销毁。否则的话，宫中岂有宁日！"

芈月静静听他发作完了，才又叹道："王后虽然未必是下毒之人，但下毒的，却必是楚国之人。"

秦王驷眼神一凛："你看出是什么人了？"

芈月想了想，慢慢地说："我后来又将那和氏璧拿回细看，发现不但玉质精美，而且花纹制作极为相似，简直能以假乱真。若非我自幼枕着和氏璧入睡，对那种手感太过熟悉，换作普通人，还真是无法分辨。所以臣妾斗胆猜想，让人制作此物的人，一定持有过和氏璧。"

"持有过和氏璧？"秦王驷皱眉，第一个想到的便是楚威后。

却听得芈月继续道："在臣妾的记忆中，持有过和氏璧的人，除臣妾外，就是楚威后、楚王和令尹昭阳。威后和楚王，与王后乃是至亲，岂会不顾王后的安危？万一王后也去沾手这假和氏璧呢？而且，他们与张仪也实无仇恨。与张仪有仇，又不在乎王后和秦宫其他人死活的，就只有令尹昭阳。"

秦王驷沉吟："昭阳？"他对列国宰执之人，自然是极有研究的，当下便想着昭阳的所有资料。

芈月却又摇了摇头，有些迟疑道："五国兵马齐聚函谷关下，必不能持久。历来列国合兵攻击，不是成功便是失败，若是失败，则多半败在人心不齐上。而人心再不齐，总也得要有一个源头，或是琐事冲突，或是策士游说……所以，秦有张仪，便是这五国合纵的大敌，自然要先除去他。昭阳虽老成谋国，但性子刚愎，不擅用此等心计。当此五国兵临城下之际，必是有人忌惮张仪之才，行此诬陷之计，而借昭阳之手实施。这样的连环计环环相扣，那昭阳背后之人，其智当不下于张仪！"

秦王驷眉头一挑，已经想到一人："公孙衍！"

芈月诧异地道："公孙衍？是那位前不久刚逃离秦国的大良造？"她在楚国还能够和屈原、黄歇等纵谈政事，但到了秦国之后，大多时候只能困于官中。她偶尔也去四方馆听策士辩论，但这种大庭广众之下的辩论，也以纵论列国形势的居多，而讨论秦国重臣为人手段，却是各人私底下的事了。就算她有时能见着张仪，但张仪看不上公孙衍，说起来贬低居多。因此她对此人不甚了解，唯一一次见面，便是那次在大街上匆匆一眼。

秦王驷道："不错，公孙衍与张仪更有深仇。昭阳不过是误会张仪盗了和氏璧，但公孙衍却因为张仪的到来失去我的倚重，不得不离开咸阳。公孙衍为人心高气傲，我不能用他，他就要我后悔失去他这个国士，所以才会集结五国之军，兵临城下，让天下人知道他公孙衍的本事，我秦国不能用他，乃我秦国不识珍宝。"

芈月道："原来如此。那大王将如何处置？"

秦王驷头疼地说："寡人本拟让张仪去游说分化诸侯，可是张仪却……"

芈月道："大王，既知张仪是冤枉的，就更应该反其道而行，重用张仪，游说分化诸侯，除去兵灾，让敌人的阴谋不能得逞。"

秦王驷道："士可杀不可辱。寡人不能忽视汹汹物议，只得罢张仪之相位，又将其禁于相府之中。寡人担心，张仪会因此而负气抗旨，不愿为寡人效命。"事实上，他也不好意思再当面令张仪去办这件事。

芈月点头道："臣妾明白。人以国士相待，我以国士报之。公孙衍太过熟悉大王，也太过了解张仪，才会设下这么一个局。臣妾以为，对于张仪来说，请将不如激将。"

秦王驷眉头一挑，心中有些明白，微笑："激将？"

芈月道："公孙衍如此与秦国纠缠不休，皆因好胜之心。而张仪无端受此诬陷，必会有报复之心。若能激起张仪的报复之心，何愁此事不成？他留在秦国为秦效力，将公孙衍辛苦集结的五国联军化为一盘散沙，正好大大地出一口恶气。天底下还有比这更好的与公孙衍一决高下的机会吗?"

秦王驷拊掌大笑:"善,大善!既如此,寡人就派你去说服张仪。"

芈月指向自己:"我?"

秦王驷道:"这世间还有比你更熟悉张仪,更能说服张仪的人吗?"

芈月也笑了,向秦王驷行礼道:"臣妾遵旨。"

过了几日,芈月便驱车去了张仪府。府外还是守卫森严,芈月便叫缪辛把秦王驷的铜符给了那卫士长,令他们都撤了,再由女萝搀扶着,走进张仪府中。她驻足看了看,让人去采了一大把菊花来,这才进了张仪书房。

一推开书房门,便觉得一股污浊之气扑面而来。芈月不禁退后两步,拿扇子扇了两下,令侍女们去把门窗都打开,自己拿起花闻了几下,这才稍稍好过些。

仔细看去,见书房中竹简丢了一地,正中地面上摊开一张大地图,旁边还有一些羊皮小地图。张仪伏在地图上,似乎疲惫之至,正在打瞌睡。旁边丢着一个食盘,上面还留着残杯冷炙,又倒着几个酒器,另一边则是一个枕头、一条被子,显见张仪这几日食宿皆在这里。

开窗之声惊动了张仪。他浑浑噩噩地擦擦眼睛,再抬起脖子,便见一双穿着白袜的脚走到眼前,往上,是白绢裙边,再上,是纹饰繁丽的紫色曲裾,再往上,是玉组佩、腰带,再往上,是一大簇黄紫相杂的菊花。

菊花被捧到了张仪面前,张仪呆滞地看着,好一会儿,才张口说话。

自被软禁以来,他便一直在书房看地图。不能接到军情奏报,他便用自己的方式模拟军情。这十几天来,他一直没有开口说话,向来利落的口齿也有些运转不便,骤然开口,说起话来也一顿一顿的:"这……是……什么?"

芈月道:"花。"

张仪的语速慢慢恢复正常,但脑子依旧有些呆滞:"你拿花给我做什么？"

芈月皱了皱鼻子，嫌弃地道："熏屋子，你这屋子每次进来都气味难闻。"说着，转身把花顺手插在几案上一个青铜方尊里，指着最里面的窗子道："将那两扇也打开。"

张仪反应慢了一拍，这时候才跟上叫道："哎哎，那是盛酒的……"

芈月踢开竹简，清出一小块空地，坐下来道："放心，接下来你都不会有空喝酒了。"

张仪搔了搔头，也坐正了。这时候他的神志已经恢复得差不多了，瞪着芈月问："什么意思？"

芈月却不回答，只皱皱鼻子，嫌弃道："哎，这气味……我说你多久没开窗子没出门了，这气味……从前你只有一个小童仆倒也罢了，难道你做了国相，也没人送美姬给你服侍吗？怎么把这屋子住成了野人洞啊！"

窗子打开，强烈的阳光让张仪的眼睛不适应地眯起来。他用袖子遮着阳光，闻着菊花的清香，慢慢地道："大王送过美姬。不过我被软禁以后，就把这些美姬放出府了，省得整天在我面前哭哭啼啼的……再说，我要真有事，也不好连累人家是不是？"

芈月怔了一下，笑了："张子真是善心。"

张仪伸了个懒腰，听得自己的骨节啪嗒作响，整个人的活力也在慢慢恢复。听了芈月这话，他翻个白眼，冷笑道："我只是怕麻烦。说吧，你大病初愈，今日来找我有何事？"

芈月便笑道："恭喜张子。"

张仪懒洋洋地道："喜从何来……你可别告诉我，大王终于发现我被冤枉，为我昭雪了，所以要我感激涕零、莫忘君恩。"说到最后，不禁带了几分嘲讽的意味。

芈月却摇头道："不是。"

张仪怀疑地看着她："不是？"若不是，你来做甚？

芈月从跟在身后的女萝手中接过一个匣子，送到张仪面前，张仪将信将疑地打开，看到里面虽然缺了一角但破损处不太明显的假和氏璧。

张仪是见过和氏璧的。那日酒宴，昭阳拿出来炫耀，他远远地看过一眼。不想酒宴过后，这和氏璧就失踪了，而他被当成小偷，被打得差点一命呜呼。所以虽然只看过一眼，但这和氏璧的样子，他却是至死不敢忘记，此时一见便认出来了，他颤抖着手拿起玉璧对着阳光看着，颤声问道："这是……这是什么？"

芈月道："张子可认得此物？"

张仪道："这是和氏璧吗？"

芈月没有说话。张仪反复细看手里的假和氏璧，终于发现了摔破的地方："这是……摔破了？"

芈月道："是。"

张仪没有问"为何是破的"。他很快反应过来："这莫不是假的？"

芈月微笑："虽然是假的，但足可乱真。"

张仪轻轻叹息："原来和氏璧长这样啊。"

张仪把假和氏璧放到一边，抬头看着芈月，忽然站起来行了一礼。

芈月忙避开不敢受礼："张子何意？"

张仪长叹："我两次三番被这和氏璧所害，今日才真正看清它的样子，虽然是个赝品，但总算是……唉！"说着，不胜唏嘘。

芈月却一拱手，道："张子可是以为，这和氏璧害你不浅？"

张仪听出芈月的话，转头笑问："季芈以为呢？"

芈月道："我以为恰恰相反，是和氏璧成就了张子。"

张仪讶然："季芈是在说笑话吧。"

芈月道："祸兮福所倚，福兮祸所伏。天下事情，都有祸福两面。试想，若无和氏璧，张子此时还在昭阳门下浑浑噩噩地度日。正因为出了和氏璧的事，张子才被逼到绝处，出走楚关，成为大秦国相，一怒则诸侯惧，安居则天下息。"

张仪沉默不语，又有些不服："那此番呢？"

芈月道："此番五国兵临函谷关,公孙衍因惧你之能,以和氏璧为计陷害你,但你毫发无损,此计只能成就你在诸侯之间的威名。你再出使列国,只怕诸侯召见之时,你未发一言,他们便先行气馁了。"

张仪听了这话,纵声大笑:"哈哈哈……"芈月静静地看着他,没有说话。张仪渐渐平息下来,又拿起假和氏璧来看:"是谁摔破这块玉的?"

芈月道:"是我。"

张仪道:"为何?"

芈月道:"不忍见鱼目混珠。"

张仪哈哈一笑道:"那么,把这块玉留下来给我吧。"

芈月道:"好。"

张仪看着假和氏璧,不胜唏嘘道:"成我也是它,败我也是它。"

芈月道:"公孙衍,当今之国士也。此璧若非伪作,亦可算美玉也。国士为你而苦心算计,美玉因你而自贬身价,这当是张子之荣耀。从来福祸相依相转,成败自在人心。"

张仪哈哈一笑,向芈月一伸手道:"拿来。"

芈月道:"什么?"

张仪道:"诏书,令符。"

芈月微笑道:"这个,你见了大王,自然会有。"

张仪道:"哦,大王没有让你带来吗?"

芈月道:"若是我带过来,张子如何对着我提条件?"她俏皮地引用了张仪昔日的话,道:"彼君子兮,不素餐兮。"

张仪大笑道:"季芈,你出师了啊!"

芈月亦是一笑,站起身,翩然而去。

当下,张仪便叫了童仆来,沐浴更衣,直入宣室殿:"臣张仪求见大王。"

秦王驷才得芈月回报,便见张仪已经来了,心中甚喜,忙请了张仪进来，拱手道："此番五国兵临函谷关，有赖张子前去游说分化，解我大秦之困局。"

张仪拱手道："张仪义不容辞。"

秦王驷有些踌躇，想到自己毕竟令张仪受了委屈，想说些安抚的话，却不知道如何开口，当下又道："张子还有何要求，寡人当尽力为你办到。"

张仪朗声一笑："确是想求大王一事。"

秦王驷道："何事？"

张仪负手而立，默然片刻，言道："臣一生自负，却三番两次，因和氏璧一件死物而差点断送性命。此番公孙衍以假和氏璧相诱，固然是为了陷害微臣。但臣料定，他也是想以假引真，和氏璧也许真的在秦国境内。臣请求大王，若是找到那和氏璧，请交与微臣，将其砸碎，以泄此恨。"

秦王驷沉吟片刻，旋而应诺："玉璧易得，国士难求。和氏璧虽为楚国之宝，但你张仪却是我秦国之宝。寡人答应你，若和氏璧当真落在寡人手中，寡人当赐予你张仪，任你处置。"

张仪长揖："士为知己者死，张仪当为我王效命。"

张仪的要求很快传入了芈月耳中，张仪走出来的时候，便在回廊之中被芈月拦下。

"听说，张子向大王提的要求是，要亲手砸碎和氏璧？"芈月单刀直入。

张仪似笑非笑："和氏璧是我所恨，却是季芈心爱之物。大王允我若和氏璧到手，便任我处置。季芈是不忍见宝璧毁灭，因而相劝的吧。"

芈月也笑了："我在张子面前卖弄聪明，实是可笑了。"

张仪拱手笑道："不敢，不敢，我是从来不敢小看季芈的。但我深恨和氏璧，亦非三言两语便能改变心意。不过，世事难料，季芈一向很有说服力，也许和氏璧到手之日，您有办法能让我改变主意呢！"

芈月道："张子这话，实是激起我无限好胜之心。想来为了保全和氏璧，我是必要想尽所有办法了。"

张仪微笑："张仪期待季芈能够给我足够的惊喜。"

芈月道："如此，我可真要绞尽脑汁了。"

张仪道："季芈可要我推荐一人相助？"

芈月道："何人？"

张仪道："此次能够抓获公孙衍派来的奸细中行期，全亏一人出力。"

芈月道："能得张子推荐，必非凡人，不知是谁？"

张仪道："庸芮公子。"

芈月一怔："是他？"

张仪道："庸公子大才，当于朝中效命，只留在上庸边城，实是可惜。"

芈月轻叹，却有些犹豫："是啊，大王也早有重用庸芮之意，只可惜庸夫人……"

张仪道："此一时，彼一时。庸夫人不愿意庸家涉足咸阳权力之争，让庸家远居上庸避开是非。但如今秦国强势，必会扩张。楚国余势未尽，也有图谋扩张之意。上庸处于边城，秦楚开战则首当其冲，反失庸夫人保全庸家之意。况我与庸芮相交，与其深谈数次，知其才干在于内政，而非守城。若季芈能够说服庸夫人答应让庸公子入朝，则秦国得其才，对于季芈你来说……"他说到这里，顿了一顿。

芈月道："怎么？"

张仪道："季芈如今既得君王之宠，又有公子稷为倚，纵无争心，已处争场。此番死里逃生，难道还没有想明白吗？"

芈月心头如受巨撞，忽然间有些慌神。随着诸公子的降生和长大，后宫女人们的相争，已经从争君王的宠爱，转到争儿子的权力地位上来。而这一切，将会比争君王的宠爱更血腥，更不择手段。她可以逃开女人们的相争，可是，她如今有了儿子，不能不为儿子考虑。她看了张仪一眼，有些心动，不禁敛袖一礼："敢问张子计将安出？"

张仪道:"季芈既然已经想到,岂能不为将来计,留下自保的力量?季芈若能留下庸公子,便可得到一支秦国旧族的力量支持,岂不甚好?"

芈月虽然有了自保的念头,但被张仪的话说到这样直白的境地,还是有些难堪,不由得驳道:"张子,我与庸公子朋友论交,朋友之间,岂能这般功利?"

张仪却呵呵一笑,道:"朋友有互惠之意,岂是功利?难道这件事,对庸家没有好处吗?庸家远离都城已久,难道不需要在宫中有倚仗对象吗?庸夫人远居西郊,看似尊贵,实则脆弱。季芈与庸氏结盟,互为援助,就如你我互相援助,有何不可?"

芈月怔住了,张仪却施施然走了。

张仪走了很久,芈月仍然在那儿呆呆地想着,直到女萝上来,提醒她道:"季芈,走廊风大,咱们回去吧。"

芈月猛地回过神来:"张子呢?"

女萝却说:"张子早走了。"

芈月"哦"了一声,竟有点神不守舍。张仪的话,对她的冲击,实在是很大。她本来以为,自己就这么在深宫里,慢慢地守着孩子长大,将来谋一分封之地,也就是了。

她对于秦宫,从一开始便非自愿融入,后来更是一步步被推着往前走。刚开始是为黄歇报仇,视魏夫人为仇敌,所以事事针锋相对,但后来黄歇未死,魏夫人势颓,她便不再有争斗之心。芈姝一旦得了安全,便处处针对她,她实是不胜厌烦,也不愿意将自己继续置身于这种后宫女人的争斗之中。所以这几年,她甚至是沉寂的、懒怠的。

然则,今日张仪的话,却又让她不得不去面对和思考自己眼下的处境,以及自己和孩子今后的命运。

忽然之间,她只觉得有一种窒息之感,一种面对命运的无力之感,令她陷入深深的厌恶。难道她和芈姝的命运,又要重复上一辈的轨迹?

应该怎么做呢?

她绝对不能如向氏一般，任人宰割！可是她也做不到如莒姬那样八面玲珑，更做不到如郑袖那样恶毒无忌。可是，她应该怎么做呢？看前路走过的那些人，她不能像坚持自我的庸夫人那样独居西郊行宫，也做不到如唐夫人、卫良人那般曲意隐忍，更不能如魏夫人那样无时无刻不在算计之中。

这一夜，芈月失眠了。

同一夜，西郊行宫，庸夫人和庸芮于花丛中饮酒。

酒过三巡，庸夫人看着弟弟的侧影，长叹一声："芮弟，你当真决定了，要留在咸阳？"

庸芮点头："正是。"

庸夫人轻抚弟弟的肩头："当日家里送我入宫为太子妇，可是我却没能当上王后，反与大王闹翻，更令家中因我之故，守在上庸城不入咸阳。是我误了庸家，误了你。"

庸芮摇头，看见阿姊鬓角已现银丝，心中大痛："阿姊别这么说，是你为庸家牺牲了一生的好年华。庸家若不能为自己的女儿出头，又何谈立足于天下？"

庸夫人又饮了一口酒，忽然问道："那你今日入咸阳，又是为了什么呢？"

庸芮犹豫片刻，欲言又止，然而看到庸夫人似洞悉一切的眼神，忽然间来了勇气："阿姊为何离宫，我就是为何入朝。"

庸夫人心头一震，看着弟弟的脸。不知何时，那个稚嫩少年，已经成长为一个大人了。她喃喃道："芮弟，我这么做，是为了守住我心中完整的爱。你呢，你又何苦？"

庸芮缓缓地摇了摇头："阿姊是为了守住心中完整的爱。那么，我便是为了守望心中完美的爱。"

庸夫人怔住了，好半天才颤声道："果然，什么上庸城会是秦楚相争之地，什么庸家不可长期远离王廷，都是你为了留在咸阳故意找的理由吧！"

庸芮低头道："是。"

庸夫人苦笑，忽然间一滴泪珠，落在酒樽之中。她将这樽中酒，连同自己的泪水一饮而尽，将杯一掷，击案道："其实我早应该怀疑了，我早该有所预感才是。"

庸芮没有说话。

庸夫人静了下来，凝视着庸芮道："她，她可知道？"

庸芮摇头："她不知道。我这一生一世，只会远远地看着她，永远不会让她知道。"

庸夫人潸然泪下："痴儿，痴儿，这是为什么？我们庸家竟出你我这样的傻子！"

见庸夫人失声痛哭，庸芮跪在了她的面前，道："求阿姊成全。"

庸夫人摇了摇头："傻孩子，你既决心已定，阿姊还有何话可说。"她挥了挥手，道："去吧，去吧。莫要再来见我了！我只想一个人静一静，静一静！"

第七章

昭氏女

秦王驷知道了王后手中解药背后的故事，便令缪监去清查。

缪监奉命，带着诏书走到椒房殿，见了王后。芈姝被软禁了多日，此时神情憔悴，见缪监过来，有些激动："我要见大王！我是王后，凭什么不声不响，就将我软禁在宫中？大王叫你来，莫不是要召见我？我实属冤枉。此事季芈是受害人，难道我便不是受害人了吗？是魏氏贱人挑拨陷害，大王为何要连我也一同怪罪……"

缪监见她神情激动，并不接话，只呈上诏书恭敬地道："王后请少安毋躁。之前原是有人指证王后在和氏璧上下毒，因为王后是下毒之人，所以手中才有对症的解药；就算不是王后所为，也必与王后身边的人有关……"

芈姝听了这话，脸色大变。她本来理直气壮，认定自己冤枉，但听到这里，不由得心虚，转过头用怀疑的眼光看了一眼玳瑁。

玳瑁一惊，连忙躬身道："王后，万无此事。老奴可以用性命担保，我椒房殿中所有的人都是清白的。"

芈姝又看了缪监一眼，忽然失了吵闹的勇气，以帕掩面哭泣："欲加

91

之罪，何患无辞。我的药明明是救人的，怎么就能怀疑到我害人呢？"

缪监反问："既然王后的药是救人的，为何王后不早拿出来，而是要等到芈八子性命垂危，大王登门索要呢？"

芈姝语塞，强辩道："我怎么知道那是对症之药？"

缪监道："既然不知是否是对症之药，王后为何自己敢服用，却不愿给芈八子救命？可见王后纵无害人之意，却有见死不救之行。"

芈姝一时语塞，拍案而起，怒喝："放肆，你不过是个奴才罢了，何敢来质问于我？"

缪监却不与她辩驳，恭敬行礼道："老奴不敢。老奴只是奉大王旨意前来问话，王后的答话，老奴也会一五一十回复大王。"

芈姝待要发作，玳瑁见势不妙，连忙上前劝道："大监勿怪。王后为后宫之主，岂有见死不救之理？只是先前误会闹得太大，而芈八子那边的消息也一直没有人告诉王后。王后只当太医必能救人，岂知其中原委？再说王后并未中毒，吃颗药只是宽宽心罢了。她不知这药是否对症，更不敢轻易给药。若是药性冲突，岂不更糟？"

缪监依旧保持千年不变的恭敬微笑："王后明鉴，虽王后有下毒的嫌疑，但大王英明，又岂会轻易定案？派人守住椒房殿，也是为了谨慎起见。若王后是冤枉的，此举亦能防人栽赃陷害。幸亏芈八子吃了解毒药已经醒了，她向大王力证王后与此事无关，乃是被冤枉的。因此大王派老奴前来，撤了椒房殿的卫士。"

芈姝一怔，倒有些出乎意料："是季芈……没想到，她居然会向大王力证我是冤枉的……"

缪监道："是。"

芈姝有些失神，喃喃道："真是没有想到，在这种时候，居然是她站出来，为我申冤。"

玳瑁却有几分激动："王后，奴婢早就说过，大王是英明的，绝对不会冤枉了王后。"又转向缪监道："大监，如果证明了王后的清白，是不是也应该追究魏氏那个贱人的罪责？"

缪监看了玳瑁一眼，暗暗冷笑，又向芈姝行了一礼："王后，老奴奉大王之命，还有一件事要向王后禀明。"

芈姝收回心神，问道："什么事？"

缪监道："大王问，王后随身带着楚国秘制的解毒之药，是否也带着有其他作用的药物或者东西呢？"

芈姝不解其意，不由得反问一句："其他的药物？你说的是什么意思？"

玳瑁见势不妙，连忙上前岔开话题，道："王后所带，乃是日常所用的药物，并无异常。"

缪监见玳瑁形容有异，更加确认，当下只假笑道："大王说，秦宫之中，从来不曾有过下毒事件，为防万一，要在宫中各殿搜查一番，以免有宫外不洁之物混入。老奴斗胆请王后帮助，执行旨意。"

芈姝似懂非懂地刚点了一下头，忽然听到玳瑁急促的声音怒道："不可！你这是要搜查王后寝宫吗？"

芈姝回过神来，又惊又怒："大胆！我还是王后，你们竟敢如此无礼？"

缪监行礼道："老奴岂敢冒犯王后？大王旨意，原也是为了保障宫中诸人的安全。况且此次清查，非但是王后宫中，连大王宫中也一样清查。"

芈姝问道："怎么查？"

缪监道："先令各宫自查。"

芈姝与玳瑁交换眼色，松了一口气。

却听缪监继续道："各宫自查后，再安排内府协助各宫复查一次。大王有旨，法无明令不为禁，此前若有人不小心携带了违禁之物也没关系，只需销毁其物，不咎其过。"

芈姝与玳瑁相视一眼，尽皆变色。

芈姝虽不知自己宫中是否藏有违禁之物，但从玳瑁几次的神情行为来看，确是有的，心中不禁一紧。幸好此番秦王令其自查，否则的话，自己便是水洗不清了。她握紧了手，勉强挤出一个笑容来，对缪监道："好了，我已经明白，你且下去吧。"

缪监再深施一礼，恭敬道："老奴宣旨已毕，先行告退。若王后什么时候要宣老奴效力，老奴即来侍奉。"

玳瑁暗暗丢了一个眼色给芈姝，欲叫她不可接下此意，却见芈姝已经有气无力地挥手令缪监退下了。玳瑁心中暗暗叫苦，见缪监行礼退出，正要说话，芈姝已经焦急地拉住玳瑁的手，问道："他刚才这话是什么意思？啊，是大王还在怀疑我吗？"

玳瑁欲要说话，却先扫视周围一眼，令众人退下，这才沉重地点头："不错。"

芈姝道："那我们现在应该怎么办，怎么办？"

玳瑁安抚道："大王要我们自查，说明还是顾全了王后的面子。"

芈姝烦躁地说："什么自查，难道他以为我真的会有那种害人的东西吗？"

话刚一出口，却见玳瑁脸色有些不太自然。她看到玳瑁的脸色，忽然醒悟过来，自己的怀疑是真有其事，她不禁跳了起来，指着玳瑁颤声道："难道，难道你真的藏有那种害人的东西吗？"

玳瑁脸色一变，苦笑道："王后，奴婢连这一身都不属于自己，哪能藏什么物品？奴婢所作所为，俱是奉命行事，为了帮助王后您啊！"

芈姝已经听出她话中含意："你，你说什么奉命行事……"说到一半已经明白，"你是说……莫不是我母后她……"却是不敢说下去了。

玳瑁道："王后当知，楚宫之中，从来不缺保命之物、宫争之术。王后临出嫁时，威后爱女心切，嫁妆之中自然备及。若是一世无用，那自是上上大吉，若遇难处，也只好派上用场了。"

芈姝怔在当场，脸色一时红、一时青。过了好半日，才慢慢地转回念头来，掩面叹息道："我自是知道，母后必是出于一番爱女之心。可惜母后不明白，秦宫不是楚宫，大王容不得这种事。她便是有再多的手段，我也不能用。"

玳瑁见她如此，不禁心疼。她是楚威后身边出来的人，岂肯放弃这些手段？当下眼珠子转了转，道："既然大王让王后自查……"

芈姝看到她的神情，心中有数，紧张地截断她的话："大王既已疑我，我当借此机会，澄清自己，才能重获大王的欢心。你千万不要再行藏奸，若害得我失欢于大王……"说到这里，想到自己这些年来欢爱渐少，不禁掩面而泣："我纵为王后，又有何欢……"她说到伤心处，放声大哭。

见自己从小养大的小主子哭得如此伤心，玳瑁不禁慌了神，不住哄劝于她。芈姝这些年入宫为王后，一直端着小君的架子，其实已经疲惫不堪，很久没有如这般小女儿似的尽情大哭。且因为和氏璧之事，她惊恐交加、忧思累积，此时一并发作了出来，哭得竟是不能停歇。

玳瑁劝了半日，也劝不住。此时只有她二人，亦不敢叫别人进来看到。见她越哭越止不住，自己亦越劝越是心慌，玳瑁便如她小时候哄她一般，为了让她止哭，什么样的事都肯答应下来，终于开口道："王后，王后莫要伤心，都是奴婢的错。奴婢一定不敢自作聪明了，一定把所有可疑的东西都销毁，定不叫王后为难。"

芈姝渐渐止住了哭泣，问她："果真？"

玳瑁只得答道："奴婢所做的一切，皆是为了王后，岂能有违王后心意？"

芈姝哽咽着扑到玳瑁怀中，道："傅姆，我知道，唯有你才是待我最忠心的。"

玳瑁轻叹一声，道："王后，您是奴婢一手带大的，奴婢便为了您去死也无怨。"

她既已答应下来，虽然心疼万分，但还是不得不去执行。当下便由芈姝下令，让椒房殿中诸院各人自查，而玳瑁则负责芈姝的东西。

此时一个个箱柜被打开，玳瑁手捧竹简清单，将一只只瓶子、一个个匣子清理出来。庭院中，无数说不清的流质之物被一桶桶水泼着沿水沟流走，无数道不明的物事在火堆中烧却。

椒房殿灯火通明，一幅人仰马翻的场面。此时孟昭氏和季昭氏院中，却是一片寂静。

季昭氏与孟昭氏对坐，见孟昭氏一动不动，问道："阿姊，你如何不把你的东西处理掉？"

孟昭氏脸色一变，道："妹妹，你说什么？我不明白。"

季昭氏冷笑："大王要查违禁之物，王后令那玳瑁去查。阿姊可认为，你的东西，隐瞒得了她？"

孟昭氏强笑道："妹妹说哪里话来？查违禁之物，应该是王后着急才是。我们只是媵女，又无陪嫁之物，有什么可紧张的？"

季昭氏见她不但不承认，反而对着自己也满口谎言，当下也恼了，道："阿姊，你是我的亲阿姊，我是你的亲妹子，你我同进同退，你若有事，也要牵连于我。你到底在做什么，为何要瞒着我？"

孟昭氏勉强笑道："妹妹，你不懂，也别管。我岂会害你？"

季昭氏愈加恼怒，站起来冷笑道："我就什么都不懂不管，到时候死也死得不明不白。"

孟昭氏脸色一变："妹妹你这是什么意思？"

季昭氏冷笑："没什么意思。我倒要问问阿姊是什么意思！阿姊行事，瞒得过别人，怎么可能瞒得过跟你同吃同住的自家妹妹？你半月前私自出宫，是和伯父派来的人会面吧？那解毒的龙回丹，乃是王后出嫁的时候，威后特别置于嫁妆之中的。如此贵重的药，连王后也只得一瓶，阿姊手中居然也有半瓶。且和氏璧入宫那几天，阿姊把药藏在袖中日日携带，这是为了什么？是不是阿姊早就知道会有此毒，所以藏来防身的？"

孟昭氏眼神顿时变得凌厉起来，令季昭氏也不由得有些害怕，暗暗戒备着。但见孟昭氏的脸色变了又变，终又恢复了旧日的温婉，看着季昭氏叹道："妹妹，你当信我。从小到大，你闯了多少祸，哪回不是我护着你，帮着你？你既知我们姐妹是同进同退的，自当与我同心才是。"

季昭氏尖声道："你这是什么意思？你什么都瞒着我，你教我如何与你同心？"

孟昭氏苦笑："我若是告诉了你，依你的性子，哪里瞒得住人。"

季昭氏听她话中意思，越想越怕，急道："你便是不告诉我，难道就瞒得过我？阿姊，你到底打的什么主意？你莫要连累我，害了我！"

孟昭氏见她今日居然破天荒地逆反至此，当下也沉了脸，低声喝道："你叫得这么响，是想引了人来吗？"见季昭氏面有惧色，才又道："我不管你知道多少，有何打算，我只想让你知道，你我同出昭氏，荣辱与共，我若出事，你也跑不了！"

季昭氏又急又怒，冲到孟昭氏面前指着她："你……你这样做，是要把我们两个一起害死在这秦宫之中啊。"

孟昭氏长叹一声："妹妹，你我同出昭氏。昭氏生我养我，无昭氏就无我们姐妹。为了昭氏家族的利益，你我纵然牺牲，又有何畏？"

季昭氏顿足，哽咽道："要牺牲你去牺牲，我还年轻，我刚得了大王的恩宠，我还有无限的将来，我是不会跟着你发疯找死的。"

孟昭氏冷冷地道："妹妹打算向大王告密吗？"

季昭氏哇的一声哭了："我还能怎么办，我还能怎么办？我不能看着你玩火自焚，可你有一句话却是说对了，你我同出昭氏，你若有事，我也一样会受牵连……我，我怎么这么倒霉，有那样不把我们死活放在眼中的伯父，又有你这样配合他自己找死的疯阿姊？"她说到这里，再也忍不住，掩面哭着跑出去了。

孟昭氏看着她的背影，轻叹一声。她又何尝愿意将自己置于险地？可是她能够在昭氏诸女中脱颖而出，甚至还能够捎带上天真的妹妹成为公主陪嫁的媵女，就在于她够听话，对家族够忠诚。

她自然也可留在昭氏家族，由着族中长老们安排她嫁与国内公卿、士子，可是，这个世界对女人太不公平，便是嫁与这些臣子，她依旧要取悦夫婿，依旧要面对后宅的争宠，即便劳碌一生，也未必能够过得好。

她有一颗不甘平凡的心，既然注定要嫁与他人，既然注定要与人争宠，那么何不让自己得一个最好的结果？如果她能够嫁一个君王，生下一个儿子，将来得一片封地，那么，她就是那片封地上至高无上的女君。

她受昭氏照应，她身边所有得用的人，都是昭氏所派。她在宫中争宠要依靠这些手下，她亦不得不接受昭氏的指令，做为楚国、为昭氏争利之事。

就算不是她，就算如王后、魏夫人，又能如何？一个女人，母族给了你一切，你也要将一切献给母族。所以这一步，她踏了出去，便无法回头。

更何况，在这件事上，她已经没有选择了。有时候她也不免暗恨司命之神的不公，诸媵女之中，她最聪明、最努力、最早承宠，为何人人能够生儿育女，偏偏她却膝下无出？宫中一代新人换旧人。有了儿女的妃嫔，只要抚育好儿女，便是下半生有靠。可她呢，无儿无女，便不能不再为自己努力一把。

只有搅乱这个局，让王后、魏夫人、芈八子等俱都卷入，人人受损，她才有机会脱颖而出。秦王驷是不会轻易废后的，但是在这件事之后，王后的羽翼自然会被斩断。不管玳瑁还是芈八子，都会成为这个布局的牺牲品。到时候王后失宠失势，不得不倚重于她一人。以王后的才智，她要架空王后，狐假虎威，都不是难事。

到那时，她或许可以借王后之力再获君宠，得到生儿育女的机会，甚至是……将那些在各种局面中失势失宠甚至丢命的妃嫔的儿女们收为己有。

这样的事，在楚宫也不是没有过。她在内心冷笑，芈八子的养母莒姬，不也是自己无子，夺人子女为己有，膝下儿女双全吗？

她是昭阳着力栽培的侄女，她是昭氏最具野心的宗女。她自幼在昭氏族内学到的东西，绝非王宫中的公主能比的。这是大争之世，男人要争霸江山，女人也要争命争权争嗣。不争，便终身不得志，郁郁而终。争了，成败各半。可若要她一生居人之下，还不如让她去死。既然她连死也不怕，那么她为什么不去搏一下呢？

可是，看着季昭氏哭着跑出去，孟昭氏的心亦如针扎一样。她何尝不愿意像季昭氏那样活得简单、自在一些？在她身上，夫婿、子嗣、母国、家族，这一重重压力，让她脑子里经常会不由自主地产生不顾一切的疯狂想法来。

她苦笑一声，眼泪缓缓流下。

季昭氏跑入花园，找了个僻静角落，大哭起来。也不知道哭了多久，却听得一个声音道："哟，这不是季昭媵人吗？"

季昭氏一惊，抬起头来，看到眼前之人竟是缪监，吓得脸色惨白，好不容易才勉强挤出一丝笑来，颤声与他打招呼："大监怎么也在这里？"

缪监依旧笑眯眯地道："媵人这是受了谁的气，可要老奴帮忙？"

季昭氏顿时觉得心惊胆战，勉强道："没什么，只是跟阿姊拌嘴了，觉得有些委屈而已。"

缪监笑道："您阿姊莫不是孟昭氏？"见季昭氏点头，笑着继续道："那是为什么事拌嘴啊，是为衣服，还是为首饰啊？"

季昭氏苦笑一声："我要为这些事烦恼就好了。"

缪监袖着手，微微一笑，忽然道："那么，是为了和氏璧下毒之事吗？"

季昭氏心里有鬼，被他这一句话直吓得脸色惨白，浑身颤抖，勉强笑道："大、大、大监，你说什么，我不明白你的意思……"

缪监将她的一举一动看在眼中，笑容更加和蔼，道："媵人知道些什么？若是不肯与老奴讲，不如与老奴到承明殿直接与大王说吧。"

季昭氏颤声问道："你说、说、说什么？"

缪监忽然收了笑容，冷冷地道："你们姐妹之中，到底是谁跟楚国令尹昭阳有勾结,是你,还是孟昭氏?"

季昭氏矢口否认:"不是我,不是我……"

缪监的笑容显得深沉,在季昭氏眼中,却极为可怕。

季昭氏一急,转身欲走,却被缪监身边的内侍挡住。她急得哭了起来:"你,你何敢如此无礼?我要去见王后!"

缪监却笑道:"媵人,素日去承明殿见大王,您不是挺高兴的吗?怎么如今倒这般扭捏,莫非,当真有什么不能宣之于口的心事吗?"

季昭氏脸色惨白,再不敢说什么,便只能被缪监带走了。

缪监带着她去了承明殿,却不直接去见秦王驷,而是让她在侧殿耳房等着,自己先去回禀秦王驷。他走到殿前回廊处,却听得里头秦王驷正在弹筝。

缪监亦是懂音律的人,听得弹的正是一曲《玄鸟》:"天命玄鸟,降而生商,宅殷土芒芒。古帝命武汤,正域彼四方。方命厥后,奄有九有。商之先后,受命不殆……"

秦筝铮然,却有杀伐之声。

缪监的脚步更轻了,轻得仿佛羽毛落地一般悄无声息。他走进殿内,见秦王驷身边,只有两名小侍童服侍,秦王驷正独自弹筝,近乎忘我。

缪监一声不响,只垂手立于一边,静静相候。

秦王驷一曲毕,侍童奉上铜盘净手。他将手浸在盘中甚久,将因划曳筝弦而发热的手指浸得凉了,这才抬起手,让侍童用丝巾拭干。

他闭目片刻,缓缓从弹筝时忘我的澄澈心境中恢复,朝野诸事又涌上心头。他缓缓地问道:"查得怎么样了?"

缪监恭敬地道:"以老奴看,王后是真心想清查宫中,不但在椒房殿中清查销毁,连原来已经入了库房的物件,都重新清理了一遍。"

秦王驷放下竹简,冷哼一声道:"修身,齐家,治国,平天下。寡人若连内宫也乱事连连,何敢言治国,又何敢言平天下!"

缪监不敢说话。

秦王驷又问："王后宫中，到底藏着些什么？"这自然问的是王后到底销毁了什么东西。以缪监的手段，各宫的阴私东西若深藏箱底，他非得亲自搜查才能知道，但各宫若是拿出来销毁，他自然就能够从那些粗使内侍口中得到消息。

缪监听了此言，犹豫片刻，才从袖中取了竹简呈上，低声回道："各宫确有一些阴私之物，皆在这竹简上写着……"这些阴私之物，他亦不好直接说出口来，只得书于竹简，教秦王驷自己来看了。

秦王驷接过竹简，慢慢看着。魏国诸姬在秦宫多年，违禁之物倒是不多，王后芈妹的库房中阴私之物却多得很。他越看越生气，一把将竹简掷到地上："哼，楚国！寡人若知楚国后宫竟然如此，寡人当初就不会去……"早知如此，他当初便不会去楚国求亲了。世间事，有利必有弊。虽然秦楚联姻，秦国获益甚多，但他却没有想到，楚宫之中竟然有如此多的阴私手段，实是闻所未闻。

他却不知，大凡立国越久，后宫妃子来历复杂，荒唐的君王出现的频率越高，这些争斗与阴私手段便花样越多，倒是与国家不相干。似齐国、燕国、楚国这些年代甚久的大国，中间若出现几个荒唐君王，乱事也甚多。便是如历代周天子家，闹腾出来的花样也是尽够看的。

他怒气不息，当下就问缪监："假和氏璧之事，你又查出些什么来了？"

缪监见秦王驷发怒，又恭敬道："老奴听芈八子曾言，此事当与昭阳有关，便有心留意昭氏姊妹动向……"

秦王驷剑眉一扬："昭氏？不错，你可查出些什么来了？"

缪监便道："据椒房殿的奴才回报，说当日王后欲借和氏璧对付芈八子时，孟昭氏曾从中挑拨。另，王后有解药之事，魏夫人乃是从卫良人口中得知。而奴才后来细问过卫良人，她说当初是听宫人在花园谈论时得知的，观其背影，其中一人，颇似孟昭氏。"

秦王驷脸色一变："这么说，这孟昭氏当真有鬼？"

缪监又道："方才老奴看到季昭氏于园中僻静处私下哭泣。老奴斗胆，套问了她几句，觉得她似是知道一些内情。只是季昭氏毕竟是大王宠嬖，老奴不敢多问，只请了她回来，如今便在偏殿耳房。大王，您要不要见见？"

秦王驷沉着脸，摆了摆手，道："不必了，你直接叫人去椒房殿，宣孟昭氏来见寡人吧。"

缪监低声问："那这季昭氏呢？"

秦王驷淡淡地道："就让她先在这儿待着吧。"

缪监应了，便叫缪乙前去宣旨，自己依旧侍候着。

秦王驷又道："五国兵困函谷关，寡人欲以樗里疾为帅，派十万兵马出函谷关与诸国交战。准公子华再停留三日，三日以后，入军营。"

缪监知道这便是公子华求助樗里疾之事的处理结果，当下应了一声："是。"

秦王驷又吩咐了一些事，缪监皆一一传递出去。

过了一会儿，却见缪乙从门边悄而进来，在缪监耳边说了几句，缪监脸色一变，秦王驷看到，问："怎么了？"

缪监露出为难的神情，道："奴才派缪乙去王后宫中，宣孟昭氏问话，不料王后听信谗言，以为是要削弱她的羽翼，不肯交出孟昭氏。"

秦王驷大怒，拍案而起："愚不可及，愚不可及！她这是引狼入室，还执迷不悟。缪监，你再去，若她还不肯交人，问她是不是要寡人亲自去要人！"

缪监忙劝道："大王息怒，老奴一定把事情办妥。"

当下缪监匆匆出来，便亲自去了椒房殿。

之前缪乙前来，说是要提孟昭氏。谁知孟昭氏见季昭氏跑出，便叫人跟着她。那人见季昭氏被缪监带走，急忙回报。孟昭氏心知不妙，便匆匆将手中证据销毁。她知道这宫中必有缪监耳目，便将帛书都暗暗在铜鼎中焚了，药丸也研成粉，和帛灰一并拿水冲了。有些不好销毁的东西，便掩在袖中，借着去库房的机会，全都暗暗混在玳瑁要销毁的东西里头。

将一切收拾干净，自己便赶去芈姝处，将缪监带走季昭氏之事说了，又说恐怕季昭氏只是第一个，此后便要带走自己，再次便是景氏、屈氏，最后对王后下手。芈姝信以为真，果然不久之后，缪乙来提孟昭氏，芈姝便问他是不是带走了季昭氏。缪乙不防，直言回答，芈姝更觉得严丝合缝，当下大怒，便将缪乙赶走。

孟昭氏躲过一劫，却知此事当不会就此了结，便煽动玳瑁，说是因龙回丹之事，秦王疑上王后，甚至有可能以芈月取代芈姝。玳瑁虽然狡诈，却也是关心则乱，当下便去了芈姝处，说是自己要去向秦王投案，言明一切均由自己所为，与王后无关。

芈姝心中犹豫，孟昭氏却又纠合了景氏、屈氏，一起来正殿请罪，说是自愿前去顶罪，好为芈姝脱身。

缪监到时，芈姝已经有些意动，欲让玳瑁顶罪，却不料玳瑁方踏出殿门，便见缪监迎面而来。

玳瑁脸色惨淡，道："大监来得正好，老奴正欲向大王请罪，如此便随大监去了吧。"

缪监何等角色，听了此言，再看殿中诸人神情，已经知道究竟，心中暗骂孟昭氏好生狡猾，对这件事的脉络却更加清楚，口中道："大王圣明，亦知此事与王后无关。嫁妆之中备有解毒之药，也未必就是下毒之人。"

芈姝一听，顿时站起，喜极而泣："大王，大王圣明——"

缪监又看着玳瑁，语重心长地道："谁有罪，谁无罪，大王圣明，皆能明白。大王既召孟昭氏，那便是孟昭氏之事，傅姆休要为他人所惑，陷王后于不义。"

玳瑁是楚宫中成精的角色，听了此言，猛然醒悟，颤抖着嘴唇，看着缪监，欲确认他这话到底是何意。

两人四目相交，但见缪监果断地点了点头。玳瑁顿时明白，当下退后一步，朝缪监行了一礼，趋步到芈姝面前，道："王后，大王圣明，既召孟昭氏，那王后岂可与大王旨意相抗，伤了和气？"

芈姝原是个没主意的人，对于秦王驷的命令，多半是要遵从的，只是方才因着孟昭氏和玳瑁一齐进迷惑之言，这才左了性子。如今见玳瑁转向，当下便点头道："既是傅姆如此说，那孟昭妹妹，你便去吧。"

孟昭氏不想缪监一来，情况急转直下，张口欲言，却见缪监一双老眼，冷冷地瞧着她，话到嘴边，又咽了下去。她看看玳瑁，又看看芈姝，忽然笑了："既是王后有令，妾身自当遵令。王后放心，有妾身在，绝不能教旁人构陷了王后。"

芈姝还未觉察她的意思，玳瑁却被她这话弄得将信将疑。缪监心中暗骂一声"狡猾"，口中道："难得孟昭媵人深明大义，如此便请与老奴走吧。"

孟昭氏脸色惨白，走到正中，端端正正地给芈姝行了大礼，口中道："妾身拜别王后，王后当知妾身的忠心，望日后善待我的妹子，也就是了。"

芈姝见她一脸凛然，心中一软，道："你放心，你们是我的人，我无论如何都要保全你们。否则的话，我如何在后宫自处？"

玳瑁扭头，见缪监眼中的讥讽之意，恨不得掩了芈姝的嘴，只得上前催道："大监，既如此，望求早明真相，还我们王后一个清白。"

缪监袖着手，看着孟昭氏先拜别了王后，又拉着景氏、屈氏一一叮咛道别，十分难舍。

孟昭氏自是知道缪监在观察着她，她不慌不忙，显出自己完全无辜的样子，随着缪监去了承明殿。

入了殿中，便见秦王驷手执书简，正在看书。孟昭氏下拜道："妾身参见大王。"

秦王驷挥了挥手，缪监便带着侍从悄然退出。孟昭氏心头惴惴，却见秦王驷将手中书简随意抛在几案上，才道："季昭氏便在偏院，寡人并未召见她，亦未盘问她什么，你可知寡人的意思？"

孟昭氏本来惴惴不安，听到这话，心头一喜，转而一想，却又一凛，只觉得口中发苦，伏地谢道："妾身谢过大王。"

秦王驷直视着她，冷冷地道："因为寡人若令季昭氏指证自己的骨肉同胞，是陷她于不义。"

孟昭氏进殿来之前，本是做好了心理准备，不管秦王驷在季昭氏那里或者别处问得了什么，自己只消抵死不认，逼急了就往柱子上一撞，以死自白。想来便是秦王驷，若没有确凿的证据，又何至于对自己这个曾经的枕边人如此残忍，不顾叫冤便要将自己处死呢？似魏夫人这般，几次三番都罪名确凿，但只要她抵死不认，便是几起几落，也依旧在后宫盘踞。

可是没有想到，秦王驷这一句话，却击中了她的心底。他不欲陷自己的亲妹妹于不义，而自己却……

一时又羞又愧，想起十几年来的姐妹之情，不由得伏地痛哭起来。

秦王驷也不说话，只静静听着孟昭氏痛哭。

孟昭氏却十分明白，只在那一刻崩溃到痛哭，哭得几声，便知道此时此刻，若是自己再"痛哭不止"，只能落了下乘，教人轻看。她本是打定了主意，要将此事抵赖到底。可是秦王驷这般处置，却教她竟不敢将抵赖的招数放出来了。只哭得几下，勉强忍了哭声，哽咽道："大王高义，妾身惭愧无地了！"

秦王驷轻声道："寡人知道以你的聪明，自然是不会再留着证据了。寡人再说一件事，好教你放心……"饶是孟昭氏素来自命心志刚强，然而听着这般和和气气的话，心头却越来越冷。秦王驷轻轻地说了几个字，落在她的耳中，却如巨雷之震："中行期已经自尽了。想来，你害怕的证据，俱已不在，你当放心了。"

孟昭氏跌坐在地，竟是连张嘴都觉得十分艰难："我，我……"

秦王驷叹道："寡人要处置你，又何须明正典刑？"

　　孟昭氏只觉得一颗心已经沉到了底。这时候她才知道，自己原来的想法，是何等天真。是的，她不过是个后宫妃嫔，又不是什么士子，没有确凿的证据便处置会坏了君王的名声。后宫妃嫔，倚靠的不过是君王的怜爱而已。魏夫人之所以能够屡次脱难，并不是因为她够狡诈够坚韧够嘴硬，只不过是君王对她，仍然还有一丝"不忍"而已。

　　自己的君恩，始终只有这薄薄的一层，但假和氏璧案却将秦王驷最倚重，最宠爱的王后、魏夫人、芈八子俱牵连在内。

　　所以，他无须证明，他只要心里明白，那便是了。

　　所以，他甚至没有去盘问季昭氏，因为觉得那样会伤了自己的"仁义"。他在心里，已经认定了她的罪了。

　　此时此刻，她恍然大悟。秦王驷愿意见自己一面，而且在一开始就向自己说明保全季昭氏之心，那便是给自己最后一个机会。

　　而如今，他已经不愿意再听下去了。

　　孟昭氏眼看着秦王驷站起来，就要往殿外行走，只觉得整个人的精神似要崩塌。她一生自负，却不想此刻被人视为灰砾般拂掉。她忽然间失控地叫了起来："大王，妾身愿意说，妾身愿意什么都说出来……"

　　秦王驷脚步微顿，声音却透出一股疲惫来："此刻，说与不说，还有区别吗？"

　　孟昭氏泪流满面，手指紧紧地抠着地面，失声痛哭："有！我不想自己死了，在大王心中，还是根本不屑一问的小人……我不甘心……"

　　她双手紧握，一口气将自己入宫以来的心态、作为，以及假和氏璧案中与中行期的往来、与昭氏之前的往来，尽数说了出来。她滔滔不绝，就像只要自己停顿片刻，便要后悔似的。她的内心充满了惊恐，这种自己人生存在意义被否定的惊恐，迫使她不停地说下去。

　　秦王驷静静地站着，听着她尽诉心事，倾吐不甘……然而，就算是这样，她的话语中，仍然是有所保留的，她只是把自己的事说了，昭氏及楚国在郢都城还有什么东西，她没有说，毕竟她还是守着这条底线的。

她说了自己的阴暗、自己的怨念，然而对于其他的媵人，却还是没有一字诋毁，没有拉人下水的言辞。

秦王驷站在那儿，静静地听完，然后走了出去。

缪监守在外面，给他披上披风。秦王驷一言不发，走下台阶。

缪监抬眼看去，但见天边一抹夕阳如血。

这一夜，孟昭氏在内府之中自尽身亡。

次日，秦王驷下令，季昭氏移于离宫。

王后芈姝不慈，令其闭门思过一年。

魏夫人行事不端，本当处置，但公子华跪阙，愿以军功折罪，秦王驷乃允之。

第八章

破心篱

披香殿内，嬴华辞别魏夫人，便要出发去函谷关军中。

魏夫人抱着嬴华，泣不成声："子华，是母亲做错了事情，连累我儿。"

嬴华抬头看着魏夫人，诚挚地道："母亲，上次您已经触怒父王。您是最知道父王脾气的，如何竟然敢一再触犯？"

魏夫人轻抚着嬴华额头的伤痕，眼中满是痛心后悔："你为了救母，竟如此自伤，又折了军功，叫我心里……我宁可让大王降我的位分，也不愿教你受屈。"

嬴华却摇头道："母亲，您在官中结怨甚多，若是降位，岂不是受人欺辱？军功，只要儿子再打几场仗，便能再累积起来。儿子一身俱是母亲所予，谈何连累？"他顿了顿，又道："儿子也知道，母亲所做的一切，不过是为儿子而争。可如今王后有权，季芈有宠，父王对您存有戒心，再生事端，只怕反将自己陷于绝境，到时候叫儿子该怎么办？"

魏夫人抱住嬴华，泣道："我儿，你是秦国最杰出的公子，这太子之位原就应该是你来坐。为娘何忍叫你屈居于黄口竖子之下！"

嬴华轻轻推开魏夫人，肃然道："母亲既知儿是秦国最杰出的公子，就当知道，若要争胜，还是孩儿来做，更有胜算。母亲，儿子已经长大了，从此以后，应该让儿子来努力，来为母亲谋划将来。"

魏夫人含泪点头，她纵有千万主意，但在自己儿子面前，却是毫无办法，只能依从："我儿当真长大了。母亲听你的，我以后只管安享我儿之福。"

嬴华站起，喜道："母亲若肯听儿子的，从今以后，勿在宫中生事。儿子在外，也可安心。"

魏夫人叹息："我儿，是母亲无能，才让你小小年纪，沙场浴血。你可知自你上次出征以后，母亲是夜不能寐，食不甘味……"说着，心头更是绞痛。上次，嬴华获得的军功，便是建立在对她母国的征伐之上。可是这样椎心泣血得来的军功，如今竟也是半分不剩了。

嬴华叹道："母亲，父王曾言，君子当直道而行。大秦首重军功，儿子若能够在军中建功立业，自然得群臣拥戴，大位何愁不得。就算不能，孩儿有军功，有威望，有封爵，也自保有余。"

魏夫人轻抚着儿子年轻而意气风发的脸，只觉得怎么看都看不够，只想将天下的一切都捧到他的面前："我儿，你还太年轻、太天真，这世上有些事情，并不是直道而行就可以有所回报，否则天下何必人人算计？为娘也一样是魏国公主，和前王后还是一母所出，就因为迟生几年，在魏国是姊妹，嫁到秦国竟一个为王后，一个为媵侍。不但身份高下有别，更被自己的亲阿姊处处算计，时时打压，多年来位分不得提升。幸而天佑，阿姊多年不曾生育，抑郁成病。那时她生怕庸氏、唐氏重新掌权，才将我升为夫人。我儿本是王家血脉，当生而拥有一切，岂能与贫贱之民一起争军功！"

嬴华无奈，劝道："母亲，您终究是妇道人家，您不明白——"他顿了顿，昂然道："这个世界上，唯有实力胜过一切诡计。"

魏夫人看着儿子的神情，心中一软，终于答应："好、好，我儿放心，母亲以后要做什么，必事先与儿商议，绝不擅自行动，可好？"

嬴华不放心地叮嘱道:"母亲既答应了儿子,可要说到做到。"

魏夫人宠溺地看着儿子,不住点头:"好,都依我儿。"

嬴华想了想,还是又说了一句:"母亲从前得宠时,在宫中结怨甚多。如今已经失去父王欢爱,请母亲从今往后,尽量与人为善,一来让儿子出征放心;二来儿子若有功劳,也免被人心中含怨,诋毁于我。"

魏夫人听了此言,顿时柳眉倒竖:"谁敢诋毁我儿,我必扑杀此獠!"

嬴华见她如此,无奈道:"母亲,你又来了。儿就是怕母亲如此,方才劝说。世间之口,哪是威吓能够阻止的?母亲多结善缘,儿子自然更加安稳。"

魏夫人无奈,只得道:"我儿放心。"见嬴华终于安心,魏夫人便转身取出一摞衣服,递与嬴华:"我儿在军中必然吃苦,我听说将士们征衣破损,都不得更换。我儿岂能受此委屈?这些衣服,便是母亲这些日子,亲手一针一线缝就。我儿穿在身上,也当是……如同母亲在你身边照顾一般。"她说到最后,已经哽咽:"你出征之后,万事小心,多写家书,也免得叫我……牵肠挂肚……"

她再也忍不住,抱住嬴华痛哭起来。

嬴华无言,只能缓缓相劝,等得她终于松手,便退后一步,深深拜伏。三拜之后,方才站起来,昂首阔步而出。

魏夫人看着嬴华的背影,泣不成声。

嬴华走出披香殿,便收起和煦神情,叫来了魏夫人的几个心腹,露出冷酷的神情,厉声道:"我出征以后,这披香殿中,你等要给我小心地看着。千万不能让夫人自作主张再生事端!若有什么事,你等只管阳奉阴违,甚至可以暗中告诉缪监,就说是我吩咐的。夫人年纪大了,有些事,不宜让她再操心。你们可明白?"

采薇深知如今魏夫人已经势衰,披香殿当以嬴华为倚仗,连忙率众恭敬地道:"奴婢等遵命。"

嬴华看了采薇一眼,点头道:"你好好服侍夫人。若是平安无事,我自有重赏；若再出什么事，你也别活了。"

采薇吓得战战兢兢，她知道嬴华是说得出，做得到的。魏夫人再倚重她，也不会为她逆了嬴华心意。

众人恭敬地将嬴华送走，采薇方垂首回到殿内。魏夫人坐在窗前，正由两个小侍女为她梳妆，见采薇进来，瞥了她一眼，笑道："子华同你说了些什么？"

采薇叹气："夫人何必问？公子能说些什么，夫人难道还不明白吗？"

魏夫人点了点头，苦笑道："我明白的。"

采薇看她脸上的神情，知道她半点也没有将嬴华临行前的嘱咐放在心上。心中暗急，赔笑道："夫人既然明白，又何必逆了公子的意思……"

魏夫人摆摆手，冷笑："子华年纪轻，把人心想得太好，太过理想。须知这宫中，便是人踩人的，我便肯与人为善，难道她们就愿意与我为善吗？难道我以后，就这么当一个弃妇，等老，等死吗？"

采薇吃了一惊，问道："夫人意欲何为？"

魏夫人诡笑："意欲何为？采薇，你将我新制的白狐裘拿来。"

采薇诧异地问："夫人要做什么？"

魏夫人缓缓地道："我要去见芈八子。"

采薇怔了一怔，便明白过来。这次假和氏璧案，虽然最终魏夫人也没得到好处，但却明明白白在王后芈姝和芈八子之间撕开了一条不可弥合的大缝。看她此刻的言行，想必就是去芈八子处，将这条裂缝撕得再开一些，甚至是让芈八子成为王后下一个劲敌，而她自可坐山观虎斗了。

采薇虽然记得嬴华吩咐，但也拿魏夫人没办法，只得收拾东西，随她出门。

魏夫人缓缓地走下台阶。这咸阳宫占地极大，所谓"离宫别馆，弥山跨谷，辇道相属，木衣绨绣，土被朱紫，宫人不移，乐不改悬，穷年忘归，犹不能遍"。她的披香殿却是上下两层，主殿在上，其下为内室，外面是回廊，廊下以砖墁地，檐下有卵石散水。宫殿之间，便以层叠的复道和廊桥相通。

魏夫人走在复道上，宫中诸人，往来相见，都面露惊讶之色。想不到魏夫人经此重挫，不闭门避人，还这般大胆招摇地再度出来，只不晓得，她这是要去何处？

她故意慢慢地走着，甚至不时地停下来，赏玩廊边的花枝。有时那些宫人走避不及，忙不迭地行礼，那些带着惊讶好奇的神情在她嘲弄的眼神下，渐渐缩成惶恐之色。

魏夫人却在心中冷笑。这些宫中人精彩的脸色，当真是十分可笑。她们以为，她就这么完了吗？早着呢！

离常宁殿越来越近，许多人亦已看出了魏夫人要去哪儿，远处的回廊上便有人在交头接耳指指点点。魏夫人却仍然带着微笑，踏入了常宁殿中。

芈月听了侍女禀报，便走出来相迎。两人位分有差，这亦是依了礼数。魏夫人却不客气，也不在外头候着，自己笑着走了进去。她走到廊下，便见芈月从西殿中出来迎接，正走到庭院当中银杏树下。片片银杏叶落下，落在她的头上，身上。秋风疏朗，她的眉宇之间，也有着疏朗之色。

魏夫人抬起头来，看到芈月，一时竟有些恍惚。魏夫人一直将芈月视为一个小丫头，虽然知道她也得宠，她也厉害，但终究还是不曾把她放在眼中的。可是此时的芈月，却让她有种不能轻视的感觉。

芈月迎上行了一礼："魏夫人倒是稀客，难得难得，快请进来坐吧。"

魏夫人满脸含笑，走到芈月面前，拉着她的手道："季芈妹妹脸色看上去好多了，真是可喜可贺。"

芈月不知其意，只能脸上带着客套的微笑道："不敢当，夫人快请入内。"

当下让了魏夫人进了外室，薛荔奉上酪浆来，一壶倒了两盏，一盏递与芈月，一盏递与魏夫人。

魏夫人接了，却只放在一边，打量周围，笑道："妹妹也忒寒俭了，此处也没有多少好的摆件。便是王后无心，唐姊姊也应该有所表示啊！"

芈月只笑道："何曾没有呢，只是稷儿尚小，恐怕他淘气砸了，因此都收着呢。"

魏夫人嘴一撇："妹妹也是楚国公主，却去学唐氏的小家子气。子稷堂堂大秦公子，便是砸了什么，咱们还砸不起吗？"

芈月不去听她挑拨之言，只笑道："不知魏夫人今日来，有什么事？"

魏夫人却扭头，令采薇捧上一袭衣袍，笑道："我是特来向妹妹道谢的。幸而妹妹向大王澄清事情真相，方免去我的嫌疑。大恩不言谢，只想有所报答。思忖着入口之物难免忌讳，刚好子华前些日子猎了些白狐，集腋成裘，连夜赶着做了送来。妹妹试试衣服，可合身不？"

芈月举目看去，却见一袭外罩大红菱纹重锦的白狐裘，在袖口领口和下摆露出雪白的毛锋，红白相映，格外艳丽。又听说是公子华所猎，心头抵触，口中却笑道："魏夫人客气了，这么贵重的礼物，我如何承受得起？况且，这是公子华孝敬夫人的一片心意，我若收了，实在是太不合适。"

魏夫人却说："无碍的。"

芈月只道："切切不可。"

魏夫人的笑容便撑不住了，问道："妹妹可是对我仍然心有芥蒂？"

芈月假笑道："魏夫人说哪里话？都是宫中侍奉大王的姐妹，何来芥蒂可言？"

魏夫人微笑道："你信不过我，是正常的。我与你从前的交往，实有太多的不愉快，也有太多的不坦白。但我今日来谢你，也实是一番诚意。"

采薇只得也跟着劝道："是啊，芈八子，今时不同往日。公子前日见过夫人，诚心劝说，夫人已经悟了。公子如今已经成人，夫人的事，如今也由公子做主。"

魏夫人也跟着轻叹一声："不知不觉，儿子都比母亲高了，也比母亲有主意了。我如今万事听儿子的，什么事也不争，什么事也不想了。"

芈月微笑道："这是魏夫人的福气，我也日夜盼望着子稷有朝一日能够长大成人，如公子华一般，建功立业，得一方封地，便一生无求了。"

魏夫人目不转睛地看着芈月的神情，判断着她话的真假："唉，我也是同妹妹一样的想法，只可惜别人却对我偏见已深。就如今日，我特地来向季芈妹妹道谢，妹妹却拒人于千里之外。"

芈月却仍旧笑道："人之偏见，不是一朝一夕造成，自然也非一朝一夕能消除。只要魏夫人真的努力了，自然人人都能看见您的改变。"

魏夫人略一沉吟，挥手令采薇退下。芈月见了她的举动，也挥手令薜荔退下。

却听得魏夫人缓缓道："有一件事，我一直想不明白，想请教妹妹。"

芈月问："何事？"

魏夫人道："和氏璧案，是大好机会，我与王后皆落嫌疑，你正可借此除去我们，何以竟轻轻放过，不但没有落井下石，反在大王处为我们辩冤？"

芈月微笑道："魏夫人以为呢？"

魏夫人道："我本以为你是糊涂了，图在大王面前的贤惠之名，又或者想挑动我和王后继续相互残杀。可是我方才以白狐表示好，你若有此心，自然会借机和我修复关系，让大王看到你的大度。可你又拒人于千里之外，对我戒心依旧，所以我就更不明白了。"

芈月心中暗叹，口中却道："难道我就不能是为了明辨是非黑白？难道对你们来说，是非黑白并不重要，借助每一件事打击对手才是本能选择？"

魏夫人听得不顺耳，心中瞧不起她这般装模作样，当下冷笑："难道你不是吗？"

芈月摇头："我不是。"

魏夫人不服气："我不信，这世间谁人做事，不是为了一己之利？"

芈月沉默片刻，知道与她之间，已经无法沟通。她看着魏夫人，终于道："魏夫人，你可知道先王后去世之后，大王为什么不立你为王后吗？"

这是魏夫人这一生最刺心的事，她闻言不禁脸色一变，差点翻脸，声音也不由得变得尖厉："季芈说这个干什么？"

芈月见她至今犹对几案上的酪浆点滴不沾，当下便端起自己面前同一只壶中倒出来的酪浆，饮了一口，缓缓地道："世间婚姻，莫不是合二姓之好，求中馈主事。大王立后，也不例外。不是为结两国之好，就是为王后的能力德行足以安定后宫，二者得其一即可。却不在于谁是否得宠，也不在于她有没有儿子，更不在于她是否工于心计。魏夫人，你的确很聪明，也很有心计，只可惜你做人太在乎得失，每件事都掂量得太过厉害，像商贾买卖一样斤斤计较，生怕自己吃了半点亏，不让别人有半点便宜。所以你明知道大王求的是什么，可是你做不到。"

魏夫人听着这番言语，只觉得句句刺心，欲待翻脸，最终还是忍下，只冷笑道："季芈说得好听，只要是人，谁不患得患失？"

芈月叹道："患得患失，小人之心。你成不了王后，是因为你没有政治势力可倚仗，又没有足够的胸襟气度和大王站到同等高度上。你的眼睛只看到这一方天，一方地，走不出这庭院，如此，何堪为一国之母？"

魏夫人终于忍不住，沉下脸来，尖厉地冷笑："哼，季芈妹妹好一张利口，你说旁人患得患失是小人之心，那我请教季芈妹妹，如何做才不是小人之心？"

芈月将手中的杯盏缓缓放下，肃然道："君子择善而行，百折不挠，九死无悔。君子可以失一时，却不会失百世。小人只能得一时，却失了百世。"

魏夫人听了她这话，指着她，手指动了两下，话未说出口，先哈哈大笑起来，笑得停不住，还拿帕子抹了一下笑出的泪水："季芈妹妹，原来你擅说笑话啊！"

芈月肃然道："我并非说笑。"

魏夫人尖声笑道："原来君子就是做冤大头，我当真是受教了。"

芈月看着魏夫人，缓缓地道："我初见大王之时，他曾说过一句话：为人君者，荫德于人者也；为人臣者，仰生于上者也。为人君者不曾荫德于人，何能求为人臣者仰生于上呢？夫人自甘落了下乘，他人何敢指望能仰生于夫人？"

魏夫人笑到一半，忽然停住了，她看着芈月，一张脸忽红忽青，十分精彩。好半日，方才慢慢恢复过来，怅然若失道："你的话，我能听懂，可我却做不到，我想世间也没有什么女子能够做到。这世间本来就不公平，身为女子，从生到死，处处仰生于人，这决定了我们的心胸格局，走不上君子之途。"

两人沉默，一时无言。

魏夫人来此，本有些话要与芈月说。她擅能移人心志，但是，对于芈月，却有一种无从着手的不解。这个女人，竟不似普通的女人一般会嫉妒、会防范、会算计，她这么坦坦荡荡，教她不知是真是假，竟无话可说。

却听得外面有人道："参见大王。"

魏夫人一惊站起，却见秦王驷已经大步走到门前。魏夫人脸色一变，却挤出笑容，上前盈盈下拜，道："参见大王。"

秦王驷点了点头，还抬手扶了魏夫人一下，温言道："子华走的时候，说你近来身体欠安，还未痊愈。若无事，便多休息。"

魏夫人只觉得心口一痛。秦王驷这一扶一劝，看似温情脉脉，可是两人之间，便是这么一点肌肤相触，已经让她感觉到，那双手曾经有过的男人对女人的温热，已经消失。他此时待她，不过是一个"孩子的母亲"罢了。那温柔言语中含着的警告，她自然也是听得出来的。

她苦涩地一笑。秦王驷没有扶芈月，却扶了她；没有先对芈月说话，却先对她温言相劝。可是这其中的亲疏远近，只有当事人才能明白。

魏夫人站起来，勉强笑道："我原是为了感激季芈妹妹替我仗义执言，特来相谢。既然大王来了，妾身不敢打扰，就先告退了。"

秦王驷点了点头，没有说话。魏夫人只得施了一礼，匆匆离开。

秦王驷坐了下来，拿起刚才那杯不曾饮过的酪浆，一口饮尽，道："天气转凉，以后不要贪嘴饮这酪浆了，叫医挚给你煮些药用汤饮来。"

芈月掩嘴一笑，方问道："大王何时来的？"

秦王驷道："来了有一会儿了。"

芈月面露惊讶之色，想问什么，却没有问出口。秦王驷却仿佛知道她的意思，点点头。

芈月见秦王驷在看着她的脸，她被看得有些诧异，也不禁摸了摸自己的脸道："臣妾脸上有什么，难道是这几天忽然变样了吗？"

秦王驷轻抚着芈月的眉间，叹道："正是有些变样。寡人观你眉宇之间神清气爽，有豁然开朗之意。"

芈月微笑："也许臣妾只是……想通了。"

秦王驷道："哦，你想通了什么？"

芈月沉吟道："也就是……我中毒那几天。"

秦王驷有些意外："你中毒那几天不是昏迷不醒吗？"

芈月摇头："不是的，那几天我虽人不能动，口不能言，在别人眼中昏迷不醒，可不知为何，我却能听、能闻，脑子一直是醒着的。我听到你们人来人去，我感觉到太医在为我诊脉，薜荔给我喝药，我能咽下去……人到鬼门关前走一趟，又这样完全不能自主，只余下脑子能动，反而豁然开朗，参透得失。"

秦王驷道："你想了什么？"

芈月道："我在想，如果没有对症的解毒药，我再也起不来了怎么办，我就此一命呜呼怎么办。那么我现在，有什么事情是还没做的，有什么是被我浪费了的，又有什么事是我后悔做了以为可以补救却已经没时间补救了的。我把我这一生的所思所为理了一遍，竟是好多事没来得及做，好多事是做错了的。"

秦王驷道："那你以为你什么事是错得最多，最后悔的？"

芈月道："也就是我刚才跟魏夫人说过的话，我不该患得患失。君子坦荡荡，小人长戚戚。我不该被环境所扰，失了本心。"

秦王驷看着芈月，叹道："寡人也曾经有过你这样的心路。"

芈月诧异地道："大王也有？"

秦王驷道："还记得我告诉过你，我曾经在山林中迷失近一个月吗？"

芈月点了点头。

秦王驷道："那个时候，我也以为我会死在密林里，我想我究竟错过了什么，迷失了什么，还有什么是可挽回的。自那以后，我再也没有在任何事情上迷失过。"

两人执手相看，了悟一笑。

夜色初上，承明殿中置酒行宴，芈月便弹起箜篌，边弹边唱。

秦王驷兴致勃勃地跟着芈月的腔调学唱楚歌。

芈月唱："秋兰兮蘼芜，罗生兮堂下……"

秦王驷拍手跟唱："秋兰兮蘼芜，罗生兮堂下……"

自宫巷望去，承明殿前的高台上，灯火辉煌。

空中隐约传来楚歌声，男声高亢入云："绿叶兮素枝，芳菲菲兮袭予。夫人自有兮美子，荪何以兮愁苦……"

女声婉约伴唱："夫人自有兮美子，荪何以兮愁苦……"

一曲毕，秦王驷哈哈大笑："这楚歌当真拗口，寡人学了数日，才学会唱这一首。"

芈月嫣然一笑，道："可妾身听大王唱起来，却无任何异音，想是大王天资聪明，学什么便像什么。"

秦王驷饮了一口酒，忽然道："五国联兵于函谷关下，大战在即，这欢歌置酒，寡人恐怕有一段时间不能有了。"

芈月忙盈盈下拜，道："妾身听说大王点兵，要与五国联军作战。妾身请求让弟弟魏冉也跟着樗里子一起作战，请大王恩准。"

秦王驷道："难得你有这份心，寡人焉能不准？好，寡人让他跟着樗里疾出征。出征前，叫他进宫，让你姐弟道别。"

秦王驷一声令下，魏冉便奉命进宫，来见芈月。

魏冉在缪辛引导下，向内宫走去。他入宫时带着一个包袱，交宫门口验过以后，便交由缪辛捧进来。

缪辛边走边问："魏校尉，您这包袱里是什么东西啊？挺沉的。"

魏冉目不斜视，迈着军人的步伐向前，每一步似量过一样等距："是我带给阿姊的东西。"

两人一路来到常宁殿西殿。缪辛通报之后，魏冉便走了进来。

却见芈月坐在窗边，膝边放着一件红底黑纹的丝绵袍。她有些疲惫地揉了揉眼睛，抬起头来，看到了魏冉，不禁粲烂一笑。

魏冉冲上前跪倒在芈月面前，激动地道："阿姊……"

芈月见跪在自己面前的弟弟，虽然脸上还带着稚嫩之态，个子却已如同成年人一般，一时恍惚："小、小冉，……"

魏冉抬头："是，我是小冉。"

两姐弟顿时热泪盈眶，抱头痛哭起来。

好半日，女萝等才抹泪带笑上前劝道："季芈，姊弟相逢，当欢喜才是。"

两人这才止了哭，打水洗了脸。

芈月轻抚着魏冉的额头、眉毛、眼睛、鼻子、下巴，半晌，才轻叹道："小冉，你居然这么大了，大得连阿姊都不敢相认了。"

魏冉忍悲带笑道："是啊，阿姊，我长大了，如今我已经能保护你了。"

芈月叹道："是，我的小冉长大了，能保护阿姊了……你在军中，一定吃了很多的苦。都是阿姊无能，才会让你过刀头舔血的日子。"

魏冉道："阿姊，我很好，将军很提拔我，同袍们也很照顾我。征战沙场才是男子汉应该有的人生，才是我魏冉应该有的人生。"

芈月欣慰道："嗯，小冉长大了，我的小冉真的长大了。"

薛荔一拉缪辛，缪辛将手中的包袱放下，两人行了一礼，悄然退出，关上了门，室内只余芈月姐弟独处。芈月拉起魏冉，让他坐到自己身边，她目不转睛地看着弟弟，仿佛看不够似的。

魏冉便将包袱打开，道："阿姊，三日之后，我就要上沙场了。"他将包袱向着芈月一推，"这是我这些年军功受赏的东西。有七十金，还有功勋田，虽然只有十亩，不过我将来一定能挣更多的。这几块玉石是我的战利品，特意给阿姊留着……"

芈月见了这一包袱零零碎碎的东西，惊呆了："你，你这是……"

魏冉憨笑着道："阿姊，这些东西我带着也不方便，以前也常托放在别人那儿。如今难得进宫，我就带进来给阿姊了。"

芈月连忙收拾起来，嗔道："傻孩子，阿姊这里什么都有，你这些东西还是自己收好。"

魏冉按住了芈月的手："阿姊，我就要出征去了，带着也不方便，不如先放在阿姊这里，好不好？"

芈月无奈："好，那阿姊先帮你收好，再给你添上一些，好让你将来娶妇。"

魏冉脸红了："阿姊!"

芈月道："对了，天冷了，阿姊给你做了几件衣服，你路上行军，可要多注意别受了寒。"

魏冉道："阿姊，我是个男人，衣服多一件少一件没关系，阿姊在宫中不可太过辛苦。"

芈月道："不辛苦，阿姊怎么都不会辛苦的。"

芈月站起来，从柜中取出一摞衣服，又将刚才放在身边的那件红底黑纹丝绵袍拿起抖开，对魏冉道："你瞧瞧这件袍子好看吗？我怕你会冷，特意做的丝绵袍。"

魏冉笑道："阿姊做的都好看。"

芈月招手道："来，套上试试，看哪儿有不合身的，阿姊再改。"

说着，她走到魏冉身边欲为他穿衣。魏冉羞涩，只得站起来，自己伸手去拿棉袍道："阿姊，我自己来。"

芈月却笑着替他穿上衣服："你如今大了，便不让阿姊替你穿衣服了吗？"

魏冉只得乖乖让她套上衣服。芈月一边替他整衣，一边却握住魏冉的手，按住衣袍上的一处，压低了声音："你按一下这里，可感觉到有什么不同？"

魏冉一惊，见芈月神情严肃，当下伸手在她所说的地方按了一下，同样压低了声音回道："里面，似乎还有一层东西。"

芈月点头："不错，我还缝了一件极重要的东西。"

魏冉见了芈月的神情，脸色也沉重起来，低声道："是什么？"

芈月低声道："是孙武兵法十三篇。"

魏冉一惊："孙武兵法十三篇？阿姊从何而得？"

芈月替他系上腰带，又将他衣袖领口拉起，端详他穿的这件衣袍长短如何。她之前叫人问来了如今魏冉的身高，但终究不是亲自量，还是略有些偏差。她手里不停，口中低声道："当日孙武为吴王练兵，留下这兵法十三篇在吴宫之中。吴王阖闾凭此破楚，险些毁了大半个楚国。后来越王勾践灭了吴国，自吴宫中得到这兵法十三篇，藏于越宫。父王……"她顿了一顿，想起她的父王与魏冉可不相关，又改了口："我父王当年灭了越国，自越国得此兵法，藏于宫中。只可惜父王驾崩以后，新王不恤政事，这兵法便明珠蒙尘，无人过问。我离宫那年，为阿姊收拾嫁妆时发现了它，就悄悄地抄录了一份在帛书上，藏于身上带走。孙武兵法，虽有流传在外的断简残篇，但都残缺不全。世间最全的，除了楚宫中那十三卷竹简外，就是这丝绵袍中缝着的帛书了。"

魏冉按着丝绵袍，心潮起伏。他明白芈月为何要将此兵法给他，也清楚地知道，有此兵法，他在军中成功的机会便大了许多。想到姐姐的一片苦心，他不由得激动地跪下："阿姊！阿姊苦心，弟弟万死不敢辜负。"

芈月见状忙去扶他，见魏冉眼中有泪，不禁百感交集，抱住魏冉，心中万分歉疚："小冉，是阿姊对不住你，要你小小年纪便在沙场拼命，可阿姊只能把这千斤重担放到你身上了。富贵于我，本如浮云；君恩宠爱，亦不强求。我要的只不过是活着，好好地活着，一家团聚地活着。可这大争之世，你纵无争心，却已处战场，为了生存不得不争，不得不战……"她擦干了眼泪，声音渐转强势，"要争，就不得不让自己变强。我生下了子稷，我就要保护他。大王已经有十几个儿子了，而秦国留给这些公子的封地，却不会有多少。一切只能靠他们自己建功立业，去争去抢，连魏夫人都要把公子华送到军中。为了子稷，为了你，为了还留在楚国的戎弟和母亲，我必须变得强大，还要狠下心，舍得让你去拼命。而小冉，你是男子，你是阿姊的弟弟，只有你强大起来，我们才有新的生机。"

魏冉昂然道："阿姊放心，我魏冉对天起誓，总有一天我会强大到可以在全天下人面前，护住阿姊，护住子稷，护住阿姊要护住的所有人。"

芈月轻叹："小冉，你知道吗，我自生下子稷以后，就一直很害怕。我怕有朝一日，我会走上母亲的老路。所以我一定不让这种事再发生。小冉，你要强大到足够护住我，而我要强大到能够帮助你，能够有足够的力量应付可能忽然降临的噩运。所以我把这孙武兵法十三篇给你，我还要设法参与朝政，得到朝中大臣们的支持和帮助。我更希望能在噩运降临之前，能够带着子稷离开这个宫廷，去你的封地，去子稷的封地。我会从大王那儿学到如何管理臣民，如何掌握人心，如何运用权力，如何招贤用才……"说到这里，她不禁情绪激昂，"我绝不会让所谓注定的命运轮回再降到我身上，就算它敢降到我身上，我也会将它踩在脚下，踩个粉碎！"

魏冉亦激昂道："阿姊，我和你一起把噩运踩在脚下，踩个粉碎！"

芈月轻抚着魏冉的脸，将他拥入怀中，哽咽道："我的好弟弟！"

姊弟两个絮语良久。不多时，缪辛就去师保处把嬴稷抱了回来。小嬴稷很少见到生人，用好奇的目光打量着这位陌生的小舅舅，犹豫不前。芈月拉过他，对魏冉笑道："小冉，你瞧，子稷这鼻子、这下巴，长得颇像你小时候。"

魏冉瞧了一回，哈哈笑了："阿姊就会取笑我，子稷生得俊挺，我的鼻子可比子稷塌多了。"嬴稷听了这话，顿时扑哧一声笑了。

芈月笑着捏捏嬴稷胖乎乎的脸："你小时候呀，和子稷一般爱吃。子稷，这就是我常说的你那个爱吃甜糕的小舅舅呢。"

嬴稷甜甜地一笑，拿起案上的甜糕递给魏冉："小舅舅，我请你吃。"

魏冉笑着接过来，大口吃掉，还赞道："这甜糕真好吃，子稷请舅舅吃甜糕，舅舅也要还谢子稷，子稷可喜欢什么，爱玩什么？"

嬴稷听了顿时眼睛一亮："舅舅，陪我玩打仗！"天底下的小男孩没有不喜欢打仗的，他自小长于宫中，各妃嫔之间关系复杂，相互戒备。唐夫人的儿子年纪太大已经出宫，历数宫中与嬴稷年纪差不多的孩子，生母却是芈姝、樊长使、景氏这三个让芈月不能放心的人。因此他也只能和宫奴玩玩，但这种游戏宫奴们都是让着他的，未免让他有些寂寞。

此时见魏冉蹲下来笑嘻嘻地和他说话，并无身为长辈的距离，顿时感觉无比投契。舅甥拿了木剑，在庭院里嬉戏击打。嬴稷欢叫着卖力进攻，魏冉亦是大呼小叫，架格得十分"努力"。两个人一来一去，打得十分开心。芈月站在树下笑看，不时叫他们小心。

夕阳西下的时候，魏冉走了。

夕阳照着他高大的身影，仿佛镀上了一层金甲。

嬴稷依依不舍地望着他的背影，问："母亲，舅舅去哪儿？他什么时候再来呀？"

芈月轻抚着他的脊背，道："舅舅要为大秦打仗去了。"

嬴稷提着木剑，仰头道："母亲，我也要去，我要和舅舅一起去打仗。"

芈月摸摸他的脸："等你长大后再说吧。子稷要练好本事，将来在战场上才不会输哦。"

嬴稷点头，昂首道："我要学成本事，我要像小舅舅那样保护母亲！"

芈月笑了笑，叫傅姆带嬴稷去玩。她虽然这么跟嬴稷说，但身为母亲，又何尝愿意看到自己的儿子上战场？她是恨不得将他永远永远庇护在自己的羽翼之下。然而，大争之世，又岂是她的个人意愿所能改变？愿不愿意，嬴稷都只能靠着自己的努力在战场上、权力场上去搏杀，赢得属于他自己的一片天地。

趁着他如今还小，还可以做天真的梦，就让他高兴一些吧。所有的忧虑，只能埋藏在她的心中。

芈月独坐高台，沉默地吹了一会儿风。半晌，她将呜嘟凑到唇边，呜呜地吹了起来，乐声悠扬而哀伤，随风飘向云天之上。

秦王驷走上高台，静静听着。

芈月一曲吹毕，停下来，看到了秦王驷，惊讶地唤了一声："大王。"

秦王驷点了点头，知道她的伤感："还是舍不得？"

芈月点头，叹息："有点伤感。上次送走他的时候，他还是个孩子，一转眼，看到的就是一个大人了。"

秦王驷坐了下来，与她并肩看着夕阳："这么小的孩子，一转眼就长大了。"

芈月手中握着呜嘟，脑海中诸事盘旋，张仪曾经的提醒，方才魏冉的话语，让她终于下了决心，轻声道："大王，臣妾有个想法，不知道大王是否允准？"

秦王驷"哦"了一声，问道："什么想法？"

芈月道："大王心忧国事，臣妾饱食终日，却不能为君分忧，深感惭愧。不知臣妾能做些什么事，为大王分忧解劳？"

秦王驷听了，倒觉得诧异，不禁笑道："男人建功立业，女人生儿育女，各司其职。国家大事，你又能帮得上什么忙？"

芈月却肃然道："周有太妊，善教文王，可为良母；亦有邑姜，辅佐武王，可谓贤妇。臣妾不才，愿效先贤，为夫君分忧，也为将来教导子稷增长见识。"

秦王驷转头看着芈月。自和氏璧一案以后，他渐渐发现她身上有一种令他欣赏的素质，对她有了一层新的认识。听了她的话，他沉吟片刻，点头道："你这话，说得倒也有理。自假和氏璧一事，足见你确有才能智慧和襟怀气度。寡人之前曾带你去四方馆听士子辩论……"他说到这里，顿了一顿，"你也能够初识这些言论。正好寡人之前曾广招天下贤士，收了许多策论，还未及研读，就遇上了五国兵临函谷关。军情紧急，所以这些策论都放在那儿蒙尘。你若无事，可以去替寡人看看这些策论，挑选分拣。这些策论，诸子百家俱有，理论相互攻击，倒可让你增长见识，辨别鼓惑之言。"

芈月大喜，盈盈下拜："是，大王。"

第九章

苏
秦
策

秦王驷让芈月去看这些策论，也是因为自函谷关开战以来，这些策论已经堆积如山，自己却实在没有时间去看。但是这些策论皆是四方馆策士的心血，长期搁置，对于那些或怀着野心或穷困求变的游士来说，也实是一种折磨。

因此，宫门口常有一些献了策论却不得回复的策士来问下落。宫卫们亦是见怪不怪，只是如眼前这位，却有些讨嫌了。

现在还是秋风乍起时，这个被宫卫们讨厌的策士却已经早早穿上了一件黑貂裘衣，整个人也努力做出昂然的气势来。但这些宫卫阅人多矣，这策士明明热出汗来也不肯脱了裘衣，裘衣之下的袖口又透出里面的夹衣质地，他们自然看得出此人实是虚张声势，如今他的生活定已困窘，这件裘衣怕是他唯一体面的衣服了。

这些日子，这青年策士已经来了数次。此时他站在宫门外，赔着笑问站在门口的宫卫："这位校尉，请问大王最近可有看我们的策论？"

那宫卫虽然也是个识趣的，奈何同样的问题答了多次，也开始没好气了："我说你这人，你当自己是什么，想当官想疯了不成？我同你说过多少次了，便是再好的策论，大王也不是专看你这一篇。大王最近忙于军务，哪有时间？如果大王看了你的策论赏识你，自会派人去四方馆找你的，你跑到宫门来天天问有什么用？"

那人一脸焦急又为难地道："不是啊，我不是想当官，我、我有急事啊……"

那宫卫不耐烦地挥手："我说你这策论才交上多久啊，就急成这样？人家交上来一年半载没回音的也多得是，都跟你这样，宫门都不走人了。走吧走吧！"

那人急了："哎呀，我确是有急事啊。这位校尉，你一定要帮我记着，在下姓苏名秦，苏秦、苏秦。"

他把自己的名字说了数次，见那校尉已经不耐烦了，只得悻悻地回了馆舍。

这苏秦原是东周国人，入秦已经有数月了。他几次上策论，奈何都不得面见秦王。他固然希望秦王能够看到策论，可这策论之外，他还有一桩更重要的事情要让秦王知道。

他在咸阳无亲无故，那事情又十分要紧。他不敢将信物交与别人，否则万一在传递中失落，他岂不是对不起那嘱托之人？

他家境本就不富裕，此番入秦，也是倾尽家财，才凑足路费。又知世人一双势利眼，因而轩车裘衣，亦是一一备足。没想到一路行来，遇上大军过境，本就耽误了一些时日，入秦之后又遇五国兵困函谷关，物价飞涨。他为了打点宫卫，又用去不少钱，挨到如今，便行囊渐空了。况如今天气转冷，他还欠着馆舍的钱，若是秦王再不看他的策论，那他当真是无计可施了。自己受困倒不要紧，只是辜负了那托他之人。想到这里，心中十分煎熬。他也知道，自己日日来打听，显得名利心重，十分可鄙，要受那宫卫之气。但这不只是他自己的事啊！若只为自己，他是无论如何也不能受此屈辱的，只是……一想到那人，他便什么屈辱，都视若等闲了。

他却不知，自己的策论并不在秦王驷手中。

自秦王驷下令之后，芈月便得以在宣室殿侧殿，替秦王驷阅看策论。这些策论，来自诸子百家，对天下大势、秦国内外的政事，皆有各自的看法。

芈月如今便是将这些策论先一一看过，然后编号分类归置，再择其内容要点，写成简述，便于查阅。若有格外好的策论，便挑出来，呈与秦王驷。

清晨，当晨钟敲响，群臣依次上朝之后，芈月安顿好嬴稷，交与唐夫人，自己便去宣室殿侧殿阅看策论。若见着好的策论，她不免依依不舍，难以放下。每每都要女萝揉着她的肩头来催她："季芈，天晚了，不急在一时，咱们明天再来吧。"

芈月低头继续看着竹简，挥手道："别急。别揉了，晃得厉害，让我看完这一卷。"

女萝停下手继续劝道："季芈，小公子一天没见着您了，肯定会哭的。"

芈月犹豫一下："等我看完这一卷吧。这一卷是墨家驳儒家的言论，格外精彩。"

女萝又劝道："季芈，大王都要议政完毕回宫了，您比大王还忙吗？若是大王回宫见不着您，岂非惹大王不快？"

如此劝了半日，芈月只得放下手中的竹简，站起来道："好了，走吧。"

果然，芈月一走进常宁殿，就听到了孩子的哭声。她暗自惭愧，忙加快脚步冲进室内。傅姆正蹲在地上哄着大哭大闹的小嬴稷，却怎么都哄不好，急得团团转。

芈月急道："子稷怎么了？"

傅姆见芈月回来，松了一口气："季芈，您回来得正好，小公子哭着要您。奴婢无能，怎么都哄不好。"其实不过是今日芈月回来稍迟，嬴稷见母亲素日这个时间就回来了，如今却不见人，自然闹腾得厉害。

见芈月回来，嬴稷大哭着向她扑来："母亲，母亲，你去哪儿了，我找不到你了。"

芈月心疼不已，抱起嬴稷哄道："子稷，你是男子汉大丈夫，要独立要坚强，不能老赖在娘的身边。娘现在学的一切，都是为子稷学，教子稷学会如何开疆拓土、建功立业，将来帮子稷管理一方封地。所以子稷一定要乖乖的，不要闹啊，知道吗？"

嬴稷似懂非懂地点点头。

傅姆见嬴稷已经止住了哭，上前笑道："果然季芈一来，小公子就安静了，可见是母子连心，格外牵挂。季芈，您让奴婢给小公子净面吧，您也好更衣。"

芈月将嬴稷交给傅姆，让傅姆为嬴稷洗脸换衣，自己亦伸手由薛荔服侍着更衣，一边随口问道："薛荔，今日宫中，可有什么新鲜趣闻吗？"

薛荔想了想，笑了起来："今日宫中没有新鲜事，宫外倒有。"

芈月道："怎么？"

薛荔恰好今日出宫，回宫时便见着了那苏秦之事，还责怪那宫卫无礼。那宫卫便直说，那人日日到来，委实让人不耐烦了。见着芈月问，她便说了此事："近来有一个叫什么秦的游士，投了策论没多久，就隔三岔五跑到宫门外问大王看了他的策论没有。真是好笑，难道他以为大王闲着没事干，只等着看他的策论吗？"

芈月更衣毕，坐下来抱过嬴稷给他喂饭，随口道："你别笑话人家，保不定这些人当中就有一个卫鞅、吴起，因为不得国君重视，一气之下投向别国了呢。"

薛荔笑道："季芈如今不正好在帮大王看策论吗？就看看这个人到底说了些什么，为什么要这么急不可耐的？"

芈月也笑道："那些策论堆成了山，每卷书简看上去都是一样的，若不拆开了仔细看，谁知道里头是谁写的，写的是什么啊！他再着急，也得候我一卷卷地看。"

薛荔道："那就让他慢慢等呗。"

两人随口说着，也不把这件事放在心上。不想过了两日，芈月翻看一卷竹简，方解开绳子，就见一张白色丝帛飘落下来，正落在芈月脚边。

芈月诧异，俯身拾起帛书。这一看，她顿时脸色大变，再抓起那竹简打开一看，却见落款写着"苏秦"二字，猛然想起前几日薛荔说过的话，顿时击案道："原来就是这个苏秦。"

女萝吓了一跳，忙问："季芈，出了什么事？"

芈月却将那竹简抖了抖，又问："这人还有其他的竹简不？一齐拿过来。"

女萝忙去找了找，将几卷竹简俱都翻了出来，见里面都夹着帛书，内容相似，却唯有最初的一封帛书是她所熟悉的字体。

当下芈月将几张帛书都拿了起来，又看了那竹简，竹简的内容倒是普通策论了。她当下站了起来，拿起那帛书，大步向外行去："我要去见大王。"

此时秦王驷正与樗里疾和张仪等人在宣室殿议事。函谷关已经被困数月，双方僵持不下。青壮从军导致田园荒芜，再继续下去，不但今年歉收，还会影响到明年的耕种。而秦国后方又被义渠人连着攻破十余城，内外交困，必须尽快破解。

樗里疾分析道："此番五国虽然联兵，但真正出兵的只有韩赵魏三国，魏国为主力，赵国与韩国也颇为重视，赵派公子渴领兵，韩国更是派出太子奂领兵，共十五万兵马，围困函谷关。楚国虽以令尹昭阳为首，但楚国国内对此事意见不一，出人不出力，兵马不足。"

张仪亦道："臣已派人游说楚国，并制造混乱，以便让郑袖在楚王面前进言，召那昭阳回朝。昭阳若回朝，楚国就算派出新的统帅，也无法与昭阳相比了。"

司马错亦道："此番出兵，魏国最为出力。想来也是张子这些年连横之计，蚕食魏国，终于让他们感觉到痛了。"说到这里，众人不禁一笑。

秦王驷道："此番五国合兵，当如何应对？"

张仪道："三国联军，各有所长，赵国长年和狄人部落往来，学习狄人的骑兵之术，所以赵国出的是铁骑。魏国出的则是名闻天下的魏武卒方阵，魏武卒个个身体强悍、训练有素，更身披重甲，战场上一般别国兵士奈何不了他们。韩国重弓箭，韩国射士经常远程射杀大将，实是防不胜防。这三国分别作战倒也罢了，联合作战，远中近皆有照应，实是难办。"

樗里疾冷笑："只可惜函谷关一夫当关，万夫莫开。骑兵虽厉害，却施展不开；铁甲再厉害，也挡不住滚石檑木；射手再厉害，射不到函谷关上去。而且三国人心不齐，只要我们准备充分，偷营突袭，必能将他们一举击垮。"

司马错道："虽是五国合兵，但是各国发兵时间不同，魏赵韩三国已经在函谷关外集结，但楚国和燕国约定的人马只到了小半，其余部分还在路上。可恨那公孙衍，不但说动五国联兵，还以财帛诱使义渠人在我大秦背后为乱。"

樗里疾一挥手："所以我们的兵马必须分成三支，一支重兵用来对付函谷关下的三国联兵，到时候将他们驱至修鱼这个地方……"

司马错亦正在研究地图，也指到此处，拍掌笑道："吾与樗里子所见略同，此处刚好设伏，末将请令，率一支奇兵在此设伏，我们就在修鱼好好打他一仗。"

秦王驷一击案，道："这一战，要让天下人知道，敢犯我大秦者，必要付出惨痛的代价。以为大秦刚刚崛起，就想联手把我大秦打压下去，"他冷笑，"做梦。"

张仪道："不错，当日他们视大秦为野蛮之族，认为我们没资格与东方列国并称强国。如今秦国崛起，他们就要把我们打压下去。只要打赢这一仗，秦的实力就更上一层楼，他们就不敢再小看秦国了。"

秦王驷决然道："从来各国的强弱，未有不以战争决定的。秦国崛起，令列国恐惧，秦国只有打破包围，打痛他们，他们才会正视我们的存在，不得不和我们坐到谈判桌上来。"

樗里疾沉吟道："义渠那里，还需一支坚兵，将他们截断，令他们不得合兵。只要我们将五国联兵打败，义渠人不战自退。"

秦王驷恨恨地道："哼，义渠人在我大秦后方屡次生事。等这次五国之围解决以后，一定要狠狠地教训义渠人，打他一记狠的，要把他们死死地踩在脚下，再不敢生出妄念来。"

樗里疾却道："我就是有些疑惑，燕国此番居然也跟着出兵。大公主自嫁到燕国以后，头两年还有消息，这两年却毫无消息，此事真是令人忧心。"

秦王驷脸色一黯，转又振作起来："寡人相信自己的女儿，绝对不会轻易成为失败者的。"

正说到此，缪监匆匆而入，看了看诸人，不声不响站过一边。

秦王驷眉头一皱，问道："何事？"

缪监凑近秦王驷耳边低声道："芈八子来报，她在列国游士的策论中，发现了大公主的求救信。"

秦王驷一怔："孟嬴？"

樗里疾听到，上前一步关切地问道："大公主出了何事？"

张仪和司马错对望一眼，知秦王驷此时有事，便极有眼色地站起来拱手："臣等告退。"

秦王驷挥了挥手，张仪和司马错退出殿外。

司马错心中好奇，见张仪恍若无事地往外走，一把抓住了他问道："张子，你说，大公主出了什么事？"

张仪嘿嘿笑了一声："不管出了什么事，大公主有消息总好过没消息。只要运作得当，坏事未必不能变为好事。"

司马错跷起大拇指道："翻手为云，覆手为雨，果然不愧张子在列国大名。"两人对望，哈哈一笑。

此时芈月已经自侧殿执着绢帛竹简入内，呈与秦王驷道："臣妾在看各国游士送上的策论，结果在这个苏秦的策论里，居然发现这样一封帛书，上面是大公主的笔迹。臣妾不敢延误，所以连忙来禀告大王。"

秦王驷夺过芈月手中的帛书，展开一看，立刻击案骂了一声："竖子安敢！"

樗里疾道："大王，怎么了？"

秦王驷将帛书扔给樗里疾："你自己看。"又问芈月："那苏秦何在？"

芈月犹豫摇头："妾身不知，应该是……还在四方馆吧。"

秦王驷转向缪监吩咐："速去将此人带来。"

此时苏秦正站在馆舍门口，犹豫着要不要今日再去一趟宫门问讯。天气已经转冷，他的箱笼已经见底，值钱的东西典卖已尽，连馆舍的钱也欠了许多。

来来去去犹豫了甚久，他想了想，还是一顿足，转头向外欲行。却见外面一行人进来，领头一人进了门，便问："可有一位来自东周国的苏秦苏子？"

苏秦还未回过神来，那馆舍的侍者已经应道："有的，有的。"侍者一抬眼，见苏秦就站在门口，忙叫住他道："苏子，苏子，有人寻你。"

苏秦愕然。一个宦人忙上前，向他行了一礼，道："您可是日前给大王上策论的苏子？"

苏秦下意识地点头。点了两下头，他忽然明白过来，颤声道："大王……大王看到我的'策论'了？"

缪乙见馆舍门口人多，不便说明，只压低了声音问道："策论里，还夹着一张帛书，可是？"

苏秦连忙点头："正是，正是！"

缪乙忙拱手道："恭喜苏子，大王有请。"说着便要将他请上马车。

苏秦一喜，正要上车，却忽然想起一事来，忙道："且请稍候，容我回房去取一件信物来。"这件信物他一直不敢随身携带，生怕不小心失

133

落，那就无法交代了。

缪乙虽然诧异，却也是恭敬相候。

苏秦忙狂奔回房，取了那件信物来，匆匆随着缪乙上车进宫。

自宫门下车，他便随着缪乙一路进宫，走了许久，才走到宣室殿。他虽然目不斜视，低头行路，但这一重重复道回廊的地面都着朱红之色，两边壁画精美异常，又有高台层叠，一步步拾级而上，如入天宫，实是王家气象，令人不禁拜服。

进了正殿，地面上铺了茵褥地衣，殿内四只金灿灿的铜鼎已经点燃，秋风已起，此处却暖如春日。

苏秦上前，行礼如仪："外臣苏秦，参见秦王。"

秦王驷冷眼看去，这苏秦面相忠厚，外头披的一袭裘衣似乎还能看得过去，但衣领袖口却隐约露出里面的旧衣来。他大约自己也知道这点，所以举止之间极力想掩遮里面的旧衣，显得有些拘谨。明明殿内甚暖，已经无法穿着裘衣，但他似乎不敢脱下这件裘衣，所以额头见汗，显得更加紧张。

秦王驷暗自颔首。这人相貌，倒似个挚诚君子，难怪孟嬴要将书信托与他。但秦王驷素日喜欢的臣子，却是如公孙衍这般骄傲之至，又或者如张仪这般狂放不羁的人。他向来认为，大争之世，只有足够自信的人，才能有掌控事物的能力。似苏秦这样看上去过于老实的，实不是他所欣赏的人才。他本想若是此人有才，可以将他留为己用，看到苏秦，却又打消了念头。

见苏秦入席，两人相对而坐，秦王驷便示意几案上摆着的帛书道："此物你从何得来？为何要混入策论之中？"

苏秦定了定心神，壮着胆子道："大王如此发问，想必是知道此书信为何人所写了？"

秦王驷点头道："单凭一封书信，或为伪造，只怕是说明不了什么吧。"

苏秦从袖中取出一个玉璧呈上去："大王认得此玉璧否？"

秦王驷接过玉璧，便知是孟嬴之物，这是她十五岁生日的时候他亲手所赐，不由得叹道："果然是孟嬴所有。先生可否将经过相告？"

苏秦长叹一声："此事说来话长。我自东周国离家，欲入秦邦，途经韩国，投宿于驿馆之内……"

当日，他正在驿馆休息，却有一个侍女进来，问他："敢问这位先生，可是要往秦国去？"

苏秦诧异："姑娘如何得知？"

那侍女便道："我曾托这里的侍者，若有人往秦国去，就告诉我们一声。"见苏秦疑惑，又解释道："我家主人有一封家书，想托人带到秦国，我已经托此驿馆的侍者留心数月了。幸而今日遇上先生，不知先生可否帮助？"

苏秦也不及思索，只说："君子有成人之美，区区家书，举手之劳。但不知书信何在？"

那侍女又道："我家主人欲当面奉上书信，先生可否随我一行？"

这日，天已黄昏，落日西斜，苏秦也不知是何故，便答应了下来。他跟着那侍女，在韩国都城新郑的街头拐了许多弯，才转到一条冷僻的小巷内。却见那侍女隔着墙头，学了两声鸟叫，听到里面也传来几声鸟叫，这才转身，搬了几块石头垒起，对一脸诧异的苏秦道："先生，我家主人为人所禁，请先生隔墙相见。"

苏秦虽然疑惑，但还是踩着石头上去了。结果，他看到院子里有个素衣妇人向他行礼，自称秦王之女、燕王之后。他知道，故去的燕王谥号为易，当下便称："原来是易王后，在下失礼。"

素衣女子道："我母子如今身为人质，说什么王后公主，实是不堪。"

苏秦不解："身为秦公主、燕王后，如何竟会沦落至韩国，甚至……被人所禁？"

那女子便道："实不相瞒，自先王驾崩，太子哙继位，国事全操持于相国子之之手。子之野心勃勃，有心图谋燕王之位，又忌惮我母子的存在，所以将我儿公子职送到韩国为人质。我儿年纪尚小，我不得不随我儿入韩，却被子之派来的人幽禁于此。如今听闻燕王哙欲将王位让于子之，而子之又与魏国合谋，五国联兵围攻秦国。倘若子之成功，我母子必为其所害。子之害我母子，祸乱我国，求仁人君子相助，代我送信给我父秦王，若能救我母子脱离大难，大恩大德，感激不尽，必将重谢。”

这女子泣泪，盈盈下拜。苏秦不知怎的，只觉得心头激荡，不能自已。这样一个贵人落难，怎会不令人义愤填膺？这样一个美女落难，又怎会不令人痛心？这两种感情交织，便是为她做任何事他都愿意，何况只是送信而已。

当下他慨然答应，隔着墙从那素衣女子的手中，接过了她亲手书写的帛书，还有带着她体温的玉璧。依依惜别后，他便又随那侍女离了那条巷子。

待他走上熙熙攘攘的新郑街头，夜幕已经降临。华灯初上，他蓦然回首，那小巷已经没于夜色中，那侍女也不知何时消失。方才那一场会面，竟如梦似幻，不知真假。回了驿馆之后，拿出藏于怀中的书信和玉璧，这才相信，自己所经历的是真事，而非一场梦幻。

他不敢多作停留，次日便驱车离了韩国，直奔秦国，又想尽所有办法，才将这帛书夹在策论中，递进宫中。如今，他终于替那素衣女子，把帛书和玉璧都交给了眼前的人，完成了她的请托。

苏秦把经过说完以后，长长地吁了一口气，当下便向秦王驷一拱手，辞行出宫。

秦王驷忙召数名心腹臣子，紧急商议孟嬴之事。

樗里疾道：“五国兵困函谷关，大战在即，恐怕我们没有余力再为大公主的事与韩国及燕国交涉。”

张仪却不以为然：“五国虽然兵困函谷关，但列国人心不齐，不过是迫于形势结盟而已，都希望自己少出力，别人多出力。若是我大秦可以对不同国家给予不同的反应，使有些国家怀有侥幸之心，出兵不出力，自然就能分化各国。"

甘茂却道："我大秦将士洒血断头，乃是为保卫家国而战。大公主已经嫁为人妇，她面临的困境，乃是因为燕王哙和燕公子职的权力之争。而我大秦强敌当前，实不该为了他国的权力内斗，而牺牲将士们的性命。"

庸芮慨然道："公主出嫁，两国联姻，为的本就是大秦的利益。而今公主受辱于臣下，大秦若是坐视不管，岂不是自己放弃权力？大秦连自己的王女都不能庇护，何以威临天下？

张仪亦道："臣以为，当下五国兵困函谷关，虽然不是追究燕国的时候，但我们完全可以先接回公主，把主动权掌握在自己的手中。"

秦王驷见两边相争不下，亦知此事非一夕能决，当下便叫他们回去重议。

当夜，秦王驷召芈八子于承明殿，将孟嬴之事也告诉了她，问："你以为，寡人当去接孟嬴回来吗？"

芈月一怔："此是国事，妾身如何敢言？"

秦王驷头疼道："便不以国事论，你且说说看。"

芈月掩口笑道："若以家事论，作为父亲要接回出嫁了的女儿，只需一队轻骑，乔装改扮，潜入韩国，把人接走就是了。"

秦王驷失笑："听你说来，倒也简单。"

芈月又说："公主若回到秦国，则燕国的虚实，就有很大一部分操纵于大王之手了。再说，燕公子职乃易王嫡幼子，他若要争夺燕王之位，也有很大的机会啊！"

秦王驷拊掌笑道："说得好。"

芈月试探道："那大王的意思是……"

秦王驷道："接回孟嬴。"

芈月笑道："原来大王早有主张。"

秦王驷道："寡人就是想看一看，到底有多少人能看清接回孟嬴是利多还是害多?"

芈月道:"大王英明。"

秦王驷哈哈一笑,当夜恩爱,不必赘言。

秦王驷一边整军,欲与五国决战,一边令司马错派一队兵马悄然进入韩国,接回孟嬴母子。

一月之后,孟嬴的马车在司马错等人的护持下,悄悄回了咸阳。但这次行动却只成功了一半。

原来,他们一行人在即将顺利离开韩国、进入秦国的时候,忽然路遇胡人打劫,人马分散。孟嬴为了救子,令司马错带着燕公子姬职先走,而她在魏冉的保护下欲以自己为目标引开追兵。

哪晓得等到他们杀出重围,会合了司马错之后,才发现其后竟有第二道伏兵,而燕公子姬职就在这第二道伏击中被人劫走。

孟嬴知道此事,便晕了过去,醒来后立刻就要亲自去寻回儿子。然而此地位于秦韩交界处,司马错怕耽误过久,让韩国知道,会派出追兵,到时恐怕连孟嬴也要折于其中了,于是他硬是护着孟嬴先回咸阳,同时分兵查探姬职的消息。

第十章

公 主 恨

　　秦王驷接到回报时，已经查明，假借胡人名义打劫，暗设埋伏劫走孟嬴之子姬职的，便是赵侯雍。

　　孟嬴一入咸阳，便飞奔至宫中，扑倒在秦王驷脚下痛哭哀救："父王，父王，你救救我儿……"她的声音悲怆而绝望，令侍坐一边的芈月也忍不住拭泪。

　　秦王驷看着伏地大哭的女儿，语气沉重而无奈："孟嬴，若是能救，寡人岂能坐视不管？赵侯雍早有预谋，他抓走你的儿子，打的必是挟持他以制燕国的主意。此刻纵然寡人倾全国之力攻赵，只怕也无法接回你的儿子。"

　　孟嬴瘫坐在地，放声大哭："那我的子职，我的子职怎么办？"

　　秦王驷劝道："你放心，你儿子是燕国公子，也是燕国王位的继承人。我听说燕王哙已经打算禅让王位给相国子之，正在择吉日以举行禅让仪式。赵侯雍手中扣着公子职，必是为了在子之登上王位后，打着推立姬职为燕王的名义侵入燕国。你的儿子是他手中的傀儡燕王，他的安全一定不会有问题。"

139

孟嬴听了这话，如获救命稻草。她抓住秦王驷的手，问道："他不会杀子职，对不对？可是……"她的眼睛一亮，却又黯淡下来："可我儿还这么小，若离了我，一个人在外，他会害怕、会哭，他会吃不好、睡不好的……"她越想越是心痛，向秦王驷哀求道："父王，子职不能没有我，一个孩子不能没有母亲照顾。父王，求您送我去赵国吧，让我去赵国照顾子职，好不好，好不好？"说到最后，她退后一步，不住磕头。

秦王驷见她如此失态，却是恼了，啐道："你说的什么糊涂话！既然你要去赵国，你当初在韩国为什么要托人给我送信，叫我救你？这么多的大秦健儿为救你而死，如今你又要去赵国。你将国家大事、将士性命，皆视为儿戏吗？"

孟嬴听着秦王驷的话，却恍若未闻，直愣愣地看了秦王驷一眼，慢慢地挺起了身子，道："我为了大秦，牺牲了一生。没有国，没有家，没有父，没有夫。我什么都不求，我不要做公主，不要做王后，我宁可生于普通人家，只求上天能满足一个女人最卑微的愿望，让我和我的儿子在一起。这个要求很过分吗？"她越说越是激愤，"为什么你如此冷酷无情，父王？我恨你，我恨你——"说到最后，她不顾一切地站起来冲了出去。

芈月欲去挡她，却已经来不及了。"公主——"她顿了顿足，转向秦王驷，欲为孟嬴求情，"大王——"不想她方一开口，便见秦王驷的眼神凌厉地看过来。芈月心中一凛，掩口不敢说话。

秦王驷疲惫地挥了挥手："出去，让寡人一个人安静安静。"

芈月没有再开口，只默默一礼，退了出去。

她走出宣室殿，想到方才孟嬴冲了出去，心中牵挂，便欲去引鹤宫看望孟嬴，可是到了引鹤宫前，却被挡在门外，只说大公主心情不好，谁也不见。

芈月无奈，只得回到常宁殿。

女萝见她心情不悦，忙来相劝："季芈，大公主之事，您便是再同情，又有何用？这种事，大王都无可奈何。难道大王不爱大公主吗？难道大王有办法，会不帮大公主吗？”

芈月点头，却还是叹息："女萝，我知道你说得有理，我只是……"她抚着自己的心口："我只是心里过不去。"她想到当日与孟嬴结识之事，不由得伤感："你可知道，我曾经很羡慕大公主。她曾经那么幸福，拥有大王全部的父爱，拥有庸夫人那样聪明睿智的母亲，天生丽质，聪明有才，生而为公主，出嫁为王后，生下拥有继承大位机会的儿子。可如今，她甚至还不如一个生于平民之家的女人。她为大秦嫁给了一个老人，又因为权力之争而被流放，如今更是母子分离。这大争之世，男人们说起来热血沸腾，争的是眼前功业，争的是万世留名，可从来不管这背后有多少女人的牺牲、女人的痛苦、女人的眼泪和心碎。"

女萝也叹道："是啊，大争之世，争的是男人的荣耀。可女人呢，女人争的最高的地位，也不过是当上王后吧。可就算是如大公主那般当上王后，依然要眼看着夫君宠爱别的女人，依然要为自己亲生儿子的太子位而争。争输了，可能失势被杀，被流放，母子分离。争赢了，像威后那样，也不过是怀着一腔怨念，从王后宫中迁出，把执掌后宫的权力让给儿子的女人们，自己打鸡骂狗，坐着等死罢了。"

芈月听着，只觉得一阵阵心寒："不！女萝，你说，我们这些后宫妇人，这一生就是这么过了吗？"

女萝看着芈月的神情，微微有些不安。她知道自己的主子经常会有一些和别人不一样的想法。这种想法，经常会折磨她，让她夜不能寐，甚至让她不能像别的后宫妇人一样，去向大王献媚讨好。那种后宫妇人以为很正常的献媚君王、打压同侪的行为，到了她身上，便成了一种折磨。她要很努力地挣扎，甚至无数次地痛苦、思索，一直到为自己找到理由，才能够迈出这一步来。

所以，她的后宫之路，就注定要比其他的女人走得辛苦得多，挣扎得多。

见她似乎又陷入某种挣扎中，女萝暗啐自己多嘴，忙劝道："季芈，我只是胡说八道，您休理我。"

芈月却摇了摇头，道："女萝，你说得很对，我不能这么活。"

女萝暗惊："季芈，您想做什么？"

芈月有些迷惘地摇了摇头："我也不知道……"但她的神情却渐渐有些清明起来，"但我知道，我想要不一样的活法，我想要一种属于自己的活法。"

女萝暗悔，只得哄劝道："季芈，您别想太多。"她抬头看看天色，道："待会儿小公子就要回来了，哄哄孩子，您就不会想这些有用没用的了。"

小嬴稷如今六岁，已经开始识字习书，每日便由缪辛抱着去师保处学习，到下午再抱回来。

说到嬴稷，芈月的心思稍稍宽慰，摇了摇头，叹息道："不，正是因为有子稷，我才要真正去想明白、想透彻，我应该怎么走完这一生。虽然我现在还没想到该怎么办，但我却不愿意就这样任由别人摆布我的命运，这样困守在四方天地里，和几个充满嫉妒的女人互相怨恨着过完一生。"想到这儿，她忽然站了起来，走到书架前翻找，"女萝，我的那卷《逍遥游》呢，到哪儿去了？"

女萝一怔，也想起来了："季芈，您似乎好久没看这本书了。"

芈月停下手，怔了一怔，道："是，好久了。是从我怀了子稷以后，还是从我服侍大王以后呢……"她轻叹一声，"一个女人，嫁夫生子以后，就忘记什么是自己，忘记曾经有过的鲲鹏之心了。"

正说着，却听外面传来嬉闹之声，芈月精神一振，笑道："是子稷回来了……"

果然，嬴稷已经脱了鞋子，爬上走廊，飞快地跑进房间里来，口中还叫着："母亲，母亲……"

芈月眉眼俱笑，坐在那儿，等着这个胖乎乎的小身子扑进自己的怀中，才接过女萝递来的巾子为他擦脸，问他今日学了些什么，遇上了什么有趣的事儿。

一会儿，便听得嬴稷问道："母亲，我听说宫里有个阿姊回来，是哪个阿姊啊？"

芈月诧异："你如何知道了？"

嬴稷便说："是我刚才路过，看到内小臣指挥人送东西到引鹤宫。我问他谁住进去了，他说是我的大阿姊。"

芈月点了点头："是啊，是你大阿姊，你从没见过她。她在你出生前，就嫁出去了。"说到这里也不禁触动心事，叹道："你大阿姊还有一个儿子，同你差不多大呢。"

嬴稷对母亲忽然叹气颇感不解，只问："那我能同他一起玩吗？"

芈月神色黯然道："他不在。"

嬴稷问："他去哪儿了？"

芈月看着他童稚的脸，忽然心底一酸。设身处地想一想，若有一日，有人要将嬴稷与她分开，她也是要发疯的吧。这么小的孩子，如果没有母亲，该怎么办呢？

芈月轻轻地抚摸着嬴稷的小脑袋，道："子稷，要不要同母亲一起，去看望一下你阿姊？"

嬴稷点头："好啊！"

芈月转头对女萝道："你差人去引鹤宫问问，我想带子稷去见大公主，大公主可愿意一见。"

过得片刻，孟嬴那边便有回报，说是请她过来相见。

自此之后，芈月便经常带着嬴稷，去引鹤宫看望孟嬴。孟嬴自返秦以来，满心想的便是失散的儿子，除此之外，任何事情对她来说都没有意义，也没有兴趣。

只有芈月带着嬴稷来见她，她才会强打起精神来。她眼中看到的是幼弟，但脑海中浮现的，却是自己的爱子。她没有抱嬴稷，也没有同他亲热，只是让嬴稷去院中自由地玩耍打闹，而她就坐在一边静静地看着，眼中露出的伤感和怀念，真是令铁石心肠的人也不忍见。

她甚至没有和芈月说话。她所有的精神和力气，都只用来思念儿子和痛悔失子。她经常就这么一整日地呆坐着，不言不语，不饮不食。

朝上的争议，仍然没有结果，孟嬴却以极快的速度憔悴下去了。就算拿嬴稷当成儿子的替代品，但终究，她的儿子离她有千里之遥。对她来说，这种短暂的安慰只是杯水车薪，根本抵不过每时每刻锥心刺骨的失子之痛。

这一日，常宁殿的庭院中，秦王驷坐在廊下，听着小小的嬴稷挺直身子高声背诗："凯风自南，吹彼棘心。棘心夭夭，母氏劬劳。"[①]

秦王驷嘴角微弯，抱起嬴稷夸奖道："背得好。子稷，知道这诗是什么意思吗?

嬴稷响亮地说："知道。"

秦王驷道："说说看。"

嬴稷道："这诗是说母亲很辛苦，做儿子的要孝敬母亲。"

秦王驷点头："唔，学得不错。"

嬴稷却有些不安地问："父王，孩儿没背错吧?"

秦王驷微笑："没背错，怎么了?"

嬴稷道："那孩儿昨天背这首诗，为什么阿姊哭了?"

秦王驷看了坐在一边微笑着对儿子露出鼓励表情的芈月一眼，似乎感觉到了什么："阿姊，哪个阿姊?"

嬴稷道："引鹤宫的大阿姊啊。昨天母亲带我去看望大阿姊，大阿姊生病了，可大阿姊看着我，就一直哭一直哭。"

秦王驷把嬴稷放下："好孩子，让女萝带你出去玩。"

---

① 出自《诗经·邶风·凯风》，赞美母亲育儿辛劳。

女萝连忙上来牵着嬴稷的手道："小公子，奴婢带您去采桂花。"

见女萝带走嬴稷，芈月走到秦王驷面前，无声跪下。

秦王驷并不意外："你想为孟嬴求情？"

芈月道："是。"

秦王驷道："你可知这是干政？"

芈月道："臣妾不知道什么是干政，臣妾也是一个母亲，人同此心。大王，大公主憔悴将死，若她真的就此不起，岂非也辜负了大王救回她的深意？还不如圆了大公主的心愿，送她去赵国，让她无憾。"

秦王驷叹："你不了解赵侯雍。列国君王中，魏王迟暮，齐王已老，楚王无断，韩王怯弱，燕王糊涂，能与寡人相比者，唯赵侯雍。天下诸侯皆已称王，唯此人仍然不肯称王，他有极大的抱负和野心。子职已经落在他的手中，他将来必会狠狠地咬燕国一口。孟嬴若落于他的手中，会让他有更大的赢面。"

芈月求道："大王，大公主曾为秦国牺牲过一次，这次就算秦国还她一个人情，让些利益与赵国，可不可以？"

秦王驷道："国家大政，岂容儿戏。"

见秦王驷已经沉下了脸，芈月不敢再说，只取了旁边的六博棋局摆开，赔笑道："大王，您喜欢玩六博，今日臣妾来陪您玩玩如何。"

秦王驷瞟了棋盘一眼，摆手道："罢了，你棋艺太低，不能与我共弈。"

芈月道："不要紧，臣妾下不过大王，下次臣妾可以从唐姊姊手中赢过来。"

秦王驷失笑："你这算什么？"

芈月道："人世如棋，只要棋局还在，这局棋里输掉让掉的，下局棋仍然可以翻盘挣回来。大王，让些许利益给赵国，还有翻盘的机会。可是大公主若死了，可就永远活不过来了。"

秦王驷看着芈月，神情颇有些玩味："看起来，你比寡人还更像赌徒。"说到这里，他话锋一转："可是你和孟嬴，感情就如此之深，深到你宁可冒犯寡人？"

芈月却摇头道："不，臣妾只是认为应该为大公主说句公道话。"

秦王驷眉毛一挑："应该？"

芈月叹道："就如同当日，臣妾愿意为王后求情，为魏夫人求情一样。大王，臣妾曾经有过四处求告无门的时候，知道这种痛苦。所以臣妾知道，如果每个人都在别人落难的时候袖手旁观，那就别指望自己落难的时候会有人相助。"

秦王驷有些动容，却又问道："倘或你助了别人，到你需要帮助时，依旧无人助你呢？"

芈月道："臣妾知道这种事不能斤斤计较，有付出未必有收获。但是臣妾种十分因，或可收一分果。若是一分因也不种，那自然是无果可收了。"

秦王驷看着芈月，怔了半晌，忽然哈哈大笑起来。他扔下棋子，站起身来，走下步廊，小内侍为他穿上鞋履。

芈月见他一言不发，便向外走去，心中正自惴惴不安，却见秦王驷穿好鞋履，回头深深地看了自己一眼，道："寡人会派司马错出使赵国。"

芈月一怔，顿时笑靥如花，盈盈下拜："多谢大王。"

秦王驷摆了摆手："你说的，未尝不是一个办法。季芈，你很好。"说着，他头也不回便去了。

长巷寂静。

芈月披着厚厚的大衣，带着女萝走过长巷，进入引鹤宫中。

引鹤宫室内一只青铜大炉，燃着炉火。芈月进屋，脱下厚厚的外衣，走到孟嬴榻边，但见孟嬴脸色惨白，闭着眼睛，病情越发沉重了。

芈月俯身唤道："公主，公主。"

孟嬴睁开眼睛看到芈月，微弱地笑了笑："季芈，是你啊。"

芈月道："公主，司马错已经去赵国与赵侯雍交涉接回公子职的事情，你要好起来啊。"

孟嬴强打精神："谢谢你，芈月，我会一直支撑到子职回来的。"

芈月道："来，吃药吧。"她服侍着孟嬴喝了一碗药，见孟嬴精神渐渐恢复，劝道："既然公子职回归有望，你更要快快好起来才是。"

孟嬴苦笑："世人都羡慕这帝王家的富贵，你看我身为秦王女、燕王后，从小有父王的喜爱，出嫁了不愁有别的女人在夫婿跟前争宠，到如今，居然也落到这种地步。"

芈月劝慰道："公主，您已经回到秦国，也即将和公子职见面，有些事就别再想了。"

孟嬴却摇头道："不是的，我不能不想。我真后悔当日……"

芈月道："当日如何？"

孟嬴一把抓住芈月的手，一字字道："芈月，我告诉你，你要记住我的教训，在权力斗争的时候绝对不能退让。人有仁心，却不能施诸虎狼，你不能把刀把子交到别人的手中，去乞求别人的良心、善心，去指望别人能够看在你足够退让的分上饶过你。没有这回事，芈月，真的，没有这回事。权力之争，就是你死我活的事。我真后悔，当日易王死前，我就应该和太子哙争上一争的。我也是王后，我生的也是嫡子啊。我就是不屑争，不敢争，没有用心去争，结果你看，我落得这般下场。"

芈月动容："公主，我记住了。"

孟嬴轻叹一声："先王——他待我倒好，只可惜死得太早。我还以为太子哙不会太狠心，可没想到子之居然如此狠毒，要置我母子于死地。"

芈月第一次听到她说起燕国之事，不禁问道："太子哙和宰相子之，是怎么样的人？"

孟嬴轻叹："先王……当年宠嬖甚多，对太子哙，却不甚关心。因此太子哙自幼与宰相子之关系甚好，情同兄弟，甚至有段时间形影不离。我亦没见过他几次，只是听说，太子哙是个志大才疏的人。燕国势弱，他不知道励精图治以振兴国家，却喜欢玩华而不实的东西，以为这样就能够'以德行感召天下'。所以他会轻易被子之操纵，居然相信什么恢复'禅让'之礼就可以提升燕国在诸侯中的地位……"

芈月也觉得好笑，道："国家的地位，只能靠真正实力，不是靠什么虚幻的学说。列国争端，很少是由那些搬弄口舌的游士掀起。游士以才干贩卖学说，国君为了用他们的才干，可以假装信他们的学说，自己却不可以真的执迷相信，甚至把学说置于实干之上。否则，就是买椟还珠。"

孟嬴虚弱地笑了笑："我发现你跟父王越来越像了，尤其是这种说话的口气……"

芈月惊愕掩口，她自己尚未意识到这点，忽然间竟脸红了。

孟嬴道："季芈，你现在处处学父王、像父王，可是世间事，学七分足矣，不可学全十分。因为，你毕竟不是他。父王是男人，是君王，他可以足够强势，以此震慑他人。可是你是女人，是宫妃，你要足够婉转，才能说服他人。"

芈月看着孟嬴，诚挚地道："多谢公主提醒。"

孟嬴拍拍芈月的手道："我做过王后，也做过国君的母后，入过朝堂，见过朝臣，议过朝政。有些东西，虽然我也不懂、不擅长，但是见过做过以后，自然就懂了。"

孟嬴轻轻喘息着，芈月轻拍着她的背部。孟嬴露出忧伤的神情："尽管，我真心希望，那些事我最好一辈子都不要去懂。我只想当个小女人，嫁给一个年貌相当的夫婿，一夫一妻，我只管相夫教子，洗手做羹汤……这世间千千万万个女人最庸常的日子，却是我渴望一生而不可得的……"说到最后，她伏在芈月身上痛哭，将这些日子以来的痛苦倾泻而出。

芈月轻抚着孟嬴，默默无语。

孟嬴渐渐止住哭泣，芈月为了开解她，指着另一边锦褥上堆着的衣服道："那些是什么，是为公子职做的衣服吗？"

孟嬴道："是啊，我想子职了，就给他做一件衣服……否则，我无以度过这些没有他的日子。"

芈月翻看着衣服，赞美道："公子职真幸福，我还从来没有给子稷做过这么多的衣服呢⋯⋯"

孟嬴忽然想到一事，连忙阻止："等一下——"

芈月伸手拿起一件衣服，却发现是成年男子的样式，怔了一下才又笑道："这是⋯⋯给大王的?"

孟嬴忙劈手夺过，扔到旁边的箱中，胡乱掩饰道："没什么，我打发时间，闲着做做的⋯⋯"

芈月也不以为意，只含笑说起若是姬职救回来，当如何为他准备衣食等事。说到这个，孟嬴才有了活力，絮絮地说了半天，从姬职在燕国的日常生活，到在韩国时的艰难，到如今一应器物皆无，要如何准备等等。她一直讲了许久，才放芈月回去。

芈月见孟嬴终于又恢复了些许活力，心中也甚感安慰。她走到阁道之时，心情还甚是愉悦，可一回到常宁殿，听到薛荔回报说椒房殿王后有请，她的眉头又皱了起来。

椒房殿这些年来，与她渐行渐远，假和氏璧一案之后，更是撕破了脸。虽然后来芈月澄清案子真相，芈姝亦派人送了礼物，并说要请芈月过椒房殿一聚，消除误会，但芈月当时以"毒伤未愈"为由拒绝了。

芈姝心里有些不悦，但终究还是忍了下来。近日，因芈月替孟嬴求情，芈姝觉得这也是一个姐妹修好的机会，便派了人来请她。

见芈月进来，芈姝便含笑对她招手道："妹妹且坐我身边来。"

芈月无奈，芈姝今日的状态摆明了是修好之态，她却有些头疼。对她来说，目前最好的状态，便是和芈姝保持一定的距离。

芈姝有一点"近之则不逊，远之则怨"的性子，太亲近了，她那种自以为"对你亲热""为了你好"的样子，却让芈月从内心抗拒。于是她只说一声"多谢王后"，便坐到了她右侧的茵席上。

果然，芈姝说道："想你我本是亲姊妹，同荣辱，共进退。想当初刚入宫的时候，我真是一步也离不开你。可是不知道什么时候起，我们就渐渐生分了。你不再叫我阿姊，我也无意改正对你的称呼……"她说到这里，不胜唏嘘。

芈月淡淡地道："我并不是跟王后生分了，只是身份不同，王后执掌后宫，我不敢在称呼上出错，成了别人议论王后的话柄。"

芈姝也被自己说得有些感动了："唉，什么也别说了，我也是被小人所误，谁能想到孟昭氏居然如此口蜜腹剑？都是她在挑拨离间，如今我们还是和好如初，可好？"

芈月道："但凭王后吩咐。"

芈姝道："如今宫中大患已去，你我应该携手才是。"

芈月"哦"了一声，问道："王后的意思是……"

芈姝道："上回的事，你虽然替魏氏也一并求情，但我知道你是为了让我脱身才会那样说。你既对我忠心，我自然也关心于你。如今我也听到一些事关系到你，所以特地唤你来提醒一二。"

芈月道："什么事？"

芈姝道："听说你为了大公主的事，数次忤逆大王，你可知这样做十分欠妥？"

芈月深吸一口气，知道与芈姝无法沟通，只得敷衍道："王后说得是，我也只是见大公主落难，心中不忍而已……"

芈姝越发得意，终于有一件事可以让她借此示好，又能对芈月训诫一番，当即道："那也不是我们后宫女子所能管的事。我说你这又何必呢，为了一个跟你不相干的人，得罪了大王。若是大王真的不理你了，我看你哭都来不及，少不得，我帮你在大王面前说说好话。"

芈月无奈地道："多谢王后关心，好在事情已经过去了，大王并没有生我的气。"

芈姝却说："你别以为大王明面上说不生你的气，就真的无事了。惹了大王不高兴，也许大王面上不说，以后就冷落你了呢。这宫里多少女人想讨好大王都来不及，有些错，是不能犯的。"

芈月暗叹："多谢王后指点。"

芈姝骄矜地道："好了，去吧，记得我教诲你的话，回头得好好思量思量，日后也是你行事的准则。"

芈月垂眉低头道："是。"

芈月走出椒房殿，深吸一口冷冽的空气，吐尽在殿中堆积的郁闷。

薛荔追上来，拿着毛边的外袍道："季芈，小心外头冷，快披上。"

芈月推开道："不必了，让我走几步透透气，里头太闷了。"

芈月固然气闷无比，但她出去以后，芈姝亦不胜恼怒，将手炉往地上一摔，道："哼，当真无礼。"

玳瑁从暗处走出来，拾起手炉笑道："王后，奴婢说得没错吧，芈八子对您从来都是阳奉阴违的。"

芈姝道："哼，看在她上次为我求情的分上，我本来还想容她再为我效力，没想到……"

玳瑁道："魏夫人已经完全失宠，孟昭氏这个内奸也揪出来了。王后如今在宫中的地位何等稳固，这宫中还有谁能是您的对手，您又何须再由着芈八子在您跟前指手画脚？倒不如好好行使权威，让这宫里再没有人敢违您的心意才是。"

芈姝叹了一口气："你说得对。当日我真没想到她会为我求情，可是仔细一回想，事情总是因她而起，见了她反而难堪。本想借大公主这件事，示好于她，也乘机训诫她一番。真没想到她居然不识好歹。既然如此，从今往后我对她再也没有情面可言了。"

玳瑁却道："王后，近日您和魏氏都涉入假和氏璧案中，季芈因此得宠，许多妃嫔都去讨好她，王后不可不防。"

芈姝一怔："这倒奇了，她不过是个区区八子，讨好她又有何用？"

玳瑁阴恻恻地说："若是大王宠爱，封她为夫人，亦未不可。"

芈姝冷笑："只要我还是王后，她这辈子，便休想在八子这个位分上再进一步。"

玳瑁终于露出笑脸："王后这么想，那就好了。"

玳瑁说得不错。假和氏璧一案，王后和魏夫人皆卷入嫌疑之中。虽然秦王驷吩咐由唐夫人和卫良人共掌宫务，但明眼人一眼就能看出，这两位都不是后宫里能够挑头的人。而芈月自此以后却更加受宠，甚至开始为秦王驷整理策论。此番迎回大公主，又是她的功劳。

宫中暗中流传，说是芈月不久之后就会被提升，因此各宫妃嫔频频拜访，一为探口风，二来亦是为了结交。

芈月只觉得与她们应酬十分吃力，常常借故推托。唐夫人冷眼旁观，这日便请了芈月到正殿说话。

芈月不解，问道："不知夫人有何事吩咐？"

唐夫人便说："季芈，昨日卫良人来，今日屈媵人来，你为何都推辞不见呢？"

芈月苦笑："夫人岂不知我。她们前来示好，却非好意，我亦无意被她们当枪使。"

唐夫人却摇头道："妹妹此言差矣！妹妹如今得了大王之宠，虽然只是个八子，但封为夫人也是指日可待的事。而且妹妹宅心仁厚，生死关头仍然能够为王后和魏夫人求情，又能够冒着触怒大王的危险，为大公主求情。王后为人寡恩少义，若无人与她对抗，则满宫妃嫔都无喘息之余地了。"

芈月却摇头道："可是她们把我推出来，让王后以我为敌，于我而言，却是不愿。"

唐夫人看着芈月，摇头道："可是妹妹，你真的甘心任由王后横行宫中吗？王后为人心胸狭小，来日若是大王宠爱你，要提拔你，或是子稷在诸公子中显得聪明能干，她必定容不下你，到时你也要隐藏一辈子的才能和心气，低眉垂首任她欺凌吗？"见芈月不语，转头看着窗外，唐夫人继续道:"妹妹,你和我不一样。一把宝剑不能藏尽锋芒一辈子,否则若不能伤人,便会伤己。我在这宫里,胆小装愚,装了一辈子,可真有选择,谁愿意过这种忍气吞声的日子?可是我没有这个胆量,也没有这个能耐。但是你不一样,从一进宫开始,你就没有示弱过,没有退让过……"

芈月抬手阻止唐夫人说下去:"唐夫人,您不必说了,我只愿和子稷平安度日,不想成为别人的靶子,也不想成为别人的盾牌。"

唐夫人摇头叹道:"妹妹,你可知以你的性情和得到的宠爱,成为靶子是无可回避的?要知道,如果你成为别人的盾牌,别人也能成为你的盾牌。站在你身后的人越多,你的盾牌就越厚。"

芈月听了这话,不禁一怔,看向唐夫人:"您的意思是……"

唐夫人意味深长地拍了拍她的手:"子稷也大了,你如今,也要早早为自己、为他做打算了。"

芈月怔在当场。

第十一章　燕公子

　　宫中风云乍起，函谷关外战火将燃，咸阳城中，各方势力亦是相持不下。

　　张仪府书房，炉火正旺。

　　苏秦裹着黑貂裘，虽然已经额头见汗，却坚持着不脱下来。他看着张仪拱手："张子，我这策论已经改了十次了，您看这次如何？"

　　张仪坐在苏秦对面的主位上，一身轻薄锦衣，神情洒脱中带着不屑。他随手翻了翻几案上的竹简，不屑地扔下："苏子，易王后托我将金帛送给你，你为何不受？"

　　苏秦道："君子喻于义，不喻于利。我带信是为了君子之义，岂是为了金帛而来？"

　　张仪道："你不受金帛，可是要官职？要什么样的官职，想必易王后也定会帮你争取的。"

　　苏秦道："我入秦是为了贡献我的学说，君王若能接受我的学说、我的才干，任我以官职，我自然会欣然接受。为了一点官职而忘记自己的初衷，甚至要……要后宫女子说情，这种事我绝对不接受。"

张仪斜眼看着苏秦，摇摇头："你啊，太无知了。你可知行走列国，游说君王，凭的并不仅仅是知识和头脑，更是对人情世故的体察。我问你，你给大王上了十次策论，却没有一次被取中，你知道原因是什么吗？"

苏秦道："是什么？"

张仪道："你的理论，不适用于秦国。再改十次也是一样。就算送进宫去，也是扔在那里发霉。"

苏秦霍地站起："我不信，我不信。"

张仪道："不信，你自己去问大王！"

苏秦大怒，拂袖转身而去。次日，便又去了宫门，求见秦王。

此时，秦王驷正在调兵遣将，做函谷关决战的最后准备，听了缪监来报，便问："何事求见？"

缪监道："苏秦送来了他的策论，想请大王面见，一述策论。"

秦王驷道："寡人哪有心思看他的策论？不见。"

缪监道："那这策论？"

秦王驷道："也退还给他吧。"

披着黑貂裘，在寒风中哆嗦着等待的苏秦，接到了秦王驷退回来的策论，不禁惊呆了。

缪乙见他脸色不对，忙道："这……要不然，我帮您把这策论给大公主，让她看看能不能帮上忙。"

不料苏秦像触了电似的冲上去，夺过竹简，恼羞成怒道："不必，本来就是当柴烧的东西，何必玷污了贵人的眼睛！"说着，便怒气冲冲地转头回到了馆舍之中。

那馆舍的侍者看到苏秦回来，连忙跟在他的身后赔着小心："苏子，苏子……"

苏秦走进房间，脱下黑貂裘扔在席上，见侍者跟进，便瞪着侍者问道："你来何事？"

那侍者小心地道："苏子，您的房钱饭钱，已经欠了两个月了。还有，您这两个月用掉的竹简，钱也还欠着呢。您看，什么时候方便，结一下账？"

苏秦一怔，也有些不好意思起来，忙去翻箱子，却发现箱子里只剩下旧衣服，已经没有值钱的东西可以抵押了。正一筹莫展之时，转身看到几案上的竹简，自暴自弃之下，便一把抱起来交给侍者道："这些，都卖了。"

侍者不敢接，赔笑道："苏子，这些可是您费尽心血，熬夜写出来的策论啊！"

苏秦苦笑一声："费尽心血，熬夜写就……呵呵呵，这些策论，若有用时，价值万金；若无用时，一文不值。现在，它没有用了，卖了它吧。"

侍者退后一步，苦笑道："苏子，这写过字的竹简，也是……不值钱的。"

苏秦垂手，竹简散落在地。他颓然坐下，手朝着整个房间一划道："那你说，我这房间里，还有什么是值钱的？"

侍者顺着他的眼光看去，房间里只有散乱的竹简和旧衣服，唯一值钱的，就只有那件黑貂裘了。见侍者的眼光停住不动，苏秦神情变幻，从愤怒到痛苦到无奈，终于叹了口气，一顿足，走过去把黑貂裘抱起，递给侍者道："把这个拿去当了吧。"

侍者吃惊地道："苏子，这可是您唯一一件出门穿的好衣服了，况且这大冬天的，当了它，您以后怎么办……"

苏秦苦笑："我？我就要离开这咸阳了，再也不会去拜会那些权贵投书投帖，用不上它了。当了它，若还有余钱，就帮我去雇辆车吧。"

侍者惊惶地申辩道："苏子，小人不是要催您的钱，也不是要赶您走啊！"

苏秦拍拍他的肩膀道："是我自己想走了。咸阳虽好，不是我苏秦久留之所。我就像是做了一个梦，现在梦醒了，也应该走人了。"

他既做了要走的打算，便将自己一些日常之物，贱卖给了一些同样行囊羞涩的士子。那件黑貂裘，他叫侍者拿去抵了房钱饭钱。只是没有了黑貂裘，徒有一身旧衣，整个人顿时显得寒酸了许多，一走出房间便要在寒风中抱臂哆嗦。那年老的侍者也服侍他多时，此时帮他雇了车来，一手拎着竹箱送他出去，另一手却又拿了件旧羊皮袄，道："苏子，马车已经在城外，就是要几个人拼车。"说着，他把手中的羊皮袄递过来，道："您这大冬天的上路，黑貂裘又当了，可怎么过啊！您若不嫌弃的话，小人这件旧羊皮袄，您穿着挡挡风吧。"

苏秦拱手谢道："多谢老伯古道热肠。"

侍者道："要不，您现在穿上？"

苏秦看了看周围，要面子地挺挺胸口道："算了，我还是出了城再穿吧。"

侍者理解地道："好好好，那我给您放这竹箱子里。"

见苏秦背上竹箱离开，馆舍老板又着手看天道："这天气，看来是要下雪了。"

那侍者站在他的身后，也道："不晓得苏秦先生会不会遇上下雪。"

正说着，却听得马蹄声响，只见一队黑衣铁骑护卫着豪华的宫车扬尘而来，在馆舍门口停下。他二人还未反应过来，便见一个侍女下来，问道："请问苏秦苏子，是否住在这里？"

那馆舍老板还未回答，却见那马车的帘子已经掀开，一个贵妇急问道："苏子现在何处？"

那老板顿时低头，不敢看她，恭敬道："苏子已经走了。"

那贵妇一怔："走了？"

那侍女也知自己刚才的问话过于拘礼板正，忙急促地追问："去哪里了？"

老板用眼睛的余光看了一下马车，看到黑衣铁骑肃杀的气势，吓得又低下了头。他是老于世故的人，从话语中知道对方的急促，不敢啰唆，忙道："苏子回乡了，刚出的门，要在东门搭乘去韩国的货车。如果贵人现在赶去，可能还来得及。"

那贵妇失声道："货车？苏子何等样人，怎么会去搭货车？"

老板心头一凛，连忙向侍者低声道："快去取黑貂裘。"

侍者连忙转身跑进馆舍，取了黑貂裘出来，那老板捧着黑貂裘赔笑道："苏子十上策论而不得用，千金散尽，因此决意还乡。苏子为人坦荡，不但搭货车回乡，而且硬要把他的黑貂裘留下来抵押房钱。小老儿辞让不得，贵人若去追他，请带上这黑貂裘还给苏子。"

说完，便觉手上一轻，那侍女早已经取了黑貂裘奉与那贵妇。这一行人来得快去得也快，转眼间，马蹄声起，便向着东门而去了。

那馆舍老板手中，只是多了一只钱袋而已。

此时苏秦已经出了城，在城门下与一拨穿短衣的人搓着手跺着脚，一边寒暄，一边等候马车。

因为寒冷，且此时也没有认识的人，苏秦已经不再拘泥，套上了羊皮短袄。只是他虽然衣着寒酸，但往那儿一站，气质仍与普通人有别。

有一个秦国商人见他气质不凡，上前搭讪："这位先生，亦是去韩国啊？"

苏秦漠然看着前方道："嗯。"

秦商道："我去韩国贩货，先生您呢？"

苏秦道："回乡。"

秦商道："先生是韩国人啊？"

苏秦道："不是。"

秦商道："那先生是要到了韩国再搭别的车吗？"

苏秦道："是。"

秦商抬头望天道："先生，你说这马车什么时候会来？"

苏秦道："不知。"

秦商本想结交苏秦，但搭讪了半天，只有一个字两个字的回答，也觉得无趣，悻悻地走开和别人说话去了。

苏秦长长吁了口气，抬头看着阴沉沉的天。

寒风凌厉，吹得等车的人个个缩头缩脑。也不知道过了多久，一辆大篷车终于缓缓来了，停在离他们还有一小段距离的大路上。

众人轰动起来，都争着上前抢里面背风暖和的位置。见众人挤挤挨挨地上前，只有苏秦表情漠然地慢慢走着，那秦商奇怪地看了苏秦一眼，一边跑一边招呼苏秦道："先生，快点，外面的位置要吃冷风的。"

苏秦嗯了一声，仍旧慢慢走着，不想在此时，背后忽然传来急促的叫声："苏先生，苏秦先生，等一等——"

苏秦听到这个声音，表情顿时一变，不但没有停下来，还头也不回地加快了脚步，想冲到大篷车上。

此时芈月正陪孟嬴坐在宫车上，见状立刻指挥军士道："把他挡下来。"

一队黑衣铁骑顿时奔驰上前，将苏秦和众人隔绝开来。

孟嬴叫道："停车，停车。"

宫车停下，孟嬴抱着黑貂裘跳下马车，向着苏秦的方向跑去。

苏秦欲逃避而行，却被骑士们挡住。

孟嬴跑到苏秦身后，扑上来抱住苏秦，嘤嘤而哭道："先生，先生是恨了孟嬴，所以连我的面都不想见，连我叫你也不肯停下来吗？"

苏秦扭头，看到的是孟嬴狐裘锦面的衣袖，和自己身上的旧褐衣羊皮袄形成强烈的反差。在心爱女子面前的羞窘令他感觉抬不起头来。他涨红了脸，沉声道："易王后，请松手，大庭广众之下，如此有损您的名声。"

孟嬴哽咽道："我不放手，放手你就跑了。"

苏秦无奈道："我不跑，您让我把竹箱放下来，我怕硌着您。"

孟嬴微微松手，却仍然紧紧地抓住苏秦的袖子。苏秦把竹箱放下来，转身面对着孟嬴，叹了一口气。

芈月举手示意，众骑士排成队挡住大篷车和百姓们，转身背对着孟嬴和苏秦。

孟嬴看到苏秦衣衫破旧，伤心不已，哽咽道："来时锦衣轩车，去时旧衣敝履，先生，是我害了你。"

苏秦见到她手中的黑貂裘，已经看出是自己原来的东西，知道是她有心，也有几分感动，无奈道："是我学识不足，不得赏用，客居在外，自然千金用尽，与你何干？"

孟嬴死死地抓住他的手，道："那你为什么不肯受我的金帛？不肯找我？"

苏秦声音低沉而痛楚："你也要容我在你面前保住自己的尊严。"

孟嬴扑到苏秦的怀中，哭道："对不起，对不起。"一边手忙脚乱地拾起刚才抱着的黑貂裘，想要给苏秦披上。

苏秦握住孟嬴的手，想要阻止她的动作："你啊，你当真就不顾及你的身份、你的名节了吗？"

孟嬴不顾一切地死死抓住苏秦的手，哭道："身份和名节能改变我做寡妇的命运吗？能让我母子团聚吗？能让你留下来吗？如果都不能，我要它何用！"

苏秦一怔，从她的话中听到了关键所在，连忙焦急地抓住孟嬴的手，问道："怎么了，你们母子不在一起？"

孟嬴哭诉道："我们离开韩国的时候，遇到赵人伏击，子职被赵国夺去了。"

苏秦大惊："秦王为何不派人去救？"

站在一边的芈月听到这里，上前一步道："苏子有所不知，那赵侯雍夺去公子职，打的就是挟持燕国公子、谋取燕国王位的算盘，想来就算秦国大军攻入赵国，也未必能够夺回公子职。大王已经派司马错前去与赵侯雍商议赎回公子职的事情了。"

苏秦看着孟嬴，眼中充满怜惜。他本以为她回到秦国，便可一切安好，苦尽甘来，却不曾想到，他虽然替她把信带到了，她的父亲也来救她了，可是最终的结果，却是另一重悲剧。他细看孟嬴，此刻她虽然一身华贵，然而，不由得心中又是愤怒又是难过："孟嬴——"

孟嬴含泪看着苏秦："先生——"

苏秦脑海中此时千万个主意闪过，他张口欲言，可看了看周围情况，忽然又灰了心，长叹一声："罢了。"

芈月察言观色，上前一步问道："先生有何高见？"

苏秦却不识她，问道："这位夫人是……"

孟嬴道："这是芈八子，也是我最好的朋友。"

芈月道："苏子有所不知，当日苏子的策论，是我发现的，我与孟嬴亦是有旧。如今她痛失娇儿，难以支撑，先生若有高见，还请赐教。"

苏秦微一沉吟，欲待不言，看了一眼孟嬴，心头又软了，叹道："若是由我来说，此事并不难办。"

芈月眼睛一亮："先生有办法？何不一起入宫，面见大王。"

苏秦却冷笑一声，道："不了，我十上策论，大王不屑一见，我又何必再自讨没趣？我随口一说，你们愿不愿意采用，悉听尊便。"

孟嬴凝视着苏秦，眼神中有无限信赖："先生请说。"

苏秦深深地凝视着孟嬴，充满了留恋和不舍，良久才终于放弃地收回目光，叹息道："罢了，你毕竟是燕易王的王后，终究是要回到你的位置。"

苏秦放开孟嬴，走开两步，负手向天，沉默片刻道："燕国君臣易位，逆天违人，不但国内动荡，更会引起诸侯不安。赵侯雍扣押了公子职，必是为了等待燕国内乱，他好乘机以拥立公子职为借口，入侵燕国。但赵国军队现在拖在函谷关，他不能两面作战。唯一的办法就是我们先挑起燕国的战乱，再以此迫使赵国和秦国联手，共同拥立公子职为燕王。如此，函谷关之围可解，易王后归燕可行。"

芈月这些日子以来，亦知秦王驷为此事所苦，孟嬴之子姬职，便是攻破赵、燕两国的一件绝顶利器，只是具体如何运用，却商议数月犹未有最好的办法。如今见苏秦说出这话来，虽然并不新鲜，但已经极为难得，更难得的是，他意犹未尽，真正精要的内容，当在后面。此时也顾不得避讳，她上前一步，急问："如何才能挑起燕国内乱呢？"

苏秦讽刺地一笑，将手一划，指向东边，道："齐国。"

芈月与孟嬴对望一眼："齐国？"

苏秦压抑已久，此时决意辞去，料得今生今世，未必再入秦邦，索性放开胸怀，指点江山、滔滔不绝："赵国虽有燕王哙之弟公子职，但燕王哙的儿子太子平却在齐国。燕王哙被子之所骗，愿意让位于子之，可太子平却因此失去王位，岂有不恨之理？五国联兵攻秦，齐国却没有加入，我猜他们就是在等这次机会。只要派细作在太子平身边挑起事端，则齐国必将提前卷入燕国之争端。只要燕国开始内乱，不管子之还是太子平都会被燕人所憎恨，到时候秦赵合兵入燕，乘机拥公子职继位，不但可迫使齐国退兵，还可以挑拨魏韩楚三国跟秦赵联手，乘人之危，去瓜分燕齐两国的领土。如此一来，可转化五国困秦之局成六国困燕之局，秦赵二国更是可以借鹬蚌相争而成为最后的渔翁。而且各国制衡，赵国的胃口再大也得退让三分。"

芈月击掌叫绝："妙，太妙了，先生真是当世奇才。"

苏秦却解下身上的黑貂裘，还给孟嬴："此物我抵押给了店家，已不属于我，所以我不会收的。易王后，您将回燕国，执掌一国，你我萍水相逢，有缘一会，今日告别，各自东西。"

苏秦朝着孟嬴长揖，昂首阔步，走向大篷车。

芈月急呼道："先生如此高才，何不留下？"

苏秦头也不回，傲然道："苏秦已经烧了为秦王所献的策论，就此辞别咸阳，不会再回来了。"

孟嬴犹痴痴地抱着黑貂裘，望着苏秦远去的背影，芈月急忙推了推她，催道："公主，你为何不留下苏子？"

孟嬴痴痴地道："先生不愿意留下，我当尊重他的意愿。"

大篷车还停在原处，苏秦走到车前，拱手道："请各位让一让，容我找个位子。"

车上诸人，都只不过是普通商贩、市井鄙人，哪里见过这种阵仗？此时已经知道苏秦的不凡，肃然起敬，一听这话，立刻闪身让出一个最中间的位子给他。

苏秦不以为意，拎着自己的竹箱坐下，敲了敲那车壁道："驭者，可以走了吗？"

这大篷车的驭者如梦初醒，他看了看那些奇怪的贵人，见她们没有反应，只得挥鞭开车。原本他们周围的那些黑衣铁骑困住车子，不让他们走，此刻见到马车起行，却肃然让开一条道路。

马车扬尘远去，渐至不见。孟嬴抱着黑貂裘，一动不动，眼泪在脸上凝结成冰。

芈月一顿足，拉起孟嬴道："快些回宫，去禀报大王吧。"

当下两人急忙回宫，芈月便立即去见了秦王驷，将苏秦之计说了。秦王驷大惊："什么，苏秦竟有此计？"

芈月道："是，大王以为可行否？"

秦王驷拍案叫绝："绝世妙计。此人才智，不下于张仪！"

芈月道："苏秦此人，急智辩才，不及张仪，可深谋远虑，精通人性的弱点，这方面又胜于张仪。"

秦王驷亦点头，当下便传令道："来人，速速追回苏秦。"缪监应了一声，正要往外而去，芈月却想到一事，拉住了秦王驷的手，道："大王，且慢。"

缪监站住，等候秦王驷示下。

秦王驷看向芈月，眼中有着君王之威："怎么？"

芈月微惊，却勇敢地迎上："大王，苏秦十上策论，大王为何不用？公孙衍为大良造，为何出奔魏国？"

秦王驷怔了怔，缓缓坐下，好一会儿才点头："你说得对。一个国家，容不下两个顶尖的谋臣。治大国若烹小鲜，不可政令反复。执政者最忌变换治国的策略，寡人已用张仪，便不能再用苏秦。"

芈月侧身向前，放软了声音道："大王不用，大公主可以用啊！"

秦王驷沉吟片刻，展开了微笑："不错，不错！"他赞赏地看着芈月，见她谦逊又有些不安地低下头，一把将她揽在怀中，称赞道："我得季芈，如周武王得邑姜，楚庄王得樊姬也。"

芈月惊喜地抬头看着秦王驷，为这样的赞美感到激动和不安："大王，臣妾哪比得上邑姜、樊姬那样的贤后？"

秦王驷轻抚着她的肩头，叹道："为女子者，困于闺中，眼界小格局小气量小，那是天生性情，也是环境所致。古往今来，很少有女子能够挣脱这种天性和环境，超脱同侪。所以若能遇到，都是珍宝。"

芈月感受着这前所未有的认可和肯定，激动得微微颤抖："大王，有了此刻大王的肯定，臣妾这一生没白活，就算立时死了，也死而无憾！"

秦王驷用赞美和珍视的眼光看着芈月："我还记得，初见你的时候，还是个小野丫头……可是看着你一天天地长大，一天天地脱胎换骨，我都不敢相信，一个女人可以有这样大的变化。月，你每天都能给我新的惊喜。"

芈月羞涩却又自信地笑道："世人给女人准备的都是笼子，唯有大王，给我的是一片天空。把女人放在笼子里，只能听到雀鸟的鸣叫；给女人以天空，才能看到凤凰的飞翔。"

秦王驷宠爱地看着芈月："是啊，我的季芈，我的小凤凰，你飞吧，飞多高，都有寡人为你托起这一片天。"

芈月幸福地伏在秦王驷的怀中："我希望有一天，能和大王一起飞翔。"

秦王驷诧异地看着芈月，哈哈一笑："好，我期待你和我一起飞翔。"

"我是邑姜，是樊姬，是凤凰……"自楚威王死后，芈月再也没有得到过这样的褒扬、这样的肯定，这令她也不觉有些飘飘然起来，甚至在次日见到张仪的时候，还是忍不住，将秦王驷对她的夸奖说了。

两人走在回廊中，她说到这里，仍觉得如要飞起来似的高兴。她轻盈地转了一个圈："张仪，你说，大王这是何意？"

张仪带着纵容的微笑，拱手道："大王自然是在夸奖季芈。"

芈月有些不甘心地道："只有夸奖吗？"她希望张仪能够挖出其中更深的含意来，让她感觉到更高的赞美。

不料张仪却收了笑容，带着深意问："季芈还要听到什么话？"

芈月一腔喜悦，在张仪严肃的神情中慢慢沉淀了下来："张子以为，就没有其他的含义吗？"

张仪悠然道："大王也曾夸张仪为无双国士，可是张仪心中明白，纵有再多的夸奖和倚重，可大王在面临重大抉择的时候，首先要找的，还是樗里子。"

芈月有些不服气："可樗里子毕竟只有一个。"

张仪道："但是，王后有嫡子啊。"

张仪的话像一盆冷水，将芈月的热望给浇息了。

芈月有些沮丧。她往前走了几步道："张子，我有件事想请教您。"

张仪道："季芈请讲。"

芈月道："我与人走在高台上，本来我站在人后，可别人不走了，我比别人努力多走几步，走得高了一些，看到了另外的风景，却已经为人所忌。往前走，走不了；往后退，不甘心。我应该怎么办？"

张仪道："那就让自己站得更稳。"

芈月道："如何才能让自己站得更稳？"

张仪道："光是站在高台上，那是虚的，你得撑得起这座高台，让这座高台离你不得，离了你就有缺憾，让你自己不可替代。"

芈月看了张仪一眼，问："如何才能不可替代？"

张仪道："在上，有人拉着你；在下，有人托着你。"

芈月不解地问："有人托着我？张子，王后有陪嫁之臣，我一介媵女，何来托举者？"

张仪笑了："我记得季芈曾经和我说过；'为人君者，荫德于人者也；为人臣者，仰生于上者也。'人主并非天生，有人聚于旗下，便为人主。人臣亦可造就，广施恩惠，自可聚人。"

芈月听了这话，也不禁陷入了沉思，喃喃道："人主并非天生？"

张仪再度长揖："张仪心眼小，人人皆知，有仇于我者，我不敢忘。可有恩于我者，我更不敢忘。季芈不只对张仪，更对大公主、对庸氏皆有施惠。这些人，就是托起你的人。"

芈月眼神闪动，似有所悟。她忽然想到了唐夫人之前对她说过的话，她说以你的性情和你得到的宠爱，成为靶子是无可回避的。但是你成为别人的盾牌，别人也能成为你的盾牌，站在你身后的人越多，你的盾牌就越厚。

她站住了，再将张仪的话与唐夫人的话，两相对比了一下，喃喃道："张子，我似乎有些懂了。"

张仪朗声一笑，拱手一揖："恭喜季芈，您悟了。"

冬去春来，捷报频传。

先是燕国开始内乱，因为燕王哙将王位传于相国子之，自己向其称臣，此事引起太子平的不满，便与大将市被联手，与齐国暗中勾连，准备发起政变。

此时齐王辟疆在位（即齐宣王），闻言便派人与太子平联系，一力支持，说太子的行为是"整饬君臣之义，明确父子之位"，并说若是太子平推翻子之，齐国将一力助之。

太子平得了这个允诺，便赶回燕京蓟城，纠结部属，包围王宫，欲攻打子之。子之带着兵马，紧闭王宫坚守不出，另一边却派人以重金厚爵去拉拢大将市被。市被本是因为自己权力削减，才与太子平联手的，如今得了子之的允诺，再看太子平攻打王宫甚久还未攻下，便倒转旗杆，反过来攻击太子平。太子平大怒，于是先与市被一场大战，市被不是敌手，为太子平所杀，暴尸示众。这一来又引得市被属下不服，子之乘机攻击太子平，也将太子平杀死。

他们这一来一去不打紧，这数月厮杀，都在燕国京城之内，直杀得血流成河，除了双方将士以外，更多无辜百姓也被牵连，惨遭横祸。这几个月混战，蓟城百姓死者达数万人，人心恐惧，又对子之怨恨万分。

就在此时，齐国趁机打着"为太子平申冤"的旗号，派大将匡章发兵燕国。此时燕国因这一场内乱人心惶惶。燕国君臣易位，先是子之上位，然后是太子平争位，弄得各地的封臣、守将，都不知道自己该效忠于谁了。因此匡章只用了五十来天，便占领了燕国全境，而已经让位的燕王哙和新王子之，也在乱军中被杀。子之更是被齐国人剁成了肉酱，以告慰太子平的"在天之灵"。

五国兵困函谷关下，日日耗费钱粮，损兵折将，分利未入，却见齐国悄不作声先吞了一个大国，岂肯甘心？首先是燕国军队无法控制，就要撤军，而赵国也开始无心作战。就在此时，秦人开了函谷关，发动了对联军的攻击。

捷报传来的时候，芈月正在承明殿中，与秦王驷讨论近日看到的一些较好的策论，却听得外头一迭声高叫道："捷报，捷报——"她停下了说话，脸上不禁绽开了笑容。

但见缪乙举着竹简从门外大步跑进殿内，跪下呈上竹简："大王，捷报——"

缪监连忙接过竹简，转呈给秦王驷。秦王驷正在看手中的策论，他方才听到门外缪乙进来前的呼声已经停住凝听，此时反而不在意地继续翻了一下奏章，漫不经心道："念吧。"

缪监知其心意，翻开竹简道："回大王，大捷。樗里子出函谷关，与韩赵魏三国大战，将五国联兵迫至修鱼，遇司马错将军伏击，大败联兵。斩敌八万多，俘获魏国大将申差和赵国公子渴，韩国太子奂战死。"

秦王驷接过竹简，展开看了，叹息一声："五国兵困函谷关，将我们困了整整一年多，数万将士的性命，多少公子卿士的折损，终于有了一个了结，缪监，将此捷报传谕三军。"

芈月已经整衣下拜道贺："妾身恭喜大王，贺喜大王！"

殿中诸人一起拜伏道贺，喜讯顿时传遍了王宫内外。

秦王驷摆了摆手，令诸人退下。此刻他整个人似乎都垮了下来。这一年多的函谷关被困，对他来说，实在是日日夜夜的煎熬。如今终于这一切都结束了，他忽然觉得不胜负荷。

大捷之后，便是庆功。直至宴罢，他才回到承明殿中，芈月为他卸下冠冕，解开头发，轻轻按摩他的头皮，按摩他的肩膀。

秦王驷侧身躺在她的膝上，长叹一声："寡人终于可以松口气了。"

芈月轻轻为他按摩着，柔声道："这一仗打完，我看列国再不敢对我秦国起打压之心了。"

秦王驷哼了一声："六国对秦国一直打压，自商鞅变法以来，秦国势力日强，他们就想联手把秦国打压下去。哼，我看这一战之后，他们还敢不敢小看我大秦。"

芈月叹道："列强最见不得有一个新的势力崛起，当然是先来打压。打压不成以后，就会争相笼络了。打赢了这一仗，我大秦接下来的日子就会好过很多。"

秦王驷满意地点头："季芈你总是深得寡人之心。对了，你弟弟这次也立下大功了。"

芈月惊喜："真的？小冉立了什么功劳？"

秦王驷点头："是啊，司马错的奏章上把他好一顿夸奖。先是燕国之战，说魏冉和赵国的公子胜联手，迎击齐军打了好一场大胜战。后来是修鱼之战，说也是魏冉建议的伏击点，又是魏冉领军，以五千人扛住了十几万的韩魏联兵，为樗里子的追兵到来赢得了最关键的时间。"

芈月道："真的？"

秦王驷道："寡人还能骗你不成？"

芈月道："那真要好好感谢司马错将军了。魏冉离开我的时候还是个孩子，他是在大秦的军中成长，也是在大秦的军中学会一身本事。"

秦王驷道："那也得是他自己够努力，有天分。这么多军中勇士，人人都是一样的机会，偏就他立下大功，那就是他自己的本事。寡人准备好好赏赐他。"

芈月道："大王打算赏他什么？"

秦王驷沉吟一下："司马错上表说，请封他为军侯，赐大夫爵。寡人却拟封他为裨将军，赐公乘爵。"

芈月闻言，忙盈盈下拜："臣妾多谢大王。"

秦王驷戏谑地问："爱妃何不谦让？"

芈月道："当仁不让。倘若大王因为宠爱我而赏他，或者他爵不抵功，才需要谦让。如今大王封魏冉，是因为魏冉自己血战立下军功，我何必替他谦让。"

秦王驷哈哈大笑："好一个当仁不让，说得好。"

芈月道："大王欲超拔军中新晋少年，以替代世袭军将以及老将，臣妾亦深以为然。"

秦王驷点头道："然也。"

芈月道："大王打赢了这一仗以后，接下来当如何做？"

秦王驷道："你猜呢？"

芈月手一挥："往东，当借此机会离间韩赵魏三国；往西，教训趁火打劫的义渠人；往北，扶植孟嬴母子复国；往南，继续削弱和分化楚国……"

秦王驷大笑道："不错，不错，但是，还有一点，更加重要。"

芈月不解道："哪一点？"

秦王驷此刻的笑容却有些狰狞："接下来，寡人首要之事便是巡幸四畿。此番五国联兵攻打函谷关，我大秦的四邻都有些不安分，有些新收的城池也未曾安抚，还有些地方的封臣权势过大，蓄养私兵超过规定……"

芈月不由得点头："是了。"此刻外忧尽去，自然是要先对内进行清理，以保证王权能够得到切实执行，如此一来，方可一步步对外进行控制。她当即问道："大王巡幸，可是要带人服侍？"

秦王驷看向芈月，调侃地道："你说呢？"

芈月敛袖一礼道："臣妾愿侍栉巾。"

秦王驷收了笑容，问她："长途跋涉，十分艰苦，你可能吃得了苦?"

芈月抬头："大王能吃的苦，臣妾也能吃。"

秦王驷哈哈一笑："好，那寡人便带上你。"

秦王巡幸四畿，自然是仪仗重重。无数铁骑戟林拥着前引的导车、立有旄旗的旌车、帝王的玉辂、后妃的辇车、装行李的輀车，以及随后的从车等，车队旌旗招展，首尾绵延十余里，驰离宫城。

行行复行行，芈月随着秦王驷，走遍了秦国所有的山山水水，看遍了万里江山，识遍了风土人情，不觉已经两年。这两年里，她看着秦王驷每到一地，就召见乡老，了解民情，鼓励耕种，鼓励生育，清理不法，打压豪强，重在将秦法贯彻到各郡各县。这样的巡幸，事实上也是将秦国所有的统辖之地重新梳理了一番，加强了王权的控制力。

而这两年，亦是芈月这一生中最为重要的两年。就在这两年中，她随着秦王驷的行迹，丈量了秦国所有的郡县，知道了各地的官员、封臣、军队和风土人情。这两年的长途跋涉虽然艰苦，甚至在一些地方，饮食都只能就地取材，粗粝无比，但对她精神的提升、意志的磨炼，甚至是体力的锤炼，都有着非凡的好处，就像点滴的营养，不断滋养她的身心，令她充实而丰富，令她积淀而成长。

他们曾经在草原上双骑共逐，曾经在雨夜里车陷泥泞，曾经与蛮族歌舞共饮，曾经与戎狄一起生啖血肉，甚至会遇上刺客的袭击、与胡人狭路相逢的交战，还遇上过野马迁徙造成车队的混乱。

芈月这一生，从楚宫到秦宫，只有这两年，才将她带入了一个新世界中，让她看到天地的广阔，视野不同了，心也会不同。

这两年里，秦王驷虽然每日在行程中，却比在咸阳更忙碌，每天都有快马将各地的简牍送来，他便在马车中批阅发回。列国的战争，亦在他的掌控之中。

五国兵困函谷关的计划失败之后，就迎来了秦国的凶猛反扑，由樗里疾率兵，先败赵国，取中都、西阳两城，接着攻占魏国的曲沃和焦城，又在岸门大败韩国之军，斩首八万，迫使韩国太子苍入秦为质，而发起五国兵困函谷关之举的公孙衍也被迫离开魏国。

赵国见事不遂，转头与秦国合作，再联合中山国，以拥立燕公子姬职继位为名，分头攻打攻入燕国的齐军和齐国。

樗里疾再度率兵，征讨曾在秦国背后插刀的义渠，连下义渠二十五城，令义渠王不得不再度称臣。秦国在西北地区占领了大量的牧场，并于这一年设立相邦。张仪成为第一任相邦。

此时秦王驷已经巡幸至西北，车队行进到秦国边城下，城下魏冉率着铁骑军相迎。

魏冉上前行礼："臣魏冉参见大王。"

秦王驷坐在车中点头："免礼。"

魏冉道："义渠君新归，听说大王巡边至此，特地率部众前来相迎。"此番义渠人归降，恰好作为向秦王巡幸的献礼。

秦王驷亦知其意，微笑道："好，今晚就请义渠君与寡人共宴。"

当夜，秦军于城外搭起了营帐，外围守卫森严，内中围着篝火形成一个大圈，秦王驷和义渠王对坐饮宴，下面一群秦军和义渠将领陪坐，觥筹交错，推杯换盏。

而魏冉自然是急着去见芈月了。

两人便在月下，顺着营帐外围缓步而行，边走边说。

魏冉见着了芈月，便是一脸兴奋，连眼睛都是亮晶晶的："这些年东征西讨，跟阿姊都没有多少时间相处了。阿姊，听说你这两年都随着大王巡幸四畿，是不是很辛苦？我看阿姊瘦了，也黑了。"

芈月抚了一下自己的脸，诧异道："是吗？我倒没有觉得辛苦，我只觉得在外面这些日子，整个人都比过去更好。"

魏冉再仔细地看了看芈月，也点头道："是，阿姊虽然黑了瘦了，但是整个人看上去……怎么说呢，我感觉你比过去还年轻了。"

芈月笑了："傻孩子，人只会越来越老，哪里会越来越年轻呢。"

魏冉细看了芈月一下，又似点头，又似摇头，道："我只是……这么感觉吧。阿姊看上去，很有活力，宫里的女人，都是暮气沉沉的。"

的确，这两年的跋山涉水，对于芈月来说，是令她显得黑了瘦了，可是她身上却因为精神的开阔和心情的疏朗，而显出勃勃生机来，让她显得更有活力，更"年轻"了。

芈月温柔地看着弟弟，见他也是十分有活力的样子，笑道："你呢？这几年，我看你倒是长大了，成了大人了。此处相见，我还知道是你，若是骤然相逢，恐怕一时间还认不出来呢。"这个年纪的男孩子，是变化最大的。不知什么时候，魏冉已经完成了从男孩子到犹带稚气的少年再到举止老练的英武将军的蜕变了。除了在芈月面前偶尔会故意露出一些"弟弟"式的言行举止外，在别的时候，已经完全可以独当一面了。

魏冉听了这话，点头，郑重道："阿姊，我如今已经长大了，可以庇护你了。大王还给了我一小块封地呢，你现在可以放心了。"

"放心？"芈月倒听得有些诧异，"放心什么？"

魏冉沉默了片刻，才道："我听说，阿姊在宫中，招王后所嫉……"

芈月笑道："没有这回事，王后是个什么样的人，我最清楚。放心，她奈何不了我的，再说还有大王在呢。"

魏冉迅速看了看远处的篝火。那里，秦王驷正与义渠人饮宴。他的眼光很快收了回来："阿姊放心，任何时候，我都在这儿呢。"

芈月也顺着他的眼光看到了远处，也听到了隐隐传来的歌舞之声："此番义渠人看来老实很多啊。"

魏冉笑了："义渠人向来狡猾，前番还跟着公孙衍趁火打劫。修鱼大捷以后，我们腾出手来，狠狠给了他们一个教训。"

芈月点头："我知道，小冉又立军功了。"

魏冉道："这次可不只是名义上的称臣，而是真正的纳土归降。义渠王改称义渠君，我们攻占的这二十五座城池也都要开始推行秦法。"

芈月点头，语重心长道："这世上许多事，并不在于如何开始，而在于如何推行。义渠人，可没这么快就驯服。"

魏冉点头："樗里子也这么说。"正说着，他忽然似有所感，这是一种长期在沙场生死间隙练就的特殊反应能力，这种能力往往会让人在关键时刻察觉到危险、察觉到敌意到来。他立刀抽刀，护住芈月，冲着黑暗处喝道："什么人？"

芈月正自诧异，他面对的那个方向，刚才并无人经过，谁知道他这一声喝毕，便从黑暗中走出一个人来。他慢慢地走近，一步步，走得不快不慢，但魏冉却喉头发紧，这人的步伐，竟是毫无破绽可击。

那人的身影，显得比普通人还要瘦削纤弱，但这一步步走来，却让魏冉感觉到这是一个极度危险的人。他渐渐地走近，看得出来，他脸色苍白、样貌文弱，可他的眼睛，却像狼一样在暗夜里发出野兽般的亮光。

芈月上前一步，似乎感觉到了什么，忽然脱口问出："你是谁？"

那人犹豫道："你是……阿姊……"

芈月一惊，仔细看着那人，想从他的脸上，找到熟悉的感觉来。正在这时，草原深处远远传来一声狼嚎，那人听了这狼嚎之声，亦是昂首，长啸一声。

芈月的记忆被触发，一下子从陌生的脸庞上察觉到熟悉的神情，急忙上前一把抓住那人："你，你是小狼？"

魏冉见芈月居然毫无警惕地接近了那个在他眼中极危险的人，正想阻止，那人却止住了长啸，朝芈月撇撇嘴，神情孺慕中又带着委屈，甚至还有一点点撒娇："阿姊，你是不是不要我了？"

"小狼——"芈月抑制不住激动，捧起小狼的脸仔细端详，"你，你真是小狼，你长这么大了？"

魏冉见状，一股敌意油然而生，上前拉住芈月的手，不由得也带上小时候一些委屈撒娇的语气，道："阿姊，他是谁？"

那小狼也本能地感觉到了魏冉的敌意，转向魏冉的眼神变得凶狠起来。他拉住芈月的另一只手，问："阿姊，他是谁？"只是他加了一句："阿姊，我不喜欢他。"

芈月此时左手被小狼拉着，右手被魏冉拉着，正满心欢喜，完全没有意识到两人那种一见面就呈现的敌意。她拉住小狼和魏冉往前走去，脸上笑开了花："你们都是我的弟弟，来，我们到前面说话。"

小狼和魏冉一边被芈月拉着走，一边毫不掩饰地用眼神厮杀。

魏冉瞪着小狼，小狼朝着魏冉龇牙咧嘴。

魏冉欲踢小狼，小狼闪身躲过，还差点踢到芈月。

芈月诧异地转头："你们在干什么？"

两人对着她，顿时又都露出一张笑脸来。

芈月不疑有他，拉着两人走到一处篝火边，一边一个拉着坐下，笑道："好了，隔了这么多年，我们总算能够再见面了，真是太好了。"

魏冉率先跳了起来，指着小狼问："阿姊，他是谁？"

芈月道："他叫小狼，是我在义渠时收养的一个弟弟。"

魏冉不悦道："你怎么又有一个弟弟？"

芈月微笑着看着魏冉："我的小冉吃醋了吗？"

魏冉抿了抿嘴，没有说话，表示默认。

芈月叹道："那次我被义渠王抓走，以为可能会死在义渠。小冉，我很想你，想戎弟，小狼年纪跟你差不多，他也是孤苦无依。当时我看到他，就像看到了你们似的。"

魏冉亦想到了当日眼睁睁看着芈月驾车引开追兵，想到了后来数月的恐惧孤独，至今心有余悸。那段时间，是他这一生最难熬的时光，想来亦是动容，不由得握住了芈月的手："阿姊……"

芈月再转头看着小狼，满心歉疚："小狼是被狼养大的孩子，野性未驯，连话都刚刚开始学，他的第一句话，是我教他的。可惜后来大王派人赎我，他们不让我带上他，我当时亦是自身难保，不得已只能丢下他离开义渠。"说到这里，便看到小狼的眼泪也流了下来，芈月更觉心疼，忙为他拭泪，又要解释："我曾拜托义渠王照顾他，但后来我派人去义渠接他的时候，义渠王又不肯把他还给我。真没想到，这次能见到他……"

魏冉哼了一声道："是义渠君。"义渠已经去王号了，自然只能称君。

小狼挥开芈月的手，前来与魏冉争辩道："义渠王。"他被义渠王收养多年，自然也有几分敬重，又岂肯听得人在口舌之中贬低义渠王。

魏冉见他如此，更是得意，重重地道："义渠君。"

小狼急了，争辩道："义渠王。"

芈月见状也笑了："好了，别争了。"转向小狼："小狼，你这么维护义渠王，看来他待你不错。"

小狼点头："是。"

魏冉在一边不屑地说："不错个头，看他一副瘦弱样儿，肯定是吃不饱。"

小狼跳了起来，叫道："哼，要不要试试，你这样的蠢笨货，我一拳能打你三个。"

魏冉嚣张地仰头大笑："你？哈哈哈，别笑死我，你这样的瘦鸡崽儿我一拳能打七个！"

小狼沉下脸，眼中有一股杀气："要不要试试！"

魏冉拉开架势叫道："好，谁不来谁是小狗。"

小狼便挣开芈月的手，扑向魏冉，两人顿时打作一团。

芈月目瞪口呆地看着两只斗牛，顿足道："你们这是干什么？停下，都给我停下。"

却听得身后一人道："别管了，让他们打吧，男人的交情是打出来的。"

芈月吓了一跳，闻声转头，才看到身后之人，竟是多年不见的义渠王，只是眼前之人和当日相比，已有一些不同了。他的脸上多了风霜，多了成熟，如今已经更具王者之相。芈月不由得道："你……义渠王？"

义渠王略一拱手："芈八子，臣已经去王号，请称义渠君。"

芈月看着义渠王，长叹一口气："我真没想到，曾经桀骜不驯的你，也会俯首称臣？"

义渠王叹息："人总是要长大的。"

两人一时无言，竟不知道说什么好。

芈月搜索枯肠，好不容易找了句话来，笑道："听说您娶了东胡公主为妃，恭喜了。"

义渠王淡淡地道："不过是部族联姻，没什么可恭喜的。我娶不到我喜欢的女人，她也嫁不了她喜欢的男人，大家凑合着过罢了。"大国争战得不到胜利，周边的小国就要变成出气筒。赵国要向东胡下手，秦国要对义渠开刀。当日联姻，不过是为了增强实力而已。但最终，义渠还是敌不过秦国，偶尔的得手，换来的却是更多的失去。俯首称臣又如何，政治联姻又如何？草原上的勇士，如草原上的草一样，只要有适当的时机，就会生生不息，卷土重来。

两人一时沉默，竟似再找不出话来。场中小狼和魏冉之声，便显得更激烈了。

两人都在看着他们交手。芈月原本以为，以小狼和魏冉的体型相比，魏冉要胜小狼并非难事，可如今看来，两人竟是不相上下，甚至魏冉脸上的神情，还略显羞窘。

芈月不由得道："小狼身手不错，看来义渠君的确很照顾他，我要向您说声谢谢了。"

义渠王神情复杂地看了芈月一眼，转向场内打斗，看了看道："没什么，我也没白照顾。小狼是个好战士，这些年也替我打了不少仗，他很有用。"

芈月诧异地看着场中的小狼，的确是身手矫健，灵活异常。此时他正与魏冉角力中，看不出他如此瘦弱的身体，力气竟是不下于魏冉。"是吗？可他看上去这么瘦小……"

义渠王道："别看他这样，吃得比谁都多，打起仗来比谁都狠。他不是瘦，就是怎么也吃不胖。我倒问过老巫原因，老巫反而问我说，他就是一只狼，你有见过胖的狼吗？"

芈月扑哧一笑："老巫还是这么风趣。"

义渠王道："老巫说，他能学会说话，应该是以前会讲话的，不知道为什么跟着狼群生活了。不过因为他少年时在狼群中生活，一辈子都吃不胖，就是这么瘦弱的。但他的力气可真不小，我族几个大汉还打不过他呢。"

芈月道："那你看，魏冉打得过他吗？"

义渠王道："打不过。"

就在两人说话的时候，前面已经分出胜负。但见小狼抓住魏冉的手臂，将他抛了出去。魏冉打了个滚，却又跳了起来，重新扑了上去。直到小狼将魏冉连着摔了三次，压着他低头问："服不服？"

魏冉倔强地一扭头："不服。"

小狼嘿嘿一笑："不服就再打。"

魏冉虽然浑身疼痛，却无论如何不肯弱了这口气，叫道："再打就再打。"

见两人僵持，芈月忙上前劝道："别打了。你们都是我的弟弟，自家人试试身手罢了，不可真的斗起来。"又对小狼说："你松手吧。"

谁晓得小狼方一松手，魏冉又跳了起来向小狼撞去，小狼被撞得退了两步，便又扑上去，两人又扭作一团。

芈月急叫："怎么又打起来了！"

义渠王却上前一步，按住两人。他的力气比两人都大，且两人刚才尽力交手，此时的力气却是不及他了。魏冉见已经占了一回便宜，哈哈一笑便松手退后。小狼被他无端偷袭一下，心中不服，仍然在挣扎着。

义渠王喝道："没听到你阿姊说的话吗？不许再打了。"

小狼却怒视魏冉。

芈月见状只得道："谁再打，我就不理谁了。"

小狼和魏冉同时"哼"了一声，各自扭头。义渠王松了手，两人果然不敢再打，只是互相瞪眼不服。

小狼转头跑到芈月面前，一脸委屈地指着魏冉控诉道："阿姊，你是不是因为他不要我了？"

芈月连忙向他解释："不是的，我一直想着你，回到咸阳安顿下来我就派人去接你，可是没能把你接回来。"

小狼闻言立刻转向义渠王，一脸质问的样子。

义渠王哼了一声，道："小子，看我做什么？你那时候连人话都不会讲，不把你教好了，把你送到咸阳不是给你阿姊惹祸就是给你自己找死。"

小狼愤然道："可我早就学会说话了，也会打架了。"

义渠王冷笑道："会打架有什么用？你骨子里还是一只狼。枉我教了你这么多年，结果你一见到人就想打架。你自己说说，是不是？"

小狼闻言，慢慢低下了头，却是一脸的委屈。

芈月见不得他这样，心早就软了，忙拉着他的手安慰道："没事，以后阿姊和哥哥来教你。"

小狼疑惑地问："哥哥？"这边便转头看去。

却见魏冉得意地头一扬，指指自己："对啊，快叫哥哥。"

小狼哼了一声，拳头一扬："谁打赢了谁才是哥哥。"

魏冉跳了起来："你说什么——"

芈月见两人在一起便要缠斗，只觉得十分头疼，先是瞪了魏冉一眼道："小冉，你这像个做哥哥的样子吗？"转头又问小狼道："那我是不是要打赢了你，你才会叫我阿姊？"

小狼见状，不敢再嚣张，只讷讷地低头："不是。"

芈月轻抚着他的脖子，安抚他的情绪，哄道："听话，他比你大，叫哥哥。"

小狼不敢违她心意，哼哼唧唧了半日，才从鼻子里哼了一声，就当混过了。

芈月瞪着他："叫啊，叫哥哥，叫出声来才算。"

小狼无奈，只得将头一扬，从齿缝里挤了一声："嗝——"转头就扑进芈月怀中："阿姊，我叫了。"

魏冉便说："没听清。"见芈月警告地看了他一眼，魏冉顿时也做出委屈相来道："他明明就没叫。"

芈月却是听到了那半句，只得帮他混过，劝魏冉道："你是哥哥，要有肚量。"又示意魏冉表示友爱。

魏冉哼了一声，只得从腰上解下一把匕首递给小狼道："给，见面礼。"

小狼抬起头，接过匕首，拔出来一看，只见寒气逼人，倒有些意外地看了看魏冉。

魏冉道："阿姊，给他起个名字吧，别小狼小狼地叫。他要跟我在军中，将来立了功劳，也得有名有姓有出处是吧。"

芈月闻言也不禁称赞："小冉，你如今真的像个好哥哥了。"

魏冉得意地哼了一声。小狼闻言，一脸好奇地看着芈月："阿姊，你要给我再起个名字吗？小狼不也是名字吗？"

芈月点头道："对啊。小狼是小名，我得给你再起个大名。"

小狼道："大名？"

义渠王道："老巫说，他身上带着块铁牌，上面写着个'白'字，应该是他的姓氏。"

芈月思索着："白……白……"她猛然想起："对了，我芈姓的确有一支分支姓白，小狼，你真是注定要做我的弟弟啊。"当下便与两人解说来历。原来当年楚平王在位时，因宠信奸臣，废长立幼，致使太子建和伍子胥逃亡吴国。后来太子建被杀，他的儿子被封在白地，称为白公胜。白公胜被杀以后，子嗣逐渐湮没无闻。她便对小狼说："你既姓白，我就以你为白公胜的后人，你看如何？"

小狼根本听不明白，只点头："阿姊起的名字，你说好就好。"

芈月微笑："那好。"她思索片刻，道："如今列国之间，风云将起，你应该在其中大有作为。我便给你起单名一个起字。从今日起,你就叫白起,芈姓白氏。"

小狼点头:"好,从今日起,我就叫白起。"

谁也不知道,这一次普通的谈话之后,一代战神,就此崛起。

次日,再次拔营,芈月随着秦王驷的车队继续行进于草原上。

秦王驷的大驾玉辂内面积虽然不大,但却堆满了竹简。秦王驷在颠簸的车中,批阅着竹简。芈月坐在踏脚处,整理着秦王驷批好的公文。

秦王驷道:"听说你又多了一个弟弟。"

芈月道:"是,我给他起了一个名字,叫白起。"

秦王驷道:"你打算怎么安置他?"

芈月道:"打算让他跟着魏冉一起从军。"

秦王驷点头:"嗯。我已经与赵侯雍约好共伐燕国,就让魏冉带着你新收的弟弟去立这次军功吧。"

虽然车内不便行礼,芈月仍然敛袖低头谢道:"多谢大王。"

正在这时,外面传来喧闹之声。秦王驷诧异地抬头,忽然一阵乱箭如雨般射进车内。芈月惊呼道:"大王小心!"话音未了,一支箭擦着芈月的手臂射在板壁上,芈月捂住手臂,手指中沁出鲜血。此时秦王驷身手敏捷地掀起几案挡在前面,另一只手已经抄起太阿剑抵挡,喝问:"怎么回事?"

此时外面,缪监正指挥着甲士们手执盾牌,将玉辂层层围住,乱箭都射在了盾牌上。听得呼声,缪监忙回道:"禀大王,是刺客以弩弓行刺,蒙骜将军已经派人将刺客围住,请大王移驾副车。"

此时玉辂内已经是一片狼藉。秦王驷看了芈月一眼,并没有发现芈月受伤,便道:"你与缪辛收拾一下这里的文书。"说着,自己便在缪监护持下走到后面的副车上。

见秦王驷走下马车,芈月忙取出手帕扎紧伤口,赶紧收拾竹简,迅速跑向副车。

此时外面的喧闹未歇，秦王驷却已经坐在几案前继续批阅竹简。芈月来回几趟，才将玉辂上的竹简都搬上副车，秦王驷见她欲爬上马车，却一时乏力，便顺手拉了她一把，正触到芈月伤处。见芈月眉头皱成一团，他举目看去，这才发现她手臂上缠着渗血的手帕，忙问："你受伤了？"

芈月勉强一笑："只是一些皮肉伤，不碍事的。"

秦王驷皱眉："伤药呢？"似他这样出身的公卿子弟，自幼便习骑射，身边携带着的革囊荷包中，常放置着伤药、干肉、火石等物，从不离身。

芈月闻言忙从旁边的革囊中找出伤药。秦王驷便叫她拉起袖子。那伤口本来只是被利箭划伤，芈月刚才匆匆包扎止血，又跑来跑去，反将伤口拉大了。如今半凝结的血液将皮肉与衣袖粘连在一起，更加麻烦。

秦王驷便拿起一只水囊，拉着她的手臂，撕开伤口冲洗了一下。见她虽然疼得龇牙咧嘴，却还是没有痛呼出声来，他满意地点点头，将伤药倒入她的伤口，又用白帛重新包好，这才教训道："就算是皮肉之伤，也不可小视。须知战场之上，许多人便是不把皮肉小伤当回事，最后整只胳膊整条腿都烂掉，甚至连命都送了。"芈月只得低头听训。秦王驷说完了，还是给她总结了一下："你倒是不娇气，这却是难得的。"

芈月听到这里，不由得一笑，抬头俏皮地道："妾身娇气不娇气，大王如今才知道吗？"

秦王驷一时语塞，看着芈月的笑容，忽然间也没了脾气。

是啊，她何止手臂上这一道箭伤。两年多的点点滴滴，一时涌上他的心头。想当日她与自己跋山涉水去会盟蛮族，脚底走起了水泡，也不曾叫苦一声；她曾经陪着自己日夜奔驰数百里，就是为了封锁消息争取时间指挥战争，最后连自己的亲兵都累趴下了，她还能够坚持住没有掉队；她的手上，亦有被竹简夹伤过、刺伤过的痕迹，但她总是什么也不说，只是每天愉快地笑着，陪着自己一路走下去。

他过去出巡，亦曾带着妃嫔宫娥服侍。那些妃嫔虽然侍奉恭谨，但天性柔弱，总是难耐舟车劳顿，易生病易受惊。所以每到进路艰难的地方，他就会把她们留在城池中，自己前往。他之前出巡，每次都是带着不同的人。饶是这样，还经常会出现走到一半，要把那些不胜旅途之苦病倒的妃嫔送回宫中去的事。所以在答应芈月随行的时候，他并不认为，她能够撑得过两个月。可是他没有想到，竟然有一个女人可以紧跟他的步伐，让他不至于中途把她送回宫去，甚至在这一路之中，他和她竟然越来越默契。有时候，他看她的感觉，已经不是当日一个成熟的男人俯视和纵容一个天真少女，而是愿意把她当成一个真正的同伴。

这种感觉，他以前只有在另一个女人身上找到过，而那个人……已经毅然走出了他的生命。

秦王驷收回心神。他看着芈月，心中暗想，既然她有如此不凡的心性，那么，他会在他的心中，给她一个配得上这样心性的位置。

第十三章

储位争

秦王驷巡幸四畿，两年过去，芈月长伴君侧，甚至都没有换人，这是之前没有过的。对于后宫的其他女人来说，除了几个早期曾经随侍过秦王驷的妃嫔以外，其他的人，自然是对芈月嫉恨交加。

尤其这次巡幸归来之后，又带着芈月去祭了先祖妣之庙。所谓祖妣，便是女脩，是传说中五帝之高阳氏颛顼的孙女，因为吞了玄鸟之卵，而生秦人先祖大业，子孙繁衍至今。这种情况，自然是令芈姝也有所不满。秦王驷又令唐夫人迁到安处殿，让芈月住进常宁殿正殿。这种种迹象，不免令众人猜忌。

椒房殿内，芈姝坐在上首。两年过去，她已经有些见老，眉心因为经常皱眉而显出两条竖纹来，看上去与楚威后越发相像了。

景氏坐在她的下首，嘤嘤道："王后，您可要为臣妾做主，大王每次出巡，都只带芈八子，她一个人倒占了大王大部分的时间，这雨露不能均沾，后宫难免生怨气。"

芈姝没好气地说："哼，你以为我没有提吗？我每次都跟大王推荐你们，可你们自己也不争气啊。一个是听到随驾就开始生病，一个是坐上

184

马车就吐得晕天黑地，叫我能怎么办？难道我还能推荐卫氏、虢氏那些贱人吗？"

景氏道："王后，如今大王东封西祀，南巡北狩，不但都带着芈八子，甚至还带上她生的公子稷。大王对公子稷倍加宠爱，您可要小心……"

芈姝冷笑："我是王后，生有两个嫡子。她只不过是个媵妾罢了，有我才有她的位置。若是没有我，她连站的地方都没有。难道就凭她，还敢有非分之想吗？"

景氏酸溜溜地道："就怕有些人，人心不足，看不清现状，易起妄念……"

屈氏不满地看了景氏一眼，道："景姊姊，我们楚国之女，在宫中理应同心协力，守望相助。季芈得宠，就是为王后分忧，总好过魏女得宠，至少季芈还把大王给留住了。若没有她，难道你愿意看着虢氏、卫氏这些人得宠吗？"

景氏冷笑道："我怕是她太得宠了，到时候还会跟王后您争风呢。大王把唐夫人迁到安处殿，让她占据了常宁殿的正殿，这摆明了是要封她为一殿之主的架势。看来她进位夫人，也只是时间问题罢了。到时候她在这宫中的地位，可就仅次于王后了。王后小心，可别再弄出一个魏夫人那样的人来和王后争宠争权啊。"

芈姝收了笑容，哼了一声："景氏，你别忘记，季芈是我同父的妹妹。我跟她的关系如何，还轮不到你来挑拨。"

景氏讪讪地道："王后，我不是这个意思……"

芈姝挥挥手不耐烦地道："好了，你下去吧。"

景氏只得不甘不愿地行了礼："是，臣妾告退。"

屈氏道："臣妾也告退。"

见两人出去，芈姝无意识地扯着手中的锦帕，在一边服侍的玖瑠忙将披风披上芈姝肩头："王后，天冷要起风了，您要注意身子。"

芈姝不耐烦地掀掉披风，道："傅姆，你知道吗，我刚才为什么要向景氏发脾气?"

玳瑁满面笑容地夸奖道:"这才是做王后的心胸城府。那季芈再讨厌,王后也不能叫人家看出来您对她不满。这样的话,不论您说什么话,都是明公正道的管教。"

芈姝摇摇头:"才不是呢,我刚才心里就是像她这么想的。若不是她当着我的面说出来,我说不定会当着大王的面说出来。可是看着她说出来时那副尖酸刻薄的样子,我吓了一跳。原来说这种话的样子,是这么难看。"

玳瑁劝道:"王后,您不用脏了自己的手,这种事,自有奴婢替您去做。"

芈姝轻叹一声,摇头:"是,我很讨厌她。我看不起魏氏,她的心不干净,为了得到宠爱使那种狠毒的手段。我也看不起唐氏、卫氏、虢氏,那些人只看到了大王的王位,只想了争宠。像景氏、屈氏那种人,虽然奉承着我,可肚子里何尝没有自己的小算盘呢……"说到这里,不免心酸,握着玳瑁的手道:"出了孟昭氏那件事以后,我能说说心里话的,也只有你了。"

玳瑁道:"奴婢为王后效命,万死不辞。"

芈姝显得有些惶然:"我为了大王来到秦国,我也曾与他如胶似漆过,我为他生下子荡和子壮,我以为可以就此无忧。我是王后,我有嫡子,我有大王的尊重和宠爱。可是我现在越来越看不懂他了。子荡是嫡子,他为什么迟迟不封他为太子?我是他的王后,可他却毫不顾及我的感受,征伐我的母国。难道他半点也不为我考虑吗?为什么他跟我越来越无话可说,和季芈却有越来越多只有他们之间才能懂的事情?我不明白,我真不明白……"

玳瑁道:"王后,奴婢明白。"

芈姝道:"你不明白。"

玳瑁道:"王后,奴婢能明白。奴婢在宫中这么多年,还有什么没看过的呢?当初先王不也一样喜欢过威后?可后来,这情分这新鲜感过了,就和别的女子有更多属于他们之间的爱好了。像您的王兄，从前那样喜欢南后，可后来，却只和郑袖夫人才有讲到一起的话。男人的情分，就是这么一回事，您可别过于执迷了。南后就是太上心了，才会弄得自己一身是病，甚至保不住……"说到这里，她连忙掩口，满是忧心之色。

芈姝却摇头道："不是的，郑袖会害怕魏美人得宠。我父王当年再喜欢向氏，也会宠爱别人。那些妃嫔再得宠，都会害怕有一天会失宠。她们会变得像魏夫人、虢美人那样，不择手段地去争宠。可是季芈不是，她给我一种感觉……"她想说，却描述不出那种感觉，只无措地在空中画了一个圈，试图解释心底的茫然："从前，她一直站在我的身后，显得那样渺小卑微，我觉得她是需要倚仗我庇护的。"她抓住玳瑁的手，说："你还记得吗？我第一次看到她的时候，她是个野丫头，举止连我身边的宫女都不如。可后来，她越来越像我，甚至把七阿姊也给比下去了。而如今，她站在大王的身边，似乎跟大王越来越像……"

玳瑁却不以为然："她如何能够与王后相比？她就是一个野丫头罢了，从小就是个没有女人样的粗野丫头。当日跟在王后您的身边，也不过学得几分相似，可一到了秦宫，她又变成一个没有女人样的粗野丫头。芈八子以为大王喜欢那些杀伐决断的东西就去学，却不知道这只是舍本逐末而已。如果女人可以论政，大王还要朝臣做什么？她纵能讨大王一时新鲜，可女人最重要的，就是像王后您这样，拥有名分、地位和子嗣，这样自能立于不败之地。"

芈姝却摇头叹息："其实说起来，我跟她从小一起长大，怎么可能没有情分在。她生孩子的时候，她中毒的时候，我一样充满恐慌和不舍。可是，不知道为什么，我对她的不放心，比对那些人更甚。她现在让我越来越有一种无法掌控的感觉。我甚至觉得，她以前的驯服也是假的，恐怕她这辈子，根本不会对任何人有真正的驯服。"

玳瑁听了这话，不禁热泪盈眶，合掌道："王后，您终于看明白了，奴婢也就放心了。"

芈姝烦乱地说:"可是大王迟迟不立太子,而子荡……唉,我数次劝大王出巡带着子荡,可是大王却只让他与樗里子一起处理军务,弄得子荡现在连我一句话都听不进去。本来,母子同心,才能够争取权位。大王一向乾纲独断,他若是另有意图的话,我实在忧心……"

玳瑁见她如此,忙问:"王后,您忧心什么?"

芈姝叹息道:"秦国历代未必都是嫡子继位,甚至还有兄终弟即的。你说,要是季芈或者魏氏蛊惑大王,立公子华或者公子稷为太子呢?"

玳瑁闻言,看了看芈姝的神情,忽然想起一事来,忙道:"正是,古来立储有三,立嫡、立长、立贤。公子华居长,公子稷得宠,这……"她见芈姝沉着脸,按着太阳穴,一脸的忧心,方缓缓地把自己预谋好的话说了出来:"这事非同小可,依奴婢看,您不如与朝臣商议。"

芈姝沉吟:"你是说……甘茂?"

甘茂和芈姝,是因为当年假和氏璧案而结交的。当日甘茂负责此事,奉旨问询与案件有关之人,便与芈姝身边的近侍官人有了接触。当日案子一度对张仪不利,而双方都恨着张仪,便在口供一对一答的时候,渐生交情。哪晓得假和氏璧案不但没有扳倒张仪,反而让他更加得意。因此失意的双方,不免就勾结到一起来了。

甘茂是下蔡人,随史举学习诸子百家的学说,后来投秦。因为与张仪曾在魏国有旧,便由张仪引荐至秦王驷处。甘茂自以为才干在张仪之上,但秦王驷却倚重张仪,对他不甚看重,他心里早有郁气。后来秦王驷又令他去迎接楚公主入秦,不料中途被义渠人伏击,他这趟任务也落得灰头土脸。结果偏偏又是张仪出使义渠,接回芈月,更令他不满。

张仪是个口舌刻薄之人,与甘茂本也没有多深厚的交情,看到自己引荐之人行事失利,不免要上门教训一番。甘茂大怒,两人就此翻脸。

张仪在秦国得势,甘茂便少了机会。几年宦海沉浮,让他少了几分倨傲,多了几分深沉。芈姝为王后,生有两名嫡子,势头极好,但对张仪一直含恨。且张仪与王后亦是不和,反倒与芈八子有所结交。他看在眼中，记在心上，趁着一些机会，暗暗提点芈姝带来的陪臣班进几句。班进亦派人转告芈姝，两边就此渐渐结交。

这几年随着秦王驷诸子渐渐长大，宫中的后妃之争，已经渐渐转为诸公子之争。芈姝对此更是上心，也更为倚重甘茂。到后来索性趁着秦王驷为公子荡请师保的机会，请甘茂为保。

此时，芈姝听了玳瑁的建议，亦有所动，便让班进去向甘茂问计。甘茂果然为芈姝出了一计，便叫芈姝将厚礼赠予樗里疾，借此诉苦，迫使樗里疾出面，请秦王驷早定太子。

秦国亦有兄终弟及的旧例，樗里疾自然也要避嫌。他就算不想涉入后宫之事，但被王后这么甘言厚币问上门去，他是左相，又是宗伯奉常，为了洗清自己没有对王位的觊觎之心，也得到秦王驷跟前陈情。

宣室殿中，樗里疾与秦王驷对坐，四下寂静，只闻铜壶滴漏之声。

秦王驷看着樗里疾，有些诧异："樗里疾，你有事找寡人？可是有什么军情？"

樗里疾却摇头道："并无急事，也无军情。"

秦王驷道："可看你的表情，如此沉重，却是为何？"

樗里疾肃然道："因为臣觉得臣要说的事情，比政务和军情更重要。"

秦王驷道："哦，是吗？"他坐正了身子，看着樗里疾如何开口。

樗里疾却沉默了，像是在酝酿如何开始。

秦王驷悠然取起炉上小壶，为自己和樗里疾各倒了一盏苦茶。缪监想上前帮忙，却被他挥手示意退下。缪监会意，轻声轻脚地带着小内侍退下。

"此处，原为周王之旧宫，因周幽王宠爱褒姒，乱了嫡庶，以致太子平出奔申国，人心不附，犬戎攻破西京，平王东迁，将被犬戎占据的旧都，抛给了我秦国先王。先人们浴血沙场，无数白骨，方有了今日大秦之强盛。但纵观列国，许多盛极一时的强国，却因为储位不稳而引起内乱，强国衰落甚至灭亡。"盏内的茶水已经由热变温，樗里疾终于开口。

秦王驷一听便已经明白其意："你今日来，是何人游说？"

樗里疾摇头道："无人游说。我是左相，又身为宗伯，主管宗室事务，当为大王谏言。"

秦王驷垂首看着手中陶杯，淡淡地笑道："欲谏何言？"

樗里疾拱手："大王，王后有嫡子二人，大王迟迟不立太子，却是为何？"

秦王驷没有回答，一口饮尽了杯中茶水，把玩着杯子，沉默片刻，才忽然道："疾弟，你还记得商君吗？"

这个名字，在他们兄弟之间，已经很多年没有被提起了。樗里疾闻言一惊，抬头看着秦王驷。

殿前的阳光斜射入内，秦王驷在阳光和柱子的明暗之间，显得有些缥缈，他的声音也似变得悠远："你还记得，我因为与商君意见相左，差点失去了太子之位吗？而大父年幼之时就被立为太子，又遇上了什么事……"

所谓大父，便是指秦王驷的祖父秦献公，名连，是秦灵公之子，自幼便被立为太子。年纪未满十岁，便遇上秦灵公驾崩，因为年幼不能掌权，结果被其叔祖父悼子夺得君位，是为秦简公。当年还年幼的献公逃到魏国，开始了长达二十九年的流亡生涯。后来秦简公死，传位其子秦惠公，秦惠公又死，其子出子继位，亦是因年纪小不能掌国，秦献公才在魏国的帮助下夺回王位。

秦献公是个极英明的君王，在位期间废殉葬，兴兵事，甚至开始东进图谋出函谷关，欲与天下群雄争胜。可他在外流亡时间太长，即位时已经年纪老大，未能完成这样的雄图霸业，便抱憾而亡。

这一段历史，为人子孙，岂有不知之理？樗里疾听到秦王驷提起献公时，便已经避位一边，掩面而泣："大父——"

秦王驷长叹一声："我若不是早早被立为太子，就不会被身边的人推出来，作为对商君之政的反对者，逼得君父被迫在储君和重臣之间做选择。最后我成了被舍弃的人，而商君却也因此走向了必死之途。大父若不是早早被立为太子，哪怕是被简公夺了王位，也不至于被逼流亡异国整整二十九年……"

樗里疾已经明白了秦王驷的意思，不由得羞愧，拱手肃然道："臣，惭愧！"

秦王驷站了起来，慢慢地在殿上来回踱步："太子之位，从来都是别人的靶子。大争之世，为了家国的存亡，有时候不管对内对外，都是残酷的搏杀。天无二日，国无二主，太子之位太早确立，就等于是在国中又立一主，而容易让心怀异见者聚集到另一面旗帜的下面……"

樗里疾点头："大王不立太子，是不想国有二主，也是不想心怀异见者，以自己的私心来左右和操纵太子，甚至逼得大王与太子对决。"

秦王驷的脚步停了下来，看着樗里疾，道："公子荡乃是嫡长子，寡人的确更多属意于他。然秦国虽有争霸列国之心，无奈底子太过单薄，终寡人之世，只能休养生息，调理内政。故而寡人自修鱼之战以后，一直奔波各地，亲自视察各郡县的新政推行情况，以及边疆的守卫和戎狄各族的驯服情况。所以公子荡只能交给你，让他熟悉军营，将来为我大秦征战沙场，以武扬威。"

樗里疾先是逊谢道："臣惶恐。"此时，他已经完全明白了秦王驷的意思："大王英明，公子荡好武，力能举鼎，能够招揽列国武士于麾下，几次随臣征战沙场，确有万夫不当之勇，将来必能成就大王夙愿，为大秦征伐列国。"

秦王驷微笑，坐了下来，轻敲着小几道："荡者，荡平列国也。"

兄弟二人相视一笑，数十年来的默契，已经不必再说了。

当下又煮了茶来，樗里疾笑道："臣弟虽不喜这苦茶滋味，但在大王这里喝惯了，有时候不喝亦觉不惯，因此在府中也渐渐备上了此物。"

秦王驷也叹道："此物虽好，但却太过涩口，寡人诸子，皆不爱此，唯有子稷跟着他的母亲喝上几口，却须得配以其他果子佐物才是。"

樗里疾心中一动，见秦王驷情绪甚好，又打着哈哈试探："人说大王宠爱公子稷，想来也是因为幼子不必身负家国重任，所以宠爱些也无妨是吧，哈哈。"

秦王驷提到此事，便是有意，当下也面露微笑道："子稷天真活泼，甚能解颐。寡人政务繁忙之余，逗弄小儿郎，也是消乏舒心。"

樗里疾也笑了，又道："想来芈八子，也是解语花了。"

秦王驷却沉默了下来，似乎在思索着什么，像是连他自己也忽然意识到而且在寻找原因："芈八子……省心。"

樗里疾道："省心？"

秦王驷道："你可记得，以前寡人出巡的时候，每次都会带不同的妃嫔？"

樗里疾道："而这几年，大王却只带着芈八子，从未换人。"

樗里疾吁了一口气道："大家还猜测，是大王欲专宠一人呢。"

秦王驷失笑道："寡人身为君王，用得着把心思花在这种地方吗？芈八子……她跟别人不一样。那次随寡人出行，手臂受了伤也一声不吭。她是个不娇惯的人，不管走到哪儿，遇见什么情况，她都不是拖累。带着她，寡人省心，也习惯了。"

樗里疾点头道："如此，臣就放心了。"

秦王驷道："你原来担心什么？寡人岂是因专宠妇人而乱了朝纲的人。"

樗里疾也笑着道："臣追随大王多年，岂有不知大王为人的。"

两人疑惑虽解，但其他的人，却不是这么想的。

秦王驷自巡幸归来之后，便常召诸公子问话，对公子荡更是严厉万分，处处挑剔。公子荡在他面前，真是动辄得咎。

但秦王驷对年幼的诸公子却和颜悦色，大有放纵宠溺之意。尤其以母亲得宠的公子稷，与他相处的时间最多，所以在众人眼中，不免生成了"公子荡不得宠""公子稷得宠"的流言来。

芈月听了，不免心忧，这日趁着秦王驷到常宁殿来的机会，巧言借故问起此事来："子稷对我说，大王近日对他称赞有加，他十分欢喜呢。"

秦王驷嗯了一声："子稷越来越聪明，他像我，也像你。"

芈月一怔，只觉得这话有些危险，便笑道："诸公子皆是聪明之辈，他们都是大王的儿子，大王也当多夸奖他们才是。"

秦王驷轻哼一声："聪明！哼，有些人，简直是愚木、朽木！"

芈月心里一紧。秦王驷刚好在昨日骂过公子荡是"朽木"。她觉得这样下去有些危险，勉强一笑，道："大王是爱之愈重，盼之愈切。只是孩子还小，便是看在王后面子上，也要多宽容些。"

秦王驷冷笑一声："还小？寡人在这个时候，已经能独自出征了，溺子等于害子。王后再宠溺下去，寡人如何能够将这江山交与他？"

芈月顿时感觉到了什么，有些不敢置信地看着秦王驷："大王的意思是……"

秦王驷看着芈月，忽然一笑："你说，寡人是什么意思呢？"

芈月的心头狂跳，后宫每一个女人，都曾有过让自己的儿子登上大位的梦想。可是，她就算想过，这念头也是一掠而过，用理智把它压下来，因为毕竟前面的阻碍是那么强大。她只愿子稷能够封到一个足以发展其才华的封地，然后对外开疆拓土，成为一个足够强大的封臣领主。可是，眼前的秦王驷是什么意思，她跟在他身边多年，他眼神中的含意，她是不会看错的。她颤声道："大王可知道，过多的偏爱，会让子稷置身于危险之地。"

秦王驷自负地说："他是寡人的儿子，嬴氏子孙从来不惧任何危险。"

芈月低声道："可他面对的是自己人，是宗法，是规矩。"

秦王驷却直视着她，道："你是子稷的母亲，你也认为子稷应该一辈子低头藏拙？"

芈月道："他还是个孩子。"

秦王驷冷笑一声："寡人的儿子，随时都要结束童年……依寡人看，子稷，应该更快地成长起来。”

芈月震惊地看着秦王驷，久久不能言语。

"张子，你说，大王这是什么意思？"过了数日，芈月还是无法平息翻腾的内心，终于在张仪入宫议政之后，遣人私下请了他来商议。虽然明知道张仪会是什么样的回答，但是她却无法不去问他。

果然张仪哂笑她："季芈，你是困在深宫太久，太把自己的思维困于妾婢之笼中了。天地间哪有一成不变的法则，哪有永远不变的尊卑。大争之世，若无争心，就永受沉沦。"

芈月却问他："争？我能拿什么争？子稷又能拿什么争？"

"你的头脑，"张仪指了指自己的头，"季芈，你可记得你曾经对我说过的话吗？天地既生了你我这样的人，岂有叫我们永远混沌下去的道理？"

芈月想起昔日两人相见之初的情况，心潮激荡，转而平息下来，摇头："不，张子，我跟你不一样，这世间给我们女子的路，从来就比男人狭窄得多，也难得多。"

张仪冷笑道："我曾经说过，以你的聪明，有些事根本不需要问我。"他上前一步，咄咄逼人："所有的事其实你都知道，也能想到，只是如今你却不肯迈出这一步来。"

芈月看着张仪，满脸无奈："这一步，我怎么迈，张子？我在宫中，便决定我无法迈出这一步来。"她不等张仪回答，便继续说下去："如同你在楚国，就永远无法撼动昭阳。"说到这里，不禁一叹："但你却因此阴差阳错遇到了大王。可是，如公孙衍、苏秦等，他们的才能难道比你低？但却无法在秦国这个战场上胜你。只因为大王先选择了谁，谁就占据了赢面。"

张仪悠悠道："难道你以为大王已经选择了王后吗？"

芈月叹息："难道不是吗？"

张仪却神秘一笑，道："大王先选择的是公孙衍，但最终，还是我张仪留了下来。芈月，时势造人，人亦可造就时势，只要善于抓住机会，便就有可以改变命运的机会。"

芈月一怔，问道："什么机会？"

张仪道："恐怕你还不知道，最近朝堂上为攻韩还是攻蜀之事，正在议论纷纷。"

芈月疑惑地问："攻韩？攻蜀？"

张仪道："如果你能抓住这个机会，向大王、向群臣证明，公子稷能够比公子荡对秦国更有益处；就如同当日我孤身赴楚，向大王证明我比公孙衍对秦国更有益处一样，就算是别人先占尽优势，也未必不可以翻盘。"

芈月听着此言，迟疑地道："张子，你在怂恿我，是吗？"

张仪坦然点头："是。"

芈月问："你为什么要这么做？"

张仪叹道："因为，君臣相知，是天底下每个策士的最大心愿，人亡政息，是天底下每个策士的悲哀。"他看着芈月，道："而我认为，季芈您的儿子，比王后的儿子，更适合秦王这个位置。"

芈月心头巨震，这是张仪以相邦的身份，明明白白对她提出了要为她的儿子谋求王位的计划。

她恍恍惚惚，不知如何与张仪分的手，又不知如何回到常宁殿。这是她的错觉吗？秦王驷的暗示，张仪的明言，难道……她捂住心口，那里狂跳得厉害，一颗心似要迸出胸口来。

她的脑子乱哄哄的，许多看似凌乱的事情，忽然一件件蹦了出来。

秦王驷说："我得芈姬，如周武王得邑姜，楚庄王得樊姬也。"他又说："你飞吧，不管飞得多高，寡人都能够托得起你。"他还说："你是子稷的母亲，你也认为子稷应该一辈子低头藏拙？"

唐夫人说："你成为别人的盾牌，别人也能成为你的盾牌，站在你身后的人越多，你的盾牌就越厚。"

张仪说："天地既生了你我这样的人，岂有叫我们永远混沌下去的道理？"

庸夫人说："我们改变不了命运的安排，唯一能改变的只有自己。"

魏夫人说："大争之世，男人要争，女人更要争。"

无数记忆的碎片涌上来，几乎要将她的整个脑袋塞满了。她想，她应该怎么办？她竟已经不能站着不动了，有许多人希望她往上走，甚至推着她往上走，而又有更多的人，想将她推落，踩下。

夕阳西下，她坐在殿中，伸手看着那缕缕阳光自指缝中落下。她想，她应该再进一步吗？不，不能鲁莽。至少，目前不行。

这时候，女萝悄然进来，道："季芈，魏大夫请见。"此时魏冉积军功，已封公大夫，便以此相称。外臣入宫，自然要预先请见。

芈月诧异："哦，小冉回咸阳了？"当下道："那就明日吧。"

次日，魏冉果然来了，他走到阶前脱鞋登阶而入殿中，迈入门槛时，顺手拂去庭中沾上的银杏树叶，潇洒地行了一个礼。他此时已经显示出一种从容不迫的沉稳来。

芈月赞道："小冉，每一次见你，都觉得你有了变化。"

魏冉笑道："是变好了，还是变坏了？"

芈月嗔道："自然是变好了。"

魏冉笑道："如此，那阿姊要多谢司马错将军了，我是有幸跟在他的身边，才得以慢慢成长。"

听到"司马错"三个字，芈月已经明白，笑道："我自然是感激他的，但你今日来，可不仅仅只是为了看望阿姊吧！"她盯着魏冉，一字字道："是为了朝堂上征蜀征韩之事吧？"

魏冉道："是。"

芈月缓缓道："司马错将军有意伐蜀，而张仪提议伐韩。你来，是希望我在大王面前进言，帮司马错将军一把吗？"

魏冉笑道："真是什么也瞒不过阿姊。"

芈月微笑："可是你知不知道，张仪也托我向大王进言，建议伐韩？"

魏冉道："想必阿姊是看过张仪的上疏了。"

芈月点头："公孙衍据三晋，窃周天子之名，鼓惑列国攻秦，以报我大秦未能重用其之仇，报张仪排挤之恨，而张仪也必然视公孙衍为大敌，因此也会对三晋之地和周天子的号令耿耿于怀。"

魏冉道："可我认为司马错将军的话才有道理，若要强兵，必先富国；若要富国，必先扩张领土；欲行王道，必先得人心。三者齐备，则帝王之业自然可得……"

芈月点头笑了："小冉如今的眼光也已经大有长进了。"

魏冉便紧张地问："那阿姊认为谁更有道理？"

芈月笑着摇头："你这孩子，紧张什么？我谁也没有帮，只能看大王自己的意思。"

魏冉只得讪讪地坐了下来："那大王的意思是什么？"

芈月却不欲再答，只问："难道你就没有别的事跟我说，比如说阿起？"

说起白起来，魏冉便两眼放光，滔滔不绝地道出了他一堆劣迹，如平日不听管束、打仗时不听指挥、顶撞上司、得罪同僚、独来独往、脾气怪僻等，最后才道："只不过，他倒真是个天生的战疯子，打起仗来不要命，往往出人意料。因此，他虽然缺点极多，但还是连连升级。"

芈月听着他描述了数场战争，也不免心惊，急问道："你有没有把孙武十三篇教给他？"

魏冉摇头："我自然是教了。不过我觉得他并没有用心去看，只挑着自己喜欢的去记，有些就记不住。但是他好用奇兵，许多仗打得跟兵法不一样，但又有出其不意的效果。"

芈月松了口气，道："只要有用，不管什么样的猎鹰都能抓到狐狸，你要好好带着他。"

魏冉道："嗯，我知道，他骑术很好，我让他训练骑兵呢。"说到这里，他忽然道："对了阿姊，我上次还结交了一个朋友。"

芈月见他的神情，也笑问道："什么朋友？"

魏冉便说："便是赵侯雍的儿子公子胜，他当真是个极爽朗、极讲义气的人。这次我跟他联兵作战，别提多痛快了。"他说的便是之前率兵护送孟嬴去赵国会合公子姬职，与赵国一起联兵与齐人交战之事。齐国虽然忽袭燕国，迅速占领全境，但随即而来的燕人的反抗此起彼伏，令齐人疲于奔命。再加上赵国、秦国、中山国一齐出兵，因此齐人也是边打边撤，把那些难以统治的城池扔下，然后巩固那些燕齐交界处比较重要的城池。之后便是秦赵两方拥公子姬职入燕，虽然姬职成为新燕王的事情几乎是摆明了的，但燕易王毕竟还有其他的儿子，燕国旧族遗老们的态度也很重要。所以除了拉锯似的慢慢谈判，暂时也没有新的动向了。

但魏冉跑这一趟，却也收获不少。不但军功提了三阶，而且行迹踏遍数国，人自然也长进了不少。

芈月见状，亦感欣慰。不想魏冉说了一会儿话，忽然间左右看了一看，压低了声音有些鬼祟地道："阿姊，前些年墨家内斗，唐姑梁成了墨家巨子，听说其中就有大王派人插手此事。"

芈月诧异地问："你如何知道？"

魏冉神秘地道："我还听说，大王有一支秘密卫队，潜伏于咸阳城内，也潜伏于秦国每一处，甚至在列国和诸子百家中，都有细作。这次墨家事件，就有这些暗卫在其中操纵……"

芈月听到这里，顿时沉下了脸。魏冉看她的神情，也吓得不敢再说下去。

芈月喝道："大王的事，岂是你可以随便猜测传话的？"

魏冉顿时求饶："阿姊，我错了，我这不是关心阿姊，把自己知道的事告诉阿姊吗？又不是跟别人说。"

芈月无奈，只得教训了他一顿。但是魏冉的话，却不免已经在她心中暗暗记下了。

第十四章
韩 与 蜀

此时朝堂之上，的确是为了攻韩和攻蜀之事，相争不下。

秦王驷巡幸四畿回到咸阳后，又收义渠二十五县，更连破韩赵魏数座城池，一扫函谷关被困之郁气。此时大军需要确定下一个攻击的目标。正好巴国派使向秦国求援，蜀国与楚国勾结，欲先吞苴国，再灭巴国。巴苴两国一灭，巴蜀势力将会为楚国所控制，秦国的西南面防线就会出现漏洞。大将司马错极力主张秦国应该趁此机会，出兵巴蜀，借此控制巴蜀，不但可以解决后顾之忧，更可以得到大片土地，支持秦军不断的战争消耗。

而张仪却认为，像五国兵因函谷关的事，发生一次足够，当此关键时刻，应该乘胜追击，借公孙衍流亡韩国的机会，先将三晋中最弱的韩国给灭了，顺势可以控制三晋中央的周天子。只要击败三晋，控制了周天子，秦国在争霸大业上已经赢了一半，似巴蜀这种边角料的战争，不足为虑。

而此时秦国的朝堂之上，这两派意见争论不休已达十九日了。秦王驷遂下令，由力主攻击韩国的张仪和力主攻击蜀国的司马错，当殿庭辩。

大朝会上，群臣齐至咸阳殿，各分两边跪坐于席位之上，而张仪和司马错站在殿中，侃侃而谈。

张仪先开口道："大王，五国联兵失败，臣出使魏国，诱之以利害，已经迫使魏国逐公孙衍出魏。不过公孙衍又到了韩国，并且得到韩王重用，再度对我大秦有所图谋。臣请发兵，攻打韩国。"

司马错也道："大王，巴苴两国使臣前来求援。蜀国与楚国勾结，而巴苴联兵已经被蜀国打败，我国曾与苴国有防楚联盟，这正是千载难逢的好机会。臣请率兵入汉中，取巴蜀两国，并入秦国版图。"

张仪道："大王，请容臣说攻韩的方略。"

秦王驷道："愿闻其说。"

张仪道："当日五国联兵，是自恃奉了周天子之诏。臣以为，要断绝这种事情再次发生，必先控制周天子。"

这些理论，之前张仪已经上书秦王驷，因此他只点点头，道："继续说。"

张仪自负地道："臣以为，我们应当先与魏楚结盟，下兵三川，塞轩辕、缑氏之关门口，挡屯留之孤道，如此就可以使魏国绝南阳之交通。再让楚国兵临南郑，我秦兵则攻打新城、宜阳，兵临东周西周之城下，以伐周天子之罪，侵楚、魏之地。则周王自知危急，就可以逼他献出九鼎和玉玺。我大秦可据宝鼎，安图籍，挟天子以令天下，天下莫敢不听，以此成就帝王之业。而巴蜀不过是西僻之国，戎狄之伦也，蜀道之难难于上天。入巴蜀兴师动众，却与我大秦霸业无关，劳其众不足以成名，得其地不足以为利。臣闻'争名者于朝，争利者于市'。今三川、周室，乃天下之市朝也，而大王不争于此，却争于巴蜀，实是去王业远矣。"

司马错却反驳道："如今大秦地小民贫，故臣愿大王获取天下疆土，当从先易而后难。巴蜀固然是西僻之国、戎狄之长，但却有桀、纣之乱。若以大秦之兵力去攻打，当如使豺狼逐群羊也。取其地，足以广国也；得其财，足以富民养兵。不伤众而令其臣服，我大秦得以并吞一国，而天下不以为暴；利尽西域，而不会引起诸侯反对。是以一举而名实两附，而又有禁暴正乱之名。若我大秦攻韩劫天子，则必招诸侯同仇敌忾，迫使他们再度联手对付大秦。若是周室自知将失九鼎，韩自知将亡三川，二国必并力合谋。周室将鼎与楚，韩国割地与魏，引齐赵之兵瓜分秦国，则秦国必将陷入危境。"

张仪气道："司马错，你危言耸听。"

司马错也反驳道："张仪，你自大祸国。"

两人争得不可开交，秦王驷拍案道："好了，今日到此为止，你二人各上奏章，详述意见。"又对着在一旁记录的太史令道："太史令，将他二人今日之言，再录一份与寡人回头细看。"

朝会散去，秦王驷在承明殿廊下慢慢地踱步走着。

芈月此时已经送走魏冉，却得了缪监通知，叫她去承明殿。这些年来，因她得宠，有时候秦王驷心情困扰不悦，缪监也会让她想办法去开解一番。

见到秦王驷，芈月当即上前，叫了一声："大王。"

秦王驷抬头看到芈月，哦了一声，继续前行。

芈月道："大王是为朝政而忧心吗？"

秦王驷道："你怎么知道？"

芈月道："大王遇上烦心的事，总是会在廊下绕步。"

秦王驷失笑："这也给你看出来了。好，你倒说说，寡人有何忧心之事？"

芈月一语双关道："韩与蜀。"

秦王驷忽然一笑："寒与暑，韩与蜀，这倒是贴切。"

芈月也笑了："是啊，寒与暑，韩与蜀，这一冷一热，一难一易。这个谐音当真贴切。"

秦王驷道："看来你知道得不少？"

芈月道："这些时日张仪和司马错为攻韩攻蜀相争不下，臣妾这些时日也在整理四方馆送来的各国策士之策论，自然略知一二。"

秦王驷想了想，忽然向芈月招手，叫她附耳过来，悄声问道："四方馆近日下注，赌寡人是攻韩还是攻蜀，你……要不要去下个注啊？"

芈月只道他因国事而忧心忡忡，不想他到此时居然还有此兴致，骇极反笑："大王，您居然到这时候还有心思想这些？"

秦王驷却不以为忤，反而像发现了什么新事物似的，眼睛发亮，跃跃欲试："可惜原来混四方馆的这些人，都已经认得寡人了。倒是你，去得不多，想来无人认识你。你便帮我去看看，用楚国公子越的名义也下个注。"

芈月见他如此来了兴致，也只能奉陪到底："那臣妾应该在哪边下注？"

秦王驷却摆摆手："下注这等事，岂能要人说的。寡人不给你提示，你自己去下注，凭你的直觉，下完注，回来再告诉寡人。"

芈月只觉得一脑门子皆成了糨糊。她自负最知秦王驷的心意，此刻竟也猜不透了："臣妾不明白大王的意思。"

秦王驷斜看了她一眼，忽然哈地一笑："你不明白？"

芈月只得答道："臣妾还以为，大王是让臣妾去四方馆打听各国策士看好哪条路线。可为什么又让臣妾去下注呢？臣妾又不知道应该下哪边，再说就算臣妾去下注，又有何用？"

秦王驷却已经不打算再回答了，只摆摆手道："你先去做，做完了再想，想不明白再来问。"

芈月看了秦王驷好一会儿，也不解其意，只得应声道："是。"她退出承明殿来，又去寻了缪监打听，也打听不出来秦王驷这个突如其来的举动是什么意思。

芈月只得回了常宁殿，更换了男装，带着缪辛走进四方馆。

四方馆虽然策士们换了一轮又一轮，但是，人面虽变，场景如旧。各国策士们依然热火朝天地争论不休，最热烈的议题，当数"攻韩"与"攻蜀"。

前厅之中，依旧是数十名策士各据一席位，争得面红耳赤，廊下依旧是许多人取了蒲团围观，院中依旧是挤满了人，热烈程度还是如之前一般。

便见厅上的策士甲道："挟持天子，是冒天下之大不韪也。"这是反对攻韩的。

又见策士乙反驳道："哼，三家分晋、田氏代齐，天下早已经礼崩乐坏，周天子的权威早已经名存实亡，还有什么讳不讳的。"这是支持攻韩的。

就在策士们的争论声中，芈月肩头忽然被人一拍，道："你如何在此?"

芈月刚开始还吓了一跳，缪辛还在她身后保护，如何被人拍到肩头还不知道? 她忙回过头去，却见居然是一身便服的张仪。她诧异地问："张子何以在此?"

张仪笑道："我正想问你，你如何在此?"

就这两句话的工夫，便已有人不耐烦地道："你们要叙话，到一边去，休要挡着我们。"

两人只得避开，穿过争得热火朝天的策士们，从侧廊向后厅走去，此处亦是人来人往地穿梭。

芈月笑道："我只道寒泉子这批人入了朝堂，这里会清静些，没想到人倒是更多了。"

张仪哼了一声，道："百家争鸣，争了百多年，越争越混乱。不但各家谁也说服不了谁，甚至各家内部又生歧义，分出许多派别来。每天如一群白头鸦，就只知道吵吵吵。"

芈月笑了："得志的，做事；不得志的，吵嘴。"

张仪也笑了："说得甚是。"

到了后院，却见热闹依旧，有个策士迎上来，劈头就问："你投哪边?"

芈月诧异："投什么?"

那人便道："如今四方馆只下一种赌注，就是大王是要攻韩还是攻蜀。"

芈月问对方："你下注了吗?"

那人望望天道:"我等今日最后结束之前,看哪边下注多,便投哪一边。"

芈月看这人,俨然又是一个当日的寒泉子,不禁失笑:"那如今别人下注,是投攻打韩国的多,还是投攻打蜀国的多?"

那人道:"这还用说,当然是投攻打韩国的多。对了,你们要不要也下个注?"

芈月点头:"好啊。"转向张仪:"张子,你呢?"

张仪矜持地说:"我自然也是要下注的。"

那策士忙跑去拿来了两根竹筹递给两人,又问了一声:"你们下哪边啊?"

张仪自负道:"我嘛,当然是下在攻打韩国这边了。"说着就走到左边用木牌标记着"攻韩"的铜箱边投下竹筹。

那人又问芈月道:"这位公子想好投哪边了吗?"

芈月看了张仪一眼,忽然笑了:"既然他投左边,那我就投右边了。"

张仪刚投完竹筹,转头却看着芈月走向右边用木牌标记着"攻蜀"的铜箱投下竹筹,神情顿时阴沉了下来。

芈月恍若未觉,只笑盈盈地看了看四周情景,便对张仪道:"张子是再待一会儿呢,还是一起走?"

张仪道:"我欲下六博之棋,不知道可否请公子一起手谈一局?"

芈月便应允了。这四方馆甚大,除却前厅后院热火朝天外,其他的僻静偏院还是不少的。当下两人寻了一处院落,一起手谈。

对弈半晌,张仪忽然问道:"季芈,大王已经决定了吗?"

芈月反问:"决定什么?"

张仪道:"攻蜀。"

芈月道:"没有。"

张仪抬头看了芈月一眼,有些不解:"那季芈为何今日忽然来到四方馆,又为何投注'攻蜀'?"

芈月微笑:"如果我说,只是因为与我同行的人投了左边,所以我才投右边而已，你信吗?"

张仪摇摇头："若今日投注的是司马错，难道季芈会投'攻韩'这边吗?"

芈月笑道："是。不过是一个赌注而已，张子未免把它看得太重了。"

张仪道："那么季芈今日前来，大王知道吗?"

芈月道："知道。"

张仪不由得关切地前倾，问道："大王他作何打算?"

芈月轻叹一声："大王他……也在犹豫啊!"

张仪却激愤起来："挟修鱼之战的余威攻韩，我料列国新败，必没有余力和我们作对。占三川天险，挟天子以令诸侯，是人都可以看到此中利益。今日四方馆中的投注，可见一斑。大王为何不采纳我之主张? 攻蜀，有什么用!"

芈月却叹息道："列国没有余力，秦国也没有余力了。修鱼之战，斩首八万，可是秦国自己也损失了数万将士。十几万的将士在打仗，开春时错过了播种，又少了好几万耕作的农夫，今年的收成一定不够，撑不起明年的战争了。"

张仪击案道："正因如此，我们才要赶紧攻韩啊! 今年的收成注定损失了，就只能从战争中获得。与韩国交战，占领城池，就能获得收成。若是能够挟持周天子，则还可令各国上贡。"

芈月却反问道："如果败了呢? 又或者说，战争僵持不下，形成拉锯之战呢? 那我们何以支撑明年?"

张仪道："若是攻韩不成，那攻蜀就更困难了。蜀道艰难，猿猴难渡。这么多年来，秦楚两国虎视眈眈，却奈何不了巴蜀，就是这个原因啊。"

芈月便说："所以此番巴蜀相争，巴国主动邀请秦国入蜀，这就是攻蜀的千载难逢之机啊。"

张仪却道："休要再提，我为此事，与司马错已经在朝堂上辩论了半个月，对彼此策略中的长处和短处都深知。此番巴蜀相争，巴国虽然可以引路，但是蜀道艰难，许多道路只能容一两人经过。只要蜀人把守天险，一夫当关，万夫莫开。虽有大军，却难过蜀道啊。"

芈月问："既如此，张子对此有什么办法吗？"

张仪一摊手："我若有办法，我就主张攻蜀了，何必攻韩？"

芈月又问："若是有办法解决此事，那攻蜀就会成定局了吧？"

张仪笑道："若有办法解决此事，我也同意攻蜀。"

芈月忽然问张仪："张子，蜀王最喜欢什么？"

张仪轻蔑地一笑："蜀王最是贪财好色，可这无补于事啊，难道蜀王还能因为我们送他财色就把江山给了我们！"

芈月亦是一笑："多谢张子，我今日受益匪浅了。"说着，便站起来，就要离去。

张仪长叹一声，手指轻叩几案，道："你先去吧，我还要再往前面去看看。休看那是一群白头鸦，愚者千虑，或有一得，也未可知。"

芈月知他自负，也在想尽办法去解决此事，当下一礼别过。她回到宫中，更衣之后，便去转禀秦王驷。

秦王驷问她："你今日在四方馆投注，投了哪边？"

芈月道："攻蜀。"

秦王驷道："为何是攻蜀？"

芈月道："因为臣妾看到太多人投了'攻韩'。"

秦王驷道："你为何反其道而行？"

芈月道："国之要政，如果是人人皆知应该如何做，那反而做不得，因为你的行为都在别人的算计之中了。"

秦王驷听到这里，眼中异彩一闪，点头："好，继续说。"

芈月却沉默了片刻，才道："臣妾当时只是出于此种考虑而投了'攻蜀'一边。可是后来又仔细想了一想，思忖着大王为什么要臣妾凭直觉去投……"

秦王驷看着芈月微笑："你想到了？"

芈月点头："是，女人的直觉看似无理，其实细思，却是一种冥冥间神魂所系。臣妾在回程中一直在想，为什么臣妾投了'攻蜀'这一项？它究竟有什么道理？"

秦王驷收了笑容，凝视着芈月，他感到有一些可能影响到他判断的苗头出现了。

芈月思索着，说得时断时续："人人皆知攻韩之利，可是，若是挟天子以令诸侯的事情这么好做，那么周天子之国一直在韩魏两国的包围之中，韩魏两国为何不先下手……因为实力不够，反而会引起众怒，成为公敌……嗯，当年齐国可以用尊王攘夷之名，那是因为齐国有足够的实力。而秦国目前，并不具备号令诸侯的实力。没有足够的实力，却去挑战超出自己能力范围的事情，是大忌。"

秦王驷低声慢慢地引导着，问道："那攻蜀呢？"

芈月说得很慢，说两句，便要想一想，才能够回答："臣妾当年在楚国曾在屈子门下学习，也曾经和夫子论过时政。夫子就提出过，巴蜀是秦楚相争的关键。他曾经想先取巴蜀断秦国后路，而臣妾感觉，现在蜀国攻巴很可能也是出自屈子之谋。蜀灭巴国，则楚人可以从汉中而入巴蜀，控制巴蜀以后，就可以对秦国形成威胁。臣妾以为，这是千载难逢的机会，秦国可以利用巴苴两国的求援而引兵入蜀，灭蜀国收巴苴。以巴蜀之富庶，可以充当贫瘠秦国的粮仓。秦国还可以攻下汉中，如此……"说到这里，她不由得兴起，伸手取过几案上的酒壶倒了些酒水在几案上，蘸着酒水画了一个大概的地图："秦国的关中、汉中、巴蜀连成一大片，从水路可直插楚国后方……"

秦王驷击案叫好："楚得巴蜀可以压秦，秦得巴蜀可以伐楚，若得楚国，天下就得了一半。"

芈月却犹豫道："只是……"

秦王驷问："只是什么？"

芈月道："只是蜀道难行。"

秦王驷叹息："是啊，蜀道难啊！"

芈月却又吞吞吐吐道："臣妾倒有一计。"

秦王驷眼睛一亮，抓住了她的手，不顾她手上的酒水污渍沾上自己的衣袖，直接问："何计？"

芈月慢慢地说："我楚国的先贤老子曾有云：'将欲歙之，必固张之；将欲弱之，必固强之；将欲废之，必固兴之；将欲夺之，必固与之。'要想得到蜀国，必先给予之……"

秦王驷皱眉："给予？给予什么？"

芈月道："蜀王好财，大王就给予他财物。"

秦王驷道："怎么给？"

芈月思索着："臣妾以前看书，说到晋国的智伯欲伐仇犹国，因仇犹国山高路险，于是铸造了两口大钟，载以广车，赠予仇犹国。仇犹国为了把这两口大钟运回宗庙，于是就专门修建了一条大路……"

秦王驷听到此处已是大喜，抱起芈月亲了一口，哈哈大笑道："好计，好计，爱妃，你真不愧是寡人的邑姜啊！"见芈月还在惊魂不定地擦着脸，他已经兴奋地高叫起来："叫缪监。"

缪监闻讯急忙进来，秦王驷便下了一连串的指令："急宣樗里疾、张仪、甘茂、司马错到宣室殿中议政。"他一边说，一边就要往外行去。缪监眼明手快，忙拉住了他的衣袖，指指衣袖上沾染的酒水，赔笑道："大王，您的衣服。"

当下缪监赶去传旨，宫人们则急忙为秦王驷更衣。

秦王驷更衣完毕，便急不可耐地向外走去，谁想他走到门槛，忽然似想到了什么，折回到了芈月身边，贴着芈月的耳朵轻轻道："你为寡人立了大功，寡人很高兴，此番若是攻蜀得胜，寡人就应你一桩心愿。"

看着秦王驷走出去的背影，芈月捂住狂跳的心口，眼中神采流溢，喃喃道："应我一桩心愿，应我一桩心愿……大王，你知道臣妾的心愿是什么吗？"

连她自己，此刻也是未能完全明白啊。

咸阳城数月的热议，终于有了定论。

秦王驷借巴蜀相争之际，派张仪、司马错、张若等率兵入川。张仪用了仇犹国故智，在蜀道放置了五只石牛，每日在石头下面放金子，让蜀人以为石牛会拉金子。蜀王果然上当，派力士开山，辟出大道来。此时秦军已经通过了苴国把守的剑门天险，再沿这条石牛之路，与蜀国军队在葭萌大战。蜀军兵败，秦军接着占领成都，蜀国灭亡。秦军又借苴国与巴国劳军之机，一举灭亡了巴国和苴国，尽收巴蜀之地。

此后楚国不甘失去巴蜀，派人与秦争战，秦王令魏章、樗里疾、甘茂在丹阳和楚军交战，杀楚军八万，擒大将屈匄、逢丑等，占据了楚国的汉中郡，使得秦国关中与巴蜀连成一片。自此，楚国完全失去了对巴蜀的控制，而且水系洞开，失去防卫。此后，秦国又接魏国求援，于是派兵魏国边境，与齐宋联兵交战，打败齐将匡章，又迫使宋国与秦国联盟。此时秦国大展武力，列国一时竟不敢争锋。

一连串捷报传来，秦王驷兴奋之至，大笑着抱起芈月转了好几个圈，惹得芈月惊叫连声。他这才放她下来，喜道："季芈，寡人已经得了巴蜀之地了。此仗，你居功至高啊！"

芈月忙谦让："此是大王英明，将士用命，妾身何敢居功。大王得巴蜀之地，妾身恭喜大王，贺喜大王。"

秦王驷兴奋之至，不能停歇："寡人如今得了巴蜀之地，水路可直通楚国天险，陆路可接壤韩魏。我秦国土地贫瘠，经常支撑不了大的战争，如今有了巴蜀粮仓，将来再有大战，寡人便无后顾之忧。此番全仗你献计，若你是个男人，此功可封上爵，受食邑千户。"

芈月眼波流转，笑道："臣妾如今，亦是受千户之爵，所以，大王就不用再赐臣妾什么了……"

秦王驷哈哈一笑："寡人很奇怪，朝中文武百官皆没有想出对付蜀王的主意来，你却……"

芈月收敛了笑容，好一会儿才低声道："臣妾这些年来，一直想着，要对付一个愚蠢贪婪的人，应该用什么办法……"她想的是楚王槐，对于如何对付这种性子的君王，她已经想了很多年了。

秦王驷收了笑容，将芈月拥入怀中，轻轻抚摸着她的头发道："季芈，寡人不会忘记你的功劳，寡人会给你应有的封赏。"

芈月道："那臣妾记下来，大王的赏赐，将来臣妾会向大王讨要的。"

秦王驷道："你想请求什么？"

芈月顽皮地道："现在，不能说。"

秦王驷哈哈大笑："你既不说，寡人便先赏你个玩物。"

芈月问："是什么？"

秦王驷拉了她道："随寡人来。"说着便拉了她去了一处小园内。那园内遍植绿竹，中间却有两只圆滚滚、黑白相间的小动物在嬉戏。秦王驷抱起一只来，放到芈月手中。此物大约狸猫大小，显是幼崽模样。此时细看，却见它浑身皮毛雪白，唯四肢、双耳、眼圈为黑，长得似熊非熊，煞是可爱。

芈月一见便喜欢上了，忙接过抱在怀中抚弄，爱不释手："臣妾竟从未见过此物，不知这是什么异兽？"

秦王驷笑道："此乃灭巴蜀后所贡之物，蜀人谓之貘。寡人叫张仪去查了典籍，据说这就是上古所谓的貔貅，能食噩梦、安心神。寡人观你自子稷出生以后，睡眠欠佳，既此物有此异能，便赐予你吧。"

芈月抱着怀中那黑白相间的貔貅，心中感动，扑入秦王驷怀中，笑道："这便是典籍中所谓'教熊罴貔貅驱虎，以与炎帝战于阪泉之野'，妾只道必是凶恶之兽，不想如此可人。"

谁知这貔貅颇通人性，见他二人只抱着那貔貅说笑，地下另一只便圆滚滚地爬过来，抱住秦王驷的大腿吱吱叫着。秦王驷也笑着抱起这只主动上来讨好的，笑道："这两只貔貅尚未起名，卿可名之。"

芈月轻抚着自己怀中这只貔貅，又看秦王驷怀中那只，虽然皆是黑白相间，但自己怀中这只白毛略多，秦王驷怀中那只黑毛略多，当下微一沉吟，笑道："看它毛色黑白相间，便起名为'皓'与'玄'吧。"

皓为白，玄为黑，当下便将毛色略白的貔貅取名为"皓"，将毛色略黑的貔貅取名为"玄"。所谓貔貅者，便是后世所称的"貔貅"是也，只是此时此物甚多，巴蜀贵族常将其作宠物养。野生野长的貔貅一旦被激怒也甚是凶悍，略早些，甚至还有人行军打仗时将其用作兽兵。

芈月得了这两只貔貅幼崽，十分喜爱，经常去那竹园看看这两只宠物，消愁解闷。嬴稷年纪尚小，更是喜爱非常，经常有空便跑去竹园，甚至不顾芈月禁令，偷偷将这小貔貅抱出竹园去玩耍。

不想这日，便惹出了祸来。

这一日，嬴稷见有空闲，便去竹园抱着小貔貅玩。这两只小貔貅日日与嬴稷玩耍，已经十分熟悉，见了他来，便自动圆滚滚地爬过来，抱住他的腿摇头晃脑地讨好卖乖。嬴稷玩得拔不开脚步，但又记得今日功课未完，欲走又十分不舍这小貔貅，于是就想了个主意，悄悄抱了那只取名为"皓"的小貔貅偷回自己房间，心想如此便可一边写功课，一边看着小貔貅玩耍。

不想他才离开竹园，迎面就遇到了嬴荡。嬴荡见了他怀中抱着之物，一时稀奇，便道："你怀中的是什么东西？拿来我看看。"

嬴荡素来骄横，从小到大，嬴稷的东西被他见到，便立刻要索了去，不肯给便大哭大闹。有时候两人母亲均在，芈姝便道："小儿家的东西，值得什么？子稷，你当礼让兄长，回头母后多多赏你。"便叫寺人夺了去与嬴荡。便是芈月在场，也是无可奈何。嬴稷年纪小时，只哭号不已，芈姝便转而斥芈月"不知管教儿子"，芈月便只能抱了嬴稷回去，慢慢哄劝，却从来不曾对他说"你应该礼让兄长"，只说"你是好孩子，日后避着公子荡些吧"。后来年纪略大，嬴稷便也学乖，有什么好东西便要藏好，素日有事也都避着嬴荡。不想今日又撞上，他吓得忙将那小皓遮在身后。

只可惜这貔貅虽还是幼年，却也不是他的身形能遮住的。嬴荡不过随便一问，见他如此，反而兴趣上来，对阉乙道："喂，把那东西拿过来给我玩玩。"

嬴稷夺不过他，小皓便被阉乙夺了去。嬴荡揪着小貔貅的颈子，一上一下地晃动着。小貔貅吱吱地叫着，嬴荡哈哈一笑，一松手，那小貔貅便落到了地上。它滚了几滚，翻身起来，便圆滚滚地直朝嬴稷跑去。

嬴荡上前几步，又抓起了那小貔貅，此番便用力往下掷去，看这小东西还能如何？

他天生神力，被他重重一掷，那小貔貅摔在地上，便发出一声惨号。嬴稷直看得眼都要出血，待要上前，却被阉乙按住不能动弹，只哭叫道："皓，快跑，快跑。"

嬴荡却来了兴致，抓起那小貔貅一次又一次用力往下摔，要看看到底要摔到怎么样，这小东西才会不再继续圆滚滚地跑掉。

如此摔了数次，那小貔貅口鼻已经出血，便是再通人性的小动物，此时也激起兽性来。它见嬴荡又向它抓去，便扑上去连咬带抓地要反扑这凌虐自己的恶人。

嬴荡不防这一下，手便被死死咬住。他是个被宠坏了的孩子，何曾经历过这些，只吓得尖叫起来。阉乙见势不对，忙松了嬴稷，上前相助，才把那小貔貅自嬴荡手上拉下，却见嬴荡的手已经是血肉模糊。

此时那小貔貅已经奄奄一息，嬴荡一则以痛，二则以惧，当下便抽出自己的佩剑，一剑过去，刺死了那小貔貅。

嬴稷尖叫一声道："小皓——"当下心痛欲裂，直扑到嬴荡的身上去，不停捶打尖叫道："你杀了小皓，你还我小皓，还我……"

嬴荡亦是痛得尖叫，见嬴稷还要纠缠，一怒之下，重重一掌打在嬴稷脸上。嬴稷跌坐在地，脸上顿时出现五个指痕。嬴荡手疼得厉害，心中更是戾气暴涨，伸手就要去抓嬴稷，不料忽然一只手伸过来，重重打了嬴荡一个耳光。嬴荡惊怒交加，伸手想拔剑，却整个身子被人提了起来，重重摔在地上。

嬴荡打了两个滚，抬起头看到了一个青年男子，站在嬴稷的身边，身形高大，不怒自威。

嬴荡惊怒交加，他这辈子还没遇上过敢这样对他的人，当下就要冲上去，却怯于对方和自己的体形差异，只得虚张声势地跳着脚叫道："你，你是谁？竟敢对我无礼？"

嬴稷抹着眼泪叫道："舅舅。"这人正是刚才进宫准备看望芈月的魏冉。

魏冉冷笑一声，指指嬴稷道："我是谁？我是他舅舅。你欺负我外甥，我来替他还手。"

嬴荡怪叫一声，从地上爬起来，冲着魏冉一拳打去，被魏冉顺势一拉，又跌倒在地。

阉乙大惊失色，扑上来围着嬴荡惊叫："公子，你怎么样？公子，你没事吧？"

嬴荡不耐烦地推开阉乙："滚开。"见魏冉仍然气凝如山地站着，嬴荡握着拳头恨恨地道："你可知道我是谁？"

魏冉冷笑道："你欺负你弟弟，不就是仗着身材比他高，力气比他大吗？遇上力气比你大的人，只会说'你可知道我是谁'，羞不羞？你若没个好爹娘，谁又知道你是谁？"他亦是精细之人，刚才见了嬴稷受人欺负，一怒之下出手，却也知道自己打了王后嫡子，对方必不肯善罢甘休。瞧着这小子是个鲁莽之人，他便先拿话将他扣住，叫他不能反口。

果然嬴荡听了此言，更是羞愤交加，指着他叫道："你也不过是仗着年纪比我大，力气比我大而已。好，你等着，总有一天我会亲手把你趴下。叫你跪在地上瞧瞧我到底是谁。"

魏冉称赞道："好，这句话说得倒像个好汉，那我就等着你长大练好功夫，来找我打架。"

嬴荡转身握拳，愤然道："你等着。"说着，他再也忍不住，一路哭着跑去找王后芈姝去了。

芈月此时正在芈姝殿中，因为天色转寒，芈姝要众媵女去她宫中，挑选一些毛皮做冬衣。却听得嬴荡大哭着进来，芈月一听情况，心急如焚，不待芈姝发作，抢先告辞，急忙来寻嬴稷。

她赶到花园，却见嬴稷一身是血，抱着小貔貅的尸身，哭得昏天黑地。

缪辛蹲在地上，苦苦相劝："公子，小皓已经死了，您身上都是血，再待下去会生病的，咱们回去吧！"

魏冉摆摆手，阻止缪辛的相劝："子稷，我们把小皓葬了吧。"

嬴稷已经哭到上气不接下气，却依旧倔强地抱着小貔貅："不，小皓没死，小皓没死……"

此时，芈月急急赶来："子稷……"

嬴稷看到母亲，忽然间大哭起来道："母亲……"

芈月不顾他一身血污，心疼地抱住嬴稷道："子稷，子稷……"

嬴稷崩溃地大哭起来。芈月想抱起嬴稷，却一下子没抱动，打了个趔趄。魏冉接过嬴稷道："我来吧。"

缪辛趁机接过小貔貅的尸体，道："奴才这便将小皓好好葬了。"

嬴稷哭着挣扎道："我要小皓，我要小皓……"芈月只得一边哄着他，一边急忙带他离开花园。

三人回到常宁殿。见他们衣服上都是血，惊得傅姆率侍女们连忙迎出来。

傅姆忙伸手接过嬴稷，要抱他去沐浴更衣，嬴稷却挣扎着不肯去，反而扑入芈月的怀中，大哭起来："母亲，我好怕——"他又惊又怕，此时竟吓得打起嗝来。

芈月心疼地一边抚着他的后背为他顺气，一边将他抱入怀中，不断地道："子稷，别怕，有母亲在，谁也不能欺负你，放心，不怕，不怕……"

嬴稷把头缩入芈月的怀中，哆嗦道："母亲，我好怕，荡哥哥是不是要杀了我？"

芈月一惊："为什么这么说？"

嬴稷道："他冲我拔剑了。"

芈月的表情变得极为可怕，冰冷地道："他冲你……拔剑了？"

嬴稷吓得往后一缩道："母亲，母亲，你怎么了？"

芈月回过神来，强笑道："没什么，子稷……"她轻抚着嬴稷脸上的掌印道："你还有没有别的地方伤到？"

嬴稷摇头道："没有，他才打了我一掌，舅舅就来了，也打了他一掌。他说要舅舅等着……"

芈月轻叹一声，看着站在门口的魏冉道："你可知道自己闯了什么样的祸？"

魏冉满不在乎地冷哼一声："老子沙场浴血，不是为了在一个小毛孩子面前忍气吞声的。"

芈月似乎没有料到他会这么说，愣了一愣道："可他毕竟是王后的嫡子……"

魏冉冷笑："那又怎么样？他还不是大王呢，就算他当了大王，想报复老子，天底下大得很，老子随便哪个国家都去得。"

芈月想说什么，却最终无奈叹道："此番祸事大了。"当下抱起嬴稷道："我们去见大王吧，否则的话，王后只怕要对你下手了。"

果然，芈姝看着儿子血淋淋的手，暴跳如雷："不过一个玩物，芈八子好生大胆，子稷好生大胆。魏冉这个小东西，也敢以下犯上？"当下便叫了掖庭令去捉拿魏冉来问罪。不想芈月却已经抢先一步去请了秦王驷，将事情原委告知。

秦王驷忙派了太医去看嬴荡，却说只是皮肉之伤。那小貔貅毕竟还在幼年，口齿不利。虽然嬴荡的手被咬出了血来，却只是小伤罢了。

芈姝欲以魏冉伤人之事追究其过，秦王驷却道嬴荡身为公子，逗一玩物而伤己，又迁怒幼弟，有失手足之情。是嬴荡先出手伤人，魏冉还之，虽然失礼，却是嬴荡有错在先，当下只罚了魏冉一年的俸禄作罢。

芈姝便以此，疑心秦王驷偏袒芈月，心中怀恨。

过了数日，竹园寺人仓皇来报芈月，说是芈姝派人去了竹园，将那剩下的一只小貔貅小玄也打死了，说是为嬴荡泄愤。

芈月大惊，赶到竹园之时，却见竹园中一片狼藉。小玄小小的身躯尽是血污，已经不能活了。

芈月扑倒在地，抚着小玄痛哭失声。这两只小貔貅，曾经带给她和嬴稷母子多少欢乐。她相信这两只圆滚滚的小东西，真的是传说中的吉祥之物，能食噩梦、安心神。她自生下嬴稷以后，一直失眠多梦，自从这两只小东西一来，她只要白天陪着它们玩耍，晚上便不会再有失眠噩梦。嬴稷一直是个太过懂事的孩子，自从有了皓和玄，他的笑容也多了，整个人都活泼了许多。

这竹园，原是她母子的一个快乐之源，可惜她的力量太过薄弱，她保护不了皓和玄，保护不了竹园，甚至……她看着泪如雨下的幼子，她如果再不振作，甚至连她的爱子和她自己，她都不能保全。

芈月强咽悲伤愤怒，踉跄着站起来，扶着嬴稷劝道："子稷，你不要哭了，皓和玄，原是一起来的，皓去了，玄独个儿也是寂寞的，就让它们……一起去了吧。来，母亲与你一起，将它们葬在一起吧。"

两人一起，亲手一锄锄地挖开了土，又取了锦缎来，包裹了玄与皓，郑重地将它们葬在了一起。又在其上，种了一片竹子。

嬴稷认真地对芈月说："母亲，皓和玄爱吃竹子，我们便给它们种无穷无尽的竹子，叫它们一直吃着，好不好？"

芈月哽咽着点头："好。"

嬴稷沉默了很久，对芈月说："母亲，我从此以后，再也不养小动物了。"

芈月抱着嬴稷，失声痛哭。

芈月的童年，结束于目睹向氏的死去。而嬴稷的童年，结束于两只小动物的惨死。死亡终结了孩子的天真和无邪。

第十五章

风云起

时光一天天过去，日子不会由着人的心意而停下来。

宣室殿，秦王驷将一份竹简朝着嬴荡劈头盖脑地扔去，斥道："一点小事都办得这样颠三倒四，寡人要你何用？"

因嬴荡身为嫡子，秦王驷已经开始教他处理政务。只是他好武厌文，只喜欢结交武夫，不爱听谋士之言，结果接着几件事都没办好，惹得秦王驷大怒而斥。此时嬴荡只得狼狈地接过竹简，请罪道："儿臣该死。"

秦王驷道："土地丈量、户籍登录，乃是国之命脉根本，你怎敢轻忽至此？回大司农处，一桩桩都重新登录！"

嬴荡抱着竹简正要退下，却见嬴稷乖巧地抱着竹简进来行礼："父王，儿臣的策论已经写好了。"两人虽然仅差两三岁，但嬴荡长得粗壮，与他一比，嬴稷便显得小巧可爱。且嬴稷虽然于武事上差了嬴荡一大截，却也是身形所致，在文章政务上，他却显得聪明多了。

他走进来的时候，也看到了嬴荡的狼狈，却不发一言，只抿嘴一笑，向着嬴荡行了一礼，道："兄长好。"便乖巧地站过一边。

见嬴稷到来，秦王驷的神情这才转缓，冲他温和地招手："子稷，过来，坐到寡人身边来……"

嬴稷先行礼道："是。"这才冲着嬴荡一笑，坐到了秦王驷身边。

自皓与玄死后，嬴稷对嬴荡的态度就大变了。之前两兄弟还有吵有和，虽然嬴荡骄横了些，但嬴稷多半还是乖乖地退让了。而嬴荡高兴的时候，还会带着嬴稷一起玩。

但自那以后，嬴荡便能够感觉到嬴稷对他若有若无的敌意来。只是这种敌意，只有他自己能感觉到，别人眼中却是看不到的。嬴稷还是那样乖巧懂事，但却有意无意地在各种事情上给他挖坑，看他笑话。尤其是这种场合，他被训斥得最狼狈的时候，嬴稷就会出现在那儿，带着弄巧卖乖的笑容，在秦王驷面前撒娇，让嬴荡看到自己和他在父王面前的待遇落差来。

嬴荡头几次遇上这种事，在嬴稷有意无意的挑衅笑容下，忍不住发作起来，却往往被秦王驷呵斥，说他"不友""不仁"。他吃了几次教训，便只能自己忍气了。嬴稷却也乖巧，自那次事件之后，除非在秦王驷跟前，否则出入便带着数名内侍保护。而嬴荡被秦王驷斥责之后，在甘茂劝说下，亦不敢再对他挑起事端。

此时嬴荡又见嬴稷在他面前卖乖，不禁愤恨地夺门而去，不想在门外撞到了樗里疾，只得道歉："是我鲁莽，请王叔恕罪。"

樗里疾见了嬴荡脸色，知道他又受了训斥，心中不忍，忙温言道："无事，无事……"想要说一下"大王对你实是爱之重才会责之切"之类劝慰的话，只是这种话，说得一次或许还叫嬴荡舒服，但若被训斥得多了，再听这样的话也是无用。所以话到嘴边，他还是没有再劝，只是点头道："你去吧。"

见着嬴荡匆匆而去，他沉重地叹了一口气，这才迈入门去。

他抬起头来，便见嬴稷坐在秦王驷膝边，秦王驷正拿着竹简在同他说些什么。父子两人，实是说不出的和乐融融，再想到方才嬴荡出门时一脸的愤懑，樗里疾心头更是沉重。

嬴稷见樗里疾向秦王驷行礼，自己忙避在一边，等他行礼毕，再乖巧地向他问好："王叔安好。"

樗里疾呵呵一笑，点头："公子稷安好。你手里捧着的是什么？"

嬴稷瞪着天真可爱的大眼睛，甜甜地笑道："司马错上了治蜀之策，父王正在教我看呢。"

樗里疾看了看秦王驷，脸上依旧带着叔叔看侄儿的笑意，道："这是大王要公子拿去学习了？"嬴稷点点头。

秦王驷知他有事，当下道："子稷，你先出去吧。"嬴稷连忙答应一声，抱着竹简便出去了。

樗里疾看着他捧着竹简，走到殿门，由候在门外的内侍接过竹简，再沿着台阶下去，才同秦王驷笑道："公子稷当真聪明可人。"

秦王驷亦是点头："子稷年纪虽小，但聪明能干，在寡人诸子中也算极为出色了。"

樗里疾见他如此，不由得面露忧色，叹了一口气，欲言又止。秦王驷看出他的意思来，笑道："你又想说什么了？"

樗里疾肃然道："大王曾对臣说过，属意公子荡为储君，如今，还是这么想吗？"

秦王驷微微点头："寡人确曾更多属意于子荡，可是如今子荡性情浮躁、勇而无谋，将来在他的手中，秦国顶多只能打几场维持现状的战役。子稷虽然年幼但聪慧超过子荡……"

樗里疾截口道："王后有两个嫡子，便是大王看不上子荡，首先考虑的也应是子壮。"

秦王驷思及芈姝的幼子嬴壮来，更是摇头。若说嬴荡还有自己早期插手，将他的性格养得强势一些，嬴壮整个就被芈姝纵惯得不成样子。他道："子壮更不行。"

"如此……"樗里疾问他，"大王是要废嫡立庶吗？只怕会引起举国动荡啊！"

秦王驷犹豫不语。

樗里疾语重心长地劝道："大王，若嫡庶可易，则尊卑可易、上下可逆，国若无序，必将动乱。只怕周幽王之祸，就在眼前。"

秦王驷听得不入耳，摆手道："疾弟，你言重了。"

樗里疾却不愿意罢休，又道："大王嫌公子荡勇而无谋，可公子荡今日的性情，难道不是大王造成的吗？是大王多年来教导公子荡，说是秦国当在公子荡手中扩张武力，所以公子荡才轻文重武，而今却又嫌弃公子荡鲁莽无文……"

秦王驷冷哼一声："你这是怪寡人了？"

樗里疾忙低头："臣不敢。"

秦王驷叹道："疾弟，不是寡人灰心。这些年来，寡人在他身上，用心最多。可如今他多大了，'扩张武力'这四个字，能一直当成是匹夫之勇来实现吗？这么多年，寡人难道只教他这一点吗？"他越说越是动气："身为君王，应该学的东西，寡人难道没有教他？但他根本就是无心去学，你叫寡人怎么办？"

樗里疾亦是语塞，他是秦王驷身边最亲近的臣子和兄弟，自然知道秦王驷是如何一路用心地引导嬴荡的。只是两父子都是倨傲狂放之人，一个只会呵斥，一个只会内心抵触，却是越用心教导，越是背道而驰。想到这里，他亦是暗叹。无奈之下，他只能站在为人臣子的立场来劝："大王，如今诸公子渐长，公子华于军中威望日高，而公子荡为嫡子又勇武过人，公子稷聪明能干……大王当日说过，恐早定储君易生变乱，如今看来，却已无大妨。臣请早定储君，以安众臣之心。"

秦王驷敏锐地扫了樗里疾一眼，冷笑："什么叫以安众臣之心？难道现在众臣之心不安吗？"

樗里疾叹息，这种话又不能说得太直白，只得道："如今朝中虽然太平，只怕大王再不定夺，就会有人多思多想了。大王，为政者最忌优柔寡断，您这样把所有的公子都留在身边，宠爱不均……"他看着秦王驷脸色不以为然，心中一着急，失口道："难道就不怕齐桓公五子争位之乱吗?"

秦王驷的脸顿时沉了下来，冷笑："寡人倒想做齐桓公，不知道易牙、竖刁又在哪里?"

樗里疾亦知失口，忙膝行向前请罪："大王恕罪。"

所谓齐桓公五子争位之事，是说当年齐桓公尊王攘夷，首兴霸业，威名盖世。可晚年却因为储位不定，在他重病之时，其宠爱的五子公子无亏、公子昭、公子潘、公子元、公子商人各率党羽争位，致使齐桓公死于胡宫，尸体长出蛆来也无人收葬。易牙、竖刁便是齐桓公晚年所宠信的佞臣。

秦王驷没有说话，只是站起来，转身入内。

樗里疾看着秦王驷的背影，只能深深叹息。

樗里疾的劝谏，不是因为别的缘故，而是甘茂见近来嬴稷得宠，嬴荡动辄得咎，心中不安，因此想办法说动樗里疾进谏，早定太子。

此后，朝中便渐渐兴起一股"请立太子"的风潮来，秦王驷置之不理。最终还是甘茂忍耐不住，上书秦王驷，说公子荡已经成年，当立太子。

不料在朝堂上一说出来，便遇相邦张仪反驳，说大争之世，立储不一定要立嫡，立长立德立贤皆可。两边人马遂发生争执。秦王驷却当殿下令，搁置争议，不许再提起此事。

消息传入后宫，芈姝气极败坏地大发脾气："我就知道张仪竖子，是要与我作对的。哪家立太子不是论嫡庶，他说什么立长立德立贤，他是什么用意，什么用意! 都当我看不出来吗——他不是想扶魏氏的孽子，便是想扶季芈的孽子。"

她一怒之下，将室内的东西砸了个精光。玳瑁等人苦苦相劝，一边又要派人守着外头，防着芈姝恼怒之下的话语被人听到，又生是非。如今景氏、屈氏皆已有子，女人一旦有了子嗣，忠心便要大打折扣，虽然依旧奉承着芈姝，另一边却向芈月暗送秋波，甚至对魏夫人都未必完全隔绝。

玳瑁劝道："王后，这只是张仪片面之言，自古立储立嫡，乃万世不变之理，废嫡立庶，哪个国家不是动荡？大王英明，必不会做此选择的。"

芈姝跌坐在席上，掩面哭泣，良久，才苦涩地道："秦楚联姻，若是两国一直交好，我这个王后就坐得住；若是两国交战，我就是夹在两国之中，身受其苦。所以如今，张仪就敢欺负到我的头上来，甚至连魏氏都想要翻身。"自从秦国得了巴蜀之地，楚军大败，秦楚由交好变成交恶，她的心情亦是大受打击。

玳瑁恨恨地骂道："都是那芈八子野心勃勃，才会有今日张仪的阻挠。"

芈姝心情更坏，一拍案道："如今还说这些做什么！我听说大王能得巴蜀，皆是因为她献上的计策。如今你看宫中有多少人去奉承她，她若是以此压嫡，我的荡，我的荡可怎么办……"

玳瑁亦知芈姝的忧心，她想，那个计划如今倒是可以说出来了，当下缓缓地道："王后勿忧，您毕竟还有一个母国……"

芈姝苦涩地道："那又有何用，楚国如今大败，我在大王面前也底气不足了。"

玳瑁却道："您忘记了，您还有一位宠爱您的母后，她的手中，还有芈八子的人质呢！"

芈姝呆了一下，忽然想起："你的意思是……"是的，芈月还有一个弟弟，如今便在楚国，在楚威后的手中。

一想到这里，芈姝眼睛亮了一下，但又黯然："那又有何用？她的亲生儿子，难道不比她的弟弟重要？"将心比心，若有人拿在楚国的楚王槐与她的儿子嬴荡叫她做选择，她几乎会毫不犹豫地选择嬴荡。

玳瑁却冷笑道："王后不知，公子戎定是芈八子软肋。您可记得，当日魏夫人抓了魏冉那个野种，便能要挟住她，更何况公子戎与她自幼一起长大。再说，她要扶她儿子上位，是千难万难。她若敢不听从王后之意，那便立时叫她尝尝什么叫痛，什么叫悔！"

芈姝想着自己与芈月之间的恩怨，到了最后，还是点了点头，反正此事上自己进退无忧，芈月若是屈从，便是自己赢了，芈月若是不从，损失的痛的悔的，也是她自己。

这一日，芈月正走在廊道上，迎面看到芈姝从另一头走来，忙退到一边行礼让道。自从嬴稷和嬴荡交恶，她见到芈姝便避道而行，椒房殿若有事，她亦托病推辞。

此事芈姝心中有数，每每见了她，亦是一脸的冷色。若是狭路相逢，芈月就会迅速避让，而她也会目不斜视地疾走而过。

不想今日两人相逢，芈月避到道边，芈姝却不像昔日那样径直而过，反而停了下来，看了看芈月，忽然笑了："妹妹好久不见，如何与我生分了？"

芈月只当自己听错了话，抬头看去，便看到芈姝微带扭曲的脸。她极不情愿地说出这样的话，偏生脸上还要挤出故作亲切的笑容来。她一生顺遂，需要做出这样表情的时候太少，未免对这样的表情展现得不太熟练，更显得僵硬无比。

芈月心中暗叹，不晓得她心里打什么主意，却不想与她多作纠缠，只微笑道："王后主持后宫，忙碌异常，妾身无事亦不敢打扰。"

芈姝向后扫了一眼，众侍女会意，退后一步，独留玳瑁于身边。她走到芈月身边，拉起她的手，笑道："这话怎么说呢，你我本是亲姊妹，便是无事，闲来聊聊家常也好。今日天色甚好，妹妹不如陪我走走……"

芈月无奈，心中却提高了警惕，笑道："既是王后有令，妾身自当奉陪。"

两人并肩缓缓地走着，自远处看，两人均是面带微笑，低声絮语。不知情的人，还会以为她们在讲极要好极亲密的私语。只是她们的对话，却恰恰相反。

芈姝轻笑道："这些日子，我时常想起我们在高唐台的时候，那会儿你和茵姊不和，每次皆要我来调停，我那时候，多半都是护着你的，惹得茵姊老是说我不公平。"

芈月淡淡地道："小时候的事，妾身已经不太记得了。"

芈姝哦了一声，又道："那你……是否还记得莒姬，记得你的弟弟子戎呢？你不会跟我说，也不记得了吧！"

芈月的手在袖中骤然握紧。她微低下头，以掩饰自己眼中无法掩饰的怒意杀机。芈姝果然把来意亮明了，这是要拿莒姬和芈戎来要挟她吗？但她脸上表情不变，依旧淡笑着："唉，女人有了孩子，这颗心便全在自己的孩子身上了。"她话锋一转，又笑道："不过子戎是楚国公子，自有王兄、令尹等人照应，便是宗族，也不会不管他的，我多操心也是无益。"话语中，亦是隐隐拿宗族警告了芈姝一下。

玳瑁见芈姝噎住，忽然笑着插嘴道："威后她老人家如今也老了，大王如今王位安稳，她自是放心得很，只是还念着我们王后，日夜挂心。任是天大的事，也没有比她更重要的了。"

芈月亦听出她的意思来，不由得笑了，轻蔑地看了玳瑁一眼："傅姆原是个奴婢，竟不知道这下头的人，也是势利得很。人老了，有些话，就未必管用了。"

芈姝听了这话，不禁恼怒起来，口不择言地道："那可难说，他如今在军中，须知刀剑无眼……"

芈月的声音顿时变得冰冷："王后慎言。帝子王孙，哪个不是军中磨炼出来的？哪个不是在沙场上立功授爵的？远的不说，就说大王的诸子，公子华如今在军中，公子荡将来亦要入军中。孔子曰：始作俑者，其无后乎？"

芈姝大急："你敢？"

芈月忽然笑了："我自是不敢的，敢做这种事的人，得有包天的胆子。若是机事不密，定会惹来翻天的祸。将来王兄的诸子皆要入军中历练，这些人，皆是不同母亲所生。有令尹坐镇，军中若出了这事儿，我倒不知，有谁敢替威后、替王后担起这责任来?"

楚国军队若有人敢替楚威后做这个手脚，身为宗族之首和百官之首的昭阳能够活吃了他。

芈姝欲发作，又强按着心头怒火。她知道今日不能硬来，心念转动，忽然笑了:"是啊，我楚国立国数百年来，倚仗的是宗族同心，岂能自相残杀。妹妹是知道进退的人，自然明白。如今子戎年纪不小了，我听说他也立了不少战功。我在宫中，多得妹妹相助，母后若知，定会十分高兴，让王兄给他封爵，赐他封地。如此，也可圆了莒夫人的心愿，不是吗?"

芈月的脸色也渐渐变得和缓起来。她忽然向芈姝行了一礼，看着芈姝笑了:"那实在要多谢母后和王兄对戎弟的照应，也多谢王后的特别关心。"

芈姝倒是愣了一愣。不想她自己态度放软，芈月居然倒变得好说话起来了，但她毕竟也已经过这么多年历练，成熟了不少，当下反应过来，忙笑着将她扶起:"妹妹说哪里话来，我们原是一家人啊!"

芈月笑盈盈地道:"是啊，我毕竟人单势孤，若是戎弟得封地爵位，我也可以进退有据，再为子稷谋求一个好封地，就再也没有什么可求的了。"

芈姝终于放了心，笑道:"妹妹果然是聪明人……"

两人就这么带着笑容，携手并肩共行，直行到分岔路上，这才依依不舍地分了手。相互转身之时，她们各自都松了一口气，生怕自己刚才和对方谈得太过甜蜜，对方会请自己到她的宫殿再"小坐片刻"。

女萝一直默不作声，跟在芈月身后。直至进了常宁殿，她方欲说些什么，嬴稷便已迎了上来。芈月笑着和儿子嬉玩片刻，直至傅姆将孩子抱了下去，她才更了衣，倚在凭几上叹了口气。

女萝屏退侍人，走到她的身边，为她按着肩膀。芈月的肩膀依然硬得僵直，女萝按了十余下，这才慢慢地松弛开来。

女萝方敢问她:"季芈，您真的就此退让臣服了?"

芈月忽然笑了，瞟了她一眼："你这是什么话？她是嫡我是庶，她是尊我是卑，这么多年，我不是一直在退让臣服吗？"

女萝一时语塞，转念又笑道："这自是正理，只是王后不以道理服人，却以公子戎为要挟，逼您退让……这，奴婢不明白，季芈难道就肯屈服于这种下作手段不成？"

芈月闭了眼睛，放松肩膀由着女萝按摩，轻道："我一直以为，她跟她母亲不是一样的人，现在看来，我真是太过天真了。她在骨子里跟她母亲是一样的人，唯我独尊，视他人如草芥。素日里看不出来，可一到关键时候，她心底里的东西还是会浮现出来。"她说得很轻，很慢，但女萝听着，却不由得从骨子里发寒。芈月这样的性子，她是太清楚不过，若是将她逼到无路可走，那便是玉石俱焚了。

但想到她目前的两难处境，女萝自己想了想，还是无解，只得问道："只是，莒夫人和公子戎在楚国，那您怎么办呢？"

芈月轻叹："我以前一直顺从王后，妥协让步，不仅是因为身份所限，也是因为母亲和戎弟在楚国，是她手中的人质。可是没想到，这宫中并不是忍让和妥协就能够周全的，我最终还是成了她的眼中钉、肉中刺。"

女萝想了想，还是道："奴婢明白，季芈今日不理会她的要挟，却故意对她的示好表示顺从，想是为了麻痹她。是不是……想找个机会，把公子戎接到秦国来？"

芈月失笑："你也忒天真了。她能说出这样的话来，就一定有防备，接是接不了的。"

女萝焦虑地道："那，我们要不要告诉大王？"

芈月的脸顿时沉了下来，冷笑一声："告诉大王，又有何用？便是接了过来，她依旧是王后，我依旧是八子。"她翻坐起身，冷冷地道："女萝，你要记住，在宫里头，要学会打落牙齿和血吞。你受的委屈若不能令你翻身，那么诉说就是一种多余和浪费，是自取其辱，甚至是种下祸根。"她抬头看着窗外。此时天色已经暗了下来，月亮刚刚升起，月光斜照在她的脸上，她轻轻道："君王之光如日月，能普照众生，可是一堵墙就能永远挡住这光芒，让你永远活在黑暗之中。如果大王有心，不会不知道我的苦、我的顾忌，可是他不出手，就是不希望乱了后宫的平衡。大王他是个君王，他的心思在天下，不在后宫。所以后宫的妃嫔对他来说，只不过是可有可无的存在。他不会为了我与王后失和，更不会为了我向楚国讨人。他愿意费心保护他的子嗣不被暗算、不被杀死，却不在乎他们是不是受人欺负，是不是受人伤害，是不是在暗夜哭泣。他也不在乎后宫妃子的亲人是死是活……"

女萝闻言大恸，哀伤不平地叫道："季芈！"

芈月淡淡地道："可是这些他认为不重要的事，对我来说，却是比什么都更重要。子稷、小冉、戎弟，我想保住我爱的所有人，就不能指望君王帮我做到我想要的一切。何况，如今正是关键的时候，我若是不能凭自己的能力取胜，事事只想求大王做主，那就是不战而败了。"

女萝问："那，怎么才叫战啊？"

芈月冷笑："我知道在这宫里，人人都要争，可是她们却不明白，争什么都不重要。封八子、封夫人，又有什么区别？都不是王后，阶位的区别有什么两样？母亲也曾封夫人，可父王去后，能保住她的不是封位，而是她的机巧手段。我娘便是……"她险些说到向氏，硬生生忍住，冷笑一声道："这种封位，在君王还活着的时候，就不比君王的宠爱更有效。君王若不在了，更保不住别人向你下毒手。"

女萝不解："那，不争位分，还能争什么？"

芈月缓缓站起，负手而立，不怒自威："善战者不争一城一地之得失，争的是最终的胜利。燕雀争的是一个草窝里谁吃到的更多，却不晓得一阵大风刮过来，连那个草窝都保不住。而鲲鹏不争不斗，努力让自己变得强壮，能飞得更高，游得更远，天地广阔无限。"

女萝道："奴婢不明白。"

芈月道："这个世界上，凡事并不只有别人给你规定好的路可走。就像我曾经面临过的情况那样，王后要我替她夺回主持后宫的权力，魏夫人抓了小冉要我离开宫廷，可我选择了第三条路……"

女萝已经有些明白了："季芈是不打算进，也不打算退，而要选择第三条路？"

芈月点点头，道："天黑了，点了灯烛来。"

女萝连忙点亮安放在四处的灯树，见芈月走到几案前，忙又取了两只灯烛点亮送到几案前，芈月却已经伏案在地图上研究了。

女萝瞄了一眼，大惑不解："季芈，您如何在此刻看起地图来了？"

芈月的手一寸一寸在地图上丈量着："我在看一个地方。"

女萝问："什么地方？"

芈月道："一个可进可退的地方。"

女萝顺着她的手势看过去。这些时日她服侍芈月，自然也已经十分熟悉此处了，诧异道："巴蜀？您看巴蜀做什么？"

芈月嘴角带着一丝神秘的微笑："巴蜀占据天险，易守难攻，西接秦国，东接楚国，而且水土丰美，盛产粮食和丝帛。若是巴蜀能够成为子稷的封地，可以为大秦每年供应大量粮食，成为大秦的倚仗，同时又很难被人替换，而且与楚国水路相通。只要子稷封在巴蜀，就算将来有一日……王后也不敢对我下手，而且我还可以跟着子稷去封地，经营巴蜀，自成天地。不仅如此，我还会有更多机会派人去楚国，让戎弟脱离控制，回到我身边来。"

女萝道："那，别的地方呢？"

芈月道："大秦推行商君之法，各宗族的封地都在逐步缩小，而且封地都在边境。在西北有义渠，在东有魏国和韩国，在南有楚国，都是争战之地，很容易成为战争的前线，可以被君王用战争的名义把封地上的人和财物消耗光，再被收去封地。只有巴蜀是新并吞的，需要人去镇守安抚。数十年以内，封君的地位不会有太大的变化。而只要给我数十年，我就会让巴蜀成为一个国中之国，可以与咸阳相抗衡，王后纵然成了大王的母后，也对我无可奈何。"说到最后，芈月眼神也变得狂热起来。

女萝只觉得她句句俱是深思熟虑，疑惑地抬头看着芈月："季芈，你，你这是真的要退了吗?"

芈月手按在地图上，沉声道："这是退，也是进! 进可攻，退可守!"

女萝却仍然没有明白过来："您……就这么放弃了吗?"

芈月看了看女萝，没有说，只是淡淡一笑。

女萝仍然未能从芈月忽然的转折中清醒过来。她是芈月的心腹，这些日子，她看到了秦王驷的宠爱，看到了张仪的怂恿，也看到了唐夫人等妃嫔的默默示意，亦看出了芈月的心动。此时芈月的转变，反而令她迷惑了。她张了张嘴，想说什么，却没有说出口，只是嗫嚅着道："可是，巴蜀穷山恶水，季芈您带着年幼的公子稷，如何去管理一个曾经的国家?"

芈月负手而立："为什么不能? 我虽然身为女子，困于宫墙，失去高飞的双翼，但我可以培养出自己的双翼来，高飞千里。"

女萝迷惑不解："双翼?"

芈月微笑，镇定地说："子稷、小冉，就是我的双翼。"

女萝一脸不能明白地出去了，芈月却坐了下来。她忽然觉得，今日之前的自己，是一叶障目，不见泰山。在今日之前，她被迷惑着，推动着，心却是茫然的。君恩是多么微妙的东西，不曾示于口，只有暗示，只有若有若无的戏谑之言，她如何敢握着这个，便当是至宝? 没有探明君王真正的心意，便是有再多的筹码，她又怎敢全部押上?

可是，就因为这种若有若无的可能，她已经成为别人的眼中钉、肉中刺。她便是不争，也不会拥有更安全的处境。所以，她只能争，只能斗吗?

她痛恨这种被人安排的命运，甚至是前途未知就被安排成斗鸡的命运。

她从来就不是魏夫人那种女人，也从来不愿意做那种女人。那种女人，她在楚宫里看得太多，也能一眼看透这种人的手段和命运。

她想，她得自己逼对方亮出底子来；或者，给自己安排好一条不做斗鸡的退路来。

进，要进得明明白白；退，也要退得从从容容。

第十六章

诸　子　封

一夜过去，秋色满园。芈月走在园中，闻着金桂飘香。秋花虽然不如春花繁多，但一路所见，木槿、菊花、雁来红、蜀葵等竞相开放，白黄红紫，衬着几树枫叶，显得格外艳丽。

芈月便亲自指了几枝，笑着叫女萝各采了几束来捧着，说："待回到常宁殿中，可插瓶赏玩。"

正走着，芈姝亦迎面而来。

昨日是芈姝候着芈月素日行走轨迹去堵她，今日却是芈月候着芈姝素日行走轨迹去堵她了。

芈姝骤见芈月，一时还反应不过来，又惊讶又无措，不由得愣在那儿了。

玳瑁见芈月已经上前见礼，芈姝还未反应过来，忙推了推她。芈姝回过神来，慌乱道："妹妹不必多礼。"

玳瑁低声提醒芈姝道："王后，何不请芈八子到前面坐坐？"

前面正有一处赏菊的小台。芈姝反应过来，眼睛落到芈月肩头落的花瓣上，又看到女萝手中捧着的花束，忙笑道："数日来宫务繁忙，今日秋光正好，还是妹妹有闲心。"

芈月笑道："我不比王后忙碌，自然多了些闲心，能陪王后赏花，自然是乐事一件。"

两人便入小台落座。这小台并不甚大，只得两人落座，玳瑁女萝在后面服侍。

芈姝看着芈月的神情，心中诧异。自己昨日威胁利诱，只道对方必是辗转反侧、惶恐矛盾，不想今日见她却气色极好，甚至还有闲心赏花折枝，不觉道："妹妹今日倒是很自在。"

芈月道："我比不得阿姊，子稷如今也大了，我也管不了啦，只能闲下来呗。"

芈姝道："妹妹今日寻我，可是有事？"

芈月没有回答，却反问了一句："王后昨日找我，可是听到了什么风声？"

芈姝一怔，转看玳瑁，玳瑁便点头示意她可说出真相来，正好也试试芈月用意。当下芈姝便道："妹妹可曾听说，张仪在朝堂上向大王进言，储君当立长立贤，意在推举……"

芈月漫不经心地截断了她的话："阿姊是说，他又想推举公子华吗？"

芈姝惊愕地看着芈月，忽然笑了，这回是真的放下心来了："妹妹真是心宽，难道就……"难道就没有想到自己身上来？

芈月微微一笑："这是自然，公子华居长，且张仪曾经同公子华共伐魏国，有军旅之谊嘛。"

芈姝本就有一半疑心魏夫人，听了这话，顿时信了十分，不由得后悔昨日匆忙去找芈月进行要挟，既失身份，又落下乘。且自打死那两只小貔貅后，芈姝自觉占理，见芈月记恨，更加气愤。这次自己又不得已先拉下来脸对她开口，更觉得丢脸。

但终究这一步已经迈出，丢脸便丢脸了，更重要的是芈月所透露出来的示好之意。此时既是立太子的关键时刻，便不可多树强敌。她忍住心头的不适，当即笑道："难得妹妹听了这个消息如此镇定。"

芈月淡淡地道："事不关己，己不劳心嘛！"

芈姝心中更是不爽，心生一计，笑吟吟试探道："如此，请妹妹再帮我做个中人，送五千金给张仪，让他改口可好？"

芈月摇头失笑："王后真是慷慨，臣妾却以为，不能助长张仪这种习气。他若是缺钱了就吹些此类风声，王后难道能倾尽财物去满足他的胃口吗？"

芈姝越来越疑惑，更弄不清她的想法，问道："那你以为还有什么办法？"

芈月微微一笑："妾身倒有一计，愿献于王后，只是此事出我之口，入你之耳，唯此二侍人知之，王后可信得过身边之人？"

芈姝看了玳瑁一眼，道："我自然是信得过傅姆的。"

玳瑁被芈月一张口贬作与女萝这个她看不起的小女婢一样的"侍人"，心中大是愤慨，却只得忍了下来，道："奴婢誓死效忠王后。"

芈姝笑了笑："我的侍女，我亦是信得过的。"

女萝也忙道："奴婢誓死效忠芈八子。"

芈姝见其如此郑重，只觉得心痒难耐，忙问道："妹妹要献什么计？"

芈月笑道："与其扬汤止沸，不如釜底抽薪。依我看，王后和那些妃嫔们没完没了地在大王面前争太子位，倒不如早些把公子们的名分定下。"

芈姝眼睛一亮："怎么说？"

芈月说出了四个字来："提前分封。"

芈姝似有所悟，方欲叫好，却见玳瑁微一示意，便按下心头快意，继续追问详细："提前分封？如何提前分封？"

芈月看到玳瑁做的手脚，心中冷笑，索性一一解释："通常诸公子要么在冠礼以后，要么在先王驾崩之后，才能得到封地，为了争几块好的封地，还经常要争斗不休，甚至会被削减封地。大王后宫子嗣繁盛，现在有了二十多位公子。这些公子，若有受宠的母亲，或者还能够得些好封地，若是母亲地位卑下不受宠，怕是将来谋个出路也难。王后不如上书大王，在万寿节前为这二十几位公子提前分封，还可以多关照一些母亲卑微的公子们，为其多谋些好处。如此一来，人人都会赞颂王后的贤德，岂不是上策？"

芈姝思索片刻，迟疑道："你的意思是，把诸公子先分封出去……"

芈月微笑着鼓励道："王后英明，只要把诸公子都分封出去，只剩下公子荡，就算他没有立刻被封为太子，也会成为大家心目中的储君。"

芈姝忽然大笑起来，笑着笑着，笑出眼泪来。她伸手拍着芈月的肩头，这次是真正衷心地表示出了友善来："好，好，妹妹，真有你的。你放心，你若不负我，我也必不负你。"

次日，秦王驷便接到了王后上书，说是诸公子年岁不一，生母出身地位荣宠不一，而皆是大王之子嗣。恐有倚其年长、倚其母族、倚其荣宠而得封地厚，而年少微贱者无人执言，因此想借秦王驷四十五岁的万寿之期，为诸公子分封藩地。

秦王驷接到这封上书，想了很久，却猜不出是谁的主意，让王后走此一招。他索性将这封帛书抛于案上，对缪监道："请樗里子进宫。"

樗里疾接到通知入宫，先看了王后这封帛书。看完之后，他心头一块大石落地，赞道："大王，这是好事啊，王后此书乃贤德之举。"

秦王驷看着樗里疾，意味深长地道："是啊，不管是谁让她开窍了，总归是一件好事。"

樗里疾想起日前君臣对话，当即试探地道："若是王后能够稍补公子荡之不足，母子相辅相成，大王当也可放心了。"

秦王驷不答，却转了话题："你是大宗伯，主管宗室事务，这二十多位公子的分封之地，就由你来做个方案吧。"

樗里疾一怔，不想秦王驷竟然答应得这么快，当下便小心翼翼地试探道："那，诸位公子年纪不一，功劳不一，此番都一齐分封了吗？"他想试探的是，公子华、公子稷、公子壮这三人，都要分封吗？

秦王驷看了樗里疾一眼，漫不经心地挥手："横竖这些人将来都是要分封的，索性一次议定就罢了。"他顿了顿，似有所悟，笑道："想必你是想到那些年幼的公子未立军功，恐封地小了，将来立了军功不好办。那便给他们的封地周边留些余地，待真立了军功，再加封吧。"

樗里疾见秦王驷不语，只得连忙低下头接了缪监递过来的地图和名册。手中的分量似有千斤之重，他额头冷汗流下，恭敬地道："是，臣弟遵旨。"

樗里疾在宣室殿中这一番出来，手里便捧了地图名册。这一幕自然瞒不过有心人，当下宫中便飞快地传开了流言。

张仪闻讯，急急来寻芈月，问她："季芈可知，大王召樗里疾，欲分封诸公子？"

芈月点头："知道。"

张仪急问："季芈可有打算？"

芈月不答，却转过话题道："此番并吞巴蜀，后续扫尾之事也差不多了吧。想来接下去大王会派人去接管巴蜀，我看到有个叫李冰的大夫上了一道奏折，说是想在都江一带兴修水利，不知道张子以为如何？"

张仪急了："这时候，季芈还说这些做什么？"

芈月却依旧微笑，道："大王亦同我说过，若能在都江之上兴修水利堰渠，自然会对粮食产量大为提升，功在当下，利在千秋。只是巴蜀虽然富足，但大秦久战贫瘠，中枢财力不足，欲以巴蜀之财力填补空缺。若是兴修都江水利，则不知道要投入多少人力物力，张子认为，李冰这个设想，行得通吗？"

张仪被她带得话题跑偏了两句。他是何等聪明的人，虽然一时未曾想到芈月用意，但原来气急败坏的神情却还是平静了些。他知道芈月既然不肯接他的话，此时是逼不出来的，当下便顺着她的话题道："司马错将军一直对巴蜀十分感兴趣，说若是治理好巴蜀，大秦才有底气争霸天下。他自请去镇守巴蜀，还要带上李冰等人。"

芈月微微一笑："那大王有没有说过，是否要派宗室分封巴蜀。"

张仪顺口回答："朝中建议，我们此番巧取巴蜀，人心未稳，还是应该立原来的蜀王子弟继位为王，作为一个象征安抚人心。不过这也是权宜之计，待到巴蜀人心稳定，我们有足够的掌控能力，自然就要分藩宗室，以利千秋万代。"他说到这里，忽然似有所悟。他看着芈月，慢慢地张开了口，指着她，想说什么又说不出，显出平生极难得的蠢相来。

芈月微微一笑，没有再说，她知道张仪已经明白了。

张仪指了指芈月，看着她的样子，有些不敢置信又有些不甘心。他想开口说什么，可最终还是叹了一口气，没有说。

芈月倒是诧异了："我以为，张子会劝我。"

张仪看着芈月，眼中精光闪烁，忽然笑了："我如今才知道，王后的上书，是谁教她的。"

芈月微笑："知我者，张子也！"

张仪却气愤地一甩袖子："不，我不知你。我宁可从不知你。"他转身就走。

芈月看着张仪的背影，心中暗暗叹息一声。只是有些话，如今她说不得，只能在心底暗暗抱歉。

张仪走了两步，却又止步，转头对着芈月冷笑道："有些人，我劝是劝不动的。季芈，只有当现实给您重重一击，才有用。"说罢，他再不回头，大步而去。

王后这一封上书，惊动的不只是张仪。

披香殿内，魏夫人狂砸室中器物，怒不可遏："提前分封，就这么想把我的子华给踢出局去吗？孟芈这个贱人，休想做梦！"

侍女采薇在一旁惊惶相劝："夫人，您息怒，您莫要高声……"毕竟此时不同以往，魏夫人两度失势，这披香殿中被清洗了数次，外头的人，可未必都是可靠的。

魏夫人来回走着，思索着，恶毒地说道："孟芈那个蠢货，脑袋里没有半两墨汁。她绝没这个脑子，她更没这个器量。哼哼哼，她要有这个器量，根本不会跟我纠缠到今天。这是谁的手笔呢？谁呢？谁要与我作对？这封上书，明明白白，便是要断我子华后路啊。"

见她狂怒之下，一脚踩住脚下杂物，差点一个跟跄，采薇忙上前扶住她坐下，却是一个字也不敢开口了。

魏夫人坐下来，按着太阳穴沉思起来。孟芈为什么这个时候提分封？若是只要对付子华，为什么是这个时候？这个时候，她并没有什么刺激她的举动，而且子华现在正在与齐国交战的前线，并没有什么事足以刺激到王后做这件事。而且，以王后的脑子，也想不出这招来。那么，是谁刺激她在这个时候行动？又是谁为她出了这个主意？

想到这里，她抬头问采薇："最近朝堂上，或者后宫中，发生了什么事吗？"见采薇有些迷茫不知重点，她又说了句："与公子荡有关，或者是与王后有关的事。"

采薇想了半日，忽然想到一事："奴婢听说，前些日子大王宠爱公子稷，看公子荡横竖不顺眼。朝中甚至还有人说，大王有立公子稷为太子的心思。"

魏夫人嗤之以鼻："子稷还只是个毛孩子，就算大王有废嫡立庶的心，没理由放着我子华居长有军功的不立，去立一个还看不出将来的孩子。"

采薇又道："奴婢还听说，前些日子，公子荡与公子稷争执，公子稷的小貔貅抓伤了公子荡，大王还偏袒公子稷，说公子荡不友，王后气得去把芈八子的小貔貅给打杀了。芈八子与王后因此而不肯说话了。"

魏夫人不耐烦地摆手道："这种小儿相争，简直不知所谓。"

采薇想了想又道："公子荡那日还打了公子稷，却正好被魏冉将军看到，教训了他一顿，恨得公子荡如今天天去举大鼎练力气，想要自己打败魏冉呢。"

魏夫人唔了一声，沉吟道："她们的儿子不合，将来公子荡若继位，恐难相处。所以王后想提前分封……不对，以季芈的能力，她有的是手段来阻止王后的图谋，可她却没有动手，倒也奇了……"

采薇建议："夫人，那要不要挑动芈八子，和夫人一起阻止这件事？"

魏夫人摇头道："来不及了，如今王后的上书已经放到大王的案上。就算挑动季芈出手，也不是这么快的事，而大王做决策却是片刻即就之事。分封令一下，子华的终身就被注定了。"

采薇急道："那，我们应该怎么办？"

魏夫人皱着眉头，苦苦思索："奇怪，王后上书，明明是针对季芈，她为何没有丝毫举动？"又问采薇："芈八子近日有何举动？"

采薇想了想，又道："王后上书之后，季芈曾见过相邦。"

"张仪？"魏夫人诧异，"那张仪近日有何异动？"

采薇便只能摇头了。

魏夫人喃喃道："难道张仪会在最后发难？还是季芈另有办法？"

采薇忽然想起一事来，道："奴婢想起来了……"

魏夫人立刻问她："什么事？"

采薇迟疑地道："奴婢也不知道是真是假，亦是觉得，此事不太可能。"

魏夫人暴躁地骂道："你舌头被山魈吃进去了吗？吞吞吐吐做什么？你又能辨别什么？该不该讲，我说了算。"

采薇只得道："之前有人说，在菊园看到王后和芈八子一起赏菊，两人还相谈甚欢。"

魏夫人沉默片刻，似在想着什么，忽然又问："是哪一日？"

采薇仔细想了想，道："便在王后上书前几日。"

魏夫人失声："难道是她给王后出的主意？"她转而又沉下了脸，思忖道："可是，她明明已经与王后交恶，为何又要向王后献上此计？莫不是……她并没有夺嫡之心，只是想为儿子争个好封地？是了，必是这样的。"她相信自己是很了解芈月的，她并没有多少争心，甚至也没有多少可以与她们一争的实力。自己的子华，已经在军中拥有势力，但芈月的子稷，还只是个未出宫门的孩子。她的背后有魏国的支持，王后的背后有楚国的支持，她的身后有什么？所以，她只能认输，甚至还怕受王后猜忌，于是便献上此计，来向王后证明她是没有野心的人。想到这里，她不禁恨恨地将手一击案："岂有此理，你没用，还想将我儿也踩下来表忠心，做梦！"

采薇见魏夫人的脸忽然阴沉了下去。她一言不发，脸上的神情变幻不定，右手手指一根根扣下，似在一件件事地分析着，计量着。

过了一会儿，她忽然笑了，笑得十分诡异。她斜看采薇一眼："你说，若是一个男人，知道他的姬妾对他没有信心，他会怎么做呢？"

采薇打了个寒战，连忙摇头。

这几日菊花开得正好，秦王驷喜欢在处理完政事之后、夕食之前，在黄昏时于菊园中赏花散步。后妃们都服侍了他十余年了，知道他的性子，无人敢去装作"巧遇"而自讨没趣。便是自己要赏花，便也避了这个时间段。

因此，秦王驷在菊园中慢慢踱步，看到魏夫人自小径走出，心中不禁暗暗一叹。

魏夫人手提花篮，篮中放了大半的菊花。她抬头见到秦王驷，连忙行礼道："臣妾参见大王。"

秦王驷知道分封诸公子之事提出后，必有异动，头一个不甘心的便是魏夫人。只是看到她此番这般出来，他也觉得诡异，暗道她果然是急了。他面上不显，淡淡一笑："魏氏，是你。你这是在做什么？"

魏夫人却一手扶头，娇弱不胜地道："臣妾一直有头疼之症，听说用这种黄花煮汤喝会有缓解，所以来采摘。"

秦王驷见她容颜憔悴，这几年来，她也老多了，心中有些怜惜，闻言便问："你手下也尽有服侍的奴婢，再说太医院有的是制好的药材，何须你亲自来采摘？"

魏夫人却一脸隐忍，道："臣妾如今虽然名为夫人，却已经失去大王的欢心。太医院的药材也不好再三去要，奴婢们采摘，臣妾怕她们手脚粗笨……"

秦王驷微愠道："怎么，有人敢怠慢你吗？"

魏夫人笑道："人情冷暖，这也是常有的事。臣妾到今天这把年纪，已经不在乎了。"她言语之间，透着淡淡的无谓，解释道："臣妾并不是诉苦，也不希望大王为此问责。其实，臣妾长日无聊，也能借此走动走动，好度时光罢了。"

秦王驷听了她这话有些意外，面上却是欣慰："哦，难得你倒是看得开，这倒是好事。"

魏夫人看了秦王驷一眼，忽然笑得云淡风轻，做出一副万事看穿的样子："臣妾一直很愚钝，到今天才有些领悟。倒不及季芈妹妹，早早就能看开。"

秦王驷忽然失笑，她果然是有意图而来："哦，季芈？你说芈八子？"

魏夫人亦知秦王驷是怎么想她的，他想她必会想尽办法，以哀求、以诡计，要让子华留在咸阳，或者是揭穿王后的某个阴谋之类的吧。可是大王，你了解我，却不知道，我亦是同样地了解你啊。可惜的是，我比你更了解芈八子。

想到这里，她心中微酸，强抑下情绪，才笑道："是，是芈八子，她早就跟臣妾说，后宫之争她是看不上的。宫中是一片困死人的地方，若能够展翅高飞，远离宫廷，才是她的理想所在。这话臣妾以前不懂，现在倒懂了。"

秦王驷"哦"了一声："是吗？你懂得了什么？难得你也会懂这样的心态？"

魏夫人郑重朝着秦王驷行了一礼，道："听说大王要提前分封诸公子，臣妾倒有一个请求。"

秦王驷谨慎地看着魏夫人，徐徐道："哦，什么请求？"

魏夫人垂首道："臣妾如今在宫中也已经心如死灰，若是大王分封了子华一块封地，臣妾想请求跟着子华去封地，不知大王可否允准？"

秦王驷听到此言，眯了一下眼睛，观察着魏夫人的神情。

魏夫人低下头，额头冷汗渗出。她终究是有些心虚，偷偷看秦王驷一眼，却看到他的目光如同刀锋。她承受不住秦王驷目光的威力，跪了下来。过了好半晌，她只看着地上秦王驷的赤舄，却不敢抬头，深恐一抬头，叫秦王驷看出了她的目的来。

过了半晌，才听得秦王驷淡淡地道："待寡人百年之后，你自然可以跟着子华去封地受他奉养。"

魏夫人心头大石落地，伏地道："臣妾惶恐。"她伏在地上，看着秦王驷的赤舄移动，转身远去。

魏夫人拭了一把冷汗，长长地吁了口气。看着秦王驷远去的背影，她的嘴角一点点、一点点翘了上去，最终，露出胜利的笑容。

夕阳西下，映着满园秋花，金灿灿的一片，十分艳丽。

她素来爱春花之灿烂，如今看来，秋花却有经霜之美啊！

秦王驷自菊园回来，不动声色地回了宣室殿，依旧如往日一般展开简牍，看着臣下的奏报。只是越看，他越觉得心浮气躁。他往日处理公文是极敏捷的，今日却心神不定，脑子里老是有一点杂乱的思绪跳动着。他索性放下，站起来在廊下慢慢踱步。

缪监如往常一般，跟在秦王驷的身后，距离三尺。

风吹着廊下的铜铃，发出清脆的响声。

秦王驷眯着眼睛，看着远方。宣室殿是极高的，从殿后望去，整个后宫都在他一览之下。

魏夫人的话，他一个字也不相信，芈八子如何会同魏夫人说心里话？

魏夫人是到死都不会放弃争权夺利的人，怎么可能淡泊自退？他太了解魏琰，她这一辈子，就只会争、争、争。争得头破血流，争得一败涂地，犹不肯罢了争心。她亦知道，自己不会相信她会息了争心。她同自己讲出这番话来，绝不是为了表白自己，而是为了把芈八子的用心告诉他。

那么……

秦王驷忽然站住，转身问缪监："连魏氏都晓得想方设法来向寡人求情，那么芈八子为什么没有来向寡人求情呢？难道她不怕寡人将子稷也分封出去？难道这易储传言甚嚣尘上，她就真的不曾有企图吗？"

缪监轻声提醒道："大王曾答应过芈八子，若得巴蜀之地，会允她一个请求。"

秦王驷哈哈一笑："不错，不错，所以她这般镇定，不愧是……"他笑到一半，忽然停住，内心却有些惊疑不定，转身重新朝着来路走了几步，又停住，问缪监："你说芈八子是会向寡人请求，将子稷留下来吗？"

缪监一怔，恭恭敬敬道："大王圣明，老奴……委实猜不出来。"

秦王驷定定地看了缪监一眼，忽然道："你现在就去查一查，向王后献计，让她向寡人上书的人是谁……"缪监忙应了一声，正要退下，却听见秦王驷在他退下的时候，忽然又轻飘飘地说了几个字。他心头剧震，再不敢看秦王驷一眼，连忙退下。

一直退到殿外，围墙挡住了里面的视线，缪监方才举袖，擦去额头的汗珠。

秦王驷最后说的六个字是："是不是芈八子！"

过了数日，樗里疾入见，呈上地图和竹简，向秦王驷回报："大王，诸公子的分封之地，臣弟初步拟了这个方案，还请大王示下。"

秦王驷接过来，看了一下，笑问："嗯，为何只有名册和封地之疆域，却没有拟定谁分封哪里？"

樗里疾忙道："此乃君王之权，臣不敢擅专。臣只能依诸公子的人数，列出秦国还未分封的地块，请大王自专。"

秦王驷点了点头，笑道："是了，近日寡人诸子，恐怕免不了上门骚扰你吧。"他知道，樗里疾主管分封之事，他那一堆儿子中不管是对王位有企图的，还是没企图的，都会轮番派人去找樗里疾，或询问，或请托。眼见着樗里疾整个人都似瘦了几斤，他忙安慰道："寡人知道你的为难之处，就不勉强你了。这众口难调啊，连寡人都一时难以决断。"

樗里疾拭汗，却笑道："臣不敢，虽然有些争议，但终究只是口舌之争，争多争少而已。皆是太平之争，倒是好事。"

见他说得诙谐，秦王驷哈哈一笑："不错不错，太平之争，确是好事。"

当下两人摊开地图。这图是樗里疾用这段时间重新制就的，上面皆是一块块目前还未划出去的封地，秦王驷便指着几处道："嗯，这块地处于魏赵之间，可以给子华；嗯，这块地，给子封；这里，给子恽……"

樗里疾在一边，便忙拿着竹简记录着秦王驷方才说的话。

秦王驷的手划到一处新地，停住道："巴蜀乃新征服之地，虽然地域广大，却是崇山峻岭，险恶难治。不能不派封君管理。樗里子，依你之见，应该封何人前去？"

樗里疾看了一眼，便道："臣建议，封公子稷前去为好。"

秦王驷一怔，看了樗里疾一眼，慢慢地道："哦，巴蜀难治，寡人以为你会建议派年长公子前去呢。"

樗里疾正低头记着，一时未看到他脸上表情，待抬起头来，见秦王驷已经表情无异，当下也不在意，只道："臣以为，巴蜀情况复杂，纵然是年长的公子也未必能够处置得好。公子稷虽然年幼，但这次领兵入巴蜀的主将司马错、监军张仪皆与他的舅父魏冉交好。再加上巴蜀连接楚国，其母为楚人，其另一母舅为楚公子戎，这重关系，正可于公子稷有所裨益。所以臣认为公子稷正是最适合的人选。"

秦王驷看着樗里疾，心中暗叹，自己这个弟弟虽然聪明，但心性耿直，料来奉了自己旨意之后，便不会再受诸公子之言语影响。他能说出这般话来，想来有人早就对他灌输过这番理论了吧。

这个人，是张仪，是司马错，还是魏冉？

樗里疾却感觉到一丝异样，忽然醒悟，忙赔罪道："臣弟僭越了。"

秦王驷反而笑了："你我兄弟，彼此信任，正当直言无忌，你若如此拘束，寡人还能听到何人真言？况且，你是他们的叔叔，评议他们，理所当然。"说着，便又继续道："继续吧，你看子池封在何处为好？"

樗里疾松了口气，当下便又一一指点，又说了数子，秦王驷才道："今日就先到这儿吧，把这几个名字和封地暂时封存金匮之中，等议完一起颁旨吧。"

樗里疾应了声是，便依言将竹简放入金匮，缪监锁上，封好，放置归档，樗里疾这才退了出去。

秦王驷又继续批阅简牍。直至黄昏，他才如往日一般起来走了出去。缪监服侍他穿上鞋子，秦王驷慢慢走着。这个时候，他是不要坐步辇的。伏案一天了，正是要走动走动，才好调整身心。

他信步一路走到了常宁殿。缪监看他走的方向，早叫人通知去了。见芈月出迎，他便摆手道："寡人也没什么事，便只是信步至此。"

芈月赔笑问道："那大王要不要在臣妾这里用夕食？"

秦王驷点了点头。

一会儿，敦盏豆盉等诸器上来，芈月亲手安置。秦王驷却看到窗边摆着的箜篌，便问："你在弹箜篌？"

芈月笑了："臣妾也许久未弹了，前日去库房给子稷找些东西，却看到这个，不觉技痒，便拿出来试了一试。"说着她有些羞涩："如今也手生了。"

秦王驷手执酒盏，笑道："这倒无妨。如今只在自己房中，你不如弹给寡人听听？"

这等私房中弹琴歌舞，却是闺房之乐，芈月听了，先红了脸，扭捏道："臣妾先跟大王说好，如今我多年未弹，早已手生，若是弹错了，大王不许笑话我。"

秦王驷笑了："谁笑话你，还不快些弹了来。"

芈月便笑着去弹箜篌，秦王驷把玩着酒盏，闭目听着。

果然这琴声听起来不甚流畅。秦王驷是极通音律的人，他听得出这不仅是手生的缘故，还因为弹琴者有些心神不定。琴为心声，心神不定，便可于琴声中听出来。

秦王驷笑了笑，却不说话。他半躺在那儿，手指在膝上轻轻按拍。果然过了一会儿，便错了一弦。又过了一会儿，又错了一弦，忽然间"嗤"的一声，就断了一根弦。

秦王驷睁开眼睛笑了："果然是手生了。"

芈月放下箜篌，红着脸请罪："大王，臣妾失仪了。"

秦王驷却招手令她过来，道："过来让寡人看看，你手有没有受伤。"

芈月走到秦王驷身边，将手指给秦王驷看，见手指上果有一滴血痕，秦王驷握起她的手指，吮了一下血痕，安慰道："还好，还好，是不是这琴弦时间久了没换？"

芈月道："昨日刚换过呢。"

秦王驷笑道："想是走神了吧。"似是在为她的失误找理由。

芈月红着脸，低下了头。秦王驷握着她的手温柔地看着她道："你为何事伤神？"

芈月忙摇头："臣妾不曾伤神……"

秦王驷笑道："便是伤神，也是常情。王后那封上书之后，宫中妇人，便没有几个不伤神的。身为母亲，关心儿子的封爵前程，也是正常。好了，今日寡人既到此，你有想说的话，便都说了吧。"

他这般善解人意，宽厚体下，芈月倒有些不好意思了。她想了想，又道："此番会有子稷吗？"

秦王驷的笑容微微收敛，笑道："这个，寡人现在不能告诉你。你只消说，你想要什么？"

芈月道："若是臣妾有所求，大王能答应吗？"

秦王驷失笑："那寡人总得先听你说出来吧。"

芈月低头思忖片刻，道："臣妾记得，大王曾经说过，若征蜀得胜，便给我一个允诺，是吗？"

秦王驷收了笑容，点点头。

芈月从秦王驷怀中站起，退后两步，郑重下拜："那臣妾为子稷求封蜀国。"

秦王驷忽然怔住，沉默，一片死寂的沉默。

芈月伏地，没有说话。

秦王驷忽然站了起来，一言不发，向外走去。女萝等侍女吓得跪下，眼睛直视芈月，险些要叫出口来，让芈月去留一留秦王驷，芈月却仍一言不发。

秦王驷走到门口，停了一下，转头看向芈月。芈月仍然保持着跪伏的姿态，一动不动。

秦王驷转头走了。

女萝等侍女伏地不敢动，直至他走远了，才忙上前，扶起芈月。

女萝一挥手，众侍女轻手轻脚上来将食案等物收拾了，俱都退了出去。

女萝见室内无人，方开口劝道："季芈，您到底说错了什么，如何大王竟会忽然离去，莫不是……"

芈月抬手阻止她继续猜想。她抬起头，嘴角有一丝微笑："女萝，这是一件好事。我在等大王把他的意思，清楚地告诉我。"

第十七章

探真心

秦王驷大步走出常宁殿，出了正门，还停步回头看了一下，但终究还是没有留下来，继续走了。

缪监等人连忙跟了上来。

秦王驷走了几步，却忽然停住，吩咐缪监道："去召魏冉来，陪寡人喝酒。"

缪监忙应声去叫魏冉。

魏冉此时正在城外练兵，听了此话，大惑不解。但君王有令，不得迟缓，他当即吩咐了副将，自己连忙回营解甲，拿桶冷水浇了浇臭汗，便急忙擦干更衣，赶往宫中。

此时天色已经暗了下来，宫中已经下钥，却因为秦王有旨，还留着侧门进入。

秦王驷见到他时，魏冉头发还是半干。秦王驷失笑，唤了侍人来，叫他去偏殿擦干头发，又更了衣服回殿。此时食案俱已摆了上来，阶下又有歌舞，秦王驷与魏冉一人一几，对坐饮酒。

魏冉初时心底惴惴，但秦王驷只是闲问些他在军中之事，又问他当日匆匆离宫，去军中如何适应，又说起芈月当日如何想他，子稷如何夸他的话来，来来去去，只是说些家常话，魏冉便开始放松下来。

他知自己算不得聪明，更知秦王驷君心深不可测，在聪明人面前，便不消耍弄机巧，只管直道而行罢了。看这样子他是要闲话家常，自己在他面前是从小孩子长大的，也没什么可掩饰的，当下便也依旧以本心相待。

果然秦王驷甚是欢喜，如芈月一般叫他："小冉，让寡人看看你酒量进步了没有，来来来，再喝一杯。"

魏冉也不推辞，举杯喝了个精光。

秦王驷就问他："你能喝多少？"

魏冉看了看手中的酒爵，就有些嫌弃："这酒爵太小了，不够劲。"

秦王驷击案赞道："真壮士也。来人，搬几坛子酒来给他。"

魏冉忙离席辞谢："臣不敢在大王面前失仪。"

秦王驷笑着踹他："胡说，你在寡人面前滚泥撒泼哭闹时，寡人都见过，如今倒来与寡人装蒜。"

魏冉挠头，嘿嘿傻笑，当日芈月被义渠人抓走，秦王驷到驿馆去看芈姝，他知道这是大王，如获救命稻草，那会儿是哭着喊着撒泼打滚地求他去"救姐姐"，如今见他提起旧事，顿时不好意思起来。

秦王驷便笑道："函谷关初露头角，攻打燕国身先士卒，此番入蜀，又立大功。如今这酒，便是奖赏你的。"

魏冉便放心了，安坐在那儿，由着侍人们一坛坛酒上来，不多时，便喝得有了六七分醉意。他这时候还有一点清明，自知再喝下去，非要出丑不可，当下死命推了，说是"实在不能喝了"。

秦王驷见他满脸通红，举手投足都已经不稳，连舌头都有些大了，知道他亦是够了，当下便允了。他一挥手，就令歌舞退下，又叫侍人用热巾子给他净面。

魏冉原来还有些提着神怕出了错，见酒宴已撤，心里一松，再用热巾子一焐，酒意就上来了，脑子里也迷糊起来。

秦王驷见他半醉半醒，便与他闲话："你立了军功，想要些什么东西？是美人，是财物，还是宝剑名马？"

魏冉便摇了摇头，忽然想起一事来，抬头看着秦王驷，笑着说："臣都不要，臣只要……呃……臣不为自己求，臣想为阿姊和、和子稷求。"

秦王驷笑容变淡，却仍笑道："果然如此，寡人就知道你们姊弟情深。"

魏冉只道是在夸他，勉强撑着几案起来，向着秦王驷跪下，道："听说大王近来要分封诸公子。臣想请求，把臣指派到公子稷的封地去。"

秦王驷"哦"了一声，笑道："此事，你想了很久吧？"

魏冉实诚地点头："臣在沙场浴血，一是为报大王知遇之恩；二是为了照顾好阿姊和她的孩子。"

秦王驷微微点头："哦，怪不得你如此拼命。"

魏冉喝得有些高了，只道他这是赞话，松了口气，索性一屁股跪坐下来，憨笑道："我原来还以为，可以用军功求一块封地，将来把阿姊和外甥接出来……"

秦王驷脸色顿时变了。这个傻孩子是不会讲假话的，他若是一直有此念头，这念头必是别人灌输于他的。

原来，原来她一直都不曾安心于这宫中，不曾将寡人视为终生的倚仗啊。

他袖中拳头握紧，脸色沉了下去，室内一片沉寂，沉寂到连醉了的魏冉都抬起头来，有些惶惑地摇头张望着。

秦王驷站起来，拍了拍魏冉，道："傻小子，放心睡吧。"

说着，他就要走出去，不想一迈步，袍子下角却被人拉住。低头一看，却是魏冉。他半醉半醒间，也不知道发生了什么事，却本能地觉得自己刚才似乎说错话了，惶惑地抬头看着秦王驷："大王，臣说错话了吗？"

秦王驷低头看这个自己看着长大的孩子，心里一软，俯身拍了拍他的肩头，柔声道："你没说错话。傻孩子，季芈是我的爱妃，子稷是我爱子，他们的将来寡人早有安排，你放心，断断委屈不了你阿姊。"

魏冉终于听明白了，高兴地问："真的?"

秦王驷轻声问："求封地的事，是你自己想的，还是你阿姊跟你说的?"

魏冉张嘴想说，忽然间有一丝清醒，舌头打结地说："是……是臣自己想的。"

秦王驷看着魏冉，微微一笑："当日寡人并不因为对你阿姊的宠爱而对你格外升赏，今天寡人也不会把你的功劳给别人用，寡人从来都是赏罚分明。你放心，你的军功，一分不少。"

魏冉连着听了两句"你放心"，顿时觉得心头一松，手一放，便趴在地上，彻底昏睡了过去。

月光如水，洒落一地、一身。

秦王驷在月光下，慢慢地走在宫道上。

缪监低声向秦王驷回禀："老奴打听到，正是芈八子向王后献策，分封诸公子的。"

秦王驷点点头："寡人亦猜是她。"

缪监不敢再说。

秦王驷慢慢地走着，一路走到常宁殿。

此时夜已经深了，正门已闭。秦王驷看了缪监一眼，缪监知其意，便叫缪乙悄悄地叩开侧门。开门的侍女见是秦王驷来了，吓得跪倒在地，方要张口，便被秦王驷阻止。

缪监低声问那侍女："芈八子可睡下了?"

那侍女道："芈八子去哄公子稷睡觉了。"

秦王驷点了点头，道："既是如此，便不要声张了，免得惊动子稷，又赖着不肯睡觉。"

侍女会意，低头暗笑，便迎了秦王驷等人进去。

秦王驷便脱了鞋履，沿着走廊，悄悄走到嬴稷房间门边欲看他一眼，不想里头嬴稷还没有睡觉，正与芈月说话。

秦王驷待要叫唤，听得里头说话，不禁立足细听。

却听得芈月道："子稷，蜀国便在我们咸阳的南边，旁边原来是巴国，不过现在已经改为我们秦国的巴郡了，它的北边是我们秦国，东南方向是楚国，东北方向便是魏国……"

又听得嬴稷稚嫩的童音问道："母亲，为什么这几天您要我学习蜀国的东西啊？"

就听得芈月声音有些低沉，道："因为，母亲要你安全。子稷，有时候，有些人不会管你是不是还是个孩子的……"

嬴稷有些睡意蒙眬，她说话又太低声。他不由得又问："母亲，你在说什么，我听不懂？"

芈月低声道："子稷，如果有一天，你要离开母亲，一个人去很远的地方，你答应母亲，你会一直很勇敢很勇敢的，能吗？"

就听得嬴稷应道："我能，我可已经是男子汉了。"

又听得芈月哄了几句，轻轻哼着童谣，过了一会儿，便再无声息。

芈月见嬴稷睡了，便吩咐傅姆几句，站起来走了出去。

侍女掀起帘子来，芈月一抬头，吓得腿一软，连忙扶住廊柱，勉强站住。好在屋中偏暗，倒也未曾被人察觉。

原来秦王驷正站在门外，月光洒在他的脸上，半边雪白，半边却在阴影里头。

秦王驷抬手，阻止芈月说话，低声道："子稷睡了，休要惊动他。"

芈月不敢开口，默不作声地出去，两人静静地在廊下走着。

秦王驷说："寡人好久没跟你下棋了，去下盘棋吧。"

芈月不解，却只得依从秦王驷，令人在正殿摆了弈盘，两人对弈。

六博为双人对弈，棋局是正方形，用直线和斜线分割出棋道，棋盘边缘的两边各有六道棋道，中间有空白方框称之为"池"，池中有黑白圆形棋子两枚称之为"鱼"。

芈月和秦王驷面前各有六枚博筹，棋盘上黑白两色方形棋子各六枚共十二枚正在厮杀。

芈月拿起博筹，掷出了四正二反，将棋子往前走到四步，竖起来道："四步，变枭。"

秦王驷也掷出了三正三反道："三步，回散。"

芈月再掷一把博筹：'那臣妾可要牵鱼了。"

秦王驷笑了，将自己面前的博筹取了两枚给芈月："看来寡人这盘棋要输给你了。"

芈月笑道："臣妾的六博之弈还是跟大王学的，如何能与大王相比？"

秦王驷摇头："这也难说得很，这六博棋盘，本就是从太极八卦中来，你精通道家之学说，玩起六博之弈来进步很快。虽然是寡人教你下棋，只怕如今你要超过寡人了。"

芈月忙道："博弈之艺，不在于一盘之得失。大王胸中自有丘壑，臣妾纵一时能赢得一局两局，终究还是输多胜少。"

秦王驷道："棋局如世局，不但要走好中盘，也要做好边角的布局。如今大秦连打了几次大战，威慑住诸侯以后，接下来就要稳定疆域，休养生息。"

芈月道："太极生两仪，所以这棋局中有黑白二鱼；两仪生四象，四象生八卦，所以棋盘分四位八方。大王于咸阳变更中枢职位，设立相邦，于地方上分封诸公子，想必也有新的设想了？"

秦王驷看着她似笑非笑："你有什么看法吗？"

芈月道："依臣妾看来，重点应该是新收服和有动荡的三个地方：一为巴蜀，二为义渠，三为河西之地。"

秦王驷忽道："你为何想让子稷分在巴蜀？"

芈月正在抓棋子的手停了一下，眼神微一闪烁，苦笑道："因为义渠与河西之地，子稷都不适合。"

秦王驷咄咄逼问："巴蜀据称乃穷山恶水的艰难之地，你会舍得吗？"

芈月镇定地回答："子稷再小，他也是大王的儿子，大秦嬴氏子孙，身负王者血脉，自当担当他应尽的职责。富庶疆土必有盘踞的旧势力，穷山恶水也许能磨砺成长，好坏也只在人的转念之间。"

秦王驷沉默片刻："你可曾想过，跟着子稷去封地？"

芈月手执博筹，想掷下去，但终于心乱了，放下博筹，问道："大王希望臣妾去吗？"

秦王驷却道："寡人问你自己怎么想的？"

芈月低头回避秦王驷逼人的目光："臣妾听大王的。"

秦王驷问："若是寡人要你留下呢，你会觉得失望吗？"

芈月心头狂跳，脸上却露出诧异的神情道："臣妾之职，原来就是要服侍大王。"

秦王驷凝视着她，想从她的神情中看出她内心的想法来："若寡人没有吩咐，由你自择呢？"

芈月努力用单纯的目光看着秦王驷，微笑："若不从夫，那便从子。若是子稷要我去，我就跟他去。"

秦王驷的目光如要看进她的内心最深处去："子稷还是个孩童，他如何有自己的主张？"

芈月的手垂在袖间，她知道自己的手指微微发颤："子稷天性聪明，臣妾愿意听从他的意见。"

秦王驷长叹一声，抹乱了棋局，站起来拍了拍芈月的肩膀，道："还记得你当日初侍寡人的时候，寡人对你说过的话吗？"

芈月惊讶地抬头："大王是说……"

秦王驷看着芈月，叹道："季芈，寡人带你去骑马，去行猎，与你试剑，与你共阅书简，让你去结交张仪，就是为了不让你成为那些浅薄妇人，为了让你按自己的心愿活得多姿多彩，不必活得战战兢兢，如履薄冰！"

芈月忽然明白了秦王驷的意思。她的内心惊骇之至，却又狂喜之至，嘴角颤抖，一句话到了唇边，却说不出来。好一会儿，她才颤声道："不，大王！臣妾害怕……"

秦王驷没有再看她，转身负手而出，一直走到庭院中，才朗声吟道："举世誉之而不加劝，举世非之而不加沮，定乎内外之分，辩乎荣辱之境——"

秦王驷头也不回地走出去，月光下，风吹着满院的银杏叶子飞卷，芈月凝视着面前的棋局，眼神复杂。

秦王驷走了已经很久了，芈月犹站在窗边，看着满院的月光和银杏叶子，久久不语。

女萝站在她的身后道："季芈，天色晚了，早些休息吧。"

芈月忽然笑了："女萝，我赢了！"

女萝诧异，她看不懂，也听不懂。秦王驷悄然而来，站在屋外听着芈月哄完孩子出来，两人下了一盘棋，走出来吟了一段话，怎么芈月便说她赢了？而且，怎么算是赢了？她又赢了什么？

芈月亦知她不懂，也没打算让她完全明白自己的设想、自己的计划，只是此刻心中欢愉，她忍不住想倾诉，便轻轻将那句话再吟了一遍："举世誉之而不加劝，举世非之而不加沮，定乎内外之分，辩乎荣辱之境。大王知道，这是我最喜欢的《逍遥游》中的话。"

女萝点头："是，季芈，奴婢看您常读，只是这句话到底是什么意思？"

芈月解释："意思是：不为世人的赞誉而努力，不为世人的诽谤而沮丧，明白自我追求与外界限定的区别，知道什么才是真正的荣与辱。"

女萝点点头，可依旧不明白。

芈月轻叹一声，方才的欢喜已经渐渐沉淀下来。她回思往事，不由得轻叹："其实，我原就没有想过进宫，也没有想过侍奉大王，更没想过承宠、争宠这些事。我的命运不是我的选择，可是命运让我走上这条路以后，我就要为自己的选择而承担结果。大王让我走这条路，我就必须握紧拳头走下去。"

女萝担心地道："承担什么？"

芈月嘴角露出一丝微笑："也许，我应该感谢君恩，他在所有的人当中选择了我，愿意给我这样的机会。天与不取，反受其殃，有些事情，的确是不容逃避的。"

女萝这时候才有些明白："您是说，您终于决定，对王后和魏夫人那些人还手了？"

芈月摇头，冷笑："不，我要面对的人，不是她们。"她抬头看着天上的月亮，轻声说道："我要征服的，是天。"

次日，秦王驷下朝回宫，便接到芈月一封书简，请他到望云台相见。

望云台乃是秦宫中登高望远之处。

秦王驷沿着台阶走到高台上，一眼看去是无边天地。望云台的一边已经站着另一个人，背朝着秦王驷。听到脚步声，她转过身来，朝着秦王驷微笑。

秦王驷走到她的身边，站在她原来的位置，看着前面，问："你刚才在看什么？"

芈月道："看这天地。"

秦王驷不解："天地？"

芈月伸出双手，横于半空，衣袂带风，似要随风而去。她的声音中有些缥缈，有些兴奋："站在这高台之上，只觉得天地无垠。似可御风而去，遨游天地之间。"

秦王驷道："看来，你很想出去遨游这天地。"

芈月转头看着他，眼睛亮闪闪的："是的，我想像大王一样，驰骋四方，征伐天下，能够有个地方施展我这一生的所学所思。"

秦王驷哦了一声："像寡人一样？"

芈月肯定地颔首微笑。此刻她的眼中，没有昔日的恭敬退缩，反而有一种挑战的意味，在跃跃欲试着想跳出来："是，大王，我不想像其他后宫的妃嫔一样，在大王的心目中，只是一个以色事人的女人。我想让你看到的是我，不是什么媵女后妃。我甚至曾经幻想……"她说到这里，忽然停了下来，羞涩地一笑。

秦王驷心中忽然涌上一种久违的少年激情来，他握住了芈月的左手："幻想什么？"

芈月的右手却指点着高台上，衣袖飞卷，眼中豪气飞越关山万里。她的声音很响亮，在高台上被风一吹，散落开来："幻想着如果有机会，能够让我治理一个郡，一个封国，我就能够把它治理得富强繁荣，那么你就能看到我的不一样，我就能让你感觉到，我是有资格可以和你站在一起指点江山的，而不是像那些后宫女人一样，只能做被你宠爱、被你庇护、什么都不用想的弱者。"

秦王驷失笑："你想做不一样的人？你对她们不屑吗？"

芈月转头看着秦王驷，大声道："是，我不屑，因为我跟她们不一样，我争的不是荣宠、位分、母族、儿女。我争的是，我在你心目中，是否有着一席之地！"

秦王驷看着她如今的样子。这是她从未在自己面前展现过的一面。不，也许他曾经看到过，此刻的她，最像他初见她的时候，那种在祭台上翩若游龙、丰姿若神的样子。忽然间他有些明白了："你要为子稷争蜀侯之位，原来并不是为子稷所争，而是为自己所争？"

芈月昂首道："天地间先有我，才有子稷。大王有很多的女人，我却想成为那个独一无二的人，就要让大王看到我自己的实力所在。大王有很多儿子，子稷只是其中一个，也许有朝一日他可能成为独一无二的人，但这却不是由他的出身决定，也不是我这个当母亲的推动夸奖就能促成，而只能靠他自己的努力和成就。"

秦王驷定定地看着芈月，忽然道："若寡人要你留下来，是不是有违你的计划了？"

芈月摇头："不，没有区别。因为我知道，大王留我，有留我的用意。你要我为子稷争，但我却不是这么想。子稷能不能得大王垂爱，这得看他的努力。可是大王，我希望，这一次，你能看到我的存在。我不能得一方郡城治理，那我就不能无声无息地存在。之前大王这么做，我觉得委屈。"

秦王驷挑了挑眉问："委屈？"

他忽然笑了，没有再说话，却转身欲走。

芈月却从秦王驷身后扑上前，抱住了他，将脸贴上他的后背，叫道："是的，我很委屈。从第一次侍奉大王的时候开始，大王就告诉我，要直道而行。我一直是直道而行，哪怕撞得头破血流。可大王呢？却什么事也不告诉我，什么话也不对我说，跟我打哑谜，拿什么棋子作比喻，你……你根本就看我像个傻瓜。"

秦王驷的眉头渐渐松下来，嘴角也有一丝笑意。

芈月道："我要错了，你告诉我错在哪儿，我下次改进，别让我一个人傻傻地瞎折腾。有时候，我真希望下辈子遇见你的时候，我是个男子，不是一个卑微的媵女，不是一个后宫妃嫔，而是一个可以驰骋天下的国士，甚至能让你像容忍张仪那样容忍我身上的诸多缺点，就因为我有举世无双的才能。"

秦王驷大笑，转身将芈月一把抱起，纵声大笑："可寡人如何会与张仪欢好？如何会让张仪为寡人生儿育女？"

芈月惊呼一声："大王，快放下我。"

秦王驷却不理她，只管抱着芈月走到栏杆边，把她放在栏杆上坐下，笑道："你不是说，要同寡人站到一起吗？你朝下看看，这望云台高不高？"

芈月朝下看了看，一阵晕眩，却倔强地道："很高。"

秦王驷道："怕吗？"

芈月道："大王不怕，臣妾也不怕。"

秦王驷道："寡人若是松手，你可就摔下去了。"

芈月的手紧紧抓住了秦王驷:"大王不松手,臣妾就不会掉下去。"

秦王驷却忽然问道:"若寡人扶不住你呢?"

芈月的另一只手却扶住了栏杆,昂首道:"那臣妾会自己扶着栏杆,不让自己掉下去的。"

秦王驷笑容微收,意味深长地道:"哦,这样说来,你也可以不用依靠着寡人就能坐得住了?"

芈月笑着道:"大王让臣妾坐到这儿来,还用手扶着臣妾,是因为爱臣妾,不是为了把臣妾摔下去。所以大王若扶不住臣妾,臣妾为了让大王不伤心失望,也不会让自己掉下去。"

秦王驷哈哈大笑,用力将芈月抱起,转了一个圈,将她放到地面上,才道:"站稳了吗?"

芈月仰头看着秦王驷道:"臣妾站稳了。臣妾会一直站稳的。"

秦王驷一步步走下望云台,坐上步辇。

步辇起,缓缓前行。

秦王驷低声对缪监道:"明日,寡人要见唐昧。"

缪监一怔,问:"大王说的是……丹阳之战中,被俘的楚将唐昧?"

秦王驷点了点头,嘴角有一丝不明意味的笑容,缓缓地道:"寡人现在忽然对那个星象预言,很有兴趣,想细细地问一问他。"

半个月后,秦王驷于殿中宣布诸公子之分封。

后宫妃嫔,齐聚椒房殿中,等着消息第一时间传回。

此时正是最焦急的时候,妃嫔们三三两两聚在庭院或者廊下,窃窃私语。

樊长使站在椒房殿庭院左廊下,紧张地拉住卫良人的手道:"卫姊姊,子恽还小,我真不想他分封出去啊。"

卫良人微笑着安抚她:"妹妹放心,有人比你更不想让儿子分封出去……"

樊长使看看左右，似有所悟："你是说，魏夫人？"

卫良人笑而不答。

樊长使恨恨地道："难道这次分封会出岔子？"

卫良人连忙用食指竖在嘴上："嘘，小心隔墙有耳。"

樊长使一惊："她又有什么阴谋不成？"

芈月静静地站在右廊下，看着妃嫔们不安焦急地交头接耳。魏夫人走到芈月身边轻笑道："季芈妹妹似乎一点也不担心啊。"

芈月淡淡地道："雷霆雨露，皆是天恩。更何况诸公子都是大王的亲生儿子，难道大王还会亏待了他们不成？"

魏夫人哼了一声："手心手背还两般待遇呢，我就不信你没有半点想法。"

芈月微笑："大王比谁都聪明，在他面前自作聪明，只会搬起石头砸自己的脚。"

魏夫人看她这副样子，情知问不出什么来，哼了一声，拂袖而去。

唐夫人见魏夫人走了，方走到芈月身边劝道："此人素来如此，不要理她。"

芈月笑着点头："我知道。"又问她："唐姊姊不紧张吗？"

唐夫人笑道："我是个愚钝之人，子奂难道不是大王的儿子不成？大王自有安排，我信不过大王，还能信得过谁？"

芈月点头："唐姊姊是有大智慧的人，不似有些人，素来爱庸人自扰。"

唐夫人知道她说的是魏夫人，只笑而不语。

另一头，景氏亦在和屈氏窃窃私语："屈姊姊，我的子雍还小，真不想让他现在就封啊。"

屈氏劝她："我的子池更小呢，放心，大王就算分封，也不会让这么小的孩子离开娘的。"

正在此时，利监满头大汗地跑进来道："颁诏了，颁诏了。"

这声音一传进来，便是连芈姝也闻声走出来，见着利监进来，焦急地问："封了哪几位公子？"

利监行了一礼，道："回王后，今日分封了三位立有军功的公子。公子华封横门君，公子俚封蓝田君，公子通封为蜀侯。"

卫良人猝不及防，失声道："蜀侯怎么会是子通……"

芈姝横她一眼，转眼看了看左右，得意地微笑："唐夫人、魏夫人、卫良人，恭喜你们了。"

唐夫人面露喜色，松了一口气，回头拉住卫良人的手道："恭喜妹妹，其他人都封君，唯你的子通封地最大，爵位最高，这可是好事一桩。"

卫良人的眼睛却落在芈月身上，眼睛眨了眨，有些魂不守舍地笑道："多谢唐夫人，只是蜀地艰难，我怕子通做不好……"

魏夫人不禁现出不敢置信的表情，忽然间尖叫一声，冲了出去。

芈姝看着魏夫人的背影，嘴角露出一丝得意的微笑，转头看着芈月，满意地点头致意。

芈月只是淡淡一笑，却没有如她所想的那样上前邀功示好，只远远地行了一礼，便与其他妃嫔一起退了出去。

披香殿，魏夫人披头散发地坐着，失魂落魄。

她想不明白，自己失败在哪儿。她明明已经猜到，芈姝上书求为诸公子分封，必是芈月建议的。而她从一开始，就知道芈月无心宫闱，甚至无意于秦王驷。

芈月有自己爱的人，她入宫，是因为黄歇死了。后来黄歇再度出现，可她已经有了秦王驷的儿子，所以只能继续留下。她的心不在这宫廷中，她厌恶与芈姝、与自己共处这一方院子，她时刻想逃开。所以她猜测芈月会借这次分封，为自己找好退路。这些信息，有的是从上庸城得到，有些是从芈姝与芈月交恶后发生的事情里捕捉到，她将这些事情，一一组合起来，大胆地推测出了这些事。

所以她刻意去找了秦王驷，刻意地让秦王驷知道，将自己的推测巧妙地透露给了秦王驷。她深知秦王驷的脾气。他有强烈的征服欲，如果他知道这件事是芈月主谋，他是绝对不会让他的姬妾操纵王后布局如愿。那么，王后的计划就会因此废止，而她就可以有足够的时间，操纵嬴华成为太子。

可是，她没有想到，秦王驷明明知道了这件事，依旧顺着芈月的心意，分封了诸子，让嬴荡成为了无形中的太子，让她一败涂地。

可是，他为什么没有分封嬴稷，而将他留了下来？

魏夫人忽然坐直了身子，一个她未曾想过的可能浮上水面——莫非，秦王驷意在嬴稷？

不——她绝不甘心。

魏夫人的神情阴沉得吓人，把采薇吓得甚至不敢靠近。可就在此时，魏夫人忽然笑了起来，招手令采薇靠近，道："你想办法让宫中传唱一首歌谣……"

数日后，宫中忽然兴起了一首歌谣，芈姝走到哪儿，似乎都能听到有人在传唱："哲夫成城，哲妇倾城。懿厥哲妇，为枭为鸱……"

芈姝站住，问道："什么声音？"

景氏忙上前道："王后，您不知道啊，这几天宫中都在传唱这首歌谣呢。"

芈姝道："什么歌谣？"

景氏道："哲夫成城，哲妇倾城。懿厥哲妇，为枭为鸱……"

芈姝脸色变了："这是什么意思？"

景氏嗫嚅不敢答，芈姝细想了想，拂袖而去。

暴雨如注，缪监负手站在廊下，喃喃地道："哲夫成城，哲妇倾城。懿厥哲妇，为枭为鸱……这首《大雅》之歌，唱得好啊。"他转头，看着身后的缪乙："这是什么意思，你明白吗？"

缪乙先是点头，后又摇头，赔笑："明白一点点，似懂非懂，阿耶教教孩儿，也好让孩儿长些见识。"

缪监冷笑："这首诗歌，来自《大雅》，名《瞻卬》，意思是：聪明的男人能造就一座城邦，而聪明的女人却能倾倒一座城邦。失去懿德的聪明女人，一旦掌握生杀大权，就会成为枭鸱那样的不祥恶鸟……"

缪乙听懂了，脸色也变了："阿耶，您说这事，要不要禀告大王？"

缪监冷笑一声："禀告大王，说什么呢？这哲妇指的是谁，你不清楚吗？"

缪乙犹豫了一下，道："是指……芈八子吧。"

缪监道："那么，这歌谣背后的人是谁，你知道吗？"

缪乙赔笑："这，儿子可真不知道了！"

缪监冷笑一声："这后宫妇人，三寸长舌，这不，要搅动起风雨来了。"

雨仍然在下着，歌谣在雨声中，越传越烈。

女萝忧心忡忡地跟芈月说："季芈，您说，这宫中谣言，应该如何是好？"

芈月轻蔑地一笑道："怕什么？'哲妇倾城'吗？可这后面还有两句，'妇有长舌，维厉之阶'，这宫中究竟谁是长舌妇，不是明眼人一目了然吗？魏氏，也不过就这点花招罢了。"

女萝道："纵然如此，也不可不防啊！"

芈月忽然笑了道："可有时候，我真是佩服魏氏。"

女萝沉默。

芈月道："我一直被动应战，一直想逃离这宫廷。我忘了这个世间处处是战场，只一直想着不战而逃。我看不起魏夫人，可我还不如她。至少她有挑战规则的勇气，她有百战不殆的志气，她还有处于逆境仍然能够轻易把握大王心思的聪明和才智。"

女萝摇头："不，季芈只是心地善良。"

芈月也摇头："不，善良是对弱小的怜惜，而不是对虎狼的退让，更不是弱者为自己的无能找的借口和理由。"

她看着外面的大雨，低声道："天与弗取，反受其咎。既然命运决定要将子稷推向高处，我若犹豫退让，反受其祸。苍天为证，我也曾谨守其位，不敢越礼；可既然天意注定，不让我子稷赴蜀远行，我自当遵天意。夏桀无道，成汤代之；商纣无道，周武革命；厉王无道，周召共和。我子稷亦是楚王之胤、秦王之裔，这天底下已是大争之世，没有什么是注定的，只能是勇者胜而儒者亡。"

女萝拜伏在地："奴婢愿追随季芈，肝脑涂地，在所不辞！"

芈月看着大雨如注，纵声吟道："北冥有鱼，其名为鲲。鲲之大，不知其几千里也。化而为鸟，其名为鹏。鹏之背，不知其几千里也……"她喃喃道，"这四方的宫墙，燕雀相争，不知天地之阔也。而鲲鹏，可受制于一时，但终将扶摇直上九千里外……"

第十八章

慕
少
艾

秦王驷亦听到了这首歌谣。他淡淡一笑，对缪监道："你叫芈八子明日换了男装，带上子稷，寡人带她出门。"

芈月已经好久不曾出宫了，闻言大喜，次日便带了嬴稷，随着秦王驷驱车出宫。她一路上借着嬴稷之口，数次问秦王驷要去哪里，秦王驷却总是笑而不答。

直至到了目的地，马车停下，秦王驷才对芈月笑道："此处，便是墨家巨子所在。"

芈月诧异："墨家？"

见秦王驷已经下车，芈月不及细问，便带了嬴稷下车，心中却想起魏冉当日曾经说过的话。魏冉说，秦王驷曾经有一支暗卫；魏冉亦说，墨家争巨子之位，唐姑梁是在秦王驷所派的暗卫支持下，才登上的巨子之位。

这些旧信息在她脑海中一闪而过，她却什么也没显露，只紧紧跟着秦王驷，进入这道神秘的门墙。

唐姑梁已经迎在门外，向三人行礼。他引导三人过了三重门墙，方进入一处所在。

芈月还在外头，便听得里头传来一阵阵金铁撞击的轰然巨响，心中实是好奇已极，便暗暗捏了捏牵着的嬴稷之手。

嬴稷便极机灵地以小儿之态问秦王驷："父王，里面是什么？"

秦王驷便笑着回答："这是寡人托墨家管的兵器工坊。"

芈月心头狂跳。早听说墨家器物之作在诸子百家之中是极有名的，可她实在没有想到，秦王与墨家的合作，竟已经到了这种地步。她忙又捏了捏嬴稷，叫他不要再开口。嬴稷知机，便不再开口。

当下三人由唐姑梁引导着，一步步参观兵器作坊的流程：从门口担入矿石，倒入熔炉，到夯实模具，到铜汁浇模，流水线般的兵器制作工序都在墨家弟子脸色肃然的操作中秩序井然地运转，除了工师的指挥声，再无其他嘈杂声音。

嬴稷被眼前的一切震惊了，他自出生以来，不曾见过这样的场景，嘴巴张得大大的，合不拢来。

秦王驷走到流水线的尽头，拿起两个刚出炉的兵戈，对比了一下。两个相差无几，兵戈上用篆字刻着"工师""丞"等字样。他抚摸着上面的刻字问道："这是……"

唐姑梁道："物勒工名，以考其诚，工有不当，必行其罪，以穷其情。"他自豪地道："有此制度，臣这里制作的东西，不管是弩机、箭镞、矛还是戈，每样兵器都一模一样，可以互相置换，分毫无差。"

秦王驷抬头看着流水线般整肃的作坊，也有些震撼道："墨家之能，竟至于此。"

自作坊中走出，唐姑梁便请秦王入巨子之室稍坐，嬴稷却被工坊的一切吸引，不舍得走了。

秦王驷见状，亦笑道："这小儿好奇，便令他在外头也好，免得入内倒扰了我们。"

唐姑梁见状，忙低声对身边的侍从吩咐几声，当下便留了人来领着嬴稷继续玩。

芈月便也留了人在嬴稷身边，自己跟着秦王驷，入了巨子之室。

这室中，果然另有各种奇异机关，精巧无比。秦王驷看得惊喜异常，问唐姑梁："这便是昔日墨子所制的攻城守城之器吗？"

唐姑梁肃然点头。

秦王驷叹道："当日墨子与公输般在楚国面前各以器械比试攻城之术，连公输般都自认不敌，墨家的百工之术，果不虚传。更令人惊叹的是墨家弟子严整有序，如身之使臂，臂之使指，莫不制从。墨门果然名不虚传。"

唐姑梁却摇头道："墨子先师能制百工，又岂单单只有征战之器。若当先师之技止于此，却是小视了先师。"

秦王驷忙拱手道："寡人亦是久仰墨子大义，岂敢区区视之。"

唐姑梁便请秦王驷入座，诚挚地道："当日墨子先师，推行'兼爱、非攻'之学，大毋欺小，强毋欺弱，为解决天下的纷争，奔走天下，赴汤蹈火，死不旋踵，在所不惜。可是天下的纷争却越来越多，历代巨子，苦苦思索，求解众生于倒悬之方。当日商君曾与上代巨子争辩，天下纷争何其多，墨家弟子何其少，若想介入每一次纷争中求个公平，结果十不解一。倒不如拥王者，一统天下，彻底解决纷争。唉，就这一席话，让我墨家也因此内部分裂，数年来相争不休。"

秦王驷默然。商君当年这一番话，令墨家的内部发生分裂。一派仍然坚持走墨子原来的路线，帮助小国阻击大国，减少战争。而另一派却认为，时势已经不同，墨家子弟历年来抛头洒血，为的是解民于倒悬。可是再努力，也挡不住天下的小国一个个地消失，大国却越来越强。去帮助注定会灭亡的小国，是不是反而延长了生民的痛苦？是不是解众生于倒悬，不仅仅只有济弱锄强这一条路可走？或者说济弱锄强，并不能仅仅视为帮助小国对抗大国？列国争战数百年，人心厌战，期望有人能够恢复周天子一统天下的荣光之期。因此，儒家到处推行尊王之法。可是周天子眼看着一代不如一代，当年既有夏亡商兴、商灭周起，那么是不是会有新的一统天下之国？帮助一个新的强国一统天下，是不是可以就此罢战止戈，真正实现墨子解民于倒悬的主张？

也正是因为此事，上任巨子腹䵍死后，墨家两派彻底分裂，为争巨子之位而大打出手。秦王驷借势推波助澜，扶持后一种学说的首领唐姑梁登上了墨家巨子之位。

唐姑梁回思前事，叹息道："天底下的事，不破不立。有些事，纵然心痛，这一刀终究要割下。如同秦国推行商君之政，先割去自己身上的赘肉余毒，才能够重新竞争天下。"

他亦欲趁此能与秦王面谈之机，极力将墨家之术推销给这位君王，而不仅仅只是成为他的"合作对象"。他在说明了墨家分裂的前因后果后，恳切地对秦王驷道："我唐姑梁承先师之志，继承巨子之位，敢不以推行墨子先师之法为终身之任乎？我观大秦这些年来，的确致力于先师所说的'国家之富''人民之众''刑政之治'的三务，也致力于解决'饥者不得食''寒者不得衣''劳者不得息'的'三患'。且执法严格，'赏当贤，罚当暴，不杀无辜，不失有罪'，与我墨家所追求的贤王之治，确有相同。"

他说到这里，又道："因此，大王既愿推行我墨家之术，我墨家也愿奉大王为主，一统天下，结束纷争。先师曰：'圣人为政一国，一国可倍也；大之为政天下，天下可倍也。'愿大王不负我墨家所托，一战而得以止干戈，早定太平之世，善待天下。"言毕，重重叩拜。

秦王驷听罢肃然，亦大礼回拜："喏，墨子先师大义，亦是寡人之国所求。寡人，必不负巨子所托！"

当下两人郑重盟誓，交换书礼。

芈月侍立一边，旁观全部过程，亦听得心潮起伏，不能自抑。

等结盟结束后，秦王驷与唐姑梁走出巨子之室，去寻嬴稷之时，却见嬴稷正与一个八九岁的小女孩蹲在地上，各拿着一只铁戈头，在那里当玩具玩。

芈月叫道："子稷。"

嬴稷抬头看到他们出来，忙跑到芈月身边，欢乐地行礼："父王。"

那小姑娘也抬起头来，跑到唐姑梁的身边，叫道："爹——"

芈月见这小姑娘英气勃勃，十分可爱，笑问："这是巨子的女儿?"

唐姑梁笑道："是，这是臣的幼女，名唤唐棣。我见公子年幼，恐他寂寞，便叫小女过来相伴。这孩子不懂事得很，还望大王、夫人见谅。"他并不认识芈月，见她虽然身着男装，但举止俨然秦王姬妾，便依当时称呼诸王姬妾的惯例，统统尊称夫人。至于夫人之后的细致分阶，却是内宫称呼，不与外人分辨。

芈月笑道："哪里的话，令爱十分可爱呢。"又转向秦王驷道："大王，我觉得她眉眼之间，倒有几分熟悉……是像谁呢?"

她正思索着，秦王驷却已经说了："是像唐氏。"

唐姑梁忙恭敬道："唐夫人正是臣的族中女兄。"所谓族中女兄，便是堂姐。

芈月心念一动，忙道："大王，自从子桉分封以后，我看唐姊姊颇为寂寞，我想请大王恩准，允许这孩子可以经常进宫探望。唐姊姊一向喜欢孩子，尤其喜欢女孩子……"

秦王驷会意，沉吟道："就是不知巨子意下如何?"

唐姑梁连忙拱手道："这是臣女的福分，棣，还不快谢过大王和夫人。"

唐棣乖巧地道："谢谢大王，谢谢夫人。"

芈月也笑了起来："好乖的孩子。"当下便脱下手中的镯子，套在唐棣的手上，笑道："出来匆忙未带礼物，容后补上。"

两人出来以后，在马车上，秦王驷看着芈月，意味深长地笑道："你今日对唐姑梁的女儿倒是很感兴趣。"

芈月也微笑道："那大王是否有意娶个墨家巨子的女儿为媳啊?"

秦王驷道："你想让她许配子稷，还是子桉?"

芈月试探着问道："大王的意思呢?"唐棣的年纪，明显是配嬴稷更为适当。

秦王驷犹豫了一下道："孩子还小，等将来长大了再说吧。"

芈月微笑不语，心头却是狂跳。若是嬴稷将来的前程只是一个普通的公子，自然可以与墨家巨子之女婚配。

可若嬴稷将来不只是一个普通的公子，那巨子之女也无法与他相配了。秦王驷没有立刻应允婚事，莫非，他果然有意立嬴稷为继承人?

她又想到今日参观的这个工坊。她比所有的后妃都明白这个工坊意味着什么，这意味着秦国将来的军事力量。而秦王驷把她和嬴稷带到这里来参观这一切，见证他和唐姑梁的结盟，这意味着什么? 这是否意味着，他已经开始引导嬴稷和她，接触这个重要的领域了呢?

而这个领域，嬴荡没有接触过，嬴华也没有接触过。

芈月在袖中，握紧了双手——果然张仪说得没错，只要自己迈出这一步来，天底下便没有真正的难事。

官中的歌谣搅起的风雨却仍未停歇。椒房殿内，芈姝问玳瑁："叫你去查那歌谣的来历，可查清了吗?"

玳瑁心中依然深忌芈月，当下借着这件事劝芈姝道："王后，这种流言如空穴来风，虽不知从何查起，但却未必无因啊。"

芈姝听出她的意思，皱眉："你的意思是……"

玳瑁便说："这首《大雅·瞻卬》之诗，讲得是周幽王宠信褒姒，废嫡立庶之事。您可要小心，咱们这宫中，可就藏着这么一个人呢。"

芈姝摇头："我知道你的意思，这样的话，你以后就不必再说了。"

玳瑁着急道："王后，公子华已经就封，魏夫人没戏了。如今您真正的对手，是芈八子。"

芈姝一拍几案，怒道："都叫你别再说了。"

玳瑁不敢再说，只是眼神间总还有些不甘心。

芈姝轻叹一声："我知道你的意思，可是，诸公子就封，是她的建议，如今公子华就封，人人皆已把子荡当成太子人选，我们的威胁已经解除。这件事上，她是有功的。我不能翻脸转向，否则宫中之人，就没有再敢为我们效力的了。况且，大王近来为分封诸公子的事心情不好，我们……不能再挑起事端。"

玳瑁见她这般说话，总算放了一半心："王后心里明白就好，奴婢是怕王后受了她的蒙蔽，软了心肠。"她压低了声音道："当年向氏的旧事，奴婢已经同王后说过了。向氏的遭遇如此之惨，芈八子对王后岂会没有猜忌之心？若她起了狠心先发制人，我们都死无葬身之地。王后莫要以为嫡庶天定，就能稳如泰山。想当年周幽王旧事，那褒姒只是个褒国献来的女奴，还能够杀死申后夺嫡呢！"

说得芈姝动了心，摆了摆手："你且让我想想……"

这时候琥珀进来回报："王后，公子荡来了。"

自从上次被魏冉教训之后，嬴荡便耿耿于怀，每日里苦练力气。此时秦王驷已经分了他一营军马，让他先在军中熟悉军务，待有机会，也要让他从军出征，立些军功来。

于是这一年多的时间里，他每日在军营中苦练，近日更召了三个大力士，名曰任鄙、乌获、孟贲，都有万人难及的神力。他每天与这些力士一起习武，不但力气渐长，整个人亦完全长大，如今看上去，竟快赶上秦王驷的个头来了。

芈姝见了嬴荡进来，立刻眉开眼笑。看到这个威武雄壮的儿子，她做母亲的心里实是充满了骄傲。每次她感觉自身软弱无力时，看到嬴荡那高大的身躯，立刻就有了信心。

想到芈月的儿子如今还一脸稚气，她忽然间就觉得，那样一个还是孩童模样的人，如何能够是自己儿子的对手？把那个孩子当成自己儿子的对手，当真是想得太多了。大王便是再偏心，把这两个儿子摆面前一看，也知道应该选择哪个人了。

她以前忧心的就是那个一脸聪明且已立军功的嬴华，如今嬴华已经就封，这宫中还有何人的儿子能是她儿子的对手？

想到这里，她心中更觉得，如今嬴荡的地位既然已经稳定，那么，下一步自己那个设想，也要加快一些。

嬴荡进来向芈姝请安，脸上的表情却是有些怏怏。他如今虽然个子长得快，但心性终究还是有些半大不小，正是不爱受父母管束的时候。虽然在秦王驷面前，他慑于积威，唯唯喏喏，但到了素来对他娇宠万分的芈姝跟前，就有些任性使气了。

芈姝拉着嬴荡嘘长问短，又亲自拿着巾子为他擦去脸上的汗，嬴荡勉强忍耐了一会儿，便不悦地站起来，道："好了，母后，您叫儿臣来有什么事，就快点说吧，儿臣忙着呢。"

芈姝笑问："你在忙些什么？"

嬴荡不耐烦地说："都是些国政，反正说了您也不懂的。"

芈姝被他一句顶回来，原来想好的一番话，也说不下去了，只得慈爱地关切道："听说你最近跟一些市井招来的武士们一起摔跤举石锁，你可是大秦的储君，身份贵重，岂能与那些粗人们厮混，若是不小心伤着了你，岂不是……"

嬴荡听得不耐烦，硬声硬气道："母后，大秦以军功立国，我自当身先士卒，有勇冠三军的武力，才能够压得住。那些勇士是我亲自招揽来的，若不能与他们同甘共苦，何来收服？父王还不是一样每日练武，亲自上阵。"说到这里，他忍不住多加了句："婆婆妈妈的，真是妇人之见。"芈姝被噎住。

玳瑁见状忙赔着笑脸上前劝道："公子，王后也是关心您啊……"

嬴荡连自己的母亲都不放在眼中，哪里把这么个老奴看在眼里，连半句话都听不下去，便打断斥道："啰唆！"玳瑁顿时也被噎住了。

嬴荡被芈姝叫过来，满心不耐烦，见两人都被他噎住，便道："母后，若没事，我先走了。"

芈姝忙叫道："等等。"见嬴荡站住，芈姝便忙笑着对玳瑁道："快给子荡看看。"

嬴荡转回身，看到几案上摆了一堆竹简。见玳瑁将那堆竹简抱过来，他诧异道："母后，你叫我看什么？"

芈姝便展开那堆竹简笑道："这些俱是母后派人去打听来的，各国公主的年纪、出身、生母等事。"说到这里，她便露出欣慰的笑容："知好色而慕少艾，我的子荡长大了，也是时候应该议亲了。你来看看这些资料……"

嬴荡走过去，将这些竹简抓起来，飞快浏览了一遍，毫无兴趣地放下道："我的婚事，父王自有考量，母后你就不用多事了。"说着，不顾芈姝的呼唤，头也不回地出去了。

芈姝看着嬴荡出去，一股气堵在心头，恼怒而无奈："逆子，箭在弦上了，他还是这么不懂事。"

玳瑁顿足："唉，奴婢还特地将十一公主、十四公主的画像也拿出来了……"

这十一公主、十四公主，便是楚国的两位公主。楚王槐既妃嫔众多，这子女也是不少。诸公主中，唯有这两个公主的母亲出身高贵、容貌娟秀且性情温顺。这是楚威后在楚国特意为芈姝挑的两个儿媳人选。

芈姝既觉得嬴荡储位安稳，便想着要将未来的儿媳握在手心。她可不愿意再弄个不驯服的儿媳，弄得如楚威后一般，成了母后也不顺心如意。不想嬴荡却不合作，实是令她气恼。想到这里，她恨恨地道："哼，由不得他，玳瑁，你去召楚国使臣来，先向大王提亲，若大王允了，他还能有什么话说……"

却说嬴荡离了椒房殿，心中甚是郁闷。他早就知道，母亲要他娶楚女为妻，可是他真的不想再娶进一个如母亲一般的妻子来，又啰唆又难缠，还动不动就使性子。对着母亲他是无可奈何，却不愿意自己找这个罪受。

若是当真要娶妻的话，他宁可娶一个……

想到这里，他忽然站住，心中有些莫名的荡漾。知好色而慕少艾，到他这个年纪，的确开始有些青春的遐思了。可是，他将来的妻子，会是个什么样的姑娘呢？

她应该有美丽的容颜，然后，还要足够聪明，还要，和他有共同的爱好和话题。他们可以一起骑马、打猎，她要能听得懂他的话，不能像他母亲那样啰唆，也不要像那些后宫妃嫔们那样畏畏缩缩。那种说话蚊子似的，拿腔拿调的女人，他最厌恶了。

当然，最好她还能懂点音律，若是他月下舞剑的时候，有一个美人弹一曲《韶濩》伴奏，那才叫美呢。

他正乐滋滋地想着，忽然便闻得空中传来一阵瑟音，正是《韶濩》之音。嬴荡怔住了，驻足细听，果然听得声到极高处，再转低，又再度热烈。他听着乐声，便不由自主，顺着乐声去了。

《韶濩》又名《大濩》，乃是商代之乐，用以歌颂成汤伐桀，天下安宁。嬴荡因其名有纪念成汤之意，学乐时的第一首曲，便是这《韶濩》。此曲既有歌颂商汤之意，自然威武雄壮，极为嬴荡素日所喜。

如今听得此声，英武之中偏有一丝清丽婉转，与他素日听乐师所奏略有差异。可这一点差异，却更令他神思飞扬。不知不觉，他便走到了一处园墙外。

转过一道矮墙，嬴荡眼前一亮，只见一个白衣少女坐在杜鹃花丛中，独自弹瑟。此时乐声已作收梢，成汤祭桑，天下太平。

忽然琴弦声断。那少女抬头，见嬴荡一脸痴迷地站在不远处，恼得将瑟一摔，竖目呵斥："什么人，敢来偷窥于我？"

嬴荡壮壮胆子，走出来行了一礼，吟道："猗与那与，置我鞉鼓。奏鼓简简，衎我烈祖。汤孙奏假，绥我思成。鞉鼓渊渊，嘒嘒管声。既和且平，依我磬声。于赫汤孙，穆穆厥声。庸鼓有斁，万舞有奕。我有嘉客，亦不夷怿……"

那少女既弹的是《韶濩》之瑟,他便答以《诗》中《商颂》的首篇。虽然一应一答,看似依合礼数,但自他口中说出,却隐隐带着调笑之腔,尤其在说到"我有嘉客"的时候,更是拖长了音,瞟着那少女微笑。

那少女不怒反笑道:"好个放肆的狂徒,居然连我也敢调戏,真是不长眼睛。"她忽然解下腰中的软鞭,向嬴荡抽去。

嬴荡猝不及防,一鞭打来躲闪不及,只得伸手一挡,手臂上着了一鞭。

他身边的寺人竖陶吓得尖叫起来道:"公子,您受伤了!"

嬴荡只恨这寺人碍眼,骂道:"滚远点。"又向那少女笑道:"不妨,不妨,不曾吓着淑女吧?"

那少女却是一怔,问道:"公子,你是秦王的哪位公子?"

嬴荡道:"在下名荡,不知这位淑女芳名……"

那少女吃了一惊,反问:"公子荡,王后的嫡长子?"

嬴荡点头:"正是。"他正要上前搭讪,不料话音未落,那少女便握着鞭子,连瑟也不去拾,头也不回转身就跑了。

嬴荡倒惊诧了:"哎,哎,你别跑啊!"

不想那不长眼的竖陶吓得大叫起来:"公子,公子,您手臂流血了——"他摆出一副忠犬护主的模样抢上前去,恰好挡住了嬴荡去追那少女的路。

嬴荡气得踹了竖陶一脚,骂道:"多事,多嘴。"

竖陶见势不妙,忙讨好道:"公子,您喜欢这位贵女啊?"

嬴荡哼了一声,不去理他。

竖陶谄笑道:"要不然,奴婢替您去打听打听,她究竟是何人?"

嬴荡眼睛一亮:"好。速去打听,我重重有赏。"

不料次日竖陶苦着脸跑过来,一脸犹豫为难的样子。

嬴荡奇了,问他:"你做出这怪样子来,却是为何?"

竖陶一脸惊慌地左看右顾,见四下无人,才忙摆手道:"公子,奴婢昨日去打听那贵女的下落……"

嬴荡一喜："你打听到了，她是谁？"

竖陶哭丧着脸道："公子，你就别打听了吧。奴婢不敢说，说了也没用。"

嬴荡见他如此不干不脆的样子，更加好奇，揪住了他逼问："她到底是谁？"见竖陶仍一副吞吞吐吐的样子，他便放缓了声音道："你若说了，难道我保不得你？你若不说，从此以后别跟着我了。"

这竖陶是自幼跟着他的小内侍，数年下来，早是心腹了。他之前各种作态，不过是为自己留个退路而已，见嬴荡真恼了，连忙说了出来："公子，这贵女真不合适，她……她是……魏国公主。"

嬴荡倒怔了怔："魏国公主，如何在秦宫之中？"

竖陶苦着脸继续道："听说，她是魏夫人宫中的客人。"

嬴荡"哦"了一声，心中明白。魏夫人和他母亲在宫中不和，早已经不是新闻。他喜欢的女子是魏夫人的人，他的母亲是绝对不会答应的。

虽然知道了此事，嬴荡也觉得有些遗憾，但终究还是没有再提。只是到了傍晚，却又忍不住带着她遗下的瑟，向那杜鹃园中行去。

只因竖陶打听过，这少女这几日来，每日傍晚都会在杜鹃园中练习琴瑟。

只是他等了数日，都不见那少女过来。每日都等到天黑，他才失望而去。

若是他见着了少女，可能也没这么牵挂。可这数日等候下来，他心中的牵挂、不甘，就变得越发浓厚了。

他终于忍耐不住，叫竖陶抱着瑟，亲自去了披香殿，要见魏夫人，想借着要亲手把此瑟还给那少女的名义，再见她一面。

不料魏夫人却客客气气地请他放下瑟，说自己会转交，就要送客。

嬴荡急了，问她："那位佳人到底是谁？现在何处？"

可惜，魏夫人慢条斯理地备香、焚香，并不理会嬴荡。

见嬴荡几乎要完全失去耐心了，魏夫人斜眼瞥见采薇在远处打了个手势，这才转过头来，轻叹一声道："公子荡，您就放过我们吧。我那侄女本是来探病的，如今您这样一闹，她如何还能在宫里待下去？王后本来就不喜欢我，您再这样，她更会把怒气撒在我身上。她拿我撒气倒也罢了，阿颐乃是未嫁之女，若是让她无端受此连累，污了名声，岂不是我的罪过了？"

嬴荡一腔怒气，听到了那少女的名字，便消了。他痴痴笑道："原来她叫颐，真是好名字。"

魏夫人瞟了一眼嬴荡，打个哈哈道："好了，都是我的不是，是我不应该容她来探病，更不应该以为杜鹃园地处偏僻无人经过，就疏忽大意了。公子荡，您是王后的嫡子，王后对您的婚事早有打算，如今您这样，岂不是害了阿颐？"

嬴荡着急道："我是诚心喜欢公主，岂敢存有一丝一毫伤害她的心。"

魏夫人却道："'士之耽兮，犹可说也。女之耽兮，不可说也。'公子荡，这世上对男人和女人名声要求可不一样。你若真心喜欢我的侄女，当请示大王，正大光明派人向我王兄提亲，岂可私相授受？你现在这样闯进我宫中闹腾，万一让王后知道，我岂不祸从天降？到时候，在王后眼中，我就是一个工于心计、谋算公子的奸人，只怕连阿颐也会被安上放荡无行、勾引男子的罪名。"

嬴荡忙道："不会的，母后一向端庄雍容，岂会轻易伤人名节。"

魏夫人此时已经听到隐隐传来的声音，嘴角不禁露出一丝得意的笑容，口中却道："但愿如公子荡所言，是我以小人之心，度君子之腹了……"

她正说着，便听得外面一阵喧闹，只见王后芈姝率着一群侍人，怒气冲天地闯进来。

魏夫人迎上去，低眉顺目地行礼："参见王后。"

芈姝已经一掌挥去，骂道："贱人。"

魏夫人退后一步，刚好避开，眼中已经泛起泪花，委委屈屈地道："王后，臣妾做错了什么，您这样一见面张口就骂，举手就打。"见芈姝欲张口，她便又抢先道："您是一国之母，一举一动为国之懿范，岂可如此有失风度。臣妾有错，王后可以依宫规请大王的旨意处罚，这样自己动手，未免太过不尊重。"

芈姝道："你，你还敢顶嘴？我且问你，那个小狐媚子在哪儿？叫她出来。"

魏夫人又退后了一步道："臣妾愚钝，不知道王后说的是谁？"

芈姝冷笑道："你会不知道？你处心积虑，弄了这么一个小狐媚子进宫来，不就是存着想勾引我儿的心思吗？怎么，敢做，就不敢当了？"

嬴荡没想到自己方在魏夫人跟前保证，自己的母亲果然就如魏夫人所言，如泼妇一般闯进来又打又骂，羞愧之至，气得大吼一声："母后，您在说什么？"

芈姝看着嬴荡，只觉得痛心疾首："子荡，你也看到了，这妖妇心思歹毒，弄这失行妇人，存心害你，你切不可中了她的毒计，快随我回宫去。"

嬴荡愤然道："母后，她如何害我了？是我爱慕公主，心存淑女之思。若说失行，原是我失行在先，与公主何干？"

芈姝简直不能相信自己的耳朵，指着嬴荡颤声道："我儿，你当真中了这妖孽的毒吗，竟然对着母后大吼大叫？"

嬴荡怒道："母后，魏夫人没有说错，您是一国之母，举动当为国之懿范。可您呢？这样无端跑进别人的宫中，张口就骂举手就打，甚至辱及一个未出阁的贵女。您这样的行为举止，实在令儿臣失望。"

芈姝急怒攻心："你，你是我的儿子，居然为这个贱人说话，真是气死我了。"

嬴荡亦觉得丢脸异常："母后，您是我的母亲，可您这样的举止，真是让儿臣感觉丢脸。"

芈姝顿足骂道："你就是被魏国的妖女迷了心窍。我告诉你，你想娶她，那是做梦。"

嬴荡昂头叫道："儿臣喜欢谁，那是儿臣的事。母后，上面还有父王在呢，您干涉得了吗？"

芈姝拂袖："岂有此理，你是我生出来的儿子，看我能不能干涉得了！"

嬴荡冷笑："好，那我就告诉母后您，我这辈子就想娶颐公主，除了她，我谁都不娶。您不让我娶颐公主，就让您儿子做鳏夫。"说完，他便推开芈姝，气冲冲地走了出去。

芈姝抚住心口，差点晕了过去，玳瑁连忙扶住她。芈姝将玳瑁一推，怒道："还不快去将公子追回来。"

一行人浩浩荡荡来了，又怒气腾腾地走了。

魏夫人看着一地狼藉，得意地笑了。

采薇扶住魏夫人，气得道："王后当真无礼，哼，怪不得生出公子荡这种忤逆之子，当真报应了。"

魏夫人冷笑一声，道："采薇，你同阿颐说，叫她明日就离开咸阳回大梁去。"

采薇怔了一怔，她是知道魏夫人心思的。

魏颐是如今新任魏王的女儿。三年前，魏王罃驾崩，谥号为惠，时人称魏惠王。太子嗣继位，成为新王，便是魏夫人的兄长了。

因为嬴华就封，失去了对储位的竞争机会。因此魏夫人又生一计，特地派心腹带着自己的密信到了魏国，精心挑选出了魏颐，将她接到咸阳，便是针对嬴荡设局。魏颐不是魏王诸女中长得最美的，但性情却是最娇憨可爱的。魏夫人知道，这样的性子，最能投嬴荡的心意。

她知道王后近日弄了楚国公主的画像入宫，肯定会召嬴荡去商议，她便让魏颐以"探病"为由入宫来，并让她每日黄昏都在离嬴荡出椒房殿后的必经之路不远的杜鹃园内，弹奏那首《韶濩》。魏颐天真不知事，等嬴荡对她产生好感，四处寻她，她就将魏颐送回魏国使馆。如今，又顺理成章引来王后芈姝在嬴荡面前的一场大闹。采薇本以为魏夫人会顺水推舟，没想到她却做此决定，不由诧异。

魏夫人悠然道："天底下的事，太过容易了，未免无趣。公子荡不经一番辛苦，如何能够珍视阿颐？"

果然，嬴荡得知魏颐要离开咸阳城，立刻上马飞奔，一直赶到咸阳城门，截住了魏颐的马车。

嬴荡跳下马挡到马车面前，喘着气叫道："等一等。"

魏颐掀开帘子，瞪着嬴荡，气恼地道："你来做什么？"

嬴荡见着这日思夜想的人儿，不由得口吃起来："我，我……"

魏颐冷笑一声，放下帘子，面无表情道："走。"

马车就要驰动，嬴荡急了，冲上前掀开帘子，叫道："你，你别走。"

魏颐见他居然如此无赖，又羞又急，骂道："你好不知礼，你是秦国公子，我是魏国公主，这般挡路截车，硬掀车帘，你想做什么？"

嬴荡急出一头汗来："我，我这也是没有办法了。"

魏颐气得眼泪夺眶而出："你，你耍这样的无赖，有什么用？你以为我不知道，明明是你一时胡行，凭什么叫我姑母受你母亲的羞辱？我过来，原是为了探望姑母的疾病，不想却教她蒙羞。"

嬴荡慌得连话也说不清了，只道："你，你放心，我一定不会叫你受委屈的。你等我，我一定会想办法的。"

侍女见魏颐哭泣，连忙递过绢帕。魏颐拭泪道："你是我什么人？我为什么要等你？我等你有什么用？我等得了你吗？君子讷于言，而敏于行，你若要想办法，就应该先有行动，有了结果，再来见我。而不是跑到我面前空口许诺。"

嬴荡怔怔地看着魏颐的马车远去，忽然转头，一路直闯进宣室殿，跪到秦王驷面前道："父王，儿臣请求，与魏国联姻。"他知道此刻想要说服母亲是枉然的，索性径直来求秦王。

秦王驷此时正执竹简看着，见了嬴荡闯进来求婚，头也不抬，只淡淡地道："哦，理由呢？"

嬴荡跪在地下，绞尽脑汁想着理由："嗯，儿臣以为，大秦当与列国联姻。七国之中，赵国为同姓不婚，楚国和燕国已经联姻，不须重复。齐大非偶，韩国弱小，当今之世，能与大秦联姻者，当属魏国。"

秦王驷仍然看着竹简，轻哼一声，道："若与楚国亲上加亲，岂不更好？"

嬴荡只觉得此刻的脑子，前所未有地好用："蜀国之乱，背后一定有楚国的势力在煽动。当此，与楚再度联姻，已经无益。"

秦王驷放下竹简，嘴角有一丝淡淡的微笑："还有呢？"

嬴荡皱着眉头，苦苦思索道："还有，若与魏国联姻，就可联手，与齐国一争高下。"

秦王驷站起来走到嬴荡身边拍了拍他的肩头，语重心长地道："寡人费心教你十年，你都未肯想得这样深远。不承想一个魏国女子，就能够让你长大了。"

嬴荡看着秦王驷要出殿，连忙叫道："父王，那您是答应了吗？"

秦王驷没有说话，走了出去，只剩嬴荡迷惑地留在原地。

第十九章

女　医　挚

　　嬴荡去城门口挡魏国公主马车，又闯入宣室殿去向秦王驷求赐婚的消息迅速传回了椒房殿。芈姝已经气得快说不出话来了。她抚着心口，咬牙切齿地叫着："哎呀，我的心口疼啊。李醯呢，怎么还不来？"

　　琥珀忙回道："太医令已经在路上了，马上就到。"

　　玳瑁一边斥责琥珀还不赶紧去催，一边抚着芈姝的心口抚慰："王后休恼、休恼，且缓缓神，休要为这贱妇，伤了自己身体。"

　　芈姝垂泪："我如何会养出这样一个逆子来。就算是太医令来了，也不过是治得了身病，治不了心病。"

　　玳瑁哭道："王后保重啊！"

　　芈姝恨恨地问："你可打听过，这贱人是如何勾引上我儿？"

　　玳瑁却是已经打听过了："听说这位魏国公主，小时候曾经由魏夫人抚养过一段时间。因魏夫人生病了，魏王后派她带着礼物，随魏国为大王祝寿的使团车队一起来到咸阳，探望魏夫人。"

　　芈姝忿然将几案上的东西尽数扫落在地："胡说八道。我从来未曾听说，一个未出嫁的公主，会为了探望早就嫁出去的媵女，千里迢迢跑到别国去的。分明是魏氏设下的陷阱……你说子荡如何竟会糊涂到这种地步，万一……万一大王当真应允了，可怎么办？"

玳瑁忙安慰道："王后，大王纵然乾纲独断，可毕竟这也是王后娶新妇，如何当真会娶进一个与王后不和的人来？只要王后向大王坚决陈词，大王想来也会体谅王后的。"

她口中这么说，心中却无半点把握，秦王驷的为人她这么多年看下来，亦是再清楚不过了。若是当真对秦国政局有利，王后的反对又算得了什么。但此时只能如此安慰王后罢了。

芈姝惶惶不安，一会儿问玳瑁："若是大王答应了那逆子，可怎么办？"一会儿又问："若是大王不同意，那逆子惹怒了大王，岂非祸事？"一时之间，她也不知该担忧嬴荡闯祸，还是该担忧魏颐进宫。

正在不知如何的时候，侍人回报说，魏夫人求见。

芈姝顿时恼怒起来，骂道："贱妇又来做甚，难道还想看我的笑话不成？"便要叫她进来毒骂一番。

玳瑁忙劝她："王后且息怒，我看以魏氏为人，不会在此时来自讨没趣，必有算计。且听她说些什么，再做打算。"

芈姝只得忍了怒气，令人传魏氏进来。

但见魏夫人进来行礼，一脸和气，并无炫耀之态。芈姝狠毒地盯着魏夫人，魏夫人却微微一笑，低声道："王后，您想不想让公子荡当上太子？"

芈姝狐疑地看着魏夫人，问道："你又打什么鬼主意？"

魏夫人却不回答，只看了看左右。玳瑁见状眼珠子一转，挥手令宫女们全部退下，附在芈姝耳边轻声道："先听她说些什么也好。"

芈姝勉强点头："好，我且听你说说。"

魏夫人这时候才坐下，微笑道："王后不必提防我，子华就封，这太子之位他已经没份了，我也死了这条心。如今我只想同王后化干戈为玉帛，共同对付你我的敌人。"

芈姝大惊："你说什么？什么敌人？"她心中暗骂：我的敌人只有你，你如今还想骗我不成？

魏夫人道："王后，这么多年，您一直以我为敌，却没看到真正影响公子荡太子之位的人是谁吗？我已经失宠多年，且子华一直在军中。王后细想，这么多年真正夺了王后的宠，夺了您王后威望的人是谁？一直在大王身边讨好卖乖，踩着公子荡的威望，挑拨大王对公子荡不满甚至大加斥责的人，又是谁？"

芈姝的脸色顿时变了。虽然满心厌恶魏夫人，可是她的话却有蛊惑之力，让她纵然不愿意相信，却仍会不由自主地去相信她。细细想来，她果然觉得自己入宫后不久，魏夫人便不再得秦王驷之宠，公子华也确实多半都在军中。与她争宠、与她儿子争宠的，不是芈月母子，又是谁人？

再听着魏夫人细声细气的分析，她越发觉得，近年来嬴荡受秦王驷责难，甚至朝臣们用"立德立贤"的名头议立太子，可不就是与嬴稷有关吗？

她心中越想越相信事实如此，口中却仍然倔强："魏夫人不必挑拨，季芈是我妹妹，同气连枝，比之你来，更为可信。"

魏夫人看她神情，知道她已经信了八成，只是嘴上不肯认输罢了，当下也不着急，转向玳瑁道："傅姆，王后仁义，不愿意将人往坏处想，可傅姆身负职责，却不能不提醒王后注意啊。"

玳瑁素来对芈月的心结，更甚于魏夫人，听了此言，忙劝道："王后，魏夫人说得有理，不可不防。"

芈姝听了，心头更堵得厉害。她奈何不了魏夫人，亦奈何不了芈月。之前她还能假装天下太平，如今魏夫人挑起她心头隐痛，还要逼着她表态，她更是恼怒，不由得冷笑道："是与不是，与你何干？"

魏夫人忽然笑了："可怜我等妇人，都是做母亲的心肠，有千般万般的心思，最终都归结在儿子身上。王后姑息养奸，难道就不为公子荡着想吗？"

芈姝脸上变色："我如何不为子荡着想？"

魏夫人便道："王后若为公子荡着想，当下不正是应该急于将他扶上太子之位吗？"

芈姝迟疑地问魏夫人："你……你此言何意？难道你还会助我子荡登上太子位不成？"

不料魏夫人竟真的点了点头，道："王后明鉴，公子荡背后若有楚魏两国的支持，储君之位，还有谁能与他争？"

芈姝惊疑不定地看着魏夫人道："你……"

魏夫人道："臣妾自知当日曾经失礼于王后，所以，若能促成公子荡和魏国的联姻，王后是否允我将功折罪？"

芈姝脸上神情变幻不定，似欲相信又不敢相信，想发作又没脾气发作。

玳瑁上前一步，轻推芈姝道："王后……"

芈姝醒过神来，看到玳瑁焦急地以眼神暗示，终于吁了一口气："你的意思是……要我接受颐公主？"

魏夫人苦笑："事已至此，我们做长辈的，只能乐见其成。子华已经无法再争储位，我们母子难道不要为将来打算吗？我实是出于真心，王后当知，我此时之言，并非虚情假意。"

芈姝的神情变幻不定，想要发作："你，你这是要挟我吗？"

魏夫人听了这话，脸色一变。

玳瑁急了，忙拉拉芈姝袖子，拼命使眼色。芈姝平了平心气，勉强笑道："好，魏夫人既有诚意，你便容我三思。"

魏夫人站起，优雅地行了一礼，道："如此，臣妾告退。"

见魏夫人出去，芈姝的脸这才沉了下去，质问玳瑁："傅姆，我本当斥责她，你为何阻我？难道我还当真要纳一个魏氏为我儿之妇不成？"

玳瑁却道："王后，当务之急，便是要将公子荡立为太子。若魏夫人能够从中相助，岂不更好？那魏国公主纵然娶了来，也是在王后手底下过日子。且男子最是喜新厌旧，公子年纪还小，纵如今迷恋那魏氏女，待过得三五年，哪里还会看她。到时候，王后要抬举谁，便抬举谁。岂不是好？"

芈姝听了这话，才慢慢熄了心头之火，咬牙道："好罢，我今日忍耐，权当是为了子荡。到异日，看我饶得过谁来！只是，想到这贱妇将来要成为王后，我实是不甘心。"

玳瑁笑道："大王当日娶的不也是魏国公主吗？可如今，坐在王后位上的是您，将来会成为母后的也是您。"她这话中，却是杀机隐现。

芈姝长长吁了一口气道："这么一说，我这心头就舒服多了。"

她不知道，此刻走出椒房殿的魏夫人打着同样的主意。

太子位，我是争失败了，可是将来的太子会听谁操纵，却还可以争上一争。

椒房殿的图谋算计，秦王驷自然是不知情的，但公子荡今日的话，倒令他有些意外。

他去马场骑了一圈的马回来，便问缪监："那个魏国公主的事，你怎么看？"

缪监忙恭敬地将魏颐入宫前后之事，一一说了。但除了王后去披香殿兴师问罪那件事外，再没有提到魏夫人，亦不曾提到王后。

秦王驷皱了皱眉头，没有再说话。

缪监便问他，夕食要去何处用，他顺口就说："常宁殿。"

缪监心中暗暗记下，这段时间，秦王驷在常宁殿用夕食的频率更胜往日。不但在常宁殿用食，有时候甚至将公文也搬到常宁殿去看。

用完夕食，秦王驷便如往日一般批阅竹简，芈月在一旁整理。

慢慢地，秦王驷似乎有些疲惫，伸手揉了揉眉头。芈月见状，忙取了数个隐囊来，道："大王且靠一靠，歇息片刻吧。"

秦王驷半闭着眼睛，嗯了一声。忽然间，他睁开眼睛，问芈月道："什么香味？"

芈月诧异道:"臣妾从来不熏香。"

秦王驷闭上眼睛仔细辨别道:"嗯,好像的确不是熏香……"他伸手握住了芈月的手细闻道:"但是,很提神。"

芈月想了想,解下腰间的香囊道:"是不是这个香味?"

秦王驷闻了闻道:"嗯,这是什么?"

芈月道:"这是银丹草,是女医挚前些日子在咸阳的药铺新发现的草药。这气味闻了能够提神解郁,还能够防御蛇虫,所以臣妾最近都佩在身上。"

秦王驷道:"怪不得寡人最近老是若有若无地闻到这种气味。嗯,明日你再做些香囊给寡人用。"所谓银丹草,是此时的称呼,后世唤作薄荷,有清凉怡神、疏风散热之效。

芈月便应了声是。她见秦王驷神情疲惫,便问:"大王最近似乎有些烦恼?"

秦王驷看了芈月一眼,试探道:"还不是子荡的事。"

芈月亦知此事,道:"公子荡想娶魏国公主,王后不乐意?"

秦王驷摇头:"寡人亦以为如此,谁晓得寡人去问过王后以后,王后矢口否认,反倒还向寡人请求赐婚。"

芈月顿时也觉得诧异,虽没有说话,但脸上的表情还是显示了出来。

秦王驷道:"怎么,你觉得奇怪吗?"

芈月恢复了神情,微笑道:"既然王后也同意,那大王何不成全了公子荡呢?"

秦王驷看着她,忽然凑近了她的脸。两人的脸只有两寸距离,他的气息都能够吹到她的口中来。"你不怕子荡身具楚魏两国的势力,会……"

芈月微微一笑:"若是两国联姻对大王有好处,对秦国有好处,臣妾为什么要反对呢?"

秦王驷的脸缓缓退后,看着她笑道:"难道你就不为子稷担忧吗?"

芈月看着秦王驷，眼神坦荡无伪："子稷是我的儿子，更是大王的儿子。大王会为公子荡安排一门好亲事，难道就不会为子稷安排一门好亲事吗？联姻不过是国与国之间结盟的一种手段而已，当真事关国运之时，谁会为一妇人而改变决策？"不管是芈姝，还是孟嬴，都无法干涉政策的运转。更何况，魏女成了芈姝的儿媳，嬴荡就得在母亲和妻子之间，为魏楚之争焦头烂额了。

秦王驷看着她明媚真诚的笑容，忽然间心底一阵慌乱，忙扭过头去。

次日，他便召了樗里疾来，商议与魏国结亲之事。

樗里疾甚为欣慰，道："大王当真要让公子荡与魏国公主结亲？"

秦王驷见他如此，倒是诧异："疾弟，有什么奇怪的吗？"

樗里疾欣慰道："看来大王心意已定。"

秦王驷失笑道："寡人的心意，从未变过。"

樗里疾惊异地看着秦王驷道："那大王的意思是——"

秦王驷咳嗽一下道："子荡虽然努力，但仍然欠缺磨炼，什么事情都以为是理所当然，实不利于将来执掌一国。他还需要磨炼，需要接受挫折，需要经历煎熬与痛苦，才能够真正成长起来……"

樗里疾道："这么说，大王是把公子稷当成……"

秦王驷的脸沉了下来，沉声道："疾弟！"

樗里疾连忙请罪："臣错了。"

秦王驷沉默片刻，忽然间摇了摇头，道："子荡，是寡人的儿子；子稷，亦是寡人的儿子。寡人并不讳言，的确对子荡寄予重望。可是大秦的江山将来如何，亦是未定之数。"

樗里疾诧异地看着秦王驷。他心头的惊骇，更胜过当日秦王驷对他解释说，不立太子是为了保全太子的话。难道从头到尾，秦王驷的心中，一直没有完全把公子荡视为太子吗？

樗里疾当即进言道："大王，储位乃是国本，国本不可乱啊……"他正要再说下去，忽然缪监匆匆进来，呈上竹简："大王，蜀中急报。"

秦王驷不在意地接过，只看了一眼，便击案而起："竖子尔敢！"

樗里疾忙接过一看，大惊。蜀中传来急报，蜀相陈庄杀死蜀侯，自立为王。

蜀侯通被杀的消息传入后宫，公子通的生母卫良人一口鲜血喷出，倒了下去。

唐夫人急急来寻芈月，也说了这个消息："唉，福兮，祸兮？妹妹，幸而当日子稷未被封为蜀侯，否则的话……"此时宫中妃嫔，俱皆惊惶，生怕自己的儿子，被封为下一个蜀侯。

芈月冷冷道："否则的话，便无今日之祸。"

唐夫人嗔怪地看着芈月："妹妹。"

芈月冷冷地道："那陈庄原是蜀国旧族，因为贪图小利，背叛原来的蜀王，投向秦军。后来大王为了大局着想，暂时任他为相以稳定人心。公子通年轻任性、喜好奉承，轻信蜀相陈庄的唆摆，事事交与陈庄操纵。若不是他与司马错将军发生争执后，向大王上书诬告，气得司马错将军回京自证清白，也不会让陈庄抓住机会，得以谋反。"她沉默片刻，又道："以我之见，陈庄背后，必有楚人操纵。楚国不会甘心就此失去巴蜀和汉中，若不想办法扳回局面，反而不正常了。"

唐夫人连忙阻止："妹妹别说了，再说下去，难道要说大王误派了人不成？"

芈月沉默片刻，叹息道："只可怜卫良人……"卫良人聪慧过人，从公子通小时起便苦心教导，把公子通教得可爱早慧。只可惜慧极必伤，从小太过聪明的人，未经挫折，很容易被太顺利的人生冲昏了头。

蜀地艰险，本就不应该把太过年轻的公子通派过去。此事，确是秦王驷的一大失误。

秦王驷亦为此事痛彻心扉。几个年长的儿子里，他最看重公子华，但却最宠爱公子通。蜀侯的人选，其实一开始并不是公子通。是他出于私心，将最适合的人选临时扣下，让公子通顶上。他想给爱子一个尊荣的身份，却未曾考虑仔细，让公子通挑上了一副他挑不起的担子，害得爱子身死异乡。

想到这里，他更是恼怒万分，当下召集群臣，要派重兵重入巴蜀，镇压陈庄。

不料群臣之中却有反对意见，说大秦征伐，目光当在天下诸侯。蜀道难行，从来易守难攻，上次若不是取巧，恐怕也是劳师远征难有所获。蜀国山高水远，赋税难征，人心难附，况陈庄为人狡猾难制，恐怕不能收回上次征伐的成果。

唯司马错力排众议，一力坚持："大秦得蜀失蜀，若不能强力镇压，恐为天下所笑，而且也会让被我们征服的城邦有先例可循，如此一来，后患无穷。"

嬴稷亦支持司马错："父王，儿臣认为上将军说得对。况且此番伐蜀，与上次不同。我大秦已据有巴郡与汉中，可对蜀国形成倒逼之势。陈庄反复无常，纵然一时得势，亦未必能马上坐稳局势。倒是可以趁着他初篡位时当头猛击，收复失地。而且，想陈庄为人，工于心计，若是此事无人背后支持，必不敢轻举妄动。此番反叛，若是我们轻弃蜀中，必是中了他人的算计。"

秦王驷看到嬴稷的小脸上满是跃跃欲试之情，想到他必是之前被芈八子灌输了太多蜀地知识。看他的样子，倒是颇想请命与司马错一起进蜀，再去做这个蜀侯。

嬴荡急了，忙上前一步，道："父王，儿臣愿领命去巴蜀，平定陈庄之乱。"他为魏颐之事，极想立个军功，好增加自己的分量，让秦王驷看到他的存在。偏这段时间诸国被秦国一通报复，都吓破了胆子，再不敢有什么异动，教他满心想立军功都找不着机会。

张仪心念一动，上前一步赞道："臣以为，这次蜀中失守，与公子通年纪太小，难以镇住巴蜀复杂的情况有很大关系，下次若能派一个年长勇武的公子前去镇守，则再无后患。公子荡能够为君父分忧，实是难得。"

顿时群臣也一片赞同之声。

樗里疾敏锐地看了张仪一眼。

司马错满眼不赞成地看了张仪一眼，欲言又止。

朝上的消息，很快也传入了后宫。

芈姝闻讯大惊："什么，大王拟派子荡去蜀中？"

景氏正坐在她的下首，闻言顿时花容失色："这可不得了，王后，蜀中那个地方，去了岂不是另一个公子通？"

芈姝顿时暴怒起来，啐了她一脸："闭嘴，你敢诅咒我儿？"

景氏大惊，连忙翻身告罪，踉跄退了出去。

芈姝急切地抓住了玳瑁，口中都不禁带了哭腔："傅姆，你说怎么办？"说着，她不禁咬牙切齿："又是那个张仪的提议。此事必有芈八子从中作祟。这贱人，她是想要我子荡的命啊。"

玳瑁目露凶光，道："王后，如今也顾不得了，不是他死，就是我亡。"

芈姝犹豫了一下："你的意思是……"

玳瑁冷笑："咱们就先下手为强，去了她的根苗。"她见芈姝神情不定，忙劝道："王后放心，有些事老奴来做，不必脏了王后和公子的手。"

芈姝凝视玳瑁，神情渐渐转为凛冽，冷冷地叹了一声："罢罢罢，是她不义，不是我无情。"

这一日，女医挚采药归来，走过回廊时，忽然背后有人叫她道："医挚。"

女医挚回头，看到玳瑁从廊后绕出，对她道："医挚，我这里有你的一封家信。"

女医挚正自不解，玳瑁已拿出一封鱼书交到她手里，神秘一笑，便走了。

所谓鱼书，便是将帛书夹在两片木简中，又将木简做成鱼形，以喻隐秘和迅速之意。女医挚回了房间，拆开鱼书，却见一片帛书中尽是斑斑血迹。她打开那帛书，里面便跌出半根手指。她颤抖着拾起手指，看完帛书，整个人便如风中秋叶，抖得缩成一团。

她最怕的一天，终于来了。

她人到了秦国，可她的儿子、她的丈夫还在楚国，还在楚威王的手中。

如今，故技重施。这一番，她是否还要违背良知，再度成为恶人的工具呢？

孰去孰从，谁能够告诉她方向？

一月之后，大军集结，整装待发。秦王驷准备宣布入蜀的人选，嬴荡亦已做好出征的准备，只待一声令下了。

这一日，天气炎热，女医挚提着药罐，进了常宁殿西殿。

嬴稷正坐在堂上捧书苦读，见女医挚提了药罐进来，抬头道："挚婆婆，这是什么？"

女医挚道："这是避暑的药茶，季芈吩咐，公子夏日行走烈阳之下，容易中暑，让我熬些药茶给公子喝。"

嬴稷道："好，我这就喝。"

女医挚倒了药茶，嬴稷正准备端起药碗喝下，忽然听到室外芈月的声音传来，便放下碗站起来，恭敬侍立相迎："母亲。"

薜荔掀起帘子，芈月走了进来，见女医挚也在，倒是一怔："医挚，你也在啊。"

嬴稷诧异道："咦，母亲，不是您让挚婆婆给我熬避暑药茶喝吗？"

芈月脸色微变，笑道："哦，既是避暑药茶，大家都喝一碗吧。薜荔，你叫女萝也进来喝一碗。"

薜荔道："是。"

女医挚脸色一变，道："慢着。"

芈月道："怎么？"

女医挚道："这、这药茶我原预备着给公子稷用的，所以没准备这么多。"

芈月神色不动："哦，这倒无妨，你再去熬制一些来就是了。"

女医挚脸色苍白，只得行礼道："是。"就要往外走去。

芈月忽然叫住了她："医挚。"

女医挚抬头回望，目光中尽是不舍和凄凉。

芈月道："医挚，我是你接生的，子稷也是你接生的。我们相识这么多年，从楚国到秦国，从我母亲开始，你服侍过我们祖孙三代，虽然名为君臣，实同骨肉。这些年来我们是怎么过的，你也是一直跟我们在一起，都看得到。你究竟有什么为难之事，不能同我们说？"

女医挚凄然苦笑："是，这些年来，我们一直是一起走过，我服侍季芈的时间，比和我亲生骨肉在一起的时候更长。我亲手接生公子，眼看着他从一个婴儿长到如今这样一个英伟少年，看着他如此单纯地待我如亲人，你以为，我会怎么做？"

芈月脸色一变，失声道："医挚……"

女医挚微微一笑，身子一软，便已倒下，嘴角有一丝黑血渗出。

芈月抢上前，扶住了女医挚，叫道："医挚，医挚，你怎么样了？"

嬴稷也扑上去从另一边扶住女医挚，叫道："挚婆婆，你怎么了？"

女医挚眼泪缓缓流下："我这一生，身不由己，总是要被迫做一些违心的事。幸而神农祖师庇佑，容我一次又一次地躲过真正的灾难。可是这一次，我躲不过去了……"

芈月心头一痛，叹道："医挚，你有什么事，为什么不与我商议？我们一起走过了这么多年，再难的事，我也会有办法的啊！"

女医挚却摇了摇头，道："季芈，你的苦，我又何尝不知。公子戎、莒夫人身在楚国，您尚无能为力，又何况我……"她的气息变得微弱，两行眼泪流下："她们，一次次拿我儿子的性命来要挟我。是，我心心念念着我的亲生儿子戊儿，可是公子稷，是我一手接生，看着长大的孩子，我就算死也不会伤害他。可我不能不顾我的戊儿，我这个母亲，本就亏欠他太多了。我一直不在他身边，我把别人的儿子当成自己的儿子来爱，到最后我已无法分清，我到底爱谁多一点。可我心里却知道，我对戊儿亏欠得更多一点。我既然不忍杀了我最爱的孩子，又不能坐视我亲生的儿子死去，所以，我只能自己死。"

芈月泣不成声道："医挚，挚姑姑，对不起，一直是我们母子亏欠于你……"

女医挚道："别、季芈，其实有这一天，我早就想到了。医者行医救人，本来就不应该入宫廷、争富贵。唉，我真后悔，当日没有听扁鹊师傅的话，行医于草泽，守住本心。从我入宫的那一天起，我的命运就已经注定。我的箱中，还有一些解毒之药。季芈，你和公子稷留着防身……"她说到一半，便已顿住，再也说不出一个字来。

芈月失声惊叫道："挚姑姑……"

嬴稷道："挚婆婆。"

薛荔和女萝也一起跪下痛哭。

芈月抱着女医挚，一字字地发誓道："医挚，你放心，我绝不会让你白死，绝不会让那些恶毒之人白白踩着你的尸骨而不付出代价。你的命，我一定会找人赔上。"

宣室殿内，秦王驷正与樗里疾商议，缪监匆匆进来，对秦王驷附耳说了几句话。

秦王驷大惊，拍案道："愚妇，坏我大事。"

樗里疾道："大王，出了什么事？"

秦王驷挥了挥手道："你出去吧。"

却听得殿外一个女声道："樗里子是宗伯，此事正应该请他留下。"

樗里疾惊诧地转眼看去，见芈月一身白衣，拉着嬴稷走进来，身后是女萝和薜荔捧着鱼书和药碗以及竹简。

芈月走到秦王驷面前跪下哭泣道:"大王,求大王为臣妾和子稷做主,严惩凶手!"

秦王驷微微闭了一下眼,手中拳头握紧,强抑心头怒火。此刻若不是有樗里疾和芈月在,他会立刻冲到椒房殿中大发雷霆,指着芈姝痛骂一顿。

但此时,他只能端坐在上,用一副极冷漠的声音问道:"芈八子,你这又是何意?"

芈月转头示意女萝和薜荔将东西呈上,跪地悲号:"妾身泣血禀告大王:前日王后的女御玳瑁去找女医挚,以其儿子的性命要挟女医挚在子稷的避暑药茶中下毒。女医挚忠心耿耿,不忍对子稷下毒,被逼无奈之下,服毒自尽。这鱼书中,就是玳瑁拿来要挟女医挚的家书,还有女医挚儿子的断指;这药碗之中,就是玳瑁强迫女医挚下的毒,大王若是不信,相信现在去搜王后的宫中,还能搜到这种毒药。这竹简记录的乃是女医挚临死的口供,请大王为臣妾做主,为子稷做主。"

秦王驷拿起竹简看了以后,又打开鱼书,看到里面的家书和断指,眼中怒气升腾道:"来人,封椒房殿搜查,将此事相关之人,交由永巷令审问。"

芈月磕头泣道:"多谢大王。"

樗里疾脸色苍白。他跟跄着走出宣室殿外,忽然眼前一暗,周遭都黑了下来。

他一抬头,惊见天边乌云密压压地聚拢,一道雷电轰隆闪过。

樗里疾长叹道:"这天地,又要变色了!风云忽至,措手不及啊!"

第二十章

风云变

椒房殿内，芈姝木然坐着。她想不到，事情会忽然转变至此。她更想不到，女医挚会以死拒命。为什么事情会演变至此？为什么世事尽与她的心意相违？

她不得不娶进一个可厌的儿媳，不得不与她厌恶的人结盟。她所做的一切，都是为了替她的儿子铺路。可是为什么，事情每每会让她落入难以逆转的境地？

永巷令利监奉命来提玳瑁去审问。玳瑁一身素衣，格外苍白。她踉跄着上前，含泪向芈姝磕了三个头，大礼拜别："老奴罪该万死，请王后恕罪，这一切皆是老奴的错。老奴与季芈有私怨，这才自作主张，犯下滔天大罪。老奴这便去认罪，绝不敢连累王后。"

芈姝知道这一去，极有可能就是诀别。她与玳瑁这十几年相依为命，虽然素日视她为奴，可是到了此刻，她忽然发现，玳瑁一去，在这寂静深宫中，她就再也没有可以说话的人了。她很想抱着玳瑁崩溃大哭，但此刻却只能木然点头："你去吧。若有错，便去认错；若无错，也不能认了他人诬陷之词。"

她的手紧紧地握着，指甲掐入掌心，只觉得要掐出血来。傅姆，都是我的错，你一再劝我不要心软，结果我一再心软，让自己落入这般田地。从此以后，我再不会对任何人手下留情。

利监奉命来提玳瑁审案，见王后与玳瑁虽然一坐一跪，隔得三尺远，但两人四目相交依依不舍，让他站在一边十分尴尬。等了好一会儿，眼见时候不早，他只得赔笑道："王后，奴才奉旨行事，请王后勿怪。"

芈姝凌厉地看了利监一眼，沉声道："傅姆年纪大了，你审问归审问，若敢滥用私刑，她受什么苦，我会让你加倍受着。"

利监听了这话，内心暗翻一个白眼，脸上依旧赔着笑道："王后放心，宫中自有宫规在，老奴焉敢徇私？"

芈姝点点头："去吧。"

玳瑁又磕了个头，便站起来跟着利监出去了。

芈姝不由得站起，目送玳瑁离去的身影。忽然间，她身影晃了晃，侍女琥珀连忙扶住了她。

芈姝眼睛看着玳瑁出去的方向，耳边是黑衣内侍们搜宫的声音，忽然幽幽地问："琥珀，你说，我是不是已经老了？"

琥珀强抑惊恐，劝道："不会，王后，您还正当盛年，如何会老？"

芈姝摇了摇头，凄苦地道："不，我老了。若在从前，我绝对不会一声不吭地让他们在我面前带走玳瑁，不会让他们在我面前搜我的宫殿……"

琥珀道："这是大王的旨意啊，王后。"

芈姝两行泪水流下，摇头："不，这是因为这么多年来，我知道所有的愤怒和抗议，在大王面前，都是没有用的。这么多年，我累了，太累了……"她的声音中，有说不尽的心灰意冷。

琥珀吓得忙劝道："王后，王后，您别这样！您看，这么多年，这么多事情，王后还不是一样有惊无险地闯过来了。您还有公子荡，你还有公子壮，您不可以泄气啊。"

芈姝心头一痛，咬牙道："是，我有子荡，我有子壮，我不可以认输。"她霍地站起来:"来人,我要去常宁殿。我要去和芈八子对质,我不信,她真的敢与我对抗到底。"她就不信,那个在她面前退让了一辈子的人,真的敢把她怎么样。

琥珀忙扶住她,劝道:"王后,大王已经下令封宫了。"

芈姝如被雷击,整个人都傻了:"封宫,封宫?"这一生,她经历过数次封宫,却都是有惊无险。可是这一次,她忽然有一种极可怕的感觉,喃喃地道:"对,是啊,我不能出去了。"她就算有再多的威迫,也没办法对着芈月使出来了。"芈八子,你到底想怎么样,是不是想夺我这个王后之位?"说到最后一句话,她已经忍不住咬牙切齿。

"我想怎么样?"芈月站在窗前,内心一片冰冷。这世间其他事她都可以暂作忍让,可是把手伸到嬴稷的头上,她是绝对不能忍的。

事情已经走到这一步,既然秦王驷有心,既然王后失德,那么,这一步,也应当走出去了。

她转过身去,对女萝道:"女萝,你去相邦府上,把这件东西交给张子。"

送到张仪手上的是一只小木匣,打开木匣,里面只是一小块"郢爰"。这是当年张仪落魄的时候,芈月送他赴秦的路费。

张仪合上匣子,对女萝道:"我已知矣。"

次日,咸阳殿大朝会上,庸芮率先发难:"臣庸芮上奏,听闻王后失德,图谋毒害公子,臣请废王后于桐宫,以谢国人,以安诸夫人、公子之心!"

此言一出,便有数名臣子,上前附议。

甘茂大急,上前争道:"此为大王家事,外臣何能干预内宫?"

庸芮冷笑道:"王后为一国之母,后宫失德,天地阴阳淆乱,此乃乱国之兆,我等大臣,岂可坐视?"

樗里疾道:"此事尚未有定论,何以谣言汹汹,事先定罪,甚至逼宫废后,这是你做臣子的礼数吗?"

见樗里疾出来,群臣一时息声。此时,张仪缓缓出列,肃然拱手道:"大王,姑息足以养奸,大王有二十多位公子,此事若不能善加处置,恐怕会人人自危,将来就是一场大祸。"

左右二相,各执一词,顿时朝堂之上,形成了旗帜鲜明的两派,众人相争不下。

秦王驷阴沉着脸,看着群臣争执。从早朝开始争到正午,朝会结束的时间到了,秦王驷这才站起来,宣布散朝。

整个过程中,他什么话也没有说。

群臣不解其意,却更是相争不下,便是出了朝堂,依旧三五成群,各自不让。

甘茂走了出来,看着殿外群臣议论纷纷,脸色顿时阴沉了下来。

他回到府中,便派人送了信给嬴荡。嬴荡收到甘茂的信,知道经过,大惊失色。他来不及斥责母亲荒唐,只能先应付当前的危机,便匆匆赶来。

甘茂便将今日朝堂之事说了,道:"公子危在旦夕,何以自救?"

嬴荡大惊,一时不知所措,瞧见甘茂脸色,顿时恍然,朝着甘茂一揖到底:"我方寸已乱,还请甘大夫教我。"

甘茂扇子一挥,道:"此事,万万不可承认。"

嬴荡轻叹:"人证物证俱在,如何抵赖得了?"

甘茂冷笑:"人证物证又能如何,不过一个女奴、一个女医之间的事罢了,与王后何干?与公子又何干?岂能以贱人之事而陷贵人?只要公子和王后抵死不认,只要大王还有心袒护,那这件事就可以被大风吹去。"说到这里,他又徐徐道:"何况,公子还可以反戈一击,把水搅乱。"

嬴荡一惊,忙问:"怎么个搅法?"

甘茂闭目思忖,缓缓道:"那些证词物证,都是芈八子拿出来的,证人也是她的侍女,能作得了什么数?我们还能说,这件事根本就是芈八子为了夺嫡，自编自演，女医挚不肯作伪证，所以自绝而死……"

嬴荡听得有些晕眩，但最终摇了摇头："不成的，那鱼书和断指，不是芈八子能够伪造的。更何况母亲身边的傅姆，已经被永巷令抓去审问了……"

甘茂眼睛一亮，问道："那傅姆与女医可有私怨，或者说与芈八子有私怨？"

嬴荡道："玳瑁素来认为芈八子不怀好意，私怨极重，与女医挚并无恩怨。"

甘茂道："如此说来，我倒有一计……"说着，他便在嬴荡耳边低声说了。嬴荡眼睛一亮，向甘茂一礼："多谢甘师。"说着，匆匆而去。

且不说甘茂与嬴荡密谋，转说散朝之后，樗里疾匆匆去见秦王驷。

此时宣室殿中，秦王驷神情疲惫地倚在席上，闭着眼睛。虽然席面上散乱着竹简，他却无心去看。忽听得外面喧哗，他不由得大怒道："寡人不是说过要静一静嘛！"

却见樗里疾匆匆而入，跪下道："臣樗里疾未宣擅入，请大王治罪。"

紧跟在樗里疾身后欲挡截的缪监连忙跪下道："老奴该死。"

樗里疾道："是臣弟硬闯进来的，请大王治臣弟的罪。"

秦王驷无奈地挥了挥手令缪监退下，指着樗里疾叹道："唉，你啊，你啊！"

樗里疾劈头就问道："大王，如今芈八子逼宫，大王打算如何处置王后？如何处置公子荡？"

秦王驷的脸顿时沉了下去，斥道："疾弟，你这是什么话？"

樗里疾却不怕他拉下脸来，只说："大王到如今，还要自欺欺人吗？"

秦王驷被他这一顶，抚头叹息："你别说了，寡人正为此事头疼着呢。"

樗里疾道："大王，此事若不能处理好，大王头疼的事恐怕还不止于此呢。"

秦王驷冷笑："那依你说，该当如何？"

樗里疾顿足道："大王早该让公子稷就封的。大王宠爱芈八子，却让她久处低阶，时间长了，人心就会不平。公子稷不能就封，就容易引起猜测。大王先以公子华试练，结果让魏夫人生出妄念；大王再以公子稷试练，却让王后心中生出恐惧。大王，太子之位，再也延误不得了。"

秦王驷摇了摇头道："寡人就是知道魏氏野心太大，所以早早将子华就封，以免他介入争储。可是寡人当真没有想到，王后竟然会愚蠢到坏了寡人之事……"他知道芈月是有分寸的，可是他没有想到，王后这样的性子，居然也敢悍然出手。当日他挑中这个王后，便是因为魏氏姐妹当日在宫中太会起风波。王后虽然不够聪明，但这也是她的好处，便是给她做坏事的机会，她也做不得大坏事。但忽然间，王后居然会对嬴稷下手，这令他惊怒交加，心中亦升起了废后之意。

樗里疾见他的神情，已经知他心意，但他却不能眼看着此事发生，不禁叹息道："事已至此，臣弟亦无话可说。王后失德，难以再主持中宫，只能幽居桐宫，了此一生。但此事已经给后宫妃嫔们以及诸公子心中埋下阴影，臣只怕大王百年之后，诸公子会以此为由，让公子荡无法继位。"

事实上，在他们的眼中，不管王后妃子，都只是一介妇人而已。不管是聪明还是愚蠢，不管是贤惠还是藏奸，都只能在后宫的一亩三分地上蹦跶。只要君王自己的主意正，妇人发挥的余地又能有多少？不管是纵容，还是饶恕，不管是重责，还是轻放，事实上处置之法与她们自己的行为无关，端看君王心意。便如养的黄雀儿一样，心情好的时候，便是啄了主人的手，那也是一笑置之。心情不好的时候，哪怕百啭妙音，也是噪音入耳，直接扔了出去。

对于他们来说，真正重要的是，站在国事、政事上考虑，这件事如何处理，才是最恰当的。

所以，樗里疾也就只能放在国事上说，放在诸公子的事情上来说。

王后是废是幽，无关紧要，但若是公子荡因此落下让诸公子诟病的把柄，将来王位传续之时，那就是天大的麻烦。

秦王驷沉默良久，才徐徐道："那么，这是要……易储？"他知道，樗里疾比谁都反对易储，他说这句话，也是逼了樗里疾一句。

果然樗里疾急道："若是嫡子不能为储，那余下诸公子，又有谁能够各方面都压倒群英，成为万众所拥戴之人呢？"他看着秦王驷，一一历数："公子华虽然居长，但心思太深，恐怕不能容人；公子奂性情温和，难以制人；公子稷虽然聪明，却年纪尚小……其余诸人，亦皆有不足。大王，您有二十多位公子，若是储位有变，由此产生的动荡只怕会影响国运啊。想那齐桓公称霸天下，死后却因为五子争位，强大的齐国就此衰落，不知多少年才慢慢恢复。而我秦国，是否能够等到恢复，还未可知。"

说到齐桓公之事，秦王驷的脸色也变了。这是所有君王的软肋，不可触碰。他眉头一挑，问道："依你之见，还是要保子荡？"

樗里疾满脸无奈。事情发展到这一步，王后实在是不堪再保。可为了大局，却不能不饶她。他长叹道："这也是无奈之举，依如今情况，若是王后被废，则公子荡、公子壮必处尴尬之地，诸子之争的情况就难以避免了。若是立储立嫡，至少不会让政局产生动荡。公子荡虽然母亲品德有失，但他是大王作为储君培养多年的，勇猛好武，将来为君也能震慑诸侯。"

秦王驷忽然笑了起来，笑声中充满愤怒无奈："你是说，为了保子荡，只能继续保王后？"

樗里疾膝前一步，劝道："大王，请大王为大秦的江山着想。"

秦王驷想说什么，却又忍下了，无奈地挥了挥手道："让寡人好好想想，明日再说。"

夜深了。

秦宫中，几人不寐。

承明殿中，秦王驷独对孤灯，犹豫不决。

常宁殿中，嬴稷犹在为女医挚之死而伤心。芈月却独倚窗口，面对冷月，一言不发。这一战，她已无处可退，必要一决生死。

椒房殿中，芈姝捂着心口，在席上辗转反侧，不能安眠。

披香殿中，魏夫人轻敲棋子，又在演算下一步的棋局落子。

而此刻，一个黑影悄悄走进了掖庭宫囚室。

囚室深处，玳瑁躺在肮脏的地面上，不断呻吟。她花白的头发上尽是泥污，身上亦都是受过刑讯的血痕。

阉乙走到栅栏外，蹲下身子，轻轻唤道："玳姑姑，玳姑姑……"

玳瑁听到声音，睁开眼睛，挣扎着翻过身去，又痛得轻呼两声。

阉乙见她如此，也不禁带了哭腔："玳姑姑，他们怎么把您打成这个样子啊！您，您没事吧！"

玳瑁认出他来，挣扎着爬向栅栏，咬牙道："我没事。怎么是你？王后怎么样了？公子荡怎么样了？公子壮怎么样了？"

阉乙却紧张地问："你……有没有牵连到王后和公子？"

玳瑁似受到了极大侮辱，立刻咬牙切齿地嘶声道："老奴对王后和公子忠心耿耿，就算是粉身碎骨，也不会令王后和公子受到牵连！"

阉乙松了一口气："那就好……玳姑姑，你可知道，如今朝中议论纷纷，芈八子勾结朝臣，图谋废后呢！"

玳瑁大惊，一怒之下又牵动伤口。她咬牙道："贱妇她敢，我但有三寸气在，掐也要掐死她。"

阉乙叹道："您可别再说这样的话了，如今，您只能……玳姑姑，您可愿为了王后一死？"

玳瑁坚定地道："老奴甘愿为王后一死。"

阉乙道："那就好，你听着……"但见烛影摇动，阉乙和玳瑁一边说着，一边把一件黑布包着的东西递给玳瑁。

三日后，大朝会。

群臣鱼贯进入咸阳殿，互相用眼光衡量着对方。

秦王驷走上殿，群臣行礼道："参见大王。"

秦王驷抬手。

缪监道："起！"

群臣起身，分两边席位就座。

樗里疾上前奏道："臣启大王，投毒案主谋玳瑁要求当殿折辩，请大王旨意。"

秦王驷看了群臣一眼："众卿以为如何？"

甘茂道："臣以为，事关国母，自当谨慎处置。务求真凭实据，勿枉勿纵。"

张仪狐疑地看了看甘茂和樗里疾，心知有异，断然阻止道："臣以为，朝堂乃是士大夫议国政的地方，后宫女婢卑微阴人，岂可轻入。"

甘茂却道："若是如张相所说，朝堂乃议国政的地方，后宫就不应该轻入，那何以张相当时一定要在朝堂议后宫之事，甚至轻言废后？"

张仪怒道："这是两回事。"

甘茂冷笑道："这就是一回事。"

秦王驷喝道："好了，不必再争。来人，宣玳瑁。"

见甘茂微笑，张仪瞪了甘茂一眼，心中升起一种不妙的预感。但他自忖一条舌头六国横扫，那恶奴再是巧言狡辩，也说不过自己，当下便凝神观察。

玳瑁是被内侍拖进来的。她虽然审讯时受了刑，但此时上殿，却给她换了一身干净的青衣，倒瞧不出她的伤势来。但她已经站也站不住了，只趴在地下哽咽道："老奴参见大王。"

群臣见这老妪头发花白，形容凄惨，倒有些恻隐之心，交头接耳，议论纷纷。

秦王驷看了樗里疾一眼，樗里疾便出列问道："玳瑁，我奉大王之命审你，是不是你指使女医挚下毒？你又是受了何人指使？"

不料玳瑁一听这话，便激动万分，拍着砖地凄厉地叫道："大王，冤枉！冤枉啊！"

张仪喝道："你下毒之事，证据确凿，有何冤枉？"

不料玳瑁抬起头来，看着张仪，阴恻恻地道："证据确凿就不是冤枉了吗？那当日张相因和氏璧一案蒙冤的时候，何曾不是证据确凿？"

张仪不想这恶奴口舌如此凌厉，一反口就咬自己，待要驳斥，却见玳瑁并不停顿，转而朝着秦王驷大呼："大王，老奴不是为自己喊冤，而是为王后喊冤。老奴只不过是微贱之人，是死是活，又怎么有分量让人栽赃陷害。下毒之案，分明是借着老奴之名，剑指王后。"

她这话十分恶毒，指向明确，一时朝堂上群臣大哗。

樗里疾脸色一变。他与秦王驷商议的，不过是让玳瑁自承其罪，将其当成替罪羊处死，再将王后幽禁，掩过此事。不想玳瑁反咬一口，将事情弄得更加不可收拾。他与秦王驷交换了一个眼色，上前喝道："大胆，你如今是阶下之囚，只管答话，何敢妖言惑众，胡说八道。"

玳瑁却凄厉地高叫道："老奴死不足惜，只是不忿王后贤良，不争不嫉，却反而三番四次受人诬陷，有口难辩。如今还遭人逼宫，有人还图谋废后。贼人用心险恶，老奴身陷冤枉，无以自辩，唯有剖腹明心，望大王明鉴。"她一口气说完，不待别人反应、驳斥，就从袖中拔出一把短剑来，用力朝腹部刺下，一时鲜血飞溅。

玳瑁嘴角现出一丝诡异的微笑，就此死去。

变故突起，整个朝堂乱成一团。

这场戏，本就是甘茂策划导演，此时他便踩着节拍出列，指着张仪等人，悲愤万分地指责道："你们逼迫国母，以至于今日血溅朝堂，如此忠仆竟剖腹明心——"说到激动处，他朝天跪下，手指天空大叫道："各位大夫，苍天可鉴啊！"

群臣中不少人经历过沙场，血和死亡也见过不少，但这种剖腹明心、血溅朝堂之举却从未遇上过，一时间都受了极大的震撼，再加上甘茂这一跪一呼，心理上顿时也受了影响。便是原先知道此事、认为必须废了王后之人，在这场景的影响下也受了感动，对玳瑁临死之言信了七分。

秦王驷站起来，冷冷地扫视众人一眼，说不尽地失望。他起身，拂袖而去："退朝。"

他冷着脸回到后殿，终于按捺不住向缪监发作："你说，这到底是怎么回事？她哪来的短剑？幸而是自尽，若是拿这短剑在朝堂上伤了人，甚至借机图谋不轨……"

缪监亦急得一头汗来，匆匆去查明了，方才回报道："老奴该死！老奴已经问过，昨夜永巷令私放了公子荡身边的阉乙进入囚室看望玳瑁，想来这短剑是他带入的……"

秦王驷听了此言，更加震惊。他本以为是芈姝下手，没想到竟会是嬴荡："子荡？怎么会是他？难道说连他也涉入其中，甚至玳瑁下毒的事，他也知道？"想到这里，他的眼神顿时变得凌厉起来。他一直遗憾嬴荡素日是个没心机的人，但如果这件事，嬴荡也参与进来了呢？嬴荡的没心机，难道是在政事上缺乏谋略，却在这种阴损小事上用功？这样的心性，如何能够成事？若不是嬴荡自己的心思，那么他的背后，难道另有主使之人？

樗里疾亦是想到，断然道："臣以为，下毒之事，应与公子荡无关，他也不像会是做出这种事的人。而玳瑁之事，若不是王后所为，只怕公子荡背后有人。大王，如今情势越来越混乱，若再不做决断，只怕会有人趁机浑水摸鱼，诸公子背后，还有他们的母族，甚至还有各国的势力会卷入，到最后只怕是想结案都结不了。如今，既然朝堂上风向已变，大王当快刀斩乱麻，将此事结案，以安诸公子之心。"

秦王驷点头，又忍不住怒气道："愚蠢！"这个蠢妇，难道当真以为，自己看不出杀人灭口这一招来吗？不承想，十多年后宫历练下来，连一只小狸猫，也能够变成吃人的猛虎来。

正此时，缪乙进来道："大王，芈八子求见。"

樗里疾忙道："大王，臣避一避。"

秦王驷点头，樗里疾避到侧殿，芈月从殿后进来道："臣妾参见大王。"

秦王驷道："免。"

芈月道："大王，臣妾听说，那玳瑁在殿上当众剖腹？"

秦王驷点头道："不错。"

芈月心底一沉，看着秦王驷的脸色，终于上前一步，跪下道："唉，她能够为主而死，也算忠诚可敬。大王，妾身有一个请求。"

秦王驷道："什么请求？"

芈月道："既然主谋已死，还请大王就此结案吧。"她说出这一句来的时候，实是万分不甘，但事情演变成这一步，她若是想要再剑指王后，只怕已经办不到了。既然如此，与其被别人逼着放手，不如自己先行退让，还能掌握主动。因此她一听到消息，便知大势已去，匆匆赶来，就是要先作表态。

秦王驷凝视着芈月，缓缓地道："哦，你居然愿意放手？"

芈月道："一命换一命罢了，臣妾还能说什么。王后毕竟是一国之母，臣妾不愿意这件事演变成朝廷的党争。"

秦王驷微微点头道："好，那就依你。但此事关系重大，寡人会彻查宫中，绝不会姑息养奸，涉及此案的人员，统统处死，杀一儆百。"

芈月心中稍安，不由得掩面轻泣："可怜子稷小小年纪，却无辜被牵连进这种事情来……"

秦王驷点头，心情沉重："寡人知道，寡人不会让子稷白受了这场苦，必会对子稷有所补偿。"

芈月似乎听出了什么，却不作声张，只低头道："多谢大王。"

见芈月出去，秦王驷闭目沉思。

樗里疾从侧殿出来，催促着道："大王，当断不断，反受其乱啊！"

秦王驷长叹道:"子荡实在是……还不堪造就啊。"

樗里疾道:"可是,大王看中了谁呢?"

秦王驷欲言又止,忽然心口一梗,他抚住心口,好一会儿才缓过气来。

樗里疾低着头,并没有看见秦王驷的表情,缪监看见了,欲上前来,才走到秦王驷的身边,秦王驷已经缓过来,摆手制止了他。

秦王驷心头一寒,他的身体,他自是知道的,忽然想起樗里疾提到的齐桓公旧事,当此时,秦国的确是不能乱的,当下叹了一口气道:"拟旨吧。"

樗里疾已知其意,迅速在锦帛上写下诏书,缪监奉上玉玺盖上。

秦王驷将诏书递给樗里疾,樗里疾接过诏书,深深一揖。

秦王驷闭目,挥手令其退下。

秦王驷下诏,封公子嬴荡为太子,择日迎娶魏国公主为太子妇。

消息传出,琥珀兴奋地冲进椒房殿:"王后,王后,大王下诏了,立公子荡为太子。"

芈姝神情憔悴地抬起头来,听到琥珀的声音,不敢置信地站起,颤声道:"你说什么,再说一遍?"

琥珀道:"大王下诏立公子荡为太子,择日迎娶魏国公主为太子妇。"

芈姝喜极而泣道:"我就知道,大王是不会放弃我的。我就知道,子荡是一定会当上太子的。我就知道,没有什么贱人可以爬到我的头上去……"

琥珀迟疑了一下。

芈姝道:"怎么?"

琥珀跪下道:"傅姆在殿上为了维护王后,剖腹明志了!"

芈姝身体摇了摇,琥珀连忙扶住了她。

芈姝的眼神有些茫然,最终落到了琥珀身上:"她现在怎么样了?"

琥珀道:"永巷令已经收殓了,暂时停在暴室里。"

芈姝的声音有些飘忽："她是个忠心的奴婢，吩咐下去，赏她厚葬，你们素日跟她要好的，也去送送她吧。"

琥珀低头道："是。"

芈姝道："立太子，才是宫里的大喜事，吩咐下去，各宫殿妃嫔每人赏绢十匹、簪钗两对，我要她们好好打扮起来，为我儿庆祝。尤其是……魏夫人和芈八子，再挑两套镶嵌七宝的头饰给她们，要她们打扮得最华丽、最隆重……"

琥珀道："是。"

芈姝道："去取我那套红珊瑚头饰，给太子妇作礼物，对了，再加一套蜻蜓眼的珠串……"

琥珀道："是。"

芈姝忽然厉声道："还不赶紧办去。"

琥珀吓了一跳，连忙行了一礼退下，其他侍女也纷纷退下。

芈姝的神情有一些茫然，好一会儿，忽然低声笑着道："只不过是个奴婢罢了，为了主人而死，原就是她应该做的……"

一颗泪水滴在席面上。

芈姝喃喃地道："忠心的奴婢，可以为主人而死，不忠的奴婢，就更不应该活着了……"

芈月听到这道诏令，整个人都愣住了。

却是这个时候，琥珀奉命来传芈姝的话，她昂首步入常宁殿，将王后的话说了，对芈月笑道："……王后说，季芈是她最看重的人，太子的喜事，您一定要打扮得最华丽、最隆重来庆祝……"一边说着，一边恶意地看着芈月的反应。

芈月面无表情道："臣妾领旨。薛荔，赏。"

薛荔送上一个荷包，琥珀只得鞠身接过，不甘心地看了室内一眼："多谢季芈，不知季芈还有什么事情吩咐?"

芈月没有说话。

琥珀只得行礼告退道："奴婢告退。"

琥珀退出，薜荔担心地看了芈月一眼，想要上前说什么，却被女萝拉了一把。

女萝拉着薜荔，悄然退出。

芈月脸色苍白，两行眼泪流下，忽然间浑身颤抖，低声嘶吼："秦王驷，你骗我，你一直在骗我……"

薜荔在院中，忽然听到芈月一声长长的嘶吼，她大惊，想往里面冲去，却被女萝紧紧拉住。

忽然间，听到芈月在室内狂笑起来。她没有想到，事情的进展，竟然是这样的结果。

如果王后杀人，换来的不但不是惩罚，而竟是嬴荡立为太子这种奖赏，那么，她的嬴稷何辜？医挚何辜？他们这些人，挣扎有什么用？努力又有什么用？坚守本心，更有什么用？

如果秦王驷对嬴荡竟到了还要刻意维护的程度，那么，他之前的暗示、怂恿甚至是许诺，又为何来？是不是从一开始，他就已经择定了嬴荡，那他对其他儿子所给予的偏爱、支持，又是为了什么？为了权衡，为了防止嫡支的太早膨胀，为了防止群臣的太早支持站队，还是……只是为了打磨这个未来的储君？

她整个人颤抖起来，如同风中之叶，原来，他一直在骗她，一直在骗她。

猝不及防的痛，被一剑穿心。

她本以为，她已经足够坚强，足够警惕，足够独立。自向氏死后，她以为已经为自己套上了层层的铠甲，她已经长大了，已经懂得保护自己，再也不会给别人以伤害她的机会了。

自从童年受过伤害之后，她能够信任的人，一直很少很少。她知道屈原不会伤害她，她知道黄歇是可以信赖的，除此之外，她连莒姬都未必完全信任。因为她知道，如果遇上芈戎和她只能选择一个的时候，莒姬一定会选择芈戎的。

嬴稷、魏冉、白起，是她怜惜保护的人。张仪，是可以与她气味相投的朋友。可是，她不会想到去倚仗他们，让自己毫无保留地交由他们保护，因为她知道，他们不足以保护她。

她曾经以为黄歇能够保护她，可是命运捉弄人，最终她只能自己来保护自己，可她对黄歇的信任，却是没有被摧毁过。

她本以为，自己早就懂得了，她是这个世间独自行走的人。就算是她的至亲、至爱，在命运面前，一样无力保护她，可是，这是命运的捉弄，不是他们的错。她只是从此懂得了，能够保护自己的，只有自己。

从进入秦宫的第一天起，她就不准备去信任任何人，这个深宫，她永远只是孤独的一个人。

她从第一天看到秦王驷开始，她就知道，他与她应该是两个世界的人。她冷眼看着他是如何轻易地取得了芈姝的信任，她知他是秦王的时候，甚至曾经替芈姝愤怒过。一个未谙世事的少女，和一个深通世情的君王，这样不对等的感情，是一种欺骗和玩弄。

这些年来，她紧守着自己的界限，他是君王，她是妃嫔。他予她以恩惠庇佑，她奉他以忠诚顺从。她对他尽到了自己身为姬妾的职守，可是她的心，始终还是属于她自己的。

她一直以为，她做得很好，她如一个极度小心的守财奴一样，守着她的心，她对人性的信任，再少，也是真的。

这是怎么开始的呢？她如小兽一般地警惕着，把自己缩在小小的窝里，从不敢探出头来。因为外头的风雨和伤害，她比任何人都更早地经历过、受伤过。可是他来了，伸出手去，握住她的手，把她的心，一点点从最深处拉了出来。一开始，是以恩惠、以庇佑，她成为了他的妃子，他保护了她的亲人；然后，是以支持、以理解、以教导、以宠爱，让她接触了前所未有的新天地，让她学习、成长并开始充满自信，开始小心翼翼，但勇敢地走出自己筑就的小窝，与他的生活纠缠在了一起；然后，是以信任、以亲近，数载的夫妻生活，两年的巡幸四畿，让她真正成为了他的女人，他孩子的母亲；然后，是以挽留、以托付、以独一无二的倚重，让她放弃了为自己留的后路，让她真的信了他，愿意踏入原本避之不及的旋涡中，以为他会永远站在自己的身后，以为不管如何，她总是系着他的保护绳。

从来没有一个人，在她的生命中，留下如此重的痕迹；也从来没有人，给她的生命予以这么复杂的情感关系。父亲、师长、爱人、朋友、君王、归宿，她不可自抑地沦陷了，尽管她如此努力地想要保有自己，尽管她一直努力挣扎着不受控制，尽管她甚至是他所有女人中，坚持自我最久的人。

可是没有想到，她最终还是失守了，还是信了，还是依赖了，还是软弱了，还是如此愚蠢地、可耻地，把自己的身心、自己对人世的所有信任，交给了一个她从一开始就知道不应该托付的人。

她甚至还信得如此彻底，甚至在她踏入旋涡而受到无尽明枪暗箭的时候，她还相信他会是她的盾牌、她的倚仗。她自信自己有一颗坚强的心，可以抵制住世间所有的恶意伤害，楚威后、芈姝、魏夫人等人，对她做出的任何伤害，她都可以不惧，都可以忍耐抵挡。可是万没有想到，她这一生面对的最大伤害，却来自于他。她信任他，把自己的软肋给了他看，可是他转眼就把伤她的剑，交给了她的敌人。

芈月伏在冰冷的地板上，长歌当哭，长号当笑，她似一次要将所有的泪流尽，要将所有的愤怨呐喊完。她如同一个毫无防备的人，被迎面而来的战车，辗得粉身碎骨，可是神志还清醒着，还有一口气吊着，能够清晰地感觉到自己片片血肉破碎的痛楚和撕裂。

可是，她还活着，还没有死去。而明天，又将会是新的战场，新的辗压。

她听到嬴稷在拍着门，在哭着，叫着她。

311

　　她伤得再重、再痛，也只能咽血吞下，她还有一个儿子——一个已经被他当作弃子，却是她骨肉相连、重逾性命的儿子。

第二十一章

赌国运

承明殿，几案上摆着丹书，上面一行字"封公子稷为蜀侯"清晰可见。

秦王驷背着手，踱来踱去，有些犹豫。

缪监走进来，垂手而立。

秦王驷若无其事地坐下来，继续看着竹简，等着缪监回报。

过了半晌，却不见响动，他只得淡淡地道："芈八子来了吗？"

缪监支支吾吾地道："芈八子……病了。"

秦王驷手一顿，问道："病了？是什么病？召太医了没有？"

缪监道："这……不曾。"

秦王驷道："哦，为何？"

缪监道："大王，其实……芈八子无病。"

秦王驷失笑："寡人也猜到了。她这是……跟寡人赌气吧。"

缪监犹豫了一下，还是道："以老奴看，不像是赌气，倒像是……"

秦王驷道："像什么？"

缪监道："老奴形容不出。却让老奴依稀想起庸夫人出宫前的神情。"

秦王驷手中毛笔落下，污了竹简上的字，沉默片刻，他站起来，道："去常宁殿。"

缪监连忙跟了上去。

秦王驷在前面走着，心头却是颇不平静。他自然知道，这封诏书一下，芈八子那边必然会是失望之至，甚至是怨恨不甘。所以，他特地派了缪监去宣她到来，准备安抚她。他会把今日朝堂上的变化告诉她，把不得不立嬴荡的原因告诉她，然后，把她一直想要的蜀侯之位给嬴稷，甚至他会告诉她，王后将会被幽禁，他会封她为夫人，会让她成为主持后宫的副后。他会给她足够的安全和保护，会给她尊荣富贵，会帮她铺好后路，给她留好辅臣，甚至樗里疾也会因此怀有愧疚，而会在以后的事情中，站在她的一边。

可是……他苦笑，她这次想必是气得很了，所以，甚至连他的安抚、他的示好，都拒绝接受。

但是，此事的确错在他，她不愿意过来，那便只得他自己过去了。

老实说，这些日子以来，因为这件事，让他看到了一个几乎是全新的芈月。他有许多后宫的妃嫔，刚开始的时候，她们都活泼娇艳、天真单纯，各有各的可爱之处。但进宫之后，慢慢地每个人都渐渐只剩下一种表情了，那种雍容的、充满心机的、乏味的甚至是死气沉沉的感觉。

他想，有时候他对魏夫人一再纵容，或许也是因为她的身上，始终还有一种不甘心沉寂的努力在。

他本以为芈月在生了孩子以后，也渐渐地褪色成了那一种后宫妇人，可是不知从何时起，或者是他决定留下嬴稷开始，或者是更早的时候，她随着他一起巡幸四畿开始，甚至是更早在假和氏璧案的时候……她的身上有一种活力，有点像庸夫人，有点像孟嬴，但与她们都不同，甚至在某些方面来说，有点像他自己。

他看着这个少女，在他的身边渐渐长大，他引导着她去四方馆，见识诸子百家的学识，去探索列国争霸的权谋……他惊奇地发现，她学得很快，快得甚至让他都觉得诧异和自愧不如。他们在一起，有着说不完的话，在许多的时候感觉到奇异的合拍，有时候他觉得，就这样下去也好。对于嬴稷，他不是没有考虑过，如果他的寿命能够更长一些，能够活到嬴稷成为一个可以独挑大梁的成年人，那时候，或许……

可是，他的时间不够了，他比谁都清楚这一点，而这个宫中，除了他之外，无人察觉。或者，樗里疾能够猜到一点点，但恐怕连樗里疾，都乐观地高估了他的寿数。

他不得不妥协，也不得不辜负他心爱的女人和孩子。

他走进常宁殿中。

常宁殿中的侍从并不算多，此时大部分都在库房里和内室收拾东西。

秦王驷走进来的时候，没有要门口的侍人通报，他站在廊下，听到里面的母子在对话。

嬴稷问："母亲，我们为什么要收拾东西？我们是要去哪里？"

就听得芈月道："子稷，如果有一天我们一无所有，要靠自己的双手去挣得一切，你怕不怕？"

隔着板壁，传出嬴稷天真的声音："母亲不怕，我也不怕。"

芈月道："子稷，你要记住，不要把你的希望寄托在别人身上，天底下，除了你自己的骨肉至亲，谁也不可信。"

嬴稷问："什么是骨肉至亲？"

芈月道："就像母亲和魏冉舅舅，是同一个母亲生出来的……"

嬴稷问："那同一个父亲生出来的呢？"

芈月轻轻冷笑："同一个父亲生出来的，是天生要与你争斗的人。"

嬴稷诧异了："为什么？"

芈月道："因为你只有一个父亲，却有许许多多的女人为他生下儿女。父亲只有一个，这么多人要抢，你说怎么办呢？"

秦王驷听到这里，冷哼一声："原来，你就是这样教寡人的儿子？"他说了这句话，便迈步进来了。

侍女们跪下行礼，芈月却端坐不动，嬴稷也想行礼，却被芈月拉住。

秦王驷冷眼扫过："子稷，规矩学到哪儿去了，见了寡人为何不行礼？"

芈月站起，袅袅行下礼去道："子稷，跟着我念。臣，嬴稷参见大王。"

嬴稷不知所措地跟着跪下念道："臣，嬴稷参见大王。"

秦王驷怒而笑："连父王都不晓得叫了吗？芈八子，你就是这样教寡人的儿子？"

芈月冷冷道："臣妾糊涂了这么多年，今天才知道正确的叫法。我要他记住，在大王面前，不是儿，只是臣。大王只有一个亲儿子，除此以外，都是弃子。"

秦王驷这辈子没有被女人这么顶撞过，直气得脸都青了："你……"他环视了周围，看到凌乱的包裹，看到惊惶的宫女们，强忍怒火："你们统统退下。缪监，把子稷带下去。"

缪监上前抱起嬴稷，又率其他宫女退了出去。

秦王驷张了张口，想要发作，最终还是忍了下去。待要缓和些说话，又实在忍不下这口气，他来回走了几步，调匀了呼吸，才冷声问："你这是什么意思？想挑唆子稷和寡人的关系？让子稷与寡人离心，你以为这样就能要挟寡人，你不觉得自己可笑吗？"

芈月直挺挺地跪在那儿，冷冷地道："我怎么敢做这样的事。须知道在大王眼中，我们只是蝼蚁，蝼蚁的任何行为，都是可笑的。对大王而言，子稷根本什么都不是，却是我的命根子，二者相比，孰重孰轻？我怎么会拿我之重，来要挟大王之轻？"

秦王驷被顶得说不出话来，顺了顺气，缓和了声音道："罢罢罢，寡人不与你计较，寡人知道你这么做不过是在赌气而已。你是觉得，寡人将子荡立为太子，让你期望落空。可你难道还指望寡人会为你废王后，废嫡子？"说到这里，不禁对她的不识趣也带了几分讥诮。他自知这件事上，有亏欠于她。可是他如今都这么低声下气地来哄她了，她若还这么愚昧固执，可就是她自己不识趣了。

芈月冷笑："臣妾从来没有这样的奢望。想来大王的记忆应该还在，当记得臣妾曾经向大王为子稷求过蜀地。从一开始臣妾就没有争的心，是大王你——诱惑臣妾去争，甚至拿子稷当道具，制造让臣妾去争的假象……"

秦王驷顿觉脸上挂不住了，喝道："住口！"心想，你说得太多了，芈八子。

芈月冷冷地道："为什么大王做得出来，却怕我说？"

秦王驷忽然笑了，他知道，眼前的这个女人已经愤怒到失去了理智，他原来设定的办法，对她已经无用。既然如此，他便不会再费这个力气了。他好整以暇地坐下来，还自己动手倒了一杯水喝着，笑道："好啊，寡人倒想听听，你能说出什么来。"

芈月满腔怒火，见他如此，倒静静地沉了下来，心头却是更冷。她转了个身，对着秦王驷也膝坐下来，沉默片刻，才道："大王看重子稷，我一直以为，是因为大王对我另眼相看。可事实上呢，却只不过是因为我是个最适合的工具，是不是？"

秦王驷心中暗叹，她毕竟太过聪明，所以，要让她驯服，就更加困难。当下冷冷地道："什么工具？"

芈月自嘲地笑道："一个人太聪明太自负，又站在权力的顶峰，难免总会认为，再出色的继承人也及不上自己一半能干。大王一直都想突破先王的伟大阴影，表面上看来跟先王一样不在乎规矩礼法，其实却挣不脱规矩礼法的限制，公子荡是嫡出长子，大王早就心许他为储君，但总觉得他处处有欠缺，怎么教都不够满意。所以就想拿其他的公子当成他的磨刀石，把他这把凡剑磨成绝世宝剑，是不是？"

秦王驷听到她揭破此事，脸色铁青，手握紧了杯子。

芈月却不理他的脸色，只讽刺地道："我也曾经想过，大王为什么会挑中了我？我原以为，是大王对臣妾另眼相看。可如今我才明白，公子华已经当过一回磨刀石了，如今他在军中地位稳固，又有魏夫人那种无风也要起浪的母亲，已今非昔比，若再用这块磨刀石，只怕会让公子荡这把剑没磨出锋芒来先折断了。其他的像公子奂、公子通这种比他年长的而且背后各有势力的也不行。若是像景氏、屈氏呢，又太没竞争力了。只有像我这种既有一定能力又可以控制在大王手心的人，才是最好的对象吧。只是大王预料到了公子荡的行为、预料到了臣妾的行为，却想不到王后居然可以冲动狠心到出乎您的预料吧！"她越说越是心冷，她自以为态度已经足够冷静，却不知不觉间，脸上已经尽是泪水。

秦王驷听得她句句刺心，本待发作，却见她满脸泪水，不觉软了心肠，轻叹一声："罢了。"

芈月用力抹了一把脸上的泪水，愤声道："大王看到子稷了吗？他才十一岁，还那么稚嫩，小小的一个孩童站在那儿，眼中尽是对父母的信任和崇敬……大王，您怎么忍心，把他稚嫩的骨血放在刀尖上去磨，把他当成另一个儿子的踏脚石？"

秦王驷冷冷地道："你如今这般指责寡人？难道这件事，便只有寡人挑起，难道你自己就没有争心吗？"

芈月听了这话，彻底爆发出来，纵声大笑："哈哈哈，大王把两只蛐蛐放在一个缸中，拿着草棍儿挑动着它们斗起来，斗得你死我活，斗得不死不休，然后袖手旁观，居高临下地说：'要怪，就怪你们自己有争斗之心，所以死了也活该，是吗？'"

秦王驷看着笑得近乎疯狂的芈月，张了张口，想说什么，可是却已经说不出口了。芈月的话，刺心、尖锐，却逼得他不得不回顾自己曾经的心思手段，让他竟是也有些羞于面对。他张了张口，有些艰难地说道："季芈，你并不是蛐蛐……"不，我并不曾把你当成蛐蛐。

芈月却根本没有听进他说的话，此时，她心已冷透，对于他，亦是已经看透，再没有期望。她直起了身，直视秦王驷，苦笑道："我有的选择吗？我可以选择不做蛐蛐吗？"见秦王驷无言，她闭了闭眼，说出了自己的心愿："那好，现在我认输，我退出，你放我出这个盆，放我们离开吧！"

秦王驷一惊，他从迈进这个屋子前，到迈进这个屋子后，所有安抚补偿的设想，被她这一言，竟是全部击碎。心中又羞又恼，喝道："你说什么？"

芈月此时才有了一丝真切的哀求之色，她咬了咬牙，道："大王，事已至此，我亦经对大王无所求。唯求大王放我离开，放子稷离开，可不可以？"她扑倒在秦王驷脚下，仰首如溺水的人一般渴望地看着他："若大王真对我们母子还有一点怜悯之心，求您让我们离开，求您！"

秦王驷此刻方觉如利剑穿心，他惊呆了，好一会儿，才回过神来，扶住芈月的双臂，怒道："你可知道你在说什么，你是寡人的妃子，子稷是寡人的儿子……"

芈月一把抓住秦王驷的手，目光炯炯："我知道，申生在内则死，重耳在外则生！"

秦王驷被她这一句话说得羞辱万分，勃然大怒，一巴掌将芈月击倒在地："你……你竟敢把寡人比作那惑乱女色、杀子乱政的晋献公。"

芈月伏地，抚脸，却无惧意，只冷冷道："大王，您纵然不做晋献公，难保您的儿子不做晋献公。"

秦王驷一滞，晋献公即位之初，便将所有能够与他争位的兄弟子侄诛杀，一想到此，不禁心寒，定了定神，他不禁恼羞成怒，喝道："太子荡自幼由寡人亲自教导，寡人相信，他不是残杀手足之人。"

芈月纵声大笑："大王您是天真，还是魔怔了？您把儿子们当公子荡的磨刀石一个个试练过来，难道还指望公子荡和他们手足情深吗？"

秦王驷被她这一番话说得脸色铁青："闭嘴。"

芈月却不住嘴，话语反而更加凌厉："您不是不害怕将来会出现诸子争位的景象，可是您一直拿废嫡立庶这张叶子去遮住自己的眼睛。若是人人都守宗法遵周礼，那大秦只怕至今还在渭水边牧马，而这宫殿中住的应该还是周天子。"

秦王驷强硬地道："那是因为幽王废嫡立庶，才有骊山之乱。"

芈月冷笑："大王真相信周室衰落是因为废嫡立庶？哼，厉王无道被驱逐，宣王有道被暗杀，周王室早已经衰弱，只是诸侯找个理由把它掀翻而已。晋献公是废嫡立庶吗？哼，只不过是因为桓庄之族不满于献公父子曲沃代翼，以小宗吞并大宗，所以不管晋献公立哪个公子，都会有人拥立其他公子造反。甚至包括我楚国，当年伍子胥之乱，也只不过是因为当年平王想要铲除那些权力过高的大族，只是伯氏灭门伯嚭出逃，伍氏灭门而伍子胥出逃，引来吴兵攻楚，也同样是许多被削弱的大族后人纷纷投吴罢了……"

秦王驷勃然站起，喝道："够了！"

他知道，他今天来的目的，已经全面落空了。此时此刻，这个屋子他甚至不敢再多待下去，再多待一会儿，他身为帝王的尊严、身为夫君的尊严、身为父亲的尊严，就要被眼前这个疯狂到失去理智的女人，削得一点儿也不剩下。

秦王驷站起来，大步向外走去。

芈月叫了一声："大王——"

秦王驷驻足，怀着一丝希望回头看她。

芈月扑在地上，仰头看着他，她的眼睛如同有着熊熊之火在燃烧，神情疯狂而凄厉，从她口中说出来的话，也是同样地毫不留情："请放我走，别让我恨你——"

秦王驷直视芈月，好一会儿，一言不发，转头而去。

他的心头怒火万丈，却无处发作，一路疾行，回了承明殿，犹不能息，直如困兽般在室内徘徊来去。

缪监站在殿外，侍候其神情，却是一句话也不敢讲，一个多余的动作都不敢做。

整个承明殿，顿时变得一片寂静，往来侍人，蹑手蹑脚，唯恐撞在秦王驷的气头上，丢了性命。

恰在这时候，不知是谁火上浇油，风中竟是隐隐传来鼓乐之声。

缪监心里一紧，对身边的小内侍丢个眼色，那小内侍会意，便悄悄跑了出去。

那乐声隐隐飘来，越发清楚了，缪监心中暗暗叫苦，看了看承明殿的房间，恨不得自己跑上去把那门关上了，好叫秦王驷不要再听到乐声，却是不敢动手。

果然那乐声更不停息，过得片刻，便听得室内秦王驷暴喝一声："谁在奏乐？"

缪监忙迈进门去，赔笑道："大王息怒，老奴这就去问问。"

秦王驷却已经没有耐心，径直走出殿门，他朝着那乐声方向走了几步，脸已经沉了下去。

恰在此时，那出去打探的小内侍刚跑了过来，见秦王驷在殿外向着那乐声方向看去，忙机灵地跑上前，跪禀道："回大王，那是椒房殿作乐……"

缪监听了这话，只想把这多事的小东西一脚踢飞。果然他话音未落，秦王驷已经勃然大怒："椒房殿不是还在封宫吗？寡人何时有旨意撤封了，让她可以这般得意作乐了？"

缪监冷汗潸然而下，忙道："老奴这就派人去查问。"

秦王驷冰冷地道："王后尚为戴罪之身，就要有戴罪之身的样子。"

缪监暗暗叫苦，只得应了，这边便派了人去向王后宣了秦王驷这句旨意。

却说王后因为嬴荡封太子之事，自觉已经全胜，得意异常，下令给后宫妃嫔，赐以珠玉，并设宴庆祝，令后宫妃嫔，皆来庆祝。

诸妃嫔碍于她的气焰，皆备礼赴宴，前来相贺，便是连魏夫人与唐夫人也到场祝贺。唯有芈八子却以告病而未来。

芈姝见众妃嫔皆来，大为得意，再见魏夫人也一脸笑容，奉承于她，更觉快意。却见芈八子不肯来，顿觉得有失颜色，当场就拉下脸来，叫琥珀立刻再去相请。

不料琥珀去了，却是空手回来，原来连常宁殿外门也未进去，便被拒绝了。

侍女不敢再在宴前回禀，只得悄悄到了芈姝耳边回了，芈姝大怒，当即便派了三批侍女去，叫她们务必要将芈八子请来饮宴。此时席间魏夫人等已经有所察觉，都怀了看热闹的心思，捎着边儿说些风凉话。

芈姝又羞又恼，险些翻脸叫利监带了人去常宁殿，屈氏见状不好，忙拉着景氏相劝，说了一大通讨好的话，又叫乐人上来奏乐歌舞，方才将此事掩了过去。

歌舞方演奏了一会儿，正当众人已经活络气氛，奉承芈姝，渐渐哄得她已经高兴起来的时候，不料缪监到来，沉着脸宣布了秦王驷的斥责，芈姝气得晕了过去，宴席大乱，不欢而散。

众妃嫔忍笑掩口，出了椒房殿，各自回宫，便当成笑话来讲。

魏夫人目光闪烁，心中又生一计。

芈姝正自得意之时，被秦王驷派人传旨斥责，气得晕了过去，待她幽幽醒来，已经是深夜了。

琥珀见她醒来，连忙殷勤上前侍候："王后，您醒了，奴婢这就去唤太医。"

芈姝恨恨地道："便让我死了好了，我被大王当着后宫妃嫔之面羞辱，如何还有颜面苟活？"

琥珀急道："王后，您若这样想，岂不叫他人得意？"

芈姝怒道："那又如何？"

琥珀便说："王后，景媵人如今在外头侍候着呢，她说，她知道昨日之事的内情。"

芈姝将信将疑，道："传她进来。"

景氏却是怀着心思，自孟昭氏出事以后，她便一心想着在芈姝跟前讨好，以便狐假虎威。昨日酒宴一散，她便听了几句闲言，觉得是个机会，不顾夜深人困，便做出一副忠心的样子，说是要侍候芈姝醒来，又贿赂了琥珀说好话。果然芈姝醒来，正是内心大受打压之时，听了她还在外面等着侍候，心中虽然羞愧，却也认为她当真忠诚，便召了她进来问话。

景氏便将自己昨日跟在魏夫人身后，听她与卫良人说笑之言，说了出来："魏夫人说，必是芈八子见王后逼迫她赴宴，所以去向大王哭诉，叫大王去斥责王后的。"

芈姝听得是柳眉倒竖、杀意升腾，一掌拍在几案上，怒道："这么说，是那个贱人又在大王面前挑拨了。"

景氏忙道："如今她们还在传，说是大王想册封芈八子为夫人，然后要让王后幽居桐宫，虽不是废后，却跟废后无异，然后由芈八子主持后宫。"

芈姝咬牙切齿："她做梦，贱人就是贱人，休想爬到高处去。她母亲怎么样的下场，我便叫她就是怎么样的下场。"

景氏道："王后打算怎么做？"

芈姝不肯说，只道："我自有主张。"

景氏紧张地道："咱们可万万不能再下毒了。"

芈姝恼羞成怒："难道你有主意？"

景氏果有计谋，只道："臣妾倒有个主意，既可以让季芈死，又可以让王后脱身。"她在芈姝耳边低低地说着，芈姝先是犹豫，最终还是点头："好，我与子荡商议，看看是否可行。"

次日，阉乙便带着一群内侍，闯入常宁殿中。

守门的小内侍欲阻挡，却被阉乙推倒，直闯入庭院之中。

女萝见状大怒，上前喝道："你们到底有完没有，都已经说了，芈八子不见任何人，哪儿也不去。若是不服，只管去向大王请旨去。"

阉乙却不似昨日利监来请这么客气，只沉着脸，指了指女萝、薛荔二人道："太子有令，将女萝、薜荔带走。"

他身后几个内侍便一拥而上，抓住了女萝和薜荔就要带走。常宁殿中内侍宫女皆是有数的，却不及阉乙带来的人多，又皆是孔武有力的内侍，当下竟是阻挡不住。

喧闹之声，顿时惊动了芈月，她走出内室，见状喝问道："你们要做什么？"

阉乙上前无耻地笑着道："太子有令，重查投毒之案，要找到真正的主使之人。小人奉命来提这两个侍女问话，芈八子想来是不会阻止小人的吧。"

芈月冷冷地看着这个不知死活的货色，冷冷地道："我是阻止不了你……"

阉乙得意地笑了。

却听得芈月继续道："一个人如果急着想自寻死路，我是阻止不了的。"

阉乙的笑容顿时凝结住了，他仗着自己是嬴荡的内侍之首，在宫中如今几乎是可以横行，不料嬴荡刚当上太子，派他做的第一桩差事，便被人这般轻蔑，声音也变得尖厉起来："芈八子，您这是威胁奴才吗？呵呵呵，这可真是吓坏奴才了。"

芈月并不看他，只冷冷地道："利令智昏，不但会害了太子，更会要了你的性命。"

阉乙气急败坏，嘎嘎怪笑两声，道："不愧是芈八子，这时候还能嘴硬。只可惜，势败休论贵，这宫中从来都是捧高踩低，还仅仅只是开始呢——"他起劲地说了半晌，却见芈月根本不去理他，只顾径直转身入内，视他如无物一般。

阉乙怒极，却终究不敢追进去，他面目扭曲地转过身去，指着女萝和薜荔狞笑道："带走。"心中却是暗忖，叫你此时再趾高气扬摆主子的架势，等我从这两个女奴身上拷问出供词来，叫你再也不能这般得意。

阉乙一走，缪辛便忙撒开腿跑去了宣室殿。

此时缪监趁秦王驷召见朝臣之时，出来透口气。正值暑热，他匆匆走进宣室殿耳房，脱下帽子，已经满头满脸都是汗，他收的几个假子忙拥上前来，接帽子拧巾子打扇子，忙个不停。

缪监擦了一把脸，坐下来喝了好几口水，才吁了一口气，一个小内侍便奉承道："阿耶辛苦了，这天可真热，幸而这会儿大王正接见朝臣，阿耶还能透口气。"

缪监叹道："也就喘这么一口气，过会儿又要去候着了。"

小内侍嘴甜地道："是啊，大王是半会儿也离不开阿耶您啊。"

不想此时缪辛匆匆闯入，大叫道："阿耶，阿耶，不好了！"

缪监正在喝水，顿时呛进了鼻子里，气得放下杯子，一边接过小内侍递上的巾子擦着，一边骂道："小猴崽子，你叫魂啊！"

缪辛却是慌乱地叫道："阿耶，不好了，太子宫中的阍乙闯入常宁殿，当着芈八子的面，把她贴身的侍女抓走了。"

缪监跳了起来，气得大骂道："这个小兔崽子，真是活腻了。快，去叫上永巷令，赶紧把人追回来，把阍乙给我抓起来。"他身边几个假子顿时都动了起来，各自奉令而行。

缪监一边倚在一个小内侍身上等着他给自己穿好鞋子，一边哀号道："这些小祖宗啊，你们真是看热闹不怕台高，也不怕跌死你们！"

他匆匆地跑到一半，便见永巷令利监也得了他的讯息，赶来会合。两人匆匆率着各自人马，赶往暴室之中。

此时暴室刑房，女萝和薜荔已经受了一番刑罚，皆已经一身是伤。

阍乙问了一圈，却不曾问到想要的信息，气急败坏地问道："你们招还是不招？"

女萝呸了一声，道："要我们诬陷主人，休想。"

阍乙大怒，拿了一把短剑，贴在女萝脸上，不怀好意地道："嘿嘿，这么漂亮的脸，若是划花了，可如何是好？女萝，我可真不明白你啊，你是楚宫婢女，怎么不向王后效忠，却向芈八子效忠呢？"

女萝却道："如此说来，你是秦国的奴婢，更应该向大王效忠了。这宫中谁在腹中藏奸，谁在残害大王的骨肉，谁才应该是阶下囚，阉乙，恐怕你比谁都明白吧！"

阉乙大怒道："大胆的贱婢，死到临头还敢嘴刁。"当下便下令再用刑。

数鞭下去，女萝惨叫着晕了过去。

阉乙又走到薛荔面前，威胁道："怎么样，还招不招？"

薛荔脸色发白，咬牙迎面啐了他一口血："呸，我看你哪天死！"

阉乙大怒，咬牙："贱婢，我有心饶你，你却如此不识相，看来你是想死在这儿了！"

却在此时，听得有人阴恻恻地接道："是谁想死在这儿啊？"

阉乙大惊，转头一看，直吓得魂飞魄散，背后进来的，却是他最怕的人，吓得瘫坐在地，口吃道："大、大监，您、您、您怎么来了……"

缪监疾步进来，看到女萝和薛荔两人的惨状，已经是直跌足："坏了，坏了。"转头看着阉乙，直想把这蠢货给一脚踢死。

阉乙看着缪监的神情，吓得战战兢兢，只得硬着头皮道："大监，我、我……"一抬眼见到利监亦跟在后面进来，如获救命稻草，叫道："永巷令、永巷令……救我，我是奉太子之命来的，您替我给大监讲讲话啊……"

利监听了这话，也恨不得一脚踢死他。他畏于王后、太子之势，给阉乙方便，对他擅用暴室的行为睁一只眼闭一只眼，可这货如今要把他拖下水，如何忍得？当下脸色一变，喝道："我竟不知，你擅动暴室是为什么。你叫我替你讲话，我如今还是什么都不知道呢。"

缪监也不理利监弄鬼，直看着阉乙阴恻恻一笑："巧了，太子如今正在宣室殿，要不要我带你到大王面前，和太子当面对质啊？"

阉乙吓了一跳，连忙摇头："不不不，不要……"此时把他带到大王跟前，和太子当面对质，太子还不恨死他办事无能连累主子，那他可死定了。

缪监冷笑一声，便让人把阁乙连同今日闯入常宁殿之人皆拿下锁了，这边派了缪辛赶紧回常宁殿去告诉芈月叫她放心，这边指挥着人匆匆把薛荔和女萝放下来，叫了宫女给她们敷药更衣，再叫人抬着二女，亲自带着回了常宁殿。

宫女们忙扶了女萝等两人回房，这边缪监忙来见芈月，道："老奴已经把此事处理了，惊扰芈八子，是老奴管束有失，请芈八子恕罪。"

芈月一身青衣，头无饰，面无妆，静坐在室内，看了缪监一眼，道："女萝与薛荔二人怎么样了？"

缪监尴尬地笑道："都怪老奴腿脚慢，叫二位姑娘受了些委屈，不过只是皮外伤，如今已经敷了药了，过几日便好。"说着便跪了下来，道："此皆是老奴的错，还请芈八子责罚。"

他自侍候了秦王驷以来，宫中妃嫔见着他都是极为客气，还真未曾如此向一个低阶嫔妃这般低声下气过。心中却是巴不得芈八子向他发作一番，就消了气，也好过执拗了性子，最终去与秦王驷置气。

芈月凄然而笑："大监，这须不是你的错。你走得未必慢，却赶不上人家心更急，就这么短短一时半刻，他们就可以下这样的毒手。我想问问，若他们今日想下手的是我和子稷，你可来得及赶上吗？"

缪监苦笑，知道今日之事不能善了，最终还是得闹到秦王驷跟前，只得道："这……老奴会向大王禀告此事，必当为芈八子做主。"

芈月却淡淡地道："不必了。"

缪监搓手尴尬，想说什么，却自知对方必是不会听的，实是为难之至。

芈月轻叹道："我谢谢大监的善意，若大监当真有心，就代我转告大王一声。"

缪监道："芈八子请说。"

芈月道："你就问大王，何时允我出宫？"

缪监怔在当场，脑中却只余两字："完了！"

出了常宁殿，缪监苦着一张脸，快步回了承明殿，却站在门口，磨蹭了好一会儿，才敢进来。

此时秦王驷已经不接见臣子了，见天气甚热，索性换了宽大的薄葛衣，让内侍摇着扇子以取清凉。此时他却不忙看臣下的奏报竹简，而是拭擦着宝剑，这对于他来说已经成了每天必需的功课，只有在拭擦宝剑的时候他的心才能够摒弃一切朝廷纷争而平静下来。

却见缪监一头是汗地进来，见了秦王驷，便先跪地请罪了。

秦王驷见了他的神色就已经明白："又是王后？"缪监在他身边，须臾不离，若是要离开做什么事，他自然是知道的。

缪监犹豫了一下还是应声道："是。"

秦王驷眼睛仍然盯着手中的宝剑，缓缓拭到剑锋，掷下拭布，将宝剑缓缓收进剑鞘，冷笑一声："一蠢，再蠢！"

缪监低头道："奴才查得，这其中还有一些其他人的手脚，有魏夫人，也有景媵人……"

秦王驷却截断他的话，道："芈八子那边有什么反应？"

缪监缩了一下，不敢开口。

秦王驷喝道："说。"

缪监道："芈八子只说了一句：大王何时允她出宫？"

秦王驷冷"哼"一声，缪监吓得不敢再说。

秦王驷坐下来，打开桌上的木匣子，取出一道帛书，展开，看着上面"封公子稷为蜀侯"的字样，又放下了，他长长地叹息了一声。

第二十二章

去
复
归

芈月见缪监去了，便站起来，拿了伤药，去了侍女房中看望女萝和薜荔。

她走进来的时候，两人伏在席上正说话，两个小宫女在一边，替她们打扇擦汗。

看到芈月进来，两人挣扎着欲起来，芈月忙叫小宫女按住了，问道："你们伤得怎么样？"

女萝笑道："奴婢没事，只是皮肉之伤而已。"只是她说得快了，似乎牵动伤口，却是额头一层冷汗，眉间不由得皱成一团。

芈月轻叹："是我连累了你们。"

女萝强笑："季芈说哪里话来。奴婢们跟随季芈这么多年，早已经生死与共，岂会因这小人手段，而背叛主人？"

芈月轻叹："是啊，这么多年，我们一起走过，如同手足。可是，我却庇护不了你们。这种眼睁睁看着别人欺辱到头上，却无能为力的滋味，我永远都不会忘记。医挚的死、你们两个受的苦，我会记在心里……"

一滴眼泪落在席上。

芈月转头，轻拭去泪水。

女萝见此，心中一痛，道："季芈，奴婢们身份下贱，命如漂萍，随时随地都会死于非命，能够得您的一滴眼泪，死也值得了。"

芈月转头看着室外，轻叹一声道："这宫廷，只有欺诈和阴谋，我从来不曾期望过进来，如今更是不愿意再待下去了。我虽然不曾如常人一般，希望过帝王的痴情和真爱。可我却也一直是敬他、信他，视他为夫君，甚至对他心存感恩。却没想到，他会是如此地让我……"她咽下后面两字，那是"失望"，却转了话头："女萝、薛荔，我想问你们，我若要带着子稷离开，你们可愿意跟着我？"

女萝诧异："季芈，大王答应您离开了？"

芈月摇头："还没有。不过他答不答应，对我来说已经不重要了。"她冷冷地道："无欲则刚，我什么都不要，什么都不求，除非他杀了我，否则的话是阻止不了我离开的。"

女萝抬头道："季芈到哪儿，我就跟到哪儿。"

薛荔道："我也是。"

芈月道："好，那你们好好养伤，等你们伤好得差不多的时候，我们就离开。"

芈月说完，留下伤药，便站起来走了。

女萝见芈月走了，也令小宫女出去，道："如今我们好些了，你们也去休息吧。"

小宫女退出，房中只剩两人，薛荔忍不住开口问道："阿姊，我们真的要跟季芈走吗？"

女萝却反问道："那妹妹是想留下来吗？"

薛荔想了想，还是摇了摇头，道："这些年来，我一直是跟着季芈，跟着阿姊，你们都走了，我留下来又有何用呢？"

女萝叹了一口气，道："妹妹，君子事人以才，小人事人以忠。我们身份下贱，不像那些士人有无可取代的才能，就只能剩下无可取代的忠诚。我们侍奉了季芈十几年，难道还不能明白她的性情吗？无论如何，跟一个聪明人和强者，好过跟一个愚主和弱主。"

薛荔听着不由得点头，道："阿姊，自小我就知道，阿姊比我聪明，见事比我明白，我都听你的。"

芈八子要求出宫，此事秦王驷自然是不肯的，两人就此僵持，亦是已经冷战多日。

这件事，除宫中秦王驷身边的缪监，和芈月身边的女萝与薛荔外，亦是极少数人知道。

然而这一日，西郊行宫庸夫人处，却派了宫女白露，向秦王驷送上了一封信来。

缪监不敢怠慢，忙接了进来，呈与秦王驷。

这是一份尺牍，却是将信写在两片尺余长的木牍上，再用细绳在封泥槽上捆好，填上封泥，再加盖印章，便起到传递时的保密作用。若是再置入青色布囊，封上漆印，则就是两重的保密了。

缪监便呈到了秦王驷面前，用小刀拆开漆印，取出青囊，再拆开泥印，方恭敬地将两片木牍呈与秦王驷。

秦王驷打开尺牍，看完信轻叹一声，对白露道："你回去告诉庸夫人，就说寡人允了。"

白露应声，退了出去。

缪监偷眼看着白露退去，心中却在猜测着庸夫人这封书信的来意。却听得秦王驷道："缪监。"

缪监忙应道："老奴在。"

秦王驷意兴阑珊地挥挥手，道："你去常宁殿，就说寡人允她出宫了。"

缪监这才会过意来，吃了一惊："是庸夫人为芈八子求情?"见秦王驷没有回答，当下又小心翼翼地问："大王，芈八子出宫，照什么例?"

庸夫人当日出宫，便是赐以西郊行宫，一应份例，亦是参照王后之例。

如今这芈八子要出宫，在何处安置，以何份例，却是要秦王驷示下。

秦王驷伸手，打开那个木匣，看了看他拟好的封嬴稷为蜀侯之诏书，手已经触到诏书，忽然怒气一生，将匣子合上，冷笑一声道："她若愿意，可以去庸夫人处，份例，依旧为八子。"

缪监犹豫着问："若她不愿去庸夫人处……"

秦王驷冷冰冰地道："那也由着她，反正，她总是有办法的！"声音中，透着无尽的冷意。

缪监只得应下，退了出去。

当下便去了常宁殿传旨，芈月静静听完，便拉着嬴稷走出殿外，在院中，朝着秦王驷的承明殿方向，大礼三拜。然后站起，对缪监道："请大监回禀大王，臣妾自知不驯，有忤王命。不敢殿前相辞，便在此处遥拜，愿大王福寿绵延，万世安康。"

她这一番话，说得心平气和，恭敬万分。缪监原本想劝的话，到了嘴边，竟是无从劝起，只得长揖而退。

见缪监出去，薛荔上前问道："季芈，我们什么时候走？要准备些什么？"

她的伤势较轻，这几日便已经能够挣扎着起来先来服侍，毕竟她二人跟随芈月多年，许多事也唯有她二人才是心腹。若缺了她二人，不但芈月不适应，连她们自己也无法安然养伤。

芈月叹道："只需几辆马车，装些日常器用便可，其他的物件，便不用带走，都留在宫里吧。我那个匣子中，装着张子还给我的地契和金银，带上那个便是。你派人同张子说一声，请他派几个人接应我吧。"

薛荔一惊："您要离秦？您不去西郊行宫？"

芈月摇头："我很敬重庸夫人，可是，我毕竟不是她。"她要逃离的，不只是这个宫廷，更是要逃离秦王驷。她不是庸夫人，虽然离开了钩心斗角的宫廷，却毕竟还舍不得那个男人，宁可留在那行宫中，等着他偶尔的到来。她要走，就要走得彻彻底底，今生今世，再不相见。

薜荔问："您要去哪儿?"

芈月却早已经想好，道："先去韩国，再去东周。"

薜荔见她主意早定，便再无他话，依言行事。

张仪在府内接到了芈月之信，大为诧异。

此时庸芮亦在他府中下棋，见状问道："张子，出了何事?"

张仪脸色一变，道："不好了，芈八子要出宫。"

他以为庸芮也必会大吃一惊，不想庸芮只哦了一声，神情却无异样。

张仪诧异地问他："你怎么不吃惊?"

庸芮却摇着扇子道："我不但早就知道，而且还为此去西郊行宫，劝我阿姊为芈八子求情。"

张仪气得顿足："你……你好糊涂。"

庸芮却轻叹一声，不胜惆怅地摇头："宫中岁月杀人，我只能眼睁睁看着芈八子，又重复我阿姊的命运。"

张仪将扇子往下一摔，气极败坏道："她才不会重复你阿姊的命运呢! 来人，取我冠服，取我剑履，我要进宫见大王。"

庸芮诧异道："张子，你这是何意?"

张仪狠狠地瞪了他一眼，道："似你这等安守庸常的人，是不会明白她这样的女人的。"说罢，便换了冠服，匆匆入宫。

张仪直入宣室殿，见了秦王驷，却什么也不提起，只说要与秦王驷作"六博"之戏。秦王驷最爱此弈，当下便令侍人展开棋盘，与张仪连弈了三盘，张仪便连输了三盘。

张仪将棋一推道："又输了。唉，臣连输三局，大王棋艺，令臣甘拜下风。"

秦王驷道："不是寡人的棋艺好，而是你不懂得弃子。"

张仪拱手道："臣实不及大王。"

秦王驷道："壮士断腕，取舍之道也。张仪，人生如棋，起手无悔，不能重来。"

张仪笑道："这世上没有一个人能够比大王更懂得博弈之道。人生本来就是一场豪赌，臣不如大王，若不能把自己逼到绝处，有时候就是会不由自主地选择一种更安全的道路，甚至不愿意迈出冒险的一步。却不知道当今这大争之世，我不争，看似原地踏步，但别人变强就等于我在变弱，等到人为刀俎我为鱼肉的时候，再来后悔不曾下狠心下赌注，已经为时太晚。"

秦王驷脸色一变，缓缓道："张仪，你今日来，是为谁游说？"

张仪道："张仪为大秦而游说。"

秦王驷哼了一声："你一介外臣，插手储位更易，不觉得太过手长了吗？"

张仪却肃然道："敢问大王，将来是要一个守成平庸的大秦还是要一个称霸列国的大秦？不错，仪只是一介外臣，后宫、储位，与我都没有关系，我关心的是，自先公以来的商君之政要不要继续，自大秦立国以来的争霸之心，要不要继续？"

秦王驷脸色阴沉，问张仪："你何以见得太子就是庸君？何以见得旁人就胜过太子？"

张仪道："大王，太子勇武好强，表面上看来，的确不是普通意义上的庸君。但一将无能会累死万夫，更何况君王？一个不能够正确判断局势，甚至是莽撞刚愎的君王，比庸君还要可怕。敢问大王，若是他日太子继位，倘使再遇上攻韩和攻蜀之选择，大王以为太子会做何选择？"

秦王驷手一顿道："子荡他……"

两人目光对视，心照不宣地已经有了答案。

秦王驷没有说话。

张仪也没有继续，又换了话题，道："若是大秦再来一个如商君一样可以改变大秦命运的人才，太子可否能押上国运去赌？"

秦王驷慢慢把玩着手中的棋子，仍然没有说话。

张仪道："当日先公任用商君变法，其实列国变法，非我大秦始，亦非我大秦终，但却只有我大秦成功，乃是列国诸侯，得失心太重，不能直面变法的割肉断腕之痛。而先公那时候，为了支持商君改革，杀了无数反对之人，包括重臣和世族，甚至不惜刑残公叔、放逐太子……他押上国运去赌啊！幸而，他赌对了。"

秦王驷低声道："是啊，幸而，他赌对了。"

张仪道："是啊，然而并不是每一个人都能够像先王那样，有这样准确的判断之外，还有孤注一掷的赌性。敢问在大王的心目中，如今可有何人，还能够有这样的眼光和这样的决断？"

秦王驷手一顿，他想下棋，却终于推倒了棋子。

张仪不动声色地收拾着棋子，道："当年周成王继位，尚是年幼小儿，能够坐稳这江山，全赖母后邑姜把持朝政，才有这大周朝江山延续至今不灭。当年先公把国政托于商君这样一个外来的策士，只要大秦能够称霸天下，坐在这王位上的是嬴姓子孙，这执政的人，是大臣还是母后，又有什么关系呢？只要是人，终会死的，到最后得利的终究还是嬴姓子孙，不是吗？"

秦王驷沉声喝道："张仪，你可知道你在说些什么？"

张仪从容道："臣知道大王在顾虑什么，宗法、骨肉……可是，大王忘记您自己说的，壮士断腕的取舍了吗？"

秦王驷冷冰冰地道："你说这样的话，置王后于何地？置太子于何地？"

张仪却冷笑道："王后早已经没有资格坐在这个位置上了！"

秦王驷喝道："大胆！"

张仪并不畏惧，抬头直视秦王驷道："大王，后宫妃嫔之争，原不是大臣们应该过问的。可王后图谋残害大王子嗣，失德当废。王后失德，公子荡也没有资格为储君。大王为了保全公子荡，才以立他为太子的方式保下王后。可您知道吗，大王宁可弃国法而保王后，会让多少策士寒心？他们是冲着新法而来到秦国，是冲着秦国削弱世官世禄的旧制，重视人才的新制而来。而大王庇护王后的行为，会被他们看作是大王的心更偏向旧制，只要是嫡后嫡子，或者是旧族亲贵，做什么危害国家的事，都可以得到原谅。而新政的信用，就荡然无存了。"

秦王驷猛然站起："你说什么……"话一出口，猛然醒悟："原来这才是你们在朝堂群起要求废后的原因。这就是为什么当日在朝堂，赞成废后的，多半是列国策士出身的朝臣，而反对废后的，则多半是世袭旧臣。"

张仪越说越是激愤："大王，王后已经不能继续为王后了，而太子，更不是将来秦国最适合的执政者。一个不合适的人坐在高位上，对人对己，都是一种灾难。大王怜惜王后、怜惜太子，却不怜惜大秦的列祖列宗，以及这些年来为了大秦牺牲的千千万万将士，甚至还有未来可能会被牺牲的大好江山吗？"

秦王驷只觉得心头一片冰冷，他看着张仪，低声问道："张仪，你这是要逼迫寡人吗？"

张仪退后两步，端端正正行下大礼："不是张仪逼迫大王，逼迫大王的，是时势啊！"

秦王驷冷笑："时势，哼哼，时势？"

张仪双目炽热，如同两团火在燃烧，如同含着毁天灭地的气势："张仪自随大王入秦的那一天起，就已经把自己当作一个死人了，此后活着的每一天，都是从上天手中偷来的。所以张仪要让此后的每一天，都不枉活。张仪不怕死，却怕活着的每一天是虚度的，是无可奈何的，是无能为力的，甚至是倒退的。所以张仪有所不甘，既是为大秦不甘，更是为自己不甘——大王，你敢不敢，再赌一下国运？"

秦王驷看着张仪，一句话也说不上来了。

殿内一片寂静，只有铜壶滴漏的滴答之声，在这片寂静中，显得格外的难忍。

就在张仪入宫的时候，芈月母子已经收拾好东西，准备离开。

薛荔轻声回禀："季芈，马车皆已经备好，在宫外相候，咱们走吧。"

芈月拉着嬴稷，站在庭院之中的银杏树下，抬头看，还是一片绿荫，到了秋天的时候，这些叶子都会变成黄色，然后落满整个院子。嬴稷最喜欢踩着这满院的银杏叶子跑着玩耍，而女医挚最喜欢拾这些银杏叶子泡茶，拾那银杏果子煮汤。

而如今，俱往矣。

这一离开，或许终她一生，不会再回来了。

不知不觉间，她在这里住了这么多年，竟是对这里也产生了感情，她回望这个自己住了多年的屋子，心中感慨万千。

嬴稷抬头看着芈月，问道："母亲，我们真的要走吗？"

芈月蹲下身来看着嬴稷，问道："子稷想不想跟母亲走？"

嬴稷有些紧张地抱住芈月，道："母亲到哪儿，子稷就到哪儿。"

芈月轻抚着嬴稷的脸，道："以后会吃很多苦，子稷怕不怕？"

嬴稷道："母亲不怕，子稷也不怕。"

芈月站起来，拉住嬴稷的手："那好，和母亲一起走吧。"

嬴稷迟疑地问："那……父王呢？"

芈月僵立了一下，还是低头回答他："你父王……他有很多妃嫔，也有很多的儿子，他不会孤单的。可是母亲只有子稷，子稷也只有母亲。"

嬴稷点点头："是，我只有母亲，母亲也只有我。可是……我们还能再见到父王吗？"

芈月轻抚着嬴稷的小脸，道："会，父王永远是你的父王，我们会把父王记在心上，但是……我们仍然要为自己而活。"

嬴稷有些不明白地道："我们要离开父王……是像奂哥哥那样去封地吗？"

芈月看着嬴稷，轻轻摇头道："不，子稷，父王还没有给我们封地，我们什么都没有。但是我们不怕，嬴姓的先祖曾落魄养马，芈姓的先祖曾披荆斩棘，我们有自己的一双手，会有属于自己的未来。"

　　嬴稷用力点头："母亲，我听你的。"

　　芈月拉着嬴稷的手："走吧。"

　　女萝和薛荔背着包裹跟在她的身后，此番出宫，她只带了她们两人，其余婢女内侍，皆不带走，甚至是秦王驷历年所赏赐的东西，她也都留了下来。只带走一些私蓄的金玉等物，以及张仪当年给她的"还债"。

　　女萝见他们就要走，有些不安地问："季芈，大王还未曾正式下旨，要不然，咱们再等等，或许大王会有旨意，赐给您田庄封地，否则的话，我们就这么出宫，这日后的生活……"

　　芈月看了女萝一眼，这一眼让女萝低下了头，不敢再说。

　　芈月亦没有再说，只拉着嬴稷向外行去。

　　女萝的话，她何曾听不出来。是的，再等等，或许秦王驷会最后改变主意。原来的旨意，实在是太像负气所为。身为君王，如何会对自己的姬妾子嗣没个正式的安置？

　　或许再等等，他会改变主意，会将嬴稷的封地赐下，让他们母子有一个更体面的安身之所。

　　可是，她不愿意等，更不愿意盼。她只是不想再去求他，她执意出宫，甚至不惜请动庸夫人说情，便是同秦王驷撕破了脸皮。以他的傲气，她若再对他有所祈求，又要用如何的屈辱，才能够消除他的怨念？可是，她不愿意。

　　无欲则刚，她既然已经对他无欲无求，又何必再为这些身外之物，而再等着他的怜悯和赏赐。她已经没有办法再在他面前低头，若是这样，她连最后一点尊严也荡然无存了。

　　见薛荔犹豫道："那……"

　　芈月截口道："你放心，天地之大，岂无我容身之地？"

　　一行人经过长长的宫巷，终于走到了秦宫西门。

　　嬴稷和女萝、薛荔都忍不住回望宫门，芈月却头也不回，走出宫门。

　　宫外，已经有三辆马车在等候了，一辆是芈月母子所乘坐，另一辆是女萝、薛荔轮番休息乘坐，第三辆却是用来放行李物品的。缪监亦已经派了一小队兵马，作为护卫之用。

芈月带着嬴稷，登上第一辆马车，薛荔跟上。女萝便带着行李，登上第二辆马车，缪辛指挥着内侍，将一应日常用品，装上第三辆马车，向着芈月行了一礼，道："奴才祝芈八子、公子稷一路平安。"

芈月点了点头，放下帘子，马车先朝西边直道驰离秦宫范围之后，转折向东，出东门而去。

马车出了城，驰入直道。

嬴稷好奇地看着窗外，问道："母亲，我们现在去哪儿？"

芈月道："离开秦国。"

嬴稷问："离开秦国去哪儿？"

芈月道："去洛阳。"

嬴稷问："为什么要去洛阳？"

芈月耐心地解释："因为周天子住在那儿，也因为……张仪曾送给我一张庄园的地契，就在洛阳。"

嬴稷不解地道："可是周天子已经衰落了。"

芈月道："可那儿安全，就算是周天子已经衰落，但只要他还在，列国纷争的兵灾就不会涉及那儿。母亲现在带你去洛阳，等到你长大成人，那时候天下任你去得。"

嬴稷却有些忧郁地道："那我们不能再留在咸阳，留在大秦了吗？"

芈月道："是。"

嬴稷问："是不是因为荡哥哥当了太子？"

芈月没有回答，只是将嬴稷抱在了怀里，哽咽道："子稷，你长大了。"

嬴稷道："可我还不够大，如果我真的长大了，母亲就不必离开宫中了。"

芈月道："不，是母亲无能。"

嬴稷看着外面，又问道："母亲，为什么是这些人护送我们，舅舅去哪儿了?"

芈月轻叹:"你舅舅在巴蜀打仗。"

嬴稷又问:"舅舅打完仗会来找我们吗?"

芈月轻抚着他的小脑袋:"会的,如果舅舅在,就有人来保护我们了。"

嬴稷握拳用力道:"我长到舅舅那样大,就由我来保护母亲。"

芈月微笑道:"好,母亲等着子稷长大。"

母子俩正在对话,忽然听到外面马嘶人声,马车亦停了下来。

女萝连忙掀开帘子看,一看就傻住了。

芈月见状,也伸头到帘子外去看,看到外面的情形,也怔住了。

但见眼前一标黑甲铁骑,将她的马车团团包围着,当先一人,却正是黑甲戎装的秦王驷,他骑在马上,面无表情地看着芈月。

芈月不知所措,却见秦王驷拨转马头,向回程驰去。

不等芈月发号,那车夫本就是缪监所安排,见状便乖乖地拨转马头,转向跟着秦王驷驰向回程。

芈月脸色苍白,手中帘子落下。

嬴稷却在刚才那一瞬间,已经看见秦王驷,惊喜万分:"母亲,母亲,外面是父王吗?"

芈月脸色苍白地坐着,一时没回过神来。

女萝见状,忙答道:"是,是大王。"

嬴稷兴奋地抓住芈月的手臂摇着:"父王是来接我们回去吗?父王是不是与我们和好了?"他虽然年幼不解事,却也知道自己的母亲的确是和父王发生了争执,而争执之后,是冷场,是出宫。在他幼小的心中,自然是以为母亲触怒了父亲被赶出宫去,如今父王来接他们,那自然是原谅他们了。如此,便是雨过天晴,一家和好了。

孩子的世界,总是这么简单的。

可是芈月的心中,却是惊涛骇浪,已经震惊得无法思想、无法呼吸了。

他为什么要挡下她?他不是已经允许他们母子离开了吗?难道是

因为她没有如他所预料的那样去西郊行宫，而让他不悦于她的失控，还是……他又有新的想法，不愿意放她走了？

马车离宫的时候，总是走得这么慢，可是回宫的时候，却是一刹那间，让她还没有理清思绪的时候，就已经到了。

马车停下，缪监恭敬地掀起帘子，道："芈八子，请。"

芈月牵着嬴稷的手，走下了马车，转身看去，却见宫门口只有她方才离宫时所乘坐的三辆马车，所有的黑甲铁骑，却不知在何时已经消失了，连秦王驷亦已经不在了。似乎一切都如她刚刚只是做了一个梦，她并未离开秦宫，只是走到马车里，打了个盹，就下车了。没有离开，也没有挡截。

宫门口，依旧平静如昔。

只不过，刚才是缪辛相送，如今变成了缪监相迎而已。

芈月没有说什么，只是牵着嬴稷的手，走在长长的宫巷中。

两个侍女抱着包裹，茫然而恐惧地跟在她身后。

一直走到宫巷尽头，芈月牵着嬴稷便要转向西边，缪监却恭敬地挡住，笑道："芈八子，大王有旨，公子稷自今日起，住到大王所居承明殿偏殿去。"

芈月瞳孔放开，手不由得握紧。

承明殿偏殿，这样的待遇，只有嬴荡当年曾经享受过。

秦王驷，你到底想怎么样？

还没等芈月回答，缪监以恭敬但不容违抗的态度，从芈月手中接过嬴稷的手，带着一脸极具欺骗性的笑意，将他抱起来，道："小公子，咱们去见大王，好不好？"

嬴稷兴奋地点头："好，好。"

芈月脸色惨白，可是当着天真的嬴稷的面，她什么也不能说。便是说了，也是无用。不管是反抗，还是叫喊，除了让嬴稷受惊、害怕，伤害到他幼小的心灵之外，都不能改变这一切。

她不能伤害嬴稷，她亦根本没有反对的力量，只能木然地站在那儿，眼睁睁地看着缪监带着人，抱着嬴稷慢慢走远。

风中犹传来嬴稷兴奋的声音："大监，父王是要带我去骑马吗……"

秦王驷一步步拾级而上，走进明堂。这是一个圆形的建筑，四面无壁，茅草为顶，堆土为阶。明堂正中供着秦国始祖牌位，两边则是用环形分隔着一个个龛位，各有香案，供着一代代秦国先王的灵位。

秦王驷慢慢地走入正中，阳光从顶上射入，令他如立于虚幻之中，与周围的灵位似近却远。

他看着一个个神龛灵位，想着历代先祖创业至今，亦不知经历过多少难以抉择的关头，那时候，他们是怎么做的？

自非子立国，复嬴氏之祀，至今已经历经六百多年，三十一位君王。秦国先祖曾于渭水牧马；也曾为了这块被周室放弃的土地，数代君王死于与西戎的战场中；曾经在穆公之时，试图争霸；亦曾经陷于内乱，数代衰弱。

而今，秦国又到了生死歧途，列位先祖，他该如何取舍，如何决断？

他看着秦孝公的灵位，很想问他，当初为什么他可以将整个国家给商鞅作赌注而赌国运。还有秦穆公，他在秦国弱小之时，"西取由余于戎，东得百里奚于宛，迎蹇叔于宋，来丕豹、公孙支于晋"，可是殽山一败，霸业垂成，他又是怎么样的想法？

他抚了抚心口，秦国以变法崛起，而成为诸侯之忌。自他继位以来，秦国无有一日，不处于危机之中。而如今，他征战多年的旧伤时常发作，明明有着未尽的雄图霸业，却不得不提前为身后事考虑。也因此他步步犹疑，竟失去了往日的决断之力。

若换了过去，如王后、太子这般的行为，他是断不能容忍。若换了过去，一个妃嫔的去停，亦根本不足以让他犹豫不决。

王图霸业犹在，身后之事何托？嬴华无开拓之才、嬴荡只知进不知退、嬴稷幼小而难定未来……那么，他是不是要如张仪所说，在芈八子身上，赌一赌国运？

一边是怕纷争而导致国家衰亡，而不由自主地一次次为了平稳过渡而妥协；另一边，却是毕生追求卓越的心性，不甘王图霸业就此没落，忍不住要押一押国运去赌的不甘。

择嫡、择贤，何去何从？他当怎么办？

缪监侍立在明堂外，静静地等着。

他并不知道，张仪和秦王驷说了些什么，只知道张仪说完，秦王驷便亲身率兵，前去堵截芈八子。可是截回之后，他却没有见她，只是将嬴稷接到了承明殿，两父子关上门来，说了很久的话。

然后，今天一早他就进了明堂，一直待到了现在。

他在秦宫这么多年，自觉没有什么事是他不明白的。可是此时，他却觉得，自己已经看不懂前路了。

甚至他有一种感觉，秦王驷也在迷惘当中，而这亦是前所未有的事。自他服侍了这位主子，那时候的年少公子，还只是个十几岁的少年，却已经拥有未来君王的气质，他是那样自信，可以一眼看透一个人，也可以极快地看透一件事。他有强韧的心性，不为言语所动，不为威权所屈，不为手段所惑，更不为荣辱所易志。

他看着他的君王，一步步走到了现在。他一直以为，他是无敌的，是不惑的。可是到了如今，他看得出他如今的煎熬来。纵然再英明的君王，他也是人，身负秦国六百年的国运，面对着列国的无所不用其极的谋算，面对后继无人的恐惧，面对死亡的威胁，他也会困惑，也会畏惧，也会退缩，也会犹豫，也会无措。

他心疼他的君王，却苦于自己没有办法去相助于他，心中却是盼望，若有人能够解君王之惑，他一介老奴，肝脑涂地，亦所甘愿。

也不知道等了多久，明堂的门打开，秦王驷走了出来。

缪监迎上，扶着他走下台阶，便听得秦王驷吩咐道："去常宁殿。"

此刻，常宁殿中，门外守卫森严，而室内，芈月一人抱膝独坐。

自昨日被截回之后，缪监抱走嬴稷，而她就在侍卫的"护送"之下回了常宁殿中，再也无法自由行动了。

这一天一夜，她就这么独自抱膝坐着，苦苦思索应对之策。

这时候，常宁殿房门打开。蜷缩在榻上的芈月惊愕地抬头，看到秦王驷高大的身影挡住了落日，他慢慢地走了进来，影子被阳光拉得长长的。

芈月跳下地来，奔向秦王驷，一把揪住了他的衣袍质问道："子稷呢，你把子稷弄哪儿去了？你为什么不放我走？为什么要带走子稷？"

秦王驷双手扼住芈月的肩头，眼神炽热："寡人允准你出宫，可是没有允准你离开咸阳，更没有允准你离开秦国。你离开秦国，打算去哪儿？"

芈月不想回答，她欲转头，秦王驷却按住她，强迫她面对自己。

芈月看着秦王驷，他身上有一种东西，让她感觉陌生，那是一种长久处于杀伐决断位置上的威压之气。原来此前，他在她眼前展示的，还不是完全的面目啊，这种气势是危险的、可怕的，芈月的直觉告诉她，不要和他作对，犹是看到一头猛兽，只能退避，而不要去挑战一样。

她直视秦王驷的眼睛，说出了两个字："洛阳。"

秦王驷缓缓地松开手，忽然走到她原来坐的位置上，一指对面："坐。"

芈月走到他的对面坐下，整个人充满了警惕。秦王驷看着她，她此刻对坐的神情和姿势，既陌生又熟悉，说陌生，是她在他面前，从未有过如此的姿势，说熟悉，却是他极为熟悉的，那是他每每接见列国使臣的时候，对方如临大敌的模样，便是如此。

秦王驷看着芈月，问："为什么是洛阳？"他不待芈月回答，自己却已经径直说了下去："是因为周天子在洛阳是吗？列国的动向，站在洛阳可以看得最清楚，是吗？"

芈月嘴角抽动了一下，双手紧紧对握在一起，用这种方式，感受到支撑的力量，口中却已经完全是一派外交辞令："妾身只觉得，洛阳最安全，可以让子稷有一个安定的环境学习成长。"

秦王驷冷笑："申生在内而危，重耳在外而安。重耳可是继位为君，成了晋文公。你对子稷的将来，也是这么打算的，对吗？"是了，这是她当日说的话，她从一开始，就有所策划，甚至是图谋吧。

芈月却反唇相讥："没有诸公子之乱，哪来重耳复国？"她直视秦王驷的眼睛，"天若不予，妾身能有什么打算可言？"

秦王驷的眼神凌厉："可是只要有一丝机会，你就能把它抓到手，对吗？甚至你连魏冉都不准备带走，而要让他继续留在秦国，为你返回秦国而保留势力？"

芈月冷冷地说："妾身早说了，天不予，取之不祥；天予之，不取不祥。"若是嬴荡真的能够稳坐王位，你会对我一介妇人，有这样的猜测吗？若是嬴荡不能坐稳王位，你今日对我的任何措施，又有何用？

秦王驷已经明白了她的意思，忽然间哈哈大笑："好，好回答。"他深深凝神着芈月，"寡人竟是到今日才发现，我的妃子中，竟有国士之才。"

之前，他曾经同芈月半开玩笑地称许过她为"国士"，但当时在他的心中，只不过是一种调笑，一种"你高于同侪"的夸奖，却并未真的将她当成国士。但此刻，他重新审视她的时候，才发现，她的见识和才能，并不亚于他那些前朝的真国士。

芈月听了这话，却是无动于衷，道："大王该问的已经问了，妾身倒有一言相问。"

秦王驷已经知道她要问什么，道："寡人是应允过你，放你走，可寡人如今反悔了，所以，不能再放你走。"

芈月想不到他一个君王，居然就这么坦坦荡荡地把"反悔"二字说出口来，欲与之辩，也觉得多余了，只冷笑一声："既如此，大王如今意欲如何处置妾身？"

秦王驷没有回答，反问道："寡人是允你走了——可是，寡人与你十载夫妻，你走的时候，却连与寡人辞行都不来吗？"

芈月听出了他语气中竟还有指责之意，不由得心中幽怨，竟是无法抑制，她凝视秦王驷，话语未出，竟自哽咽："妾身与大王，十载……并非夫妻，而只是主奴。"她说出这样的话来，固然是十分艰难，可是这话一说出来，却亦是只觉得一阵痛快，何必呢，这种虚伪的面具，还要再这么温情脉脉地戴着吗？"妻者，齐也，一直以来是我卑身屈就，而你从来只是俯视利用，我和你……从来就没有齐过。"

秦王驷看着斜阳映着芈月脸上两行泪水流下，心中亦是一动，他俯身捏着芈月的下巴，不禁低头吻去她脸上的泪水，道："原来你心中一直介意此事，是不是？"

芈月举手推开秦王驷，自己扭过头拭去泪水，她只觉得羞愧，她居然还会在他的面前流泪，还会在他的面前软弱。不，她不想再这样继续下去了，她转回头去，看着秦王驷道："初侍大王的时候，你告诉我，我可以放开心扉，可以有自我，可以无拘无束。可当我真的相信时，真的放开自我的时候，才知道你愿意给的自由，只在你画出的圈子里。而你并没有告诉我，这个圈子的界限在哪里，直到我自己撞得头破血流，翼折心碎。"

秦王驷凝神着芈月，冷冷地说："天底下没有什么东西，是别人给你的。你想要的，都得自己去拿。想争得界限外的界限、圈子外的自由，都是要自己去争，自己去算。"

芈月忽然笑了起来，话语中充满讽刺："那大王如今把我留下，是想告诉我，我是争赢了吗？你愿意大发恩典，给我更多一点的自由吗？让我冲破小圈子，待在一个仍然不知界限，但更大一点的圈子内吗？"

秦王驷看着芈月，缓缓道："你不信？"

芈月以手按地，缓缓站起来，朝着秦王驷敛袖一礼，表情却是冰冷的："当我以为我赢了，你却告诉我，我输了，一切都是我自作多情。当我要退出，你却又告诉我，游戏还可以继续。输赢都在你的只语片言间，可对我来说却是生死选择。"她凄然一笑："大王，我玩不起，我不会再相信了！"

秦王驷见她如此，亦站了起来道："任何人的输赢都不在自己的手中，而在命运的手中。你以为你在圈子里，可世间万物，又何曾不是在一个个的圈子里挣扎，甚至连寡人……"他低声笑了一下，也不知道是自嘲，还是什么，"便连秦国的命运，天下人的命运，又何曾不是都在为了挣脱圈子内的轮回宿命而挣扎?"

芈月看着秦王驷，她似乎又要被他说服了，可是，不管是真是假，她已经进入这个局了："大王，如果现在结束，大家都还能退出。如果还要我再入场，那最后只能以死亡才能退出了。"说到最后，她发现自己不能再与他继续待在同一个屋子里，否则的话，她会透不过气来。

她方欲走到门口，秦王驷却大步上前，按住她的肩头，冷笑道："你有听说过棋局还未结束，对弈者还在继续下，棋子自己可以选择退出吗?"

芈月大惊，挣扎欲走，却被秦王驷抱住，按住她的肩头将她转过身来。她挣扎得更厉害了，她的挣扎仿佛也惹怒了他，他的手一把掐住了芈月的脖子。

他的心中充满了愤怒，这一生他对于女人予取予求，可却没有想到过，居然还有这样一个女人，到了如今这个程度，还想挣扎，还想逃脱。

她到底爱过他吗? 他到如今还没曾征服她吗? 她是如此地不驯服，如此地有生命力，如此地不肯放弃，如此地敢孤注一掷。而他，他的生命力在消逝中，他不得不对现实再三妥协，他甚至已经不敢再赌。

一刹那间，她在他的手底下，不只是一个女人，更是一种不甘心，一种急切欲证明自己的征服欲。芈月越挣扎，他的手便是掐得越紧，芈月在他的怀中挣扎，可是，她的力气毕竟不如他，渐渐地她喘不过气来，呼吸也越来越困难。她整个人已经无力挣扎，手足都因失控而发软颤抖。

他的手渐渐松了，芈月脚一软，便跌了下去。他伸手将她托住，慢慢地跪坐下来，看着她身不由己地伏在他的膝头，洁白的脖子上一片红痕，这是他留下的。

她的双目有些失神，嘴唇颤抖着，如此地柔弱，如此地无助。他明明知道这只是一种假象而已，却不禁感觉到了快慰，感觉到了心动，他俯下身子，吻住她颤抖的嘴唇，然后一点点地继续吻下去，吻着她的脖颈处刚才被他的手捏红了的位置，再慢慢地吻到她脖部的脉动处，感觉到她因此而颤动，他的血脉也因此更加炽热。

"嘶——"的一声，芈月的衣服被撕破了，一件件衣饰抛出，落地。

芈月一动不动，恍若死去。

可是，他不会由得她继续以冷漠来抵制，他低下头，一点点地吻了下去。

太阳渐渐落山，房间内一点点暗下去，最后一缕阳光斜照进芈月赤裸的肩头，一闪即没。

黑暗中，芈月咬着牙，开始挣扎。失去的力气，似乎又渐渐恢复，她用尽了全身的力气，用尽了所有能够动用的武器，她咬、她掐、她踢、她顶……黑暗中，一个男人和一个女人，如同原始的野兽一样，紧紧贴在一起，又似搏杀，又似撕咬。

他把她按下去，她却用尽力气，又要翻转过来。渐渐地，搏杀变成了纠缠，纠缠变成了交融，然而就算是交融中，却又充满了搏杀。

秦王驷喘息咬牙："这才是你的本性，是吗？"

芈月没有说话，因为她的牙，咬住了他的肩头。

秦王驷发出抽痛的倒吸声，掐着她的脖子，好不容易将她的牙给拔出来，用自己的嘴，将她的嘴堵上。两人从榻上到席上，从席上到地板，这一夜，搏杀数次，依旧不能罢休。

到天亮的时候，两人纠缠在一起，已经昏睡。一直到过了正午，才悠悠醒来。

芈月睁开眼睛，看到的是自己同秦王驷纠缠在一起，她倒吸一口凉气，推开秦王驷，这一举动，却将秦王驷推醒了，他的手按住芈月，咬牙笑道："就这么想离开寡人吗？"

芈月只觉得头昏昏沉沉，全身无力，便是想吵想挣扎，竟也已经没有半点力气，她咬牙道："你放开我，这是大白天了。"

秦王驷冷笑:"大白天又怎么样……"

芈月用力一推他怒道:"放我起来!"

秦王驷冷笑:"不放又如何!"

芈月连话也无力再说,只推了他一下,不料反招来他用力将她拉进怀中。

忽然间,一阵奇怪的咕咕声传来,两人都怔住了。

芈月的脸顿时黑了,狠狠地瞪了秦王驷一眼,用力推开他。秦王驷却于此时已经听到,原来是芈月肚子在叫。

自前日回来,一直到昨日秦王驷来之前,芈月便只用了一碗米汤,到现在已经整整两日,肚子自然饿得咕咕叫了。

芈月恶狠狠地瞪着秦王驷,秦王驷看着她的样子,心中怒火已经不知何时消失,搂着她纵声大笑起来。笑了半日,才叫道:"缪监,送膳食进来。"

缪监在门外一直守到如今,听了秦王驷叫声,连忙叫人去准备膳食,这边便走到门前,欲推门进来,但终究还是不敢,只轻轻敲了一下。

秦王驷却道:"你把膳食放在门边,不必进来了。"

秦王驷在常宁殿三天三夜,不曾出来。

自此,芈八子独宠,秦王驷再不曾召过其他的妃嫔。

而宫中更是流传,秦王驷已经召樗里疾进宫,商议易储之事。

此事一出,芈姝与嬴荡便如置火山上,日夜不能安枕。

椒房殿中,芈姝、嬴荡以及新太子妇魏颐聚在一起,商议此事。

缪乙鞠身,侍立在一边。

芈姝阴沉地问缪乙:"你说,大王病重,此事可真?"

缪乙恭敬地答道:"是,多则三年,少则……"

芈姝一惊:"如何?"

缪乙道:"虽然太医令对大王说,少则半年,可奴才私下问过太医令，说大王的病情，无法掌控，他说的时间只是乐观估计而已……"

缪乙站在这里，却非无因。他是最早知道秦王驷身体状况的人，因此早怀异心，图谋寻找后路，在嬴荡立为太子之后，缪乙便怀着投机的目的，暗中与芈姝交好，私泄消息给芈姝和嬴荡。

他知道，秦王驷死后，缪监自然也会从他的位置上退下来，而这个位置，他一直以为，不管论资历、能力，皆非自己莫属了。可是他却没有想到，会有一天风云忽变，秦王驷居然会转向芈八子和嬴稷，动了易储之念，他便只能铤而走险，直接投效芈姝，促其提早动手了。若是早知道芈八子能够上位，他一定会提早对她进行讨好，可惜谁也看不到这么远，等他意识到这一点的时候，才惊觉自己已经迟了一步。芈八子的身边，早就有一个缪辛了。

缪监头一批的假子当中，如今只剩下他与缪辛，当日缪辛被派出服侍芈八子，他还暗笑缪辛从此就失去了竞争大监的机会，自己便是唯一的人选。可是没有想到，缪辛以这样一种方式回来。想到这里，心中却暗暗升起了对缪监的怨恨，一想到当日缪监将缪辛派到芈八子身边，是不是特意早就为缪辛铺路了？想自己对缪监多年来殷勤侍候，万分讨好，竟是换不来他对自己的培养和铺路。

他既不仁，自己便也不义了。只要王后能够上位，那么，他根本不需要缪监，也能够得到那个位置了。

芈姝听了缪乙之言，不由得失神道："怎么这样，怎么会来得这么突然？"

缪乙焦急地道："王后别急着伤心，如今正是最危急的关头，大王已召樗里疾入宫商议易储之事。"

芈姝尖声道："不可能……"

缪乙道："千真万确，奴才在一边亲耳听到的。"

芈姝暴怒地站起道："我去杀了那个贱人，我去杀了那个孽种。"

缪乙道："王后不可，若是这样，大王岂不是更有理由废后了？"

芈姝跌坐，泪水落下，神情绝望："大王，大王真的对我如此绝情吗？"

魏颐大急，劝道："母后，母后您醒醒，您素日的英明果断哪儿去了？当务之急，难道不是想应对措施吗？"

芈姝掩面泣道："大王，大王竟然如此狠心绝情，我该怎么办，该怎么办？"

魏颐急了："母后，如今只有杀了芈八子母子，才能永绝后患。"

芈姝听了这话，心中一动，只是这些日子以来，她因为两次出手，而差点将自己陷入绝境，不免有如惊弓之鸟。想了想，反而疑心起来，看着魏颐："你……若是我们杀了芈八子，大王动怒，子荡和子稷不保，难道不是你魏氏得利吗？"

魏颐只觉得十分冤枉，叫道："母后，这时候您怎么还这么疑心病重，太子是我的夫婿，他若做了大王，我就是王后。魏夫人只是我的姑母，公子华是我的表哥，他们得势，于我有什么益处？难道这亲疏远近，我竟会不知道吗？"

芈姝道："那你说，该怎么办呢？"

魏颐眉间杀机陡起，道："不如趁大王上朝之时，派杀手潜入承明殿，杀死子稷。"

缪乙却道："不可。"

魏颐道："为何不可？"

嬴荡之前一言不发，此时却沉声道："宫中禁卫森严，大监控制有术，只怕不是什么杀手可以潜入的。"

魏颐看着嬴荡，却道："我却不信，便是有护卫，又怎么样？太子不是招了三名大力士，有万夫不当之勇吗？不如让太子带此三人入宫，趁大王不在的时候，可以兄弟切磋的名义，令这三名力士假借比试之机，'失手误伤'……"

芈姝看着魏颐，脸色阴晴不定，她没有想到，这个魏氏女，竟是厉害不输于魏夫人。暗中起了警惕之心，口中却道："太子妇说得有理，好孩子，便依你之计行事吧。"

第二十三章

秦 王 薨

不觉数月过去，秦王驷与芈月几乎是形影不离，两人的关系却是极为微妙，既似亲密，又似决绝。

秦王驷感觉到自己的生命力在流逝中，他越是发觉自己临近死亡时的软弱和畏惧，越是更加迷恋芈月身上那种百折不挠的生命力。

有时候他又十分矛盾，眼前的这个女人，学得太快，成长得太快，快到几乎要脱出他的掌控，甚至快到对许多政事的反应能力和决策能力，不亚于他了。

他依恋着她，又苛责她，而芈月，在他的面前，亦不似之前那种姬妾式的千依百顺。她开始管着他的饮食，反讥他的责难，但又温柔地安抚他的暴躁，平息他的不安。

他已经在逐步安排，将诸公子一一派往各地分封，又将嬴荡身边最为倚重的甘茂派作司马错的助手去蜀中平乱。又逐步将嬴荡手中的军权剥离，再下旨召魏冉与白起回咸阳。

他与樗里疾亦是已经进行了数次商议，樗里疾也是从一开始的反对，到最后的同意，更易太子之事非同寻常，他要做好充分的准备才是。

352

　　却是这一日，秦王驷已经上朝，芈月回到常宁殿中，缪监带着嬴稷在承明殿中练习武艺。

　　忽然间，台阶下一阵"太子，太子请留步"的声音。缪监神情一变，迅速走出来，却见嬴荡带着一队侍卫，正制住了宫门的守卫，已经拾级而上。

　　缪监瞳孔收缩，他瞧得出嬴荡身后的三个壮汉，正是他招揽来的三名大力士：孟贲、乌获和任鄙。

　　缪监上前一步，挡在前面，行礼道："老奴参见太子，不知太子到来，所为何事？"

　　嬴荡看着缪监，咧嘴一笑，孟贲上前，便把缪监挤到一边，让嬴荡进入殿前。

　　嬴荡已经看到站在廊下、手持木剑的嬴稷，笑道："子稷，你手持木剑，可是在练功吗？"

　　嬴稷警惕地看着嬴荡，行礼道："臣弟参见太子。不知太子到此何事？"

　　嬴荡冷笑一声："何事，何事？怎么人人都问我何事？子稷，你可知这承明殿，我也是住过的，而且比你还早。想不到如今你鸠占鹊巢，反来质问我何事，当真是笑话了。"

　　嬴稷脸色发白，却努力站在那里不肯后退，道："太子此言差矣，你我住在这里，皆是父王之旨意。此处既非是太子的，亦不是我可以抢占的。太子说这样的话，却是置父王于何地呢？"

　　嬴荡纵声大笑起来："好一张利嘴，我竟是拿你无可奈何了。子稷，我看你一个人练功，未免无趣，不如让我手下的护卫来陪你练练如何？"

　　牛高马大的孟贲闻声便上前一拱手道："公子，请。"

　　嬴稷眼见着此人如一座巨鼎一样，迎面压了过来，不禁倒退两步，声音有些发抖起来，却努力撑住了，道："太子，此处乃父王的寝宫，岂可随便做比试之地？您这几位勇士与我身量悬殊，实不相称，还是下次我也请几位勇士再与您的护卫较量吧。"

嬴荡冷笑："子稷何必客气呢？我还记得，当日你的舅父武艺高强，想来你也学到不少。若是你看不上我的武士，那哥哥自己与你对练可好？"

嬴稷看着嬴荡，咬牙道："太子，您是储君，当为我们兄弟的表率。若是行为失检，岂不是令父王失望？"

嬴荡道："是啊，有你这个弟弟在，岂不是要衬得我们这些哥哥越发令人失望了？子稷，你真是聪明，或者是太聪明了，所以心也太大了吧。"

说着，嬴荡大步向嬴稷走去。

缪监一惊，转头看了看周围，见缪乙悄悄退下，以为是他明白了自己的意思，定下心来上前一步："太子，公子稷年纪尚小，嫩胳膊嫩腿的，学武也是刚起步，如何能够与您相比？太子当真是有孝心，这几位勇士英武过人，想是您特地寻来进献大王的吧。大王过会儿散朝就要回来了，看到一定欢喜。"

嬴荡冷笑道："子稷也是我大秦公子，如此体弱畏战，岂不是丢了王家脸面？我身为兄长，应该好好教导于他。孟贲，你带子稷去练武场，好好侍候他练功。"

孟贲道："是。"

缪监大惊道："来人。"唤出十余名黑衣暗卫，叫道："保护好公子。"

嬴荡冷笑道："你这阉奴，好大的胆子，你们可知我是谁？以下犯上，该当何罪！"

缪监没有说话，只是把嬴稷护到自己身后。

嬴荡冷笑道："给我拿下。"

两边顿时相斗起来，却是嬴荡等有备而来，那孟贲三人果然是有万夫不当之勇，暗卫们竟纷纷不敌。

缪监不动声色，继续后退。

孟贲等三人将十余名暗卫都打得口吐鲜血倒在地上，殿前只剩下缪监和嬴稷。

嬴荡冷笑道："不承想承明殿前的暗卫，也不外如是，父王把安全交给你们，我岂能放心？"

不料此时，却听得一个声音怒道："那么，寡人应当叫谁来护卫承明殿的安全，是太子你吗？"

嬴荡大惊，转头看到秦王驷拾级而上，冷冷地看着他。

嬴荡纵是胆子极壮，此时极威之下，竟也呆住，但听得秦王驷冷哼一声，嬴荡只得转身下拜："儿臣参见父王。"

嬴稷也从缪监身后转出来，向秦王驷行礼："儿臣参见父王。"

孟贲等人见秦王驷带着大队侍卫上来，又见嬴荡已经跪下，只得停手，随众人一起跪下行礼道："参见大王。"

秦王驷冷笑道："太子好生威风，竟然可以带着人马杀进寡人的寝殿，是不是接下来就是要逼宫弑父了？"

嬴荡大惊道："儿臣不敢，儿臣只是与稷弟开个玩笑而已。"

秦王驷道："开个玩笑，就能把寡人寝宫的护卫统统打伤？"

嬴荡道："这几个是儿臣刚寻来的力士，乡野鄙夫，不懂礼仪，举手没个轻重，都是儿臣的错，容儿臣回头好好教导。"

秦王驷道："他们不懂，你也不懂吗？你站在这儿，是个死人吗？容得他们动手？"

嬴荡壮着胆子抗辩道："在父王的心中，是不是已把儿臣当成死人了？"

秦王驷想不到嬴荡竟然敢顶嘴，喝道："你这逆子，意欲何为？"

嬴荡索性站了起来，怒道："儿臣本一心孝敬父王，岂有二心？只是父王惑于女色听信谗言，竟要行废嫡立庶的乱令，儿臣不服，特来相问父王，儿臣身犯何罪，竟要被父王所弃，被这小儿所辱？"

秦王驷不动声色，问道："你这是向寡人兴师问罪来了？这是你做臣子、做儿子的礼法？"

嬴荡冷笑："礼法？父王有礼法吗？若是父王当真弃了儿臣，儿臣怎么做，都是死罪。索性当着父王的面，先杀死这夺位小儿，再在父王跟前，自尽领罪，可好？"

说着，便站了起来，拔刀就要向嬴稷冲去。

孟贲三人见他一动，也都跟着站起来扬起了拳头。

秦王驷怒极，骂道："逆子——"

话犹未了，忽然一口鲜血喷出，顿时倒了下来。

缪监大惊，蹿上来扶住秦王驷道："大王，大王！来人——"

众武士如潮水般涌上，将秦王驷和嬴稷护在当中。

缪监和嬴稷扶着秦王驷，走入殿中。

嬴荡跺了跺脚。

乌获急道："太子，现在怎么办？"

嬴荡也有些害怕："快，随我去见母后。"

此时芈月正在常宁殿中，坐在廊下，在一只黑陶瓶中插着荷花，看到女萝跑来，抬头问："发生什么事了？"

女萝道："太子带着三名武士，到承明殿找公子稷寻衅闹事……"

芈月大惊，站起，抓住女萝的手："子稷怎么样了？"

女萝道："幸亏大王及时赶到……"

芈月松了一口气。女萝又继续道："可是大王却突发了病症……"

芈月一惊道："什么病症？"

女萝道："奴婢也不知道，但是看情景，似乎是挺严重的。季芈，若是大王有什么事的话……"

芈月跌坐，袖子带到黑陶瓶，瓶子倒了，荷花荷叶残枝乱弃在地板上，水流在地板上慢慢漫延，一滴滴坠在阶下。

芈月抬头，天地似在旋转。

女萝的声音似从极遥远处传来："季芈，季芈……"

芈月的声音缓缓转头，似极陌生地看着眼前女萝的脸，一会儿模糊，一会儿清楚，好一会儿才对好焦距，用梦游般的语气道："你刚才说到哪儿了？"

女萝道："大王病重。"

芈月想站起来，却发现没有力气站起来。

芈月伸出手，女萝连忙扶着她站起来。芈月一手扶着女萝，一手扶着板壁，慢慢地走着。四下一片寂静，唯有芈月的木屐声响动。

芈月停住，手紧紧抓住女萝，她思索了好一会儿，此时已经完全冷静下来，甚至连声音都冷得完全不像平日了："我记得，你有个兄长。"

女萝道："是，奴婢的兄长蒙季芈救回，如今安排在少府任小吏。"

芈月道："每月逢月末，唐姑梁会把当月制造的兵器，交由少府入库，这件事，我记得是指派你兄长从中联系的。"

女萝道："是。"

芈月道："你现在出宫去，让你兄长，把这几个月墨门上交的兵器，全部扣下来。"

女萝大惊，她想说什么，看着芈月的神色，终于什么也没有说，鞠身行礼道："是。"

芈月看着女萝转身而去，嘴角颤抖道："希望……什么事也不会发生。"

秦王驷忽然发病，宫中大乱，樗里疾得到讯息，立刻点齐兵马，将宫中内外控制起来。此时已经分封在各处的诸公子却不知何时接到讯息，纷纷带着各自封地上的兵马，赶回咸阳。

一时间，山雨欲来，咸阳城陷入紧张的气氛当中。

承明殿内室，秦王驷悠悠醒来，抬眼就看到樗里疾紧张地坐在他面前。

樗里疾道："大王，你怎么样了？"

秦王驷欲张口说话，又喘息不止。

樗里疾道："太医令，快来看看大王怎么样了？"

太医令李醯正侍候在一边，此时忙带着药童上前，按住秦王驷的脉门和几个穴位，好一会儿才放开，秦王驷这才喘息稍定。

李醯道："大王此症，忌用神，更忌大喜大怒，请大王珍重。"

秦王驷道："寡人昏迷多久了？"

樗里疾道："三天了。"

秦王驷一怔道："三天了？"他沉默片刻道："太子何在？公子稷何在？"

樗里疾道："太子与诸公子都在外殿候着。"

秦王驷道："宫中事务，现在由谁主持？"

樗里疾道："由王后主持。"

秦王驷脸色微怒："王后尚在闭门思过，何人让她出来？"

樗里疾道："是臣弟。当此混乱之际，若后宫无人主持，只怕会发生一些不可测的事情。"

秦王驷闭了闭眼睛，道："罢了。"

秦王驷转头，看到侍立在榻边的景氏和屈氏道："怎么是你们？"

缪监小心地道："大王，这几日皆是王后带着景媵人、屈媵人服侍大王。"

秦王驷道："其他人呢？"

缪监道："奉王后命，其他妃嫔皆在偏殿轮班相候着。大王可是想要召……"

秦王驷摆手道："不必了。"他看了景氏和屈氏一眼道："你们也出去。"

景氏和屈氏道："是。"

缪监道："大王是要召王后来吗？"

秦王驷摇摇头。

缪监试探着道："那么，是芈八子……"

秦王驷却看了樗里疾一眼。

樗里疾脸色沉重道："大王病重，消息外泄，不但宫中的诸位公子都在外面轮流侍疾，今日已外封或者在军中的几位公子都快马赶回来了。"

秦王驷冷笑道："他们这是来侍疾，还是要逼宫？"

樗里疾道："大王这句话说到点子上了。大王，看似宫中诸公子齐聚侍疾，实则咸阳城中，各位公子及母族的势力已经各踞一翼，都是风闻……"

秦王驷道："风闻什么？"

樗里疾靠近秦王驷，压低了声音道："都是风闻，大王想要废嫡立庶。"

秦王驷脸色铁青道："那又如何？"

樗里疾道："诸公子齐聚，大王废太子容易，但想要立公子稷为太子，却难如登天，只怕这二十几位公子会为了争当储君而争得你死我活。大王，可别忘记当年齐桓公称霸一时，可是尚未断气就五子夺位，束甲相争，齐桓公三月不葬，甚至尸体生蛆……"

秦王驷道："住口，不要说了。"

樗里疾道："大王，事已至此，此乃天意不可违也。还请大王以大局为重，为避免国家动荡，臣请大王放弃易储之念吧。"

秦王驷狂笑起来道："天意……天意弄人，难道天意也在跟寡人作对吗？哈哈哈……"

秦王驷向后倒去，缪监连忙扶住。

樗里疾道："快宣王后。"

秦王驷道："不必。"

缪监低声道："那大王要宣谁？"

秦王驷微弱地道："你去——西郊行宫，召庸夫人入宫侍疾。"

众人大惊。

承明殿外，日夜交错，朝臣和诸公子们，进进出出。

承明殿偏殿，众妃嫔轮班侍奉。

庸夫人踏入承明殿偏殿的时候，在场所有人的眼光，都聚在了她的身上。

此时正是芈姝带着后宫妃嫔，守在承明殿偏殿，轮番为秦王驷侍疾。

她自是知道，成败皆在此时，因此一刻也不肯放松，更是把芈月视为眼中钉，肉中刺。

她以为秦王驷醒来，第一个必是要叫她的，便是不叫她，也会召芈月，却没有想到，秦王驷第一个叫的，却是远在西郊行宫的庸夫人。

芈姝眼睛里都是红血丝，她死死地盯住庸夫人。

魏夫人在芈姝耳边轻声道："她就是庸夫人。"

芈姝看着站在阴影里近乎不存在的芈月，又看着明显苍老的庸夫人，冷笑道："大王只怕还当她是十几年前的庸夫人吧，见了她，只怕失望得很。"

芈姝端坐着，摆出等待庸夫人见礼的样子，庸夫人却看也不看她，径直向内室走去。

芈姝大怒，指着庸夫人喝道："你站住。"

庸夫人看着芈姝如同路人一样，扫了她一眼继续向前走。

芈姝一怒站起，叫道："来人，挡下她。"

缪监上前恭敬地道："王后，大王有旨，令庸夫人入见。"

芈姝怔住了，眼睁睁看着庸夫人从她面前走过，从齿缝里低声诅咒道："一个老弃妇，居然还敢厚着脸皮回来。"

庸夫人站住，回头，看着芈姝道："你何不问问你自己的心，在大王眼中，究竟谁才是弃妇？"

芈姝一时怔住："你……"

见庸夫人径直入内，芈姝满腔怒火，转头看到芈月，讥讽道："我还以为你如何得宠，没想到在他的心目中，你根本什么都不是。"

芈月平淡地道："在大王心中，除了庸夫人以外，其他的女人统统什么都不是。"

芈姝恶毒地看着芈月，又看看殿中的妃嫔们，恨恨地道："总有一天，我会叫你们知道，如何才是统统什么都不是的。"

不理殿外众人，庸夫人走进承明殿内室，直奔向躺在榻上的秦王驷，叫道："大王！"

秦王驷看着庸夫人进来，吃力地叫着她的小名："桑柔……"

缪监已经得了秦王驷吩咐，此时便率人尽数退了出去，室内只剩下庸夫人和秦王驷两人。

庸夫人坐到秦王驷的身边，握住他的手，已经哽咽。

两人对视，朝阳斜照入窗，照见两人鬓边点点银丝。

庸夫人忽然含泪笑了。

秦王驷道："你在笑什么？"

庸夫人道："我笑当日，也是在这个房间，我们曾戏言，将来老了，白发相对，仍然执手……"

秦王驷叹息："是啊，我们都老了。"

庸夫人垂泪："大王，怎么会弄到如此地步？"

秦王驷忽然笑了起来，他笑得咳嗽不止，笑得几乎无法停住。好不容易，才渐渐停息下来，道："桑柔，你还记得吗？我当日要娶魏氏，你一怒离宫的时候，曾经对我说，我会后悔的。"

庸夫人想到昔日之事，苦涩中又带着一丝甜蜜，摇了摇头："那时候我年少气盛，胡言乱语，大王不必放在心上。"

秦王驷却摇了摇头，道："你说得对，寡人是后悔了。当日我年少气盛，急功近利，为了秦国的霸业，辜负了你的情义，让秦国失去了一位好王后，现在想起来，何其蠢也。"

庸夫人看着他鬓边白发丛生，心中不忍，劝道："大王，事情都过去了，我并不怪大王。"

秦王驷却摇了摇头，道："可寡人怪自己，其实如今回头想想，那一点与魏国结姻的功利，有与没有，区别并不大。可是寡人一错再错，先娶魏女，后娶楚女，皆是拿王后之位，去换取政治利益，却不曾想到后继之事。到如今为了储位之事，后继乏人，明知不宜，还是再三妥协。寡人若能有一贤后辅佐，何至于此啊！"

庸夫人失声痛哭："大王，您别说了，是我的错，是我不应该固执己见，不应该离您而去。"

秦王驷幽幽一叹："不，你没有错，唯你固执己见，你如今还是当日的桑柔。"

庸夫人转头，拭去泪水，问道："大王，有什么事要臣妾去做的，就说吧。"

秦王驷微微一笑："不愧是我的桑柔，到今日，依旧与我心有灵犀。你看到芈八子了吗?"

庸夫人点了点头："你要我助她?"

秦王驷没有回答，却说了一件不相干的事："当日你为何要为她求情，是因为她很像你吗?"

庸夫人摇头道："不，她并不像我。我离开你，是因为我不得不离开。"

秦王驷道："寡人曾经请你留下。"

庸夫人摇头，幽幽叹息着道："我这一生，终然人去了，心还留在你身边。可是我喜欢她，当断则断，这样就能够解脱自己。我做不到的，希望她能够做到。可是你啊……"

秦王驷微笑道："寡人怎么了?"

庸夫人道："你强留下她，就不要害了她。"

秦王驷没有说话。

庸夫人看着秦王驷，叹了口气。

秦王驷睁开眼睛道："既然如此，寡人有一件事，要托于你……"

他示意庸夫人近前，庸夫人俯下身子，将耳朵贴在他的嘴边，听着他说着，脸上的神情，却越来越诧异。

终于，庸夫人沉默片刻，点了点头，她走到几案边，铺开帛书，提笔依着秦王驷的吩咐，一字字写下诏书来，写完之后，拿到秦王驷面前，给他看。

秦王驷看了，点了点头笑道："桑柔，你学寡人的字，至今还学得如此之像啊!"

他与庸夫人从小一起长大,一起习同一种字,到如今庸夫人的字,依旧与他极为相像,普通人也是极难分辨出来的。

庸夫人苦笑:"我但愿能够为你最后做这一件事。"

秦王驷点了点头:"你去叫樗里子进来吧。"

庸夫人点头,走出内室,叫了樗里疾进来。

樗里疾进来,坐在秦王驷身边,他眼睁睁看着秦王驷的生命力在一步步衰弱,却无能为力。

秦王驷吃力地睁开眼睛,叫道:"疾弟。"

樗里疾忙上前应道:"大王!"

秦王驷道:"寡人去后,大秦会怎么样呢?"

樗里疾道:"有列祖列宗保佑,大秦的将来会越来越好。"

秦王驷道:"说什么傻话,难道那些消失了的国家,没有列祖列宗的保佑吗?国家的将来,不在祖宗,而在子孙啊。你说,寡人去后,子荡镇得住江山吗?"

樗里疾劝慰道:"大王放心,嫡长继位,江山稳固,大秦兵马足以震慑四方强邻,不会有什么动荡的。"

秦王驷道:"寡人只怕动荡不在外敌,而在内朝。"

樗里疾道:"大王是说……"

秦王驷闭目沉吟,忽然眼睛一睁,眼中杀机尽现:"寡人想杀了芈八子。"

樗里疾心头一震,张口就要答应,最终还是摇了摇头:"臣不同意。"见秦王驷想要说话,却有些吃力,于是继续说下去道:"大王爱其才,欲立其子为储,但时移势易,芈八子母子成了弃子。但怨恨已经种下,芈八子与王后只怕难以共一片蓝天之下……大王之意,臣弟可有猜错?"

秦王驷闭了闭眼睛,没有说话。

樗里疾却道:"大王,若是杀了芈八子,您可还要再杀死公子稷,可还要再杀死目前仍在蜀中平乱的魏冉?"

秦王驷忽然笑了道:"你还记得当年修鱼之战,寡人曾令你将一个叫唐昧的人秘密押送入宫的事吗?"

樗里疾点头道:"记得。"

秦王驷道:"芈八子出世之前,曾有天象预言,说她是'霸星降世,当横扫六国'。那唐昧就是预言之人。"

樗里疾道:"那唐昧现在何处?"

秦王驷道:"寡人已经杀了他。"

樗里疾沉默了,他不敢相信秦王驷竟然也有如此迷信的时候,看着秦王驷的病容,心中有一丝了然和怜悯。

樗里疾试探着道:"所以大王当初想立公子稷为太子,是否也……"

秦王驷闭目不语。

樗里疾急着道:"大王,臣弟以为,从来王图霸业,靠的是好男儿驰骋疆场,岂是一个妇人能够承担得了这霸业,更勿论横扫六国!"

秦王驷睁开眼,眼神凌厉。

樗里疾不敢再说,忽然悲从中来,扑倒在地道:"王兄为了大秦江山,心血耗尽,竟气血衰弱至此……"

樗里疾说不下去了,哽咽难言。

秦王驷与樗里疾的眼神接触,两人眼神交流,竟似都懂了。

铜壶滴漏之声,一滴滴似敲打在心头。

好一会儿,秦王驷慢慢扫视过室内,看着自己的病榻,几案前的药碗,到整个房间的压抑。

他的眼光看到门边布幔在晃动,让他想到布幔后,在殿外候着的妃嫔、儿子和臣子们。

他吃力地伸手,樗里疾顺着他的眼神,看到了挂在柱上的剑,连忙上前几步,把宝剑拿过来呈送到秦王驷的面前,又将秦王驷扶坐起来。

秦王驷想抽出宝剑,抽了一下竟没有力气,樗里疾上前想要帮忙,秦王驷用力一拔，将剑拔了出来。

秦王驷看着手中的宝剑，喘息了几下，又将剑递还给樗里疾。

秦王驷道："你说得不错，是寡人病重，竟然连胆气都弱了。竟然想着借助所谓的天命，张仪的劝说固然打动我，但多少，还是……这也罢了，但是疑忌一个妇人，嘿嘿，真是可笑，那还是我吗？"

樗里疾心中恻然，泣道："大王——"

秦王驷道："输赢成败，凭的是我嬴氏子孙的胆气才能，不是倚仗天命，也不是畏这世间有多少能人。若是连这点气量也没有，我大秦谈何争霸天下？"

樗里疾道："大王乃世间强者，男儿争霸，不畏敌强，而畏心怯；不畏人乱，而畏自乱。"

秦王驷道："罢了，罢了。"

樗里疾道："那，这芈八子，就此分封？"

秦王驷摇了摇头道："芈八子性情强悍，寡人死后，王后是制不住她的，可惜王后并不知道这一点。只怕她会轻举妄动，到时候闯出祸来，不能收拾。"

樗里疾道："大王的意思是……"

秦王驷道："让她们分开吧，分而相安无事。寡人已经封子稷为栎阳君，封地就在雍城，容其奉养其母。"

樗里疾一惊："雍城乃大秦故都，自先祖德公至献公，历经十九君，为都城近三百年，列祖列宗的陵寝及秦人宗庙仍在此地，许多重要祀典还在雍城举行……"

秦王驷长叹一声道："雍城虽受尊崇，却没有发展空间，若是子稷分封边城或者新收地区，只怕将来扩张迅速，尾大不掉……"

樗里疾道："大王既考虑至此，那芈八子也当会思虑至此。若是她安心就封倒也罢了，若是她不能就封，或者王后不许她就封，那么……"

秦王驷道："若是芈八子不能就封，"他冷笑一声，道，"你便……"

樗里疾忙俯近秦王驷，听着他的述说，连连点头。

秦王驷忽然喘息了几声，自袖中取出一封诏书来，递给樗里疾，道："你看看这个。"

樗里疾展开一看，脸色大变："大王，这……"

秦王驷喘息几下，道："寡人既然已经重用过她，了解了她，甚至亲手教她出来，若是一条不用，也便罢了。若是当真有事，这便是寡人为大秦留的一条后路。但愿……但愿是用不上的。"

樗里疾哽咽："大王。"

秦王驷看着樗里疾："你明白了？"

樗里疾点头。

秦王驷微微点头："如此，你已经心里有数，将来有事，寡人也好放心。"

樗里疾应声："是。"

秦王驷道："你去替寡人用玺吧。"

樗里疾郑重行礼，到了秦王驷几案上，取得玉玺，端端正正地盖好，吹干朱泥，再封入紫囊中，呈与秦王驷。

秦王驷点了点头，将紫囊收好，道："你去叫庸氏进来吧。"

樗里疾已经明白，一拱手，退了出去。

庸夫人再度进来，不久之后，秦王驷依次召王后、唐夫人、魏夫人等轮番进来，各自说话。众后妃皆肃然而进，掩面轻泣而出。

此后，其下妃嫔便没有再召，只召了芈八子进来。

芈月走进承明殿内室时，但见秦王驷半坐在榻上，之前进来的魏夫人正伏在他的膝上哭泣着。

见芈月进来，魏夫人红肿着眼，从秦王驷膝上站起，阴冷地看了芈月一眼，从另一头出去了。

芈月走到榻边，跪下道："大王有何吩咐？"

秦王驷看着芈月道："你怨恨寡人吗？"

芈月摇了摇头："不。臣妾怨恨的是命运。"

秦王驷道："怨恨命运什么?"

芈月自嘲地摇头："臣妾只是不明白,若是上苍怜我,赐给我一国之君的宠爱,为何又那么早早地把它夺走?若当真已经将它夺走,为何又让我重新得到儿时失去的世界,重新得到一国之君的宠爱……"

秦王驷轻叹一声:"你的怨恨,不只是对寡人,还是对你的父亲吧!"

芈月摇头,有些迷惘地说:"不知道。大王,刚才站在外面,我却是在为大王祈祷。大王,不管我对您有多少深情和怨恨,可是若是您活着,臣妾宁可折寿以换。因为臣妾,真的不能再经受一次失去了……"

她看着秦王驷,他负了她,可他又折回找她。她本已经对他绝望,本已经逃开,但他把她拉回的时候,让她似乎觉得又生了新的希望。

可是最终,她落到了比被他所欺骗后更坏的境遇去了。

如果头一次她逃开了,她不会有这种绝境。

可是,她如今看着他的时候,却已经没有怨恨。这些日子,他走近了她,她也走近了他。他的无奈,他的妥协,他的顾虑,她不能接受,可她却已经懂得了。

因为懂得,所以谅解。

可是,她依旧不能不愤怒的。

有时候她真不明白,上苍似乎一直在捉弄她。若是当真把她失去的还给了她,为什么又要再次夺走?难道上苍就是为了要一而再再而三地让她承受失去的痛苦吗?上苍赐予她更多的聪明和才慧,难道是为了让她付出更多努力,再更敏锐、更深刻地体验被剥夺的痛苦吗?

芈月的眼泪落下,上苍,你已经夺走了我的父亲,请给我的儿子,留下他的父亲吧。你已经让我的母亲承受了世间最屈辱的生存和最痛苦的死亡,何忍让我再重复我母亲的命运?少司命,你曾经救过我,你若有灵,让大王活下去吧,我愿意折寿,也不愿意再面临生命中的绝望。大王,我曾经逃开,就是不想面对这种灭顶之痛,你不让我离开,那么求你也别把我抛下……

秦王驷的病情，好好坏坏，反反复复，在生命的尽头，他再不要别人侍候，身边只留下了庸夫人，而让他所有名义上的后妃们，只能待在承明殿的偏殿中等待。

但他没有再传唤她们。

他在不停地接见着所有的文臣武将，所有的儿子们，他撑着病体，一个个人地召见，一件件事地分派下来。

直至到这一天，等所有的人都退出以后，他闭着眼睛说："桑柔，你走吧。"

庸夫人一惊："什么？"

秦王驷指了指几案上的黑漆木匣，道："里面有一个紫囊，你拿出来，带走。"

庸夫人打开木匣，取出里面的紫囊，拆开紫囊，她看到了诏书的内容："这……交给我？"

秦王驷半闭着眼睛："是，寡人唯一能够托付此事的人，便是你。"

庸夫人喃喃地道："为什么？"

秦王驷长叹："诸侯争霸，列国形势瞬息万变，寡人得预料到最坏的情况……若当真到了那个时候，你就拿出这道诏书来……"

庸夫人痛哭："大王……"

秦王驷道："寡人能信得过的，就是你。若是这种情况没有发生，那么，到你死之前，就把这道诏书给烧了。"

庸夫人哽咽着说不出话来。

秦王驷道："你现在就出宫去吧。"

庸夫人道："不，我要陪着你……"

秦王驷摇头道："王者临死，交代的是国事，陪伴的是储君，岂作儿女相向？我待你的心，你知，便是。把我交托的事做好，便是你待我的一片心。"

庸夫人哽咽着点头，将诏书拿出，收入怀中道："你放心。"

庸夫人站起来欲离开，秦王驷的手指却勾住了她的衣袖。

秦王驷道："剪一缕你的头发留下，让它陪着寡人。"

庸夫人拔去发钗，落下半边头发，缪监奉上小刀，庸夫人割了一缕头发，以红线系好，放在秦王驷的怀中。

秦王驷伸出手，握住头发。

庸夫人掩面而出。

夏夜，众大臣和公子们候在承明殿上，忽然听得里面一声悲鸣道："大王——"

众人骚动起来。

缪监走出来，行礼道："大王召见诸卿大夫，各位公子。"

众人纷纷整冠，表情肃然排队而入。

承明殿偏殿，诸后妃也纷纷整衣，表情肃然排队而入。

承明殿内室，秦王驷虚弱地躺在榻上，群臣跪在他的面前。

嬴荡和芈姝跪在他的榻边。

秦王驷抓住了嬴荡的手，语重心长地道："'常棣之华，鄂不韡韡。凡今之人，莫如兄弟。'子荡，寡人这些年来能够放心征伐，实有赖你王叔在朝辅佐于我，兢兢业业，呕心沥血。你将来为大秦之主，所思所想，当一切为了大秦江山之利。寡人兄弟虽少，却能同心，而寡人给你留下了二十多个兄弟，你能够用上几人？同心几人？"

嬴荡转头，眼神从二十多位公子的脸上扫过，看到一个个脸色各异，或掩饰或转头或露出笑容，他知道秦王驷的心意，他转身向他磕头道："儿臣当不负父王所托，兄弟同心，共扬我大秦国威。"

秦王驷目光凌厉，一把抓住了嬴荡的手，道："寡人也不要你对每一个人都能够信任重用，寡人只要你起一个誓言，你有生之日，不会伤你一个兄弟的性命。若有违誓，天谴之！"

嬴荡知道他的心结何在，当下起誓道："父王放心，儿臣既为大秦之主，当珍视我所有手足。儿臣愿在父王面前起誓，有生之年，绝不会出现兄弟相残之事，若有违誓，愿受天谴！"

秦王驷长出了一口气道："如此，甚好。"朝樗里疾点了点头。

樗里疾出列宣读诏书道："诸公子就封，其母可随子去往封地。由太子荡继位为王。"

秦王驷道："寡人将秦国，将太子，托付于诸卿了。"

群臣道："臣等遵旨。"

秦王驷的眼光一一看过眼前下跪着的群臣、诸子，看到跪在另一边的芈姝和其他妃嫔们。他的眼光停留在跪在最后的芈月身上，凝视甚久。

黎明的时候，秦王驷闭上了眼睛。

众人大放悲声："大王……"

各妃嫔从承明殿内室出来，一边抽泣，一边伸手卸下簪环，剪下半边头发，在众内侍近乎押送的陪同下，从另一边小门走出。

丧钟回荡，声音传过一重重宫檐，内侍们在宫巷、廊下，惊惶奔走。

庸夫人一袭黑衣，从宫门秘密而出，匆匆登上一辆马车，绝尘而去。

群臣鱼贯而入，在宫门口脱去帽子，接过白布扎在头上。

承明殿外，诸公子、大臣们分批跪倒，大放悲声。

宫中内外，一片素服。

公元前311年，秦王驷去世，谥号为秦惠文王。秦惠文王在位时继续了商鞅之法，任用各国人才，收并巴蜀，并于公元前324年称王。秦惠文王是秦国历史上承上启下的一代君王。秦惠文王死后，由太子嬴荡继位为王。

图书在版编目（CIP）数据

芈月传. 4，日居月诸／蒋胜男著. -- 北京：作家出版
社，2022.7
ISBN 978-7-5212-1844-2

Ⅰ. ①芈… Ⅱ. ①蒋… Ⅲ. ①长篇小说 – 中国 – 当代
Ⅳ. ①I247.5

中国版本图书馆CIP数据核字（2022）第048063号

芈月传. 4，日居月诸

作　　者：	蒋胜男
策划编辑：	刘潇潇
责任编辑：	单文怡
封面题字：	李雨婷
装帧设计：	书游记
插画支持：	书游记
出版发行：	作家出版社有限公司
社　　址：	北京农展馆南里10号　　邮　　编：100125
电话传真：	86-10-65067186（发行中心及邮购部）
	86-10-65004079（总编室）
E-mail:zuojia@zuojia.net.cn	
http://www.zuojiachubanshe.com	
印　　刷：	唐山嘉德印刷有限公司
成品尺寸：	152×230
字　　数：	310千
印　　张：	23.75
版　　次：	2022年7月第1版
印　　次：	2022年7月第1次印刷
ISBN	978-7-5212-1844-2
定　　价：	50.00元